Les Lionnes d'Angleterre

Déjà parus
Aux Éditions Albin Michel

LE CRÉPUSCULE DES ROIS :

La Rose d'Anjou, t. 1
Reines de cœur, t. 2

Catherine Hermary-Vieille

LE CRÉPUSCULE DES ROIS

* * *

Les Lionnes d'Angleterre

ROMAN

Albin Michel

À la mémoire de Micheline Vandermarq, ma plus vieille amie, qui nous a quittés beaucoup trop tôt.

Il est permis de rêver. Il est recommandé de rêver. Sur les livres et les souvenirs, sur l'histoire et la vie.

ARAGON

Introduction

À la mort du roi Henry VII, en 1509, Henry, son second fils, est devenu roi d'Angleterre et a épousé Catherine d'Aragon, la veuve de son frère aîné Arthur. Henry VIII, assisté du brillant et ambitieux cardinal Thomas Wolsey – fils d'un simple tavernier qui souhaite la tiare pontificale –, assure par un jeu d'alliances à l'Angleterre une place prépondérante sur l'échiquier européen.

L'aînée des Tudor, Margaret, est devenue reine d'Écosse en épousant James IV. La jeune femme, qui ne voit survivre qu'un seul de ses fils, tente tant bien que mal de maintenir la paix entre l'Écosse et l'Angleterre. Mais, proche des Français, James IV entre en guerre contre son puissant voisin et beau-frère. La défaite écossaise à la bataille de Flodden, au cours de laquelle James IV a laissé sa vie, donne la couronne au jeune James, le fils de Margaret, âgé seulement de un an.

Mary, la plus jeune sœur d'Henry VIII, a épousé le vieillissant roi de France Louis XII qui vient de perdre sa femme, Anne de Bretagne. Rapidement veuve, Mary s'unit secrètement à Paris au duc de Suffolk, son amour de jeunesse, et regagne l'Angleterre après avoir obtenu le pardon de son frère.

Une malédiction semble s'abattre sur Henry VIII et Catherine d'Aragon qui voient mourir à la naissance cinq de leurs six enfants. Persuadé qu'il a commis une faute grave en épousant sa belle-sœur, le roi cherche l'annulation de leur mariage. Déjà, il est amoureux d'une femme brillante et dévorée d'ambition, Anne Boleyn, nièce du puissant duc de Norfolk. Or Anne n'est décidée à se donner au roi qu'une fois devenue sa femme. Un impitoyable et long combat s'engage entre Anne la conquérante et l'opiniâtre Catherine...

1

Printemps 1527

– Place, place pour monsieur le cardinal !

Autour de la voiture recouverte d'un dais de velours pourpre souligné de glands dorés, la foule s'écartait de mauvaise grâce. Ignorant le petit peuple de Londres vaquant à ses occupations, les yeux fixés sur ses bagues, Thomas Wolsey ne cessait de penser à Anne Boleyn.

Un instant, le lourd véhicule s'immobilisa. Sous le soleil d'avril, la Tamise étincelait. Des barges glissaient au fil du courant vers les docks de Greenwich encombrés des vaisseaux marchands prêts à lever l'ancre vers les Flandres, la France ou l'Espagne. Un vent piquant soulevait la soie brodée d'or qui enveloppait la croupe et les flancs des chevaux, faisait battre les oriflammes multicolores et l'étendard portant les armes du cardinal. Des tavernes s'échappait l'arôme de chair grillée des quartiers de viande et des volailles tout juste embrochés pour le premier repas du jour.

La Cour ecclésiastique venait d'être nommée. Wolsey avait voulu tenir secrets ses débats pour que les partisans de la reine Catherine d'Aragon ne puissent les paralyser, afin surtout que l'empereur Charles Quint, neveu de celle-ci, en soit tenu à l'écart. Depuis que le roi lui avait confié la tâche de mener à bien l'annulation de son mariage, Wolsey ne parvenait plus à trouver le repos. À ses yeux, l'aventure dans laquelle Henry VIII se lançait était insensée, mais lui, le fils d'un modeste tavernier d'Ilswich, le ministre tout-puissant de l'Angleterre depuis quinze années, le détenteur d'immenses terres et de fabuleuses richesses, ne faillirait pas à son souverain.

Henry voulait se débarrasser de Catherine devenue stérile, et Anne Boleyn, poussée par le clan Norfolk, s'était présentée au bon moment. « Un démon en jupons, pensa Wolsey, alors que le carrosse brinquebalait sur les pavés mal joints, mais elle mordra la poussière avant peu ! » Que le caprice du roi puisse aller jusqu'au mariage ne lui venait pas à l'esprit. Pour une nouvelle union, Wolsey regardait du côté de la France et considérait d'un bon œil la princesse Renée, dernière fille de Louis XII et d'Anne de Bretagne. En secret, ses émissaires avaient déjà pris contact avec François Ier, dont le deuxième fils Henri venait de se fiancer avec Catherine de Médicis, nièce du pape mais petite-fille de marchands. Le monde désormais n'était plus la propriété exclusive de quelques-uns ; l'intelligence, la fortune, l'ambition prenaient d'assaut les vieux châteaux, les terres ancestrales, et c'était bien ainsi.

Songeur, le cardinal observait toujours les rubis et émeraudes qui étincelaient à ses doigts. Il les chérissait comme il aimait chacun des objets constituant sa fabuleuse collection : statues antiques, orfèvrerie, pièces de broderie, tapis, tapisseries, manuscrits enluminés, porcelaines venues de Chine. Tout autant que pour son roi, il luttait pour conserver ses richesses, demeurer le puissant et redoutable prélat aux genoux desquels étaient tombés les plus grands seigneurs d'Angleterre, la sœur du roi en particulier, qui avait imploré son aide après son mariage secret avec le duc de Suffolk. Pauvre Mary, si jolie, si sensuelle, mais étourdie, incapable d'accepter les conséquences de sa folie ! Il les avait sauvés tous deux, elle du couvent, lui du bannissement perpétuel ou même de la décollation.

– Faites en sorte que la Cour ecclésiastique expédie les débats, Wolsey. Je désire une conclusion rapide à l'annulation de mon mariage.

Vêtu de velours et de soie, coiffé d'un béret noisette où brillait une topaze, la haute et massive silhouette d'Henry se découpait dans l'encadrement d'une des fenêtres de son cabinet de travail donnant sur le fleuve. Les rayons du soleil caressaient le damas feuille-morte du pourpoint rebrodé d'arabesques dont les basques un peu longues couvraient la culotte de satin pourpre. Soigneusement tirés, les bas de soie révélaient des jambes fines, des cuisses musclées. Malgré sa corpulence, le roi gardait sa prestance et sa majesté.

– J'y veillerai, Milord.

Le roi observa un instant de silence.

– Ma cause est juste, n'est-ce pas, mon ami ? interrogeat-il soudain d'une voix dénuée de son habituelle assurance.

Depuis des semaines, le souverain ressassait d'éventuels empêchements. Mais les Saintes Écritures ne laissaient aucune place à la chicanerie : nul ne pouvait épouser la femme de son frère sans vivre en état de péché mortel. Sa punition avait été la mort prématurée de cinq de ses six enfants et la survie d'une fille. Certes, il avait aimé la reine pendant de longues années. Plus âgée que lui, douce, attentionnée, digne, Catherine n'avait pas failli à ses devoirs, elle avait accepté ses fausses couches et la mort de ses nouveau-nés avec courage. Mais désormais il ne la désirait plus.

– Elle l'est, Milord. La Cour ecclésiastique se prononcera en votre faveur.

En réalité, le cardinal était sur des charbons ardents. Sans une bulle du pape, le mariage du roi ne pourrait être annulé. Faible, timoré, Clément VII ne signerait rien s'il pressentait une opposition de Charles Quint.

– Vous avez lu mon mémoire, Wolsey ?

– Les tourments de votre conscience ne peuvent y être plus clairement exposés, Milord.

Le roi soupira. Sans Anne, son charme, son intelligence,

sa science de le faire se sentir désirable et désiré, il aurait sombré dans la mélancolie. Chaque regard de la reine, ses silences même étaient reproches. Malgré tout, elle continuait de le traiter avec tendresse, prenait soin de lui comme aux premiers jours de leur mariage, supportait la présence d'Anne qu'elle traitait avec courtoisie.

Henry posa son regard sur des étals ambulants alignés le long des berges de la Tamise. Des marchands vendaient poissons frits et tranches de lard, bols de soupe aux pois et des pommes ratatinées. Délaissant les campagnes, quantité de pauvres gens avaient envahi les faubourgs de Londres. On critiquait sa politique qui favorisait l'exportation au détriment de la consommation locale, mais que comprenait le peuple à l'avenir de son pays ? Les gens voulaient survivre au jour le jour, alors qu'il œuvrait à faire de l'Angleterre une grande puissance.

– Tout est prêt pour la réception des ambassadeurs français, Milord, annonça le cardinal d'une voix feutrée.

Le roi se retourna et Wolsey fut frappé par son expression à la fois dure et triste. À trente-cinq ans, il commençait à accuser son âge.

– L'évêque de Tarbes, messire de Turenne et le président de la Viste seront reçus selon vos souhaits, Milord. Madame Mary votre fille se prépare à réciter en latin un texte de Térence et se montre fort contente du projet de fiançailles que vous fait pour elle.

– Le troisième fils du roi de France est-il un parti convenable pour ma fille ? J'avoue lui consacrer peu de mon temps, mais elle est sans cesse dans les jupons de sa mère, d'où je n'ai guère plaisir à la débusquer.

Le roi aimait sa fille, mais ne parvenait pas à lui pardonner d'être née femelle. Du haut de ses onze ans, elle le jugeait. Dès son retour de Ludlow aux frontières galloises où elle avait passé deux années, Mary s'était heurtée à Anne Boleyn. La jeune princesse avait fort bien compris que son sang royal lui octroyait une supériorité absolue sur son ennemie et ne cédait pas un pouce à la rivale de sa mère. Anne s'inclinait de mauvaise grâce et, de plein fouet, Henry subissait les rancœurs liées à ce qu'elle estimait être une humiliation. Le chagrin de Catherine, l'opiniâtreté de Mary et les scènes d'Anne étaient plus qu'il n'en pouvait supporter. Il voulait en finir : divorcer, se remarier, fonder une nouvelle famille et surtout posséder Anne. Un jour elle lui laissait entendre qu'elle le désirait trop pour ne point se donner, et le lendemain lui battait froid ou jouait à la coquette. Elle le fascinait, il la voulait corps et âme.

Le printemps teintait d'un vert doux les arbustes et les buissons. Pâquerettes, jonquilles, violettes jaillissaient sur les rives herbeuses du fleuve où des volées de moineaux cherchaient pitance.

– Des nouvelles d'Écosse, Wolsey ?

Les déboires conjugaux de sa sœur Margaret irritaient le roi. Cependant elle était parvenue à obtenir du pape l'annulation de son mariage avec Angus, son deuxième mari, alors que lui-même était plongé dans l'incertitude.

– Comme Votre Grâce le souhaite, nous envoyons régulièrement des fonds à lord Angus. Sa famille, les Douglas, tient fermement le gouvernement et votre neveu le jeune roi[1] est leur otage. Notre politique est toute-puissante à Édimbourg.

Le roi eut un rire bref. En lui désobéissant, Margaret avait tout perdu. La petite Margaret, que chacun surnommait Meg, vivait avec son père et son demi-frère James. Henry en avait reçu un portrait. À douze ans, elle promettait d'être belle, une beauté régulière, noble, à l'image de sa grand-mère Bessie que Dieu avait rappelée trop tôt à lui. Henry avait vénéré sa mère et à sa mort nul n'avait compris sa peine, son désarroi, son immense sentiment de solitude. Il n'avait pas douze ans alors. L'autorité de son père, celle de sa grand-

1. James V, fils de James IV décédé et de Margaret Tudor. *(Toutes les notes sont de l'auteur.)*

mère Beaufort et de John Fisher, son tout-puissant conseiller spirituel, l'écrasaient et avaient accentué sa détermination de pouvoir un jour s'exprimer librement, agir à sa guise.

– Ma chère sœur peut jouir en toute liberté de son nouvel époux, mais deux faucons mis en cage finissent toujours par se dépecer. Connaissant Margaret, je ne donne pas cher de ses nouvelles accordailles.

– Lord Stewart a déjà une maîtresse, Milord.

Le roi eut un rire sarcastique.

– D'ici peu, je recevrai à coup sûr de ma sœur une missive larmoyante et cependant fort précise quant à ses exigences financières. Ne donnez rien, Wolsey, nous nous contenterons de bonnes paroles. Ma sœur ne mérite aucune générosité de ma part.

Le cardinal, qui était sur le point d'objecter que la reine Margaret n'avait jamais eu les mains libres, préféra garder le silence. Aussi longtemps que l'Écosse resterait indépendante, elle représenterait une menace pour l'Angleterre. Les familles aristocratiques ne cessaient de s'y combattre, de s'allier pour mieux se trahir, de tendre une main amicale vers l'Angleterre dans le seul but d'engranger le plus d'or possible. Amies le matin, elles pouvaient fort bien devenir ennemies le soir même. Qu'adviendrait-il lorsque James prendrait le pouvoir à sa majorité ? Haïssant son beau-père et l'alliance anglaise, le jeune homme se tournerait immanquablement vers la France. François Ier ne guettait qu'un signe de lui pour s'engouffrer dans la brèche et affaiblir son rival anglais.

Il y avait de la bonhomie et de la dureté dans le regard d'Henry, une détermination absolue. « Cet homme est-il capable de véritable attachement, de la moindre constance dans ses affections ? » se demanda le cardinal.

– Votre Grâce pourrait suggérer à mistress Boleyn de gagner les terres de son père à Hever durant la session de l'Assemblée ecclésiastique, se risqua-t-il à conseiller, une jeune femme dissimule mal ses émotions et la sérénité la plus absolue doit accompagner les débats.

Un nuage couvrit le soleil. Dans la pénombre, la silhouette du roi semblait plus pesante encore.

– Je réfléchirai à cela, mon ami.

Après y avoir jeté un bref regard, Anne Boleyn écarta la robe de velours bleu que lui présentait une servante. Pour ce banquet et le bal donné en l'honneur des ambassadeurs français, elle voulait éblouir, étaler aux yeux de tous sa science de la véritable élégance acquise à la cour des Valois.

– Ne vous ai-je pas dit cent fois que je désirais ma robe de damas cerise ?

Le matin même, le roi l'avait priée de se retirer à Hever pendant que siégerait le Conseil ecclésiastique. Elle était inquiète, irritée, nerveuse. Cet ordre était-il un prudent conseil d'Henry, signifiait-il un coup bas de Wolsey ou bien une manœuvre tortueuse de son oncle, le duc de Norfolk, qui la guettait comme un chat la souris ? Si Henry la faisait reine, une pluie d'honneurs et de revenus lucratifs tomberait sur le clan des Howard. Depuis sa jeunesse, son oncle avait su tirer son épingle du jeu, tout d'abord beau-frère du roi Henry VII par son mariage avec Anne d'York, la sœur de la reine Bessie, puis gendre du duc de Buckingham, il ne se gênait guère pour afficher sa maîtresse Elisabeth Holland, une laveuse faisant partie de sa domesticité. Depuis des années, ils étaient amants et le duc ne tolérait aucune allusion, critique ou moquerie la concernant.

La servante revint, portant une robe de soie brochée cerise, dont le buste menu au décolleté carré souligné de perles et la taille étroite mettaient en valeur la corolle de la jupe rebrodée de fils d'or. Deux jupons et le corset étaient posés sur le lit à courtines à côté de bas de soie et de fins souliers de chevreau doré.

Des deux mains, Anne souleva sa chevelure noire, dégageant un cou dont la longueur et la finesse faisaient l'envie des dames de la Cour. Combien de temps conserverait-elle sa grâce, le charme dont elle savait si bien jouer ? Elle avait vingt-six ans, déjà de fines ridules apparaissaient au coin de ses yeux, les cernes des nuits sans sommeil s'effaçaient avec peine. Dès maintenant elle devait employer pour garder la fraîcheur de son teint les crèmes au borate de soufre mêlé à du jus de citron, dont l'effet quasi miraculeux se payait cher à l'âge de la maturité, et chaque jour se faisait un masque aux blancs d'œufs. Sur la table de toilette de sa garde-robe s'alignaient des flacons de vinaigre, des pots de céruse, d'alun qui rosissait les joues, une pâte faite de gomme arabique et de cochenille écrasée pour rougir les lèvres. Froidement, elle tentait d'organiser son avenir : attiser les désirs du roi, susciter son amour, avancer pas à pas en écartant ceux qui la gênaient, s'imposer jour après jour comme la femme la plus séduisante de la Cour, la reine des cœurs. Mais ce jeu trop cérébral était dur à jouer, elle avait tant à gagner ou à perdre qu'elle dormait mal, était souvent tendue, agressive.

Sans mot dire, le visage fermé, la jeune femme se laissa vêtir. Elle avait choisi une coiffe en croissant de lune tout incrustée de perles qui mettait en valeur son haut front, ses yeux d'un noir profond, la finesse de ses traits.

Tandis qu'une servante brossait ses longs cheveux, Anne pensait à la reine. Il lui coûtait de rester sa dame d'honneur, mais le roi avait promis que sa patience serait bientôt récompensée. Elle aurait sa propre demeure à Londres, une maison composée de fidèles, d'admirateurs, de personnes intéressées à son succès. On viendrait la visiter pour la complimenter, lui présenter des requêtes. Ce pas, le premier la menant au trône, était essentiel, mais Henry n'avait mentionné aucune date précise. Tiendrait-il une seule de ses promesses ? « Dent pour dent, pensa Anne, tandis que la servante nouait la coiffe. Le roi me donne, je donne ; il tergiverse, je recule. »

À peine la jeune femme apercevait-elle les frênes, tilleuls et hêtres verdir derrière ses fenêtres. Vivre à la Cour, gagner et garder l'amour du roi ne permettait aucune émotion face à la beauté de la nature, aucun attendrissement. Longtemps

Catherine avait possédé le cœur d'Henry, à présent ce cœur lui appartenait et elle ne le lâcherait pas. Depuis son enfance, elle avait appris à se battre seule. Expédiée à la cour de Flandres dès l'âge de sept ans, puis en France dans la suite de la princesse Mary qui allait y devenir reine, elle avait pleuré en silence, s'était adaptée, avait écouté, observé. Elle avait compris le pouvoir des femmes, s'était entraînée à le maîtriser, à l'exercer. Le désir physique affaiblissait les hommes, là était leur talon d'Achille.

Avec grâce, Anne se leva et alla se contempler dans un grand miroir vénitien. Derrière elle se reflétait une tapisserie flamande récemment offerte par le roi. Des jeunes filles couronnées de fleurs escortaient un taureau aux cornes enrubannées vers un autel où l'attendaient des angelots. Le sacrifice de la virilité ? Anne sourit. Chaque jour, elle inventait des mots nouveaux pour flatter le roi, et chaque jour celui-ci montrait le même naïf contentement. Il était cependant le maître tout-puissant de l'Angleterre, et elle une simple dame d'honneur de la reine. Quels doutes, quel sentiment de solitude se dissimulaient-ils sous son arrogance et son orgueil ?

Après le banquet qui s'était fort prolongé dans la soirée, tout était prêt pour la danse. Blessé au pied la veille lors d'une partie de tennis, le roi portait un chausson de velours noir et les courtisans l'avaient tous imité. Seule la délégation française et les serviteurs portaient mêmes chaussures à chaque pied.

Décoré de statues antiques, le grand hall brillait de mille bougies dont les reflets donnaient aux froides figures de pierre un aspect fantastique. Sur des consoles, encadrés de chandeliers et de lampes en argent, bassins et aiguières d'or ou de vermeil rutilaient. À la table royale, les ambassadeurs français et Thomas Wolsey évitaient de croiser le regard de la reine dont l'expression triste n'échappait à personne. Rien ne subsistait de l'infante fragile et charmante qui avait enchanté la Cour. Vêtue sans grâce, coiffée en nonne, seules demeuraient sur le visage bouffi, blafard, la bonté et la spontanéité du sourire. Portant chausses de velours bleu rayé d'or et casaque de drap d'or sertie de saphirs, un court manteau de damas azur bordé de velours et frangé d'or sur les épaules, coiffé d'une toque ornée de rubans de soie bleue et de perles, le roi affichait une majesté sereine. À plusieurs reprises, il avait observé avec insistance la table autour de laquelle étaient assises les dames d'honneur de la reine et les gentilshommes de sa chambre. Anne lui avait rendu ses regards. Le damas cerise de la robe et la coiffe mettaient en valeur la blancheur de sa peau, ses yeux noirs, immenses, un peu étirés vers les tempes. Très droite, la jeune femme s'adressait avec grâce à ses voisins, usait de sourires charmeurs.

« Tout en elle est élégance, charme et finesse », pensa le roi. Mais il n'ignorait pas sa violence. Inattendue, impulsive, celle-ci pouvait éclater pour une déception ou ce qu'elle jugeait être un affront. Alors elle devenait tigresse et il avait envie de la dompter, de la renverser, de la subjuguer, de lui prouver qu'il ne la craignait pas, qu'il était et resterait son maître absolu.

Les musiciens accordaient leurs instruments : épinettes, violes, luths, flûtes et guitares. Deux bichons échappés des jupes de leurs maîtresses se querellaient. Les serviteurs s'affairaient à desservir pour disposer des coupes de dragées, de fruits confits, de massepains.

– Que la danse commence ! décida le roi.

Catherine tenta de sourire. Depuis longtemps, elle ne participait plus aux bals, aux chasses, aux jeux de boules, de bague ou de quintaine. Après six grossesses, elle souffrait des jambes et du dos, des douleurs sourdes dans le bas-ventre rendaient sa marche pénible. Henry, elle le constatait, supportait mal sa présence. Pour obéir aux convenances, il continuait à lui rendre visite deux ou trois fois par semaine, mais il n'existait plus entre eux la moindre intimité.

À petits pas, le roi se dirigea vers la table des dames d'honneur de la reine. Une lueur de défi dans le regard, Anne l'observait.

– Mistress Boleyn, dit Henry d'une voix claire et joyeuse, me donneriez-vous la main pour cette gaillarde ?

La salle était plongée dans le plus grand silence. L'affront fait à la reine était cruel.

Un léger sourire aux lèvres, Anne se leva, contourna la table, tendit une main fine où étincelaient les bagues offertes par le roi. Comme elle avançait, ses doigts enlacés à ceux d'Henry, la jeune fille un bref moment se sentit toute-puissante. De toutes parts on l'observait, alors que la reine demeurait dans l'ombre. Le temps de cette femme usée était achevé. Le sien était à son aurore.

2

Été 1527

En silence, Mary observait sa mère qui conversait avec Mendoza. L'ambassadeur d'Espagne gardait une inhabituelle réserve et la fillette comprenait qu'il avait peur. Depuis quelques mois, beaucoup de figures importantes de la Cour paraissaient préoccupées, en tout premier lieu Thomas Wolsey. Quoique voulue secrète, l'Assemblée des ecclésiastiques était vite devenue notoire, et son tout récent échec à se prononcer sur la validité du mariage royal était un cuisant revers pour le cardinal. Le dossier allait être porté devant le pape qui trancherait.

À la fin du mois de mai, Mary avait vu son père fort sombre. Pas une fois depuis six semaines le roi n'était venu l'embrasser chez elle. Quant à la reine, si le verdict, appris la veille, avait représenté pour elle un soulagement, elle restait toujours méfiante.

La jeune fille reprit sa tapisserie. Voir des larmes dans les yeux de sa mère lui crevait le cœur. Anne Boleyn avait quitté Londres. On la savait à Hever sur l'ordre du roi, non pas un bannissement comme un instant Catherine l'avait espéré mais un conseil de prudence. En son absence, la Cour n'était plus tout à fait la même.

– J'ai demandé à Vives, mon homme de loi, de m'assister, dit la reine de sa voix douce et ferme, il a refusé.

– Vives est méfiant, Madame, répondit aussitôt Mendoza. Quel bénéfice peut-il espérer en prenant votre défense ?

L'ambassadeur d'Espagne croisait et décroisait les doigts. Autour de la reine se tenaient des femmes, dames ou servantes, des pages, tous des espions potentiels.

– L'empereur votre oncle a reçu mes messages, Madame, poursuivit-il en chuchotant. Restez vous-même à l'écart, je vous en conjure. Soyez patiente.

La voix de Mendoza baissa encore d'un ton :

– Sa Sainteté ne fera rien contre l'avis de l'empereur.

Il avait parlé en espagnol.

– En lui et en la sainte Providence, je place ma confiance, dit la reine en se signant.

Dieu ne pouvait rester sourd à ses supplications. Sa cause était juste, elle était l'épouse du roi, la mère de sa fille légitime.

Dans la pièce où travaillaient la reine et ses dames d'honneur, la pénombre estompait les meubles, le dessin des tapisseries, le lustre de fer forgé, le retable posé sur l'autel devant lequel la reine priait de longs moments. Interrompant son ouvrage, Mary se leva, vint s'asseoir aux pieds de sa mère, posa la tête sur ses genoux. Le monde jusqu'alors si simple, ordonné, heureux de son enfance se disloquait. Comment juger son père ? Elle éprouvait pour cet homme au prestige écrasant une admiration sans bornes. Depuis sa petite enfance, il était son protecteur, l'objet de son adoration. Il l'avait comblée de caresses et de cadeaux, la surnommait « ma perle », « la lumière de mes yeux ». Durant les deux années où en tant que princesse de Galles elle avait séjourné à Ludlow, il lui avait écrit des billets pleins de tendresse. Et soudain il restait silencieux, distant.

Tandis que les serviteurs allumaient les flambeaux, Catherine repensa au joli temps de ses amours. Aussitôt devenu roi, Henry était venu la trouver pour faire sa demande en mariage. C'était le début de juin. Veuve et vierge, elle avait espéré pendant des années cette nouvelle union. Bien que maintes princesses d'Europe eussent été pressenties comme de possibles épouses, elle l'avait emporté et, dès la nuit de noces, s'était donnée à lui corps et âme. Le temps avait passé. Elle avait enterré l'un après l'autre ses enfançons, s'était alourdie, mais toujours elle avait adoré le roi, même devenu despotique, coléreux. À présent, il se détournait de sa famille, voulait la voir disparaître.

Le soleil se couchait, jetant çà et là dans la vaste chambre des trouées d'une lumière dorée où dansaient des moucherons. L'angélus du soir sonna. Un instant Catherine contempla sa fille blottie contre elle. Mary souffrait et elle ne pouvait la consoler.

Arrivés de Londres à vive allure, cavalier et monture étaient en sueur. Anne Boleyn s'empara de la missive qu'on lui tendait. Pourquoi tant de hâte, s'il s'agissait d'une lettre d'amour ? Souvent, depuis son exil à Hever, le roi lui faisait porter de courts billets dans lesquels il exprimait sans détour le désir qu'il avait d'elle, sa tristesse de la savoir loin de lui. Parfois elle répondait sur le même ton, parfois elle écrivait quelques lignes anodines ou gardait le silence. Il fallait doser le brûlant, le chaud et le froid, le doux et l'amer, laisser Henry dans l'incertitude, la frustration.

Avec contrariété, la jeune femme découvrit l'écriture du cardinal. Un mot de Wolsey ne pouvait être porteur de bonnes nouvelles.

Soucieuse, Anne s'assit sur un banc placé au fond de l'allée herbue traversant la roseraie. Arches, tonnelles, pyramides se succédaient où s'enlaçaient des milliers de roses semblables à de gros pompons de soie. Çà et là des abeilles bourdonnaient dans la lumière transparente du matin. Au loin en lignes rondes s'étendaient les prés déjà verdis où paissaient des vaches et des moutons.

Recluse depuis un mois dans le domaine paternel, Anne s'impatientait. Malgré sa volonté de fer, elle avait des moments de doute et de panique. Sans cesse, elle faisait le compte de ses amis et de ses ennemis, imaginant mille façons d'abattre ces derniers. Quand la reine, cette Espagnole orgueilleuse et butée, comprendrait-elle enfin que le roi ne l'aimait plus ?

La jeune femme fit sauter le cachet, déplia la feuille de papier bistre.

Mistress Boleyn,

La Cour ecclésiastique s'est estimée incompétente à juger la validité du mariage de Leurs Grâces et nous devrons avoir recours à Rome. Sa Sainteté le pape est hélas privée de liberté. Rome a été pillée par les troupes de l'empereur qui tient notre pontife prisonnier au château Saint-Ange, surveillé nuit et jour par Fernando de Alarcón. Ce malheur est immense pour la chrétienté comme pour notre roi car, tant qu'il sera détenu par le neveu de la reine, Clément VII ne se prononcera pas en faveur d'une annulation. Voilà les faits, et je vous sais suffisamment lucide pour les accepter.

Mais Sa Majesté, comme moi-même et tous ceux qui la servent avec dévouement, garde espoir. Le cas de notre souverain est juste. Aucun théologien honnête ne peut méconnaître les Écritures.

J'ai proposé à Sa Majesté de partir pour la France afin d'entretenir le roi François des difficultés que nous rencontrons présentement. Si le roi de France se range aux côtés de Sa Grâce, nous pourrions alors envisager de nous dispenser d'une bulle de Sa Sainteté le pape aussi longtemps qu'elle sera privée de liberté et réunirions un nouveau Conseil ecclésiastique. Je ne peux me prononcer encore sur la prompte progression de notre affaire, mais ne doutez pas un instant de mon zèle et de ma volonté de servir le roi par tous les moyens qui sont en mon pouvoir...

« Quel bouffon ! » pensa Anne avec rage en repliant la missive. Wolsey qui était secrètement opposé au divorce du roi osait lui faire mille grâces et courbettes. Mais il comptait maintenant beaucoup d'ennemis en Angleterre et il suffisait d'attendre un nouvel échec pour que le vent se mette à tourner. D'autres hommes de haute compétence étaient prêts à le remplacer.

La lettre sur ses genoux, Anne imagina les différentes voies que le roi pouvait suivre. Elle ne laisserait pas un instant de répit à Henry et il ne la posséderait que l'anneau de mariage au doigt.

À pas lents, la jeune femme regagna le château. La lettre de Wolsey l'avait un moment ébranlée mais elle s'était reprise. Maintenant, elle avait le roi à ses pieds, et une cour de jeunes gens rivalisait pour lui plaire. À Thomas Wyatt qui lui dédiait ses plus beaux poèmes, elle accordait parfois un baiser ; aux autres, Norris, Weston, comme à son frère, elle ne donnait que des regards langoureux, d'impertinents sourires. Tout était jeu, car la plupart de ses amis n'avaient guère d'attirance pour les femmes. En se la disputant, ils se jetaient des défis les uns aux autres. Cette ambiguïté lui plaisait.

Dans la cour intérieure du manoir allaient et venaient des serviteurs, des paysans venus vendre leur beurre et leurs œufs, des chiens de chasse et de compagnie, des palefreniers, des marmitons. Anne aimait Hever où elle retrouvait le souvenir doux amer de son exil quatre années plus tôt, après que Wolsey l'eut arrachée des bras d'Henry Percy. Déjà le comte de Northumberland était venu rechercher son fils à Londres et, en dépit des promesses de son amoureux, elle n'en avait jamais plus reçu de nouvelles.

Loin du clan Howard, et en particulier de son redoutable oncle, le duc de Norfolk, elle respirait mieux. Par cupidité, par son insistance, sa famille avait ruiné les amours de sa sœur Mary avec le roi. Cette dernière n'avait pas été de taille à supporter les contraintes de la Cour. Modeste, douce, elle était revenue à son mari, William Carey, et à leurs deux enfants. De l'échec de sa sœur, Anne avait tiré toutes sortes de leçons. Une maîtresse amoureuse était une femme perdue, car les hommes ne convoitaient que ce qu'ils pouvaient obtenir avec difficulté. Leur céder ou les repousser était une égale erreur, se montrer bienveillante, généreuse, une absurdité. Il fallait dominer la partie, ne laisser place à aucune faiblesse, chasser toute spontanéité. Tant de filles s'étaient irrémédiablement perdues par oubli d'elles-mêmes..

À présent, après une semaine de silence, Anne était décidée à écrire au roi. Elle allait exiger qu'il se décide enfin à aller voir Catherine pour lui signifier clairement la fin de leur union. Une femme comme elle, insinuerait-elle, ne pouvait se donner à un homme dépourvu de fermeté.

Quoiqu'il fût déterminé à ne pas blesser trop cruellement la reine, Henry savait qu'il ne trouverait pas aisément de mots lénifiants et chaque pas le menant vers ses appartements lui coûtait. Sa conscience était pour lui néanmoins et sa décision n'avait pas été prise à la légère. Tout au long de la galerie qu'il suivait, courtisans, serviteurs ou pages s'inclinaient profondément à son passage. Contrairement à ses manières habituelles, le roi ne rendait aucun salut, n'adressait de sourire à quiconque. Toujours on l'avait soulagé de ce qui l'embarrassait, l'ennuyait ou lui pesait, mais ce jour-là personne ne pouvait agir à sa place. Après l'échec des négociations de mai, Wolsey lui-même gardait une certaine réserve. D'un moment à l'autre, le cardinal allait embarquer pour la France où il avait prévu de donner un banquet au début du mois de juillet destiné à amadouer François, à lui arracher la promesse qu'il soutiendrait son bon frère le roi d'Angleterre contre Charles Quint, leur ennemi commun.

La porte des appartements de la reine ouverte à double battant par ses yeomen, Henry pénétra dans la pièce d'apparat. Tout au fond se trouvait la porte donnant sur le petit salon où Catherine l'attendait. Jamais, auparavant, même lorsqu'il s'était apprêté à courir son premier tournoi ou à livrer bataille, Henry n'avait ressenti pareille anxiété. Depuis un an, il s'était contenté d'éviter tout tête-à-tête avec la reine, d'écourter ses visites, de ne plus lui adresser que d'anodines paroles. Sensible, prévenue de tous côtés par des membres de son entourage, Catherine connaissait parfaitement ses desseins mais à aucun moment ne lui avait posé de questions, encore moins fait de reproches, gardant son sourire, ses prévenances, veillant au bon état de sa lingerie, brodant à son intention des mouchoirs, des pantoufles, des bonnets de nuit. Mary, leur fille, était élevée dans de stricts préceptes religieux commandant le respect absolu du père, mais Henry évitait désormais de lui adresser la parole. Le regard triste de son enfant, sa fragilité étaient autant d'accusations silencieuses qu'il ne supportait pas.

Droite sur un austère fauteuil de bois d'ébène, Catherine attendait son époux. Selon les exigences de celui-ci, elle était seule et Henry dut se contraindre pour aller vers elle. Encadré par une sévère coiffe de velours, le visage de la reine était blafard. Afin de maîtriser son émotion, elle avait joint les mains qui serraient un chapelet d'ambre.

– Je vous espère en bonne santé, Madame.

La reine se leva et fit une profonde révérence. Son cœur battait à l'étouffer. Pourrait-elle s'exprimer, aurait-elle le pouvoir de convaincre ? En face d'elle, Henry gardait un visage fermé, une expression un peu arrogante.

– Je le suis, par la grâce de Dieu, Milord.

Au plus profond d'elle-même, Catherine savait qu'elle devait d'abord orienter la conversation vers un terrain neutre. Henry détestait être pris de front, mis le dos au mur.

– On m'a dit que vous avez fait bonne chasse, ce matin.

– En effet, Madame.

Ces banalités étaient grotesques et le roi n'était nullement en humeur de les poursuivre. L'impatience de se débarrasser au plus vite d'un poids insupportable l'emportait désormais sur toute civilité. D'un geste, il refusa l'invitation que lui faisait Catherine de s'asseoir à côté d'elle.

– Je suis venu vous voir, Milady, pour mettre un point final à des tergiversations qui n'ont que trop duré. Nous souffrons l'un comme l'autre d'une situation fort pénible, dont rien, sinon l'annulation de notre mariage, ne peut nous faire sortir.

La reine pâlit. Elle avait enfermé le chapelet dans le creux de sa main.

– Notre mariage a bravé les lois divines, poursuivit-il. J'étais jeune, je vous aimais et n'ai point écouté les conseils d'hommes sages qui alors me mettaient en garde.

– Cependant, le pape Jules II..., objecta Catherine.

– Il s'est trompé, et nous a plongés dans le malheur.

– Nous avons été heureux, Milord.

La voix d'Henry monta d'un ton.

– Tous nos enfants, sauf une fille, sont morts, Madame. Appelez-vous bonheur cette malédiction ?

Le visage entre les mains, la reine pleurait. Un par un, elle revoyait ses nouveau-nés morts, revivait la déception d'Henry, son propre désespoir.

Un court instant, les larmes de Catherine troublèrent Henry. Devait-il lui prendre la main, la consoler ? Mais, dans sa pusillanimité féminine, elle pourrait croire qu'il l'aimait encore. Mieux valait en finir.

– Vous n'êtes point mon épouse, Madame. Nous vivrons désormais tout à fait séparés. Je vous demande de m'aider. Choisissez le château qu'il vous plaira pour votre résidence, je serai heureux de vous l'offrir, de vous laisser vous-même organiser votre maison. Vous avez ma parole que vous ne manquerez de rien.

Catherine s'était redressée et le regardait intensément.

– Devant Dieu qui m'écoute, je jure de ne jamais vous quitter, Milord, car je suis votre femme légitime, la mère de la princesse de Galles.

Le sentiment de sa propre faiblesse faisait naître chez le roi une irritation qu'à peine il pouvait réprimer. Après toutes ces années, Catherine le connaissait mal si elle espérait avoir le dernier mot.

– Ne comprenez-vous pas, jeta-t-il d'une voix dure, que

je suis tourmenté par ma conscience et que votre entêtement peut nous précipiter l'un comme l'autre en enfer ?

Les larmes ruisselaient sur le visage flétri de Catherine.

– De grâce, Madame, un peu de dignité ! Je ne vous chasse pas de mes palais et vous respecte comme au premier jour. Nous avons le temps, vous et moi, de réfléchir à cette matière.

À côté de la reine, un bouquet d'églantines disposé dans un vase de vermeil se fanait. Comme Catherine y posait un instant son regard afin de dissimuler ses larmes au roi, le souvenir d'une fête revint à son esprit. Le soleil tombait derrière les douces collines où paissaient des biches. Avec leur entourage, ils avaient collationné puis dansé sur l'herbe du parc de Richmond. Charles Brandon, qui n'était pas encore duc de Suffolk, avait couronné de fleurs Mary, sa belle-sœur, et elle avait deviné que les deux jeunes gens étaient amoureux l'un de l'autre. Les toits du château bleuissaient dans la lumière du soir, la musique était joyeuse et Henry avait passé le bras autour de sa taille. Ils venaient de perdre leur premier enfant, un fils, mais l'un comme l'autre restaient confiants en l'avenir. Un grand peuplier à côté d'eux bruissait dans la brise. « Fermez les yeux, mon doux cœur », avait murmuré Henry. Les senteurs du foin fraîchement coupé, des églantines, des chèvrefeuilles étourdissaient. Catherine avait senti les lèvres de son mari sur les siennes. « Je promets de faire de votre vie un printemps éternel », avait-il murmuré. Prononçait-il à présent ces mots à l'oreille d'Anne Boleyn ?

– Pardonnez-moi, chuchota-t-elle. J'ai passé ces temps derniers des moments difficiles et suis fort lasse.

Elle tenta de sourire et cette preuve de courage embarrassa le roi davantage encore. Mais ce qu'il avait cru être de la bonté et qu'Anne qualifiait de « savantes manœuvres » n'agissait plus sur lui.

– Écoutez-moi attentivement, Milady. L'affaire qui nous divise ne regarde que nous. Je n'ignore point que vous avez tenté à plusieurs reprises de correspondre avec votre neveu l'empereur afin de me nuire. Mettez fin à ces intrigues. Vos secrétaires et dames seront surveillés et vous auriez beaucoup à souffrir d'une désobéissance. M'entendez-vous bien ?

Catherine le dévisageait.

– Ma famille, Milord, est mon seul soutien. Jamais en acte ou en pensée, je ne chercherai à vous causer le moindre préjudice, car vous êtes mon époux devant Dieu comme je suis votre épouse.

Le roi serra les dents. Un jour ou l'autre, il arriverait bien à mater cette femme rebelle.

– Par votre entêtement et votre insubordination, Madame, vous me causez grand tort. Je pourrais vous faire sentir ma colère, mais me contenterai de me tenir loin de votre personne. Nous ne nous verrons plus que lorsque le cérémonial de la Cour l'exigera.

3

– Le roi nous fait mander à Beaulieu, mon cher frère. Il souhaite que nous passions ensemble l'été ! Père, notre oncle Norfolk et Suffolk vont y arriver d'un moment à l'autre.

Dans le grand soleil de juillet, Anne était radieuse. Plus que jamais son frère George l'admirait et l'aimait. Depuis sa petite enfance, il avait adoré la compagnie de ses deux sœurs. Avec elles, il se déguisait en fée, en reine des neiges, en ange, froissant les étoffes de ses menottes, humant les parfums avec délices. Quand, dès l'âge de sept ans, Anne avait été envoyée en Flandres, il en avait eu le cœur brisé. Médiocre dans le maniement des armes, montrant peu d'ardeur aux joutes mais bon cavalier, George excellait à la danse, jouait honorablement du luth, de la flûte, du clavicorde et versifiait avec talent. Spirituel et piquant, toujours prêt à jouer quelque farce aux courtisans compassés, il avait attiré dans son intimité des jeunes gens, comme lui riches et joyeux compagnons qui amusaient le roi par leur entrain.

– Tu seras reine, déclara le jeune homme en prenant la main de sa sœur, l'Angleterre sera à tes pieds.

– Et je te ferai comte, marquis, duc... Tu auras des châteaux, des terres si vastes qu'un seul jour ne te suffira pas pour en faire le tour.

Le teint diaphane d'Anne rosissait. La vie était un jeu, un jeu implacable dont elle connaissait les règles mieux que les autres, ces sottes qui tournicotaient autour du roi, avides de partager son lit, incapables de comprendre qu'en se donnant elles le perdraient.

La jeune fille avait entraîné son frère dans le verger. Des volées de moineaux, de passereaux, de pinsons s'abattaient sur les cerisiers que protégeaient mal quelques filets jetés par les jardiniers. Une lumière tiède caressait les dernières fraises qui embaumaient, glissait sur les feuilles des pommiers, des pruniers, des grands noyers. Près d'un banc de pierre, un chat guettait les lézards.

– Ici, nous serons tranquilles, prononça Anne. Au manoir, chacun tend l'oreille pour nourrir la curiosité malsaine de notre famille. Donne-moi vite des nouvelles de Londres.

– Le « cochon au chapeau rouge » part pour la France avec ses petits plans, mais je crois le roi enfin décidé à passer au-dessus de sa tête.

Anne écoutait avec attention. Après maintes hésitations, Wolsey œuvrait enfin sans détour à l'annulation du mariage d'Henry. Bien qu'elle n'eût aucune sympathie pour le cardinal, elle le jugeait plus apte que le roi à réussir.

– Mauvaise idée, jeta-t-elle d'un ton sec. Seul Wolsey peut se faire confier par le pape des pouvoirs extraordinaires qu'il mettra au service d'Henry.

La main dans celle de son frère, Anne remonta la grande allée bordée de buissons de thym, de touffes de romarin, de sarriette et de menthe. Hauts dans le ciel, de fins nuages blancs s'étiraient.

– On m'a rapporté, nota la jeune femme, que la reine montrait une obstination totale dans son refus de tout compromis.

George s'adossa au tronc d'un poirier et attira sa sœur à lui. Il l'avait trouvée heureuse à Hever et à aucun prix ne voulait l'inquiéter par les propos malfaisants qui circulaient à la Cour. Plus un seul souverain en Europe n'ignorait la volonté du roi de faire annuler son mariage avec Catherine.

Des clans se formaient et à maintes reprises il avait entendu calomnier durement sa sœur.

– La reine n'a plus aucun pouvoir sur le roi, chuchota-t-il, c'est toi, ma chérie, qui le domines. Seul, il a pris la décision de rompre son mariage et n'en démordra jamais, dût-il pour cela éliminer le cardinal.

– Nous avons encore besoin du cochon au chapeau rouge pour un temps, se moqua la jeune femme.

George la serra contre lui. Il aimait son corps androgyne, sa taille, ses hanches minces, l'odeur de sa peau. On l'avait marié de force à Jane Parker qu'il ne désirait pas. Il n'aimait que sa sœur et Francis Weston.

– Le cardinal et la reine appartiennent au passé. Bientôt ce seront les Howard qui contrôleront la politique anglaise, notre clan autour de toi, mon cœur.

Anne posa la tête sur l'épaule de son frère. Ce mois d'août qu'elle allait passer auprès du roi serait décisif. Elle était décidée à lui arracher une promesse formelle de mariage.

L'ordre avait été donné de tenir prêts les chevaux dès le lever du soleil. Laissant à Hever leur sœur Mary Carey et ses deux enfants, George et Anne rejoindraient le lendemain le château de Beaulieu où la Cour séjournait. La soirée était douce, une pluie fine tombait depuis le matin, levant des senteurs entêtantes dans les bois, les pâturages où poussait le sainfoin, les jardins plantés de résédas, de renoncules, de verveine et d'églantiers.

Côte à côte, les chevaux d'Anne et de George sortirent de la forêt pour emprunter la longue allée menant au château dont on apercevait l'imposante masse grise, délimitée par ses quatre tours carrées.

– Mettons pied à terre, proposa George.

Anne aimait le crépuscule, la pluie, le silence. Dans la paix d'Hever, elle avait retrouvé un peu de sa sérénité. À Beaulieu se succéderaient chasses au vol, tournois, parties de tennis, de boules, concerts, comédies masquées, banquets et bals. Partout, toujours elle devrait se montrer la plus élégante, la plus spirituelle, sans cesse se surpasser pour éblouir, étonner, déconcerter le roi, le rendre un peu plus amoureux encore. En disant son rosaire et ravaudant pour les pauvres, la reine était incapable de concevoir l'énergie à investir, la science qu'elle devait chaque jour perfectionner pour aiguillonner toujours un peu plus le désir de celui qui était encore son mari.

Silencieux, songeur, George marchait à côté de sa sœur. À la Cour, la fin de juillet et le mois d'août s'annonçaient éblouissants, cependant la tendresse qu'il éprouvait pour Francis Weston, le souhait de s'en faire aimer en retour le tourmentaient. Maints petits signes lui avaient fait comprendre qu'il ne lui était pas indifférent, mais Francis redoutait la langue venimeuse de Jane, la façon sournoise qu'elle avait de les épier. Lorsqu'il arrivait à George de partager le lit de sa femme, elle ne cessait de récriminer et de l'accabler de reproches. Un soir, elle avait même eu la cruauté d'annoncer sa volonté de confesser à un prêtre la raison de l'échec de leur mariage. Toujours ils se querellaient. Cependant, il lui accordait une liberté totale. Que lui importait qu'elle prenne un amant ? Si un homme pouvait lui procurer le plaisir qu'il était incapable de lui donner, peut-être se montrerait-elle plus conciliante et le laisserait-elle en paix vivre sa propre vie. Beau, riche, admiré, ami du roi, frère de la femme que celui-ci allait épouser, il arrivait à George d'avoir envie d'arracher ce masque et de se montrer à Francis tel qu'il était : un être à l'affût du moindre signe de sa tendresse. Mais ce sentiment qu'il aurait voulu afficher à la face du monde, il fallait le dissimuler comme un ulcère, une marque du diable, de peur d'être mis au ban de la société.

– Sais-tu si Francis Weston éprouve de l'amitié pour moi ? interrogea-t-il soudain.

Anne sourit. Depuis longtemps elle avait deviné l'attirance réciproque de ces deux jeunes gens et ne les jugeait pas.

Comment des prêtres qui se permettaient de caresser de petits enfants de chœur pouvaient-ils vouer aux flammes les sodomites ? Plus elle lisait et réfléchissait, plus la majorité du clergé lui semblait éloignée du véritable amour christique.

– Ne te tourmente pas, dit-elle, nul ne peut résister aux Boleyn.

De chaque côté de l'allée, des paysans coupaient à la faux l'herbe des prairies. Pas un souffle de vent ne chassait les nuages. George s'immobilisa, prit le visage de sa sœur entre ses mains. Il aurait voulu baiser ses lèvres mais n'osa pas.

– Aimes-tu le roi ?

La jeune femme ferma les yeux.

« Ma chérie, lui avait-il écrit le matin même, ce message pour vous avertir de la grande solitude dans laquelle je me trouve depuis votre départ. Je n'aurais jamais cru possible de souffrir tellement en si peu de temps. Mais maintenant que vous venez vers moi, ma douleur est à moitié calmée. J'espère tant me retrouver un soir dans les bras de ma chérie dont j'embrasserai bientôt les jolis seins. Écrit de la main de celui qui était, est et sera de toute sa volonté à vous. »

Dix fois, elle avait relu la lettre, cherchant à analyser ce que les mots éveillaient dans son cœur, dans sa chair. De l'orgueil, sans aucun doute, quant au désir, elle n'en était point sûre. Mais elle voulait posséder le roi, et l'excitation que cette volonté lui procurait valait mille fois celle des sens.

– Henry n'est plus un homme qui puisse exercer un grand attrait sexuel, mais il est roi et son pouvoir est le plus grand des aphrodisiaques. Oui, j'ai envie qu'il me fasse l'amour pour savoir au plus profond de moi-même que je baise avec le roi d'Angleterre.

– Le laisses-tu te caresser ?

– Crois-tu qu'un homme puisse se contenter de mots doux ?

Le petit rire d'Anne avait l'intonation provocante que George connaissait bien.

– Le désir est un inconnu bien difficile à cerner. Il peut

donner de la joie et de la peine, peut enflammer ou désespérer.

Le jeune homme lâcha sa sœur et recula. Comme des funambules, tous deux marchaient sur un fil. Un souffle, et ils pouvaient se briser les reins. Mais ils aimaient l'un comme l'autre le défi de se trouver au-dessus des autres, de les voir s'agiter comme des insectes.

Des bouquets de crêtes-de-coq d'un jaune orangé bordaient le chemin à côté de buissons de sorbiers que reniflaient les chiens. Des deux mains, Anne lissa sa longue chevelure que la pluie fine avait mouillée. Dans le mince visage, on ne voyait que les yeux noirs immenses, la bouche aux lèvres bien dessinées. Toute simple, la tenue de cavalière avec sa jupe blanche et un corsage étroit aux manches serrées dessinait la silhouette menue jusqu'à la gracilité.

– J'aime, chuchota Anne, l'expression douloureuse du visage d'Henry quand je le laisse me caresser. Il sait que je ne serai toute à lui que mariée et que son autorité, sa puissance ne peuvent rien changer à ma détermination.

– J'ai passé le bras autour des épaules de Francis, répondit George comme pour lui-même, et nous avons marché ainsi un moment côte à côte. Nous étions l'un et l'autre en parfaite harmonie.

– Aimons-nous très fort, chuchota Anne. La vie est une rude bataille. L'un à côté de l'autre, nous avons plus de chances de la gagner.

Les cavaliers s'étaient dispersés dans les pâturages, effrayant les moutons qui se débandaient en bêlant. Le premier, le hongre bai du roi, sauta un muret de pierre, suivi de près par la jument que montait Anne. La Cour avait chassé tout le jour et déjà les fauconniers et leurs oiseaux réencapuchonnés avaient regagné le château.

Depuis trois semaines, le roi et ses amis se distrayaient agréablement, mais un silence, un geste d'impatience, un mot coupant du souverain rappelaient à chacun la tension nerveuse dans laquelle il vivait. Les lettres dont il accablait le pape semblaient sans effet. Encore entre les mains de l'empereur, Clément VII tergiversait et les espoirs placés par Wolsey dans une commission plénière réunie en Avignon s'étaient effondrés : quatre cardinaux seulement avaient répondu à l'appel du grand chancelier. Harcelé d'un côté par Suffolk, Norfolk et Boleyn qui voulaient mettre le couteau sous la gorge du cardinal, vilipendé de l'autre, condamné par les sermons enflammés de John Fisher, évêque de Rochester, le vieil ami de sa grand-mère Beaufort, le roi ne parvenait pas à s'abandonner sans retenue aux délices de l'été. Mais le désir de braver le destin, d'imposer *urbi et orbi* son amour le mettait chaque jour un peu plus sous le pouvoir d'Anne.

– Un baiser, ma chérie, exigea Henry.

Il avait arrêté net son cheval qui donnait des coups de col. La jeune femme se pencha vers le roi et le laissa prendre ses lèvres. Elle avait chaud, l'excitation de la chasse, de la course lui donnait envie de caresses.

– Mettons pied à terre, chuchota-t-elle.

La main d'Henry remontait le long de ses cuisses minces et, les yeux fermés, elle le laissa faire.

– Nierez-vous mon désir ? murmura Anne.

Éperdu, le roi pouvait à peine répondre.

– Soyez à moi ce soir.

Fermement, la jeune femme écarta de son sexe la main d'Henry.

– Je suis à vous, Milord, et vous le savez. Quant à faire de moi votre épouse et obéissante servante, vous seul avez ce pouvoir.

Des courtisans, des valets galopaient vers eux. Henry eut un geste d'irritation.

– Par Dieu, jura-t-il, je suis un homme bien malheureux de ne pouvoir posséder la femme que j'aime.

Les folies qu'il faisait pour Anne lui donnaient l'envie d'en commettre davantage encore. Elles étaient devenues sa raison de vivre.

– Il y a bal ce soir, mon cœur, vous ne danserez qu'avec moi.

À peine Henry avait-il pénétré dans le vaste hall du château que Suffolk lui tendit une lettre.

– De monseigneur le cardinal, Milord.

Sa femme Mary, la reine douairière de France, refusant de côtoyer Anne Boleyn qu'elle qualifiait de putain, Charles Brandon, duc de Suffolk, séjournait seul à Beaulieu. Il avait épaissi : sa haute stature, sa forte corpulence, sa peau couperosée rappelaient celles de son beau-frère le roi. Mais l'un comme l'autre demeuraient joyeux danseurs, excellents cavaliers et joueurs de tennis, archers d'élite et incomparables jouteurs. Au cours de leurs trente années d'amitié, ils n'avaient été en froid que lorsque Charles avait épousé secrètement Mary, tout juste veuve du roi de France Louis XII. Alors Wolsey avait secouru le jeune couple, mais ce service considérable rendu à Suffolk était à présent tout à fait oublié et le duc avait rejoint sans scrupule la cabale des ennemis du cardinal où s'activaient le duc de Norfolk et Thomas Boleyn.

L'air contrarié, le roi s'empara du pli. Il avait à se préparer pour le souper et redoutait que les propos de son ministre soient, une fois de plus, décourageants. La « grande affaire », comme celui-ci la nommait, lui procurait maints déboires, et Henry se mettait à douter du pouvoir quasi magique du cardinal.

Il plaira sans doute à Votre Grâce de savoir que je suis sur le sol français consacrant mes heures à œuvrer pour notre grande affaire. Bien que je n'aie pas reçu du roi de France toutes les assurances que j'attendais de lui, je ne perds point confiance, sachant celui-ci fort occupé à négocier la rançon de ses deux fils afin de les ramener d'Espagne sur le sol français. Quoique la

France soit prospère, réunir les quatre mille cinq cents lingots exigés par l'empereur n'est pas chose facile.

Étant prisonnière de Charles Quint, Sa Sainteté n'entreprendra rien pour le moment qui soit préjudiciable à la reine. Il serait donc souhaitable, afin de ne point agir ouvertement, qu'elle me délègue ses pouvoirs, y compris ceux de relâcher, limiter ou modérer la loi divine. Notre Saint-Père pourrait s'engager à ratifier toute décision prise en son nom. Je déclarerai nulle l'union de Votre Grâce et le pape serait pour son plus grand contentement mis devant le fait accompli. Mais ce plan doit rester secret afin que Sa Majesté l'empereur ne puisse préparer quelque contre-offensive...

En hâte, le roi parcourut le reste de la missive. Il se méfiait des plans trop hasardeux du cardinal qui sous-estimait aussi l'opiniâtreté de Catherine. Le lendemain, il débattrait de cette lettre avec Norfolk et Suffolk. Mais ce soir-là, il voulait tout oublier, se laisser griser par Anne et ses sortilèges.

La jeune femme était éblouissante. La robe incarnat et ocre en taffetas broché s'ouvrait sur une jupe de soie jaune safran où étaient cousues des dizaines de perles. S'arrondissant vers le cou en arc de cercle, le buste très étroit mettait en valeur la peau laiteuse sur laquelle brillait un collier de rubis. Larges, serrées aux poignets par des rubans pourpres, les manches s'ouvraient en crevé sur une mousseline transparente elle-même rebrodée de minuscules roses jaunes. Un petit bonnet plissé de soie d'un rouge orangé ne dissimulait que peu la chevelure dont les nattes ramassées sur la tête dégageaient le joli cou. Anne avait accroché à ses oreilles des pendentifs de rubis et de perles, et noué à sa taille une ceinture faite de fils d'or dont un pan décoré par une grosse perle tombait jusqu'au sol.

Radieux, le roi n'avait dansé qu'avec elle. Ses regards, ses gestes étaient autant de témoignages de passion et chacun savait désormais à la Cour que, pour obtenir des faveurs, il fallait plaire à la jeune femme.

– Mieux que belle, murmura Suffolk à son voisin : piquante, provocante, mystérieuse. Cette fille sait abattre ses cartes et ce n'est pas Norfolk qui lui a appris ces tours-là. Je ne parierais pas un shilling sur sa vertu.

Il était de notoriété publique qu'Anne avait beaucoup fleureté à la cour de France. De retour à Londres, elle avait ensorcelé Henry Percy, fils du puissant comte de Northumberland, puis le poète Thomas Wyatt, d'autres encore...

Après la danse était prévu un souper masqué dans les jardins. Quoique épuisée, Anne gardait son sourire. Sans l'affection de George et l'amitié joyeuse des amis de celui-ci qui la traitaient en reine de leurs cœurs, les exigences du roi, son besoin égoïste de lui exposer sans cesse ses soucis sans tenir aucun compte des siens, son narcissisme, l'auraient parfois mise hors d'elle. Mais Henry avait aussi des attentions touchantes, une immense générosité.

L'été s'écoulait sans qu'un seul moment fût voué à l'inaction. Les jours de pluie, on jouait au tennis, aux cartes, aux dés ; quand le soleil brillait, les heures étaient consacrées à la chasse, aux repas pris sur l'herbe, aux jeux de boules et de quintaine, aux bals champêtres où on dansait la matelote, la gaillarde, la pastourelle dans de grands éclats de rire. Pour reprendre haleine, chacun s'allongeait sur l'herbe, des idylles se nouaient, le vin tournait les têtes. À la lumière des torches, on servait des poissons froids dans des sauces au verjus, des volailles au miel et aux amandes, des pâtés de venaison, des beignets aux abricots venus d'Espagne, des massepains fourrés de fruits confits. La musique investissait la nuit, semblait conduire le frémissement des branches, inspirer le vent.

Avec la fin de l'été, le roi semblait moins soucieux. Wolsey allait regagner l'Angleterre, ses messages se voulaient optimistes. Le pape semblait acquis à l'idée de lui transférer ses pouvoirs pour la grande affaire.

Au début du mois de septembre, Henry fit route sans

Anne vers Londres où la reine et lui devaient recevoir une délégation française venue négocier les fiançailles du troisième fils de François Ier avec leur fille Mary. La Cour sentait qu'une page se tournait, que l'année à venir déciderait de l'annulation du mariage du roi et de ses épousailles avec Anne Boleyn, à moins que l'obstination de la reine, l'indécision du pape et les menaces de l'empereur finissent par l'emporter.

Chacun faisait ses bagages sous un ciel gris. Anne repartait pour Hever, attendant un ordre du roi. Elle l'avait supplié de la démettre de sa fonction de dame d'honneur de la reine. Le roi s'y était engagé. « Une promesse de plus », avait pensé la jeune femme. Rien ne progressait.

4

Juin 1528

– Partez aujourd'hui même pour Hever avec votre famille, mon cœur, cette femme de votre suite qui vient de trépasser...

– Ne vous alarmez point, Milord, demain je serai hors de Londres, coupa Anne Boleyn.

La voix paniquée du roi horripilait la jeune femme. La suette faisait des ravages dans leur entourage et, loin de compatir aux souffrances des autres, Henry ne pensait qu'à s'isoler, se protéger. Quel poids avait leur amour devant la peur que l'épidémie lui inspirait ?

Du visage fermé de sa maîtresse, de sa mauvaise humeur, le roi n'avait cure. Contraintes, déceptions, adversités de toutes sortes n'avaient cessé de l'accabler durant l'année, et sa bonhomie naturelle avait fait place à une dureté proche de la brutalité. L'empereur persistait dans sa perfidie, Catherine se comportait en mégère et le pape n'était qu'un mollasson incapable de prendre la moindre décision, Fisher continuait ses prêches enflammés contre son divorce, Wolsey avec ses airs mielleux l'irritait. Son cousin Reginald Pole lui-même, fils de la comtesse de Salisbury et petit-fils du duc de Clarence mis à mort par son frère le roi Edward d'York, se comportait en ennemi alors qu'il n'avait cessé de le combler de bienfaits. Désormais, Reginald refusait d'adresser la parole à Anne et s'écartait dédaigneusement lorsque par hasard ils se rencontraient.

– Je vous écrirai, ma chérie. N'oubliez pas que je vous aime plus que moi-même.

Anne esquissa un sourire. Elle n'était pas fâchée finalement de passer quelques semaines avec son frère et sa sœur Mary dans la paix d'Hever. Nouvellement nommé vicomte Rochford après que leur père Thomas Boleyn eut été fait comte d'Ormond, George s'étourdissait de plaisirs afin de dissimuler les affres que lui causait sa passion pour Francis Weston. Un jeune musicien plein de talent, Mark Smeaton, venait de rejoindre leur jeu trouble. Avec une innocence feinte ou réelle, il tentait de plaire à l'un ou l'autre, quand il n'essayait pas de la séduire par les ballades et rondeaux qu'il lui dédiait.

Son cercle d'amis mis à part, la jeune femme se méfiait de tous et en particulier de son oncle. Un faux pas, un moment de défaveur et, elle n'en doutait pas, Norfolk la désavouerait, comme il s'était détourné de Mary lorsque le roi l'avait congédiée. Mais elle avait plus de trempe que sa sœur et ne le craignait pas.

– Embrassons-nous avant de nous séparer, ma mie.

Anne fit une profonde révérence.

– Votre Grâce ne doit prendre aucun risque. Peut-être suis-je déjà atteinte du mal.

Effrayé, Henry recula d'un pas et sortit d'une poche un mouchoir imbibé d'essence de pin et de verveine. Depuis son enfance, il était hanté par l'horreur de la maladie, de la déchéance, de la mort. L'agonie de sa mère rongée par la fièvre après la naissance de la petite Katherine l'avait bouleversé, sa mort plongé dans le plus grand désespoir. Entre sa sévère grand-mère et son père qui ne cessait de le juger, il s'était mis à dissimuler ses sentiments. Sans l'affection de sa sœur cadette Mary et de Charles Brandon, la vie aurait été difficile pour lui. Aussi souvent qu'elle le pouvait, sa belle-sœur Catherine, de six années plus âgée, lui témoignait des attentions presque maternelles et, à dix-huit ans, par volonté de perpétuer sa propre famille disparue, il l'avait épousée, incapable de comprendre la portée de sa décision. À présent, il ne voyait plus en Catherine qu'une sœur qui, entraînée par un cercle de bigots, d'aigris, de valets de l'empereur, s'accrochait à lui, l'étouffait. Celle qui se proclamait *urbi et orbi* sa loyale et fidèle épouse avait confié des messages secrets à son tailleur Felipez avec l'ordre de les porter à son neveu. Ses espions avaient découvert la ruse, fouillé l'Espagnol et trouvé les lettres. D'autres billets, il n'en doutait point, lui échappaient.

– Nous quitterons Londres pour Eltham avec une Cour réduite dès demain, Charles.

– Et Sa Majesté la reine, Milord ?

Le roi hésita un court instant. Mais sa fille Mary venant tout juste de se rétablir de la varicelle, il ne pouvait lui faire prendre le moindre risque.

– La reine et la princesse Mary nous accompagneront.

Suffolk inclina la tête.

– Je désire que mes conseillers et secrétaires nous suivent, car je dois recevoir une fois encore Fox et Gardiner.

– Ils restent en contact étroit avec Rome, Milord. Le cardinal Campeggio doit venir en Angleterre dès la fin de l'été.

– Fox et Gardiner ont été d'excellents ambassadeurs. Nanti de pleins pouvoirs, un légat du pape à Londres peut fort bien conclure une annulation en quelques semaines. Wolsey saura montrer à Campeggio où se trouvent les intérêts pontificaux. Qu'aurait Rome à gagner dans une brouille avec l'Angleterre ?

– Sa Sainteté le pape ne semble pas apprécier d'avoir la main forcée, Milord.

Le poing d'Henry s'abattit sur la table, déplaçant les encriers, plumes et cachets.

– Par le Christ, Suffolk, le pape est un indécis, un pleutre, un bonasse voulant en vain plaire à tous. Ignore-t-il que le clergé anglais s'est attiré beaucoup d'hostilité parmi mes sujets ? S'il désire l'harmonie, qu'il annule mon mariage ; s'il veut la discorde, qu'il continue à se moquer de moi. Clément veut se faire bon politicien en ménageant la chèvre et le chou, l'empereur et le roi de France, et semble ignorer que son Saint-Siège est mis à mal par les luthériens qui obtiennent de grands succès. Au lieu de s'acharner sur moi, qu'il foudroie plutôt les hérétiques !

Suffolk regardait vaguement un vol de mouettes sur la Tamise. Il n'y avait plus un ami du roi, un courtisan qui ne fût désormais étroitement impliqué dans le divorce de leur souverain. Et à cette affaire privée se mêlaient des rapports de force, un jeu politique, la réelle volonté du peuple anglais de faire cesser les abus du haut clergé qui cumulait les charges, faisait du commerce, avait maîtresses et enfants. Anne et ses artifices étaient venus se greffer à un moment crucial de la vie du roi. Le cardinal Wolsey avait jusqu'alors gouverné l'Angleterre, mais à présent le roi était capable de prendre en main les rênes de son pays. Catherine ne lui ayant pas donné de fils, il allait fonder une dynastie avec une nouvelle reine. L'Église avait perdu le pouvoir de l'intimider.

En dépit de la haine que sa femme vouait à Anne Boleyn, Suffolk avait pris parti pour le roi et fait sienne sa cause. En n'acceptant aucun compromis, la reine allait tout perdre. Généreux, Henry était prêt à lui assurer une vie agréable et, avec l'aide de bons juristes, la princesse Mary aurait pu conserver sa légitimité. Mais l'opiniâtreté de sa mère allait la faire bâtarde. Quant à Catherine, elle disparaîtrait bientôt dans un lointain château et durant le reste de ses jours pourrait mesurer l'étendue de ses erreurs.

– Des ouvrages hérétiques sont imprimés sur le continent et introduits en Angleterre, Milord. Les collèges d'Oxford et de Cambridge laissent circuler des théories pour le moins condamnables.

– J'ai donné l'ordre de brûler ces livres et d'emprisonner

ceux qui les colportent. Qu'ils s'entêtent, et les bûchers en auront raison.

Les rives du fleuve étaient étrangement calmes. Par peur de la maladie, chacun restait chez soi. Quelques porcs et un bouc noir arrachaient des touffes d'herbes aquatiques. Il n'y avait pas un souffle de vent. Des éclairs de lumière clignotaient sur la Tamise. Suffolk avait hâte de quitter le roi pour rejoindre Mary dans leur château de Westhorpe.

– Ma chère petite sœur me boude-t-elle toujours ? interrogea soudain Henry. Elle n'a pourtant point de leçons à me donner.

Suffolk prit le parti de rire. Le roi aimait lui rappeler combien il s'était montré généreux à leur égard.

– Mary considère la reine comme une sœur et la fidélité de ses attachements est irréductible. Mais elle ne juge pas Votre Grâce.

Le roi rejoignit son vieil ami, passa un bras autour de ses épaules.

– Tu mens bien mal, Charles. Comme beaucoup de femmes, une fois ses caprices assouvis, Mary est devenue vertueuse et sermonneuse. On m'a dit que tu n'hésitais guère à prendre de temps à autre une jolie maîtresse. Parbleu ! tu as raison. Le désir rajeunit les hommes et je me sens aussi alerte que le jour de mes vingt ans !

La reine fut alarmée par la pâleur de sa fille. Depuis que son père la dédaignait, elle dépérissait et sa mère ne pouvait guère lui apporter de réconfort. Elle-même se cachait pour pleurer. Sans cesse la taraudaient l'angoisse et l'indignation provoquées par les injustices qu'elle subissait.

La fillette baisa sa mère au front. À douze ans, elle comprenait fort bien qu'Anne Boleyn était la cause de leur malheur. Petite, d'apparence fragile, elle avait hérité de l'orgueil, de l'opiniâtreté de sa grand-mère Isabelle de Castille.

– Prions ensemble, ma fille, dit la reine en castillan, car j'ai reçu de tristes nouvelles ce matin.

Par la fenêtre ouverte venait une odeur de foins coupés. La suette ravageait toujours les environs de Londres mais, dans cette campagne paisible du Hertfordshire, il était difficile d'imaginer les souffrances, l'agonie de tant de chrétiens.

– William Carey est décédé à Hever, annonça la reine de sa voix douce, laissant Mary Boleyn enceinte de son troisième enfant.

La jeune princesse se remémorait un bel homme courtois, discret, qui avait eu pour un moment la faveur de son père.

– George Boleyn ainsi que sa sœur Anne sont atteints par l'épidémie, poursuivit Catherine.

Mary sursauta. Enfin Dieu avait écouté ses prières ! Cette méchante femme allait mourir et sa mère retrouver l'affection du roi.

À genoux sur un prie-Dieu à côté de sa mère, Mary ne parvenait pas à relâcher la tension de son esprit. Pourquoi ne pas souhaiter la mort de mistress Boleyn puisque celle-ci désirait la leur ? Lady Salisbury lui avait confié à maintes reprises qu'un jour ou l'autre Anne essaierait de les faire empoisonner et depuis la fillette goûtait sa nourriture sans joie. Dieu ne pouvait être injuste au point de laisser mourir les bons et d'accorder la vie aux pécheurs. Des mouches bourdonnaient autour d'elle. Sur l'arrondi des pâturages, le soleil était lumineux. Mistress Boleyn lui volait tout bonheur de vivre, elle ne prierait pas pour elle.

Les yeux clos, Catherine pensait au cardinal Wolsey. Peut-être à tort le voyait-elle en ennemi. N'avait-il pas intercédé à plusieurs reprises en sa faveur ? Quelques jours plus tôt, il avait encore supplié le roi d'oublier ce projet d'annulation qui laissait présager un sombre avenir. Henry l'avait repoussé. « Je donnerais mille Wolsey pour une Anne Boleyn, avait-il tonné, nul autre que Dieu ne peut me la prendre. » Il avait dépêché son propre médecin à Hever et écrivait à Anne lettre sur lettre. Mais c'était Catherine qui restait à ses côtés. S'il le fallait, elle se rapprocherait du cardinal. Voyant s'émousser l'influence qu'il avait sur son maître, haï par Anne qui avait juré sa perte, le prélat allait prendre peur. Ils feraient cause commune. « Les lois de l'Église sont en ma faveur », se répéta la reine. Mais l'angoisse d'une interminable attente la consumait.

– Je veux vivre, prononça Anne Boleyn d'une voix sourde.

William Butts, second médecin du roi, posa la main sur le front brûlant de la jeune femme.

– Vous allez mieux, milady. Restez calme et je pourrai répondre de votre vie.

– Et George ?

– Il se rétablit, Madame.

On avait caché à la malade la mort de son beau-frère emporté en quelques heures, le désespoir de sa veuve enceinte de cinq mois. Un palefrenier, deux jardiniers de Hever l'avaient suivi dans la mort.

Anne ferma les yeux. Depuis deux jours, rongée de fièvre, inondée de sueur, elle avait perdu la notion du temps. Appels des domestiques, hennissements, bêlements lui parvenaient de très loin, assourdis, comme irréels. Les murs de sa chambre eux-mêmes lui semblaient tantôt proches, prêts à l'étouffer, tantôt si éloignés qu'elle ne pouvait plus discerner les tapisseries, le portrait du roi qu'il lui avait offert pour ses vingt-six ans.

Une femme de chambre passa un linge imbibé d'eau citronnée sur ses lèvres. Changée une heure plus tôt, la chemise collait déjà à sa peau. Un vent doux secouait les branches d'un grand orme planté dans la cour intérieure. Au-delà des murs de pierre grise s'étendaient les jardins dont la douceur presque italienne contrastait avec la sévérité du vieux château. Anne tourna la tête de droite à gauche, elle avait soif.

– Je veux guérir, répéta-t-elle.

– Je suis là, mon enfant.

La voix toute proche apaisa la jeune femme. De toute la famille, sa mère restait la seule à ne pas la considérer comme une bête de race que l'on poussait afin qu'elle gagnât les gros paris investis sur elle. Sœur du duc de Norfolk, elle avait épousé Thomas Boleyn, un homme au-dessous de sa condition, parce que ce jeune ambitieux, déjà ambassadeur, avait su plaire au clan Howard. Elle en avait eu cinq enfants, dont trois qu'elle chérissait survivaient, George tout particulièrement. Taquin, tendre, spirituel, gai, la tête remplie de mille projets, lui seul savait la dérider et même la faire rire aux éclats. Mais le mariage de son fils avec Jane Parker la préoccupait. Il était évident que le ménage n'était guère heureux. Jane s'aigrissait. Au courant de tous les ragots de la Cour qu'elle colportait avec ardeur, volontiers médisante, elle n'avait pas l'opportunité d'exprimer ce qu'il y avait de bon en elle. De tout son cœur, lady Boleyn espérait la venue d'un enfant pour raccommoder le couple, mais il semblait que Dieu en eût décidé autrement.

Anne tendit une main que sa mère prit entre les siennes. Maints aspects de la personnalité de son aînée lui étaient étrangers et, bien que lui vouant une grande tendresse, sa fille la déconcertait. Si Mary se conduisait d'une manière conforme à sa condition de femme, Anne agissait en homme : insoumise, coupante, raisonneuse, parfois cruelle, elle allait droit devant elle sans exhiber de faiblesses. Sa fidélité en amitié et son immense amour pour les enfants, les animaux, montraient cependant qu'elle avait du cœur.

– Tu as reçu une nouvelle lettre de Sa Majesté. Veux-tu que je te la lise ?

Anne se redressa légèrement sur sa couche.

– Je la lirai moi-même, mère.

À aucun prix, la jeune femme ne voulait qu'elle découvre les termes parfois très crus qu'employait le roi pour exprimer son désir.

Lady Boleyn soupira. Chaque jour un peu plus, Anne s'enfermait dans un monde où fort peu de ses proches avaient accès.

À pas lents, suivie de deux de ses petits chiens de compagnie, Anne remonta l'allée qui traversait la roseraie. Elle était guérie, assurait le docteur Butts qui s'en retournait auprès du roi. De légers nuages pareils à des volutes de fumée s'étiraient dans le ciel. Juin s'achevait. Dans une semaine, elle serait peut-être assez forte pour rejoindre la Cour. Les lettres d'Henry devenaient ardentes : « Je veux voir votre joli corps nu devant moi, offert et cependant inaccessible... Me laisserez-vous le caresser ?...Caresserez-vous le mien ?... Combien j'ai hâte de prendre dans ma bouche vos jolis tétons... Je vous en prie, mon amour, dites-moi que vous vous donnerez bientôt... Êtes-vous un ange, un démon ? Mais l'idée de vous perdre, de me retrouver solitaire et sans désir me fait horreur. »

La jeune femme effeuilla une rose alourdie par la pluie de la veille et froissa les pétales dans sa main. Dans la lettre qu'elle adresserait le jour même à Henry, elle donnerait à entendre qu'elle voulait vivre pour être reine. Elle solliciterait également des secours pour sa sœur Mary qui se trouvait fort démunie.

Devant le bassin que traversaient délicatement des araignées d'eau, Anne détourna la tête. Depuis qu'elle avait quitté son lit, elle refusait de voir son visage amaigri, ses yeux cernés, ses lèvres pâles. Quel reflet le miroir lui donnerait-il sinon celui d'une femme exténuée qui devait cependant retourner au combat ?

– Comment se porte ma future reine ?

George passa un bras autour des épaules de sa sœur. Rétabli quelques jours avant elle, il avait déjà repris des couleurs.

– Je regagne la Cour avec toi, mon ange, poursuivit le jeune homme. À l'automne, nous ferons venir Mary. Deux Boleyn ne seront pas de trop pour te soutenir.

George sentait l'eau de fleur d'oranger. La courte veste sans manches d'un bleu royal mettait en valeur la finesse de la chemise dont les poignets étaient soulignés de dentelles. Ses cheveux brun doré qu'il portait courts accentuaient la régularité un peu molle des traits, la sensualité de la bouche ourlée d'une fine moustache. Avec un tendre abandon, Anne posa la tête sur l'épaule de son frère.

– Le cardinal Campeggio va arriver à Londres, n'est-ce pas ?

– En août, à ce que l'on dit. Il doit quitter Rome le mois prochain.

– Avant la fin de l'année, le mariage du roi sera annulé et, au printemps, je serai reine.

George ne répondit pas. Sa sœur ne croyait nullement à ce qu'elle disait, mais les mots lui faisaient du bien. Avec l'appel à Rome de la reine, un an pouvait s'écouler avant qu'un jugement soit rendu. Anne aurait alors vingt-huit ans, et déjà trois années d'une lutte quotidienne acharnée marquait ses traits. Physiquement, moralement, combien de temps pourrait-elle tenir ?

5

Édimbourg, été 1528

– L'Assemblée prononce unanimement la condamnation par contumace de lord Archibald Douglas, comte d'Angus, la confiscation de ses biens, châteaux et terres. Aussitôt appréhendé, lord Angus sera emprisonné à Édimbourg.

Venu en personne à l'assemblée du Grand Conseil, entouré des lords Home, Arran, Moray, Argyll, Montrose, Maxwell et Bothwell, le jeune roi écossais laissa voir sa satisfaction. James V était enfin vengé des deux terribles années durant lesquelles son beau-père l'avait tenu prisonnier et sans cesse humilié.

À quelques pas de lui, sa mère Margaret semblait au comble du bonheur. Et pourtant, l'homme que l'on jugeait était son ancien époux, le père de Meg qui avait pris la fuite pour se claquemurer avec leur fille à Tantallon, l'imprenable forteresse des Douglas dominant sur son promontoire rocheux les rivages de la mer du Nord. Un instant, la reine douairière pensa à ce château battu par les vents dans lequel elle avait passé une nuit lorsque, sur le point d'accoucher de Meg, elle avait fui vers l'Angleterre. Sa fille avait grandi loin d'elle, passionnément attachée à un père qui en secret lui préférait l'enfant de sa maîtresse Jane de Traquair, sa rivale dès les premiers temps de son mariage.

À l'âge de quarante ans, la sœur d'Henry VIII, veuve du roi James IV, était devenue une matrone. De sa fraîcheur, de ses appétissantes rondeurs d'autrefois, il ne restait rien. Après trois mariages, elle avait perdu ses illusions et ne s'était rapprochée de son troisième époux Henry Steward, lord Methven, qu'à la demande expresse de son fils James. Tout comme Archibald Douglas autrefois tant aimé, Henry l'avait trompée, s'était moqué d'elle en pillant le peu de fortune qui lui restait, et elle avait été sur le point de l'envoyer à tous les diables. Lorsqu'il avait été emprisonné par Angus, elle s'était bien gardée d'intervenir en sa faveur.

La nuit tombait. Pour épargner les chandelles, l'assemblée leva la séance. Le grand hall du château de Holyrood était plongé dans la pénombre. Le vent soufflait de l'est, apportant des bouffées d'air salin. Au-dessus des remparts de la ville, des oiseaux de mer tournoyaient en poussant des cris stridents. Le jeune roi se pencha vers sa mère.

– Nous avons à parler, Madame, rejoignez-moi, je vous prie, dans mon appartement.

De son père, James avait hérité un nez aquilin, un regard chargé de mélancolie. Les deux années où, encore adolescent, il avait été le prisonnier de son beau-père l'avaient profondément marqué. À plusieurs reprises, il avait tenté sans succès de s'échapper, aidé de fidèles comme le comte Lennox qui avait été mis à mort pour avoir organisé un complot en sa faveur. Un jour enfin, déguisé en valet, James avait pu fuir et rejoindre sa mère au château de Stirling. Aussitôt, sa vengeance s'était abattue sur les membres de la famille Douglas, que le comte d'Angus avait laissés derrière lui.

À seize ans, James était las, désenchanté. Sa vie avait été comme un mauvais rêve : un père mort au combat lorsqu'il n'était qu'un enfant, une mère luttant en vain pour s'imposer, choisissant la fuite dans son pays natal avant de regagner l'Écosse et de revoir son fils après des mois d'absence, divorcée, remariée encore une fois, toujours à la recherche d'argent, d'une tendresse que nul homme ne semblait prêt à lui donner, avant tout une Anglaise, une Tudor n'ayant jamais pu s'identifier tout à fait aux Stuart et à l'Écosse. Il la respectait sans éprouver de tendresse pour elle.

La chambre au sol couvert de tapis était décorée de tapisseries flamandes. De sa mère, le jeune roi avait hérité le goût du confort, des jolies choses. Bientôt, il ferait poursuivre la rénovation commencée par son père des forteresses héritées de ses ancêtres. À Falkland, Stirling, Holyrood, Linlithgrow, de jolis jardins, d'élégantes portes d'entrée, des cheminées italiennes, des sols en parquet avaient remplacé les cours austères, les âtres de pierre brute, les carreaux de terre cuite. Passionné d'architecture, amateur d'art, James V avait admiré un grand nombre de dessins venus de France où le roi François avait fait édifier des merveilles de luxe et de confort, des rêves de pierre, d'ardoise, de brique et d'eau : Chenonceaux, Azay-le-Rideau, Chambord. Plus que par le pays de sa mère, James était attiré par la France, la plus vieille alliée de l'Écosse. Là, en dépit des réticences de Margaret qui désirait un mariage anglais, il voulait choisir sa reine.

Vêtue d'une robe de soie prune s'ouvrant sur une jupe de même étoffe brodée de fleurettes, coiffée à l'ancienne d'un chaperon cachant les cheveux et les oreilles, Margaret pénétra chez son fils. Après deux années de séparation, elle avait à peine reconnu son enfant. Le garçonnet doux, docile, replié sur lui-même s'était métamorphosé en un jeune homme dur, sec, dont le regard seul trahissait la sensibilité. Maigre, fort pâle, il ne goûtait pas comme son père les folles cavalcades, les nuits passées dans quelque modeste demeure des Hautes-Terres ou des îles. De tout son cœur, Margaret aurait voulu se rapprocher de son fils. Avec fierté, elle avait chevauché à côté de lui lors de son entrée triomphale dans Édimbourg le mois précédent. Les larmes aux yeux, la reine douairière avait revécu sa propre arrivée dans la capitale de son nouveau royaume, vingt-six ans plus tôt. Elle réentendait les cris de joie, revoyait battre les oriflammes et bannières tout au long de Canon Gate. Tout déconcertait la très jeune fille qu'elle était alors. Mariée à quatorze ans, quelques mois après la mort de sa mère, elle avait déjà le mal du pays, mais de toutes ses forces voulait croire à un avenir heureux entre un époux aimant, une grande famille, un peuple à sa dévotion. Mais la vie n'en avait pas décidé ainsi.

Tendant la main à sa mère, James la fit asseoir à côté de lui. On apercevait par les fenêtres au-delà du mur de Flodden le lointain de la campagne noyée d'ombre.

– Nous allons faire le siège de Tantallon, mère, annonça James sans lever le ton, et tenter de capturer Angus. Quant à ma demi-sœur Meg, je l'accueillerai de bon cœur à Édimbourg.

Margaret étala ses jupes et enfonça ses mains dans un manchon de soie noire doublé de petit-gris.

– Mais je veux vous entretenir aussi d'autre chose, poursuivit le jeune roi. Vous n'ignorez pas que le trésor est vide et que je vais devoir accepter l'humiliation d'emprunter à mes lords les plus fortunés.

– Mon frère, peut-être...

– Jamais je ne compterai sur le roi d'Angleterre, coupa James, car en nous envoyant de l'or, il croirait acheter mon royaume. Il me faut prendre une décision difficile et renoncer à l'être qui m'est le plus cher au monde.

– Lady Margaret Erskine ?

Le sentiment passionné qu'éprouvait son fils pour cette femme déplaisait à la reine douairière. Elle lui avait donné un enfant, James, auquel le jeune roi était très attaché mais que jamais elle n'avait voulu connaître, comme elle ignorait les autres bâtards de ses multiples maîtresses.

James détourna la tête afin de cacher son trouble. Les négociations aboutissant à un mariage français prendraient des années, mais il ne mentirait pas à Margaret.

Comme le vent se levait, deux valets fermèrent les vitres serties de plomb. Des ombres jaunes coulaient sur le plancher. James détestait la tombée de la nuit, l'éclat fixe des étoiles. Le temps alors s'étirait et lui donnait une angoissante impression de mort. Même entouré de ses serviteurs, de ses amis, ou à côté de sa mère, il se sentait affreusement seul.

– Lady Margaret comprend bien que, dans l'intérêt de l'Écosse, je dois assurer ma descendance.

Son fils avait parlé fort bas et sa mère pencha vers lui la tête.

– Une épouse anglaise servirait grandement ces intérêts, mon enfant. Je peux approcher mon frère quant à une alliance avec ta cousine Mary. Vous êtes d'âge assorti et on la dit jolie.

– Oubliez Mary, mère, répondit James d'une voix sèche.

– La reine douairière de France, ma sœur Mary Suffolk, a également deux filles...

– Je désire épouser une Française et place ma confiance dans les Lennox qui m'ont servi au péril de leur vie lorsque j'étais prisonnier. Ce sont des amis de la France. Ils examinent présentement des partis convenables et pensent à une fille du roi François. On dit délicieuse la princesse Madeleine, mais elle est encore une enfant.

Une profonde irritation empêcha Margaret de répondre aussitôt. Depuis des années, elle mûrissait le projet d'un mariage anglais pour sceller un rapprochement définitif de l'Angleterre et de l'Écosse, et prouver à son frère qu'elle le servait avec ardeur.

– La France a-t-elle vraiment à cœur les intérêts de l'Écosse ? interrogea-t-elle enfin d'une voix blanche. Réfléchissez, mon fils, une reine française amènera dans sa suite des courtisans, des soldats peut-être, afin de nous garder des Anglais. Face à cette présence étrangère, le peuple renâclera.

James se leva. Sa décision était prise. Comment sa mère pouvait-elle défendre les intérêts d'un frère qui avait massacré à Flodden la noblesse écossaise et son propre époux, laissant son fils orphelin ?

– Nous en reparlerons, mère. Demain, je pars vers les régions frontalières afin d'y rétablir un ordre que notre famille anglaise s'ingénue à troubler et, à la grâce de Dieu, serai de retour sous peu. Aussitôt à Édimbourg, je réfléchirai au danger que représente l'hérésie luthérienne. S'il faut sévir durement, je le ferai, sans épargner nos familles les plus anciennes, nos cousins Hamilton en particulier. Ce mal est une gangrène et les livres qui circulent en provenance de la Baltique empoisonnent les esprits.

Posés sur les créneaux, des engoulevents poussaient leurs cris sinistres. Un peu de brouillard glissait sur les flancs des masses rocheuses toutes proches.

Margaret resta assise, tassée sur elle-même. James, elle le savait, n'accepterait jamais d'elle le moindre conseil, mais il lui offrait une place d'honneur à la Cour et contraignait les lords à lui témoigner une grande déférence. Si elle avait disposé d'un peu plus d'argent, elle se serait estimée heureuse. Entièrement occupé à se débarrasser de la reine pour épouser Anne Boleyn, son frère demeurait sourd à ses appels pressants. Mais depuis vingt années, Henry n'était-il pas toujours resté indifférent à ses difficultés ?

Archibald Douglas, comte d'Angus, signa d'une main ferme, plia la feuille de papier et la cacheta. Quatre jours plus tard, sa lettre serait dans les mains du roi d'Angleterre, auquel il demandait asile pour lui et sa fille Meg, au nord de l'Angleterre dans un premier temps. Jamais James ne parviendrait à enlever Tantallon, mais son ambition n'était point de demeurer enfermé dans l'antique forteresse familiale. De l'autre côté de la frontière, il pourrait repasser à l'attaque, miner de loin le pouvoir de ce garçon instable, chétif, qui se prenait pour un grand roi. Croyait-il un instant qu'il allait s'agenouiller devant lui pour implorer son pardon ?

Soulevée par des rafales de vent, de l'écume se collait aux épais carreaux verdâtres. L'air était saturé de sel, du parfum âcre des algues. Au-delà des formidables murs d'enceinte, la falaise tombait à pic dans la mer et le bruit des vagues qui s'y écrasaient assourdissait. Un instant, le comte observa le chemin de ronde. Tout était calme. L'attaque du roi n'aurait pas lieu avant la fin de l'été et, quand celui-ci se casserait les dents sur les murs de la forteresse, alors il aurait reçu depuis longtemps la réponse d'Henry et serait passé en Angleterre.

Sur la pointe des pieds, la fillette pénétra dans la salle carrée où travaillait Angus. Depuis qu'ils étaient à Tantallon, tout avait basculé pour elle et sans cesse Meg avait besoin de la présence rassurante de son père. Aux gouvernantes pleines de rondeurs, aux joyeuses servantes, aux douceurs de la vie avaient fait place des visages sévères, un confort rudimentaire. Tout d'abord, la fillette avait détesté Tantallon. Les murs sentaient le moisi et l'urine, le martèlement des vagues empêchait de dormir, le mugissement du vent dans les cheminées terrifiait. Semaine après semaine, cependant, elle avait fini par s'habituer à l'austère citadelle, goûtant dans son enceinte une liberté inconnue à Stirling, Falkland ou Édimbourg.

– Approchez, Meg, demanda Archibald.

Il s'en voulait de ne pas préférer cette enfant si aimante à la fille qu'il avait de Jane, mais Meg lui rappelait trop Margaret.

– Ma princesse aimerait-elle régner sur les cœurs à la cour de son oncle ? Je viens d'écrire au roi d'Angleterre pour le prier de nous accueillir dans son royaume.

Un beau sourire éclaira le visage au teint pâle, aux traits réguliers, un peu froids, de la fillette. « Elle est jolie, pensa Archibald, mais n'a pas la grâce piquante de mon autre enfant. » Il adorait la fille que lui avait donnée la femme qui était sa maîtresse depuis dix-sept années et à laquelle il laisserait ses biens. Sa famille maternelle tiendrait Meg à l'écart de tout souci et elle n'aurait nul besoin de son argent pour trouver un époux.

Le comte prit la main de sa fille, la serra dans la sienne. Pour le meilleur comme pour le pire, il la savait à ses côtés.

– Vous devez écrire à votre mère, c'est votre devoir de chrétienne.

Meg se mordit les lèvres. Lors de leur départ précipité de Falkland, Margaret lui avait fait parvenir un billet la suppliant de la rejoindre à Holyrood. Elle l'avait déchiré. Sa place était à côté de son père. Comment pourrait-elle vivre avec une mère et un demi-frère qui haïssaient les Douglas ?

– Je le ferai, milord.

– Surtout, ne soufflez mot de notre projet. Laissez entendre à votre mère que Tantallon ne se rendra jamais. Cela excitera la colère de son jeune coq de fils.

Meg observa la mer. Elle avait parfois envie de quitter le château pour s'envoler comme une mouette au-dessus des falaises, oublier pour un moment querelles, haines et complots. Elle avait laissé à Falkland des jeunes filles de son âge qui étaient ses amies et que peut-être elle ne reverrait jamais, une vie agréable, des chevaux, des chiens, des vêtements de velours et de soie. Son père à présent lui promettait la cour d'Angleterre où elle retrouverait sa cousine germaine Mary. Mais peut-être préférait-elle l'austérité de Tantallon, les nuages, la mer, la solitude avec un père tout à elle au milieu d'une garnison d'hommes rudes entièrement dévoués aux Douglas.

Meg sortie, Archibald s'empara d'une liasse de documents, des lettres nouvellement reçues. Lorsqu'il aurait passé la frontière, il sèmerait le désordre dans le sud de l'Écosse, harcèlerait son beau-fils en s'alliant aux éléments rebelles. L'argent certes viendrait de Londres, mais Angus n'éprouvait aucun problème de conscience à ce sujet. Beaucoup de grandes familles écossaises n'étaient-elles pas déjà à la solde de l'Angleterre ?

6

1528

– Lisez, ma mie.

Anne Boleyn s'empara du papier qu'Henry lui tendait. Jusqu'alors l'été ne lui avait pas offert les joies espérées. En dépit de retrouvailles passionnées lors de son retour à Hever, elle s'irritait de l'atmosphère équivoque créée par la présence de la reine, dont l'air calme et digne, les paroles mesurées l'exaspéraient. À maintes reprises, elle avait suggéré au roi d'éloigner Catherine de la Cour. Puisqu'il avait décidé une séparation, pourquoi ne pas mettre aussitôt son dessein à exécution ? Henry l'écoutait, mais n'agissait pas.

Milord,

Monsieur le cardinal Campeggio est arrivé avant-hier en France et, selon vos instructions, je l'ai accueilli avec tous les honneurs possibles. Une crise de goutte le met fort mal en point et il ne peut envisager que de courtes étapes. Je ne voudrais être porteur de propos alarmants, mais le légat du pape n'arrivera probablement pas en Angleterre avant la fin du mois de septembre.

Hier et ce matin même, nous avons pu avoir de longues conversations. Le cardinal reste prudent mais j'ai pu le prendre de court et le faire se contredire à plusieurs reprises. Sa Sainteté lui aurait remis une bulle à pouvoir décrétal qui sanctionnerait l'annulation du mariage de Votre Grâce mais nul n'a jamais vu ce document et je suis prêt à parier qu'il ne le produira jamais. L'homme est rusé, fort attaché au pape et certainement prêt à temporiser. Si j'osais émettre un avis, j'affirmerais à Votre Grâce que ce voyage est un leurre et que les délibérations tourneront à la farce. Clément VII cherche à gagner du temps.

De Votre Grâce, l'humble, obéissant serviteur, beau-frère et ami,

Charles Brandon, duc de Suffolk.

– Suffolk écrit à tort et à travers, jeta Anne d'un ton aigre. Comment peut-il supputer les intentions du cardinal après seulement deux jours d'entretien ? Je vois quant à moi une excellente nouvelle dans ce message : Campeggio détient une bulle qui peut vous libérer et hâter notre mariage.

– Les alarmes de Suffolk semblent sans fondement, opina le roi.

– Quel intérêt aurait le pape à vous résister ? poursuivit la jeune femme avec obstination. Il n'a que le roi de France et vous pour lui venir en aide, le réinstaller à Rome ! Campeggio vient en Angleterre afin de prononcer un jugement équitable et je ne le crains point. C'est le cardinal Wolsey qui me préoccupe.

Il n'y avait plus de jour où Henry n'entendît doléances et griefs contre son chancelier. Maints courtisans semblaient ligués contre cet homme qui le servait depuis si longtemps et il ne tentait rien pour le défendre. Le cardinal le fâchait désormais par ses prétentions, son goût du luxe, ses réticences sur la question du divorce. Mais quoique la confiance qu'il avait eue en lui fût ébranlée, il ne voulait pas l'abattre tout à fait.

Avec la fin de l'été, les pluies étaient de retour et, le roi ne pouvant chasser était devenu, lui aussi, irritable. Le désir non satisfait qu'il avait d'Anne, la rébellion de Catherine, l'obstination que mettait Mary à défendre sa mère, les remarques et critiques constantes qu'il entendait sur Wolsey lui mettaient les nerfs à vif. Et il commençait à souffrir d'une jambe où un abcès, en dépit des soins de ses médecins, refusait de se fermer.

– Aussitôt le cardinal en Angleterre, je partirai pour Hever, Milord, et vous ne me reverrez point aussi longtemps que dureront les délibérations.

Henry soupira. À aucun prix en effet, Anne ne devait rester à Londres. L'exhibition de son amour pour la jeune femme ne pourrait que braquer le légat du pape. Mais vivre loin de celle qu'il adorait était cruel. Chaque jour, Henry se surprenait à guetter un mot tendre, un geste affectueux, à espérer des caresses. Jamais il n'était sûr de ses abandons. Pour l'avoir dans son lit, il était prêt à traiter avec le diable.

– J'ai sous-estimé mistress Anne, concéda Wolsey.

Thomas Cromwell, qui était occupé à prendre la dictée d'une lettre, releva la tête. Depuis quelque temps, le cardinal semblait éprouver des difficultés à se concentrer. Le bourreau de travail qu'il avait été passait désormais de longs moments perdu dans ses pensées. De tous côtés, son maître était attaqué et, bien que lui restant fidèle, Thomas Cromwell, à quarante-trois ans, rêvait de voler enfin de ses propres ailes. Cette ambition cachée le rendait souvent muet face aux ennemis de son bienfaiteur.

– Mistress Boleyn veut être reine, répondit-il, et semble en effet bien armée pour réaliser son objectif.

– Cette femme n'a aucun scrupule. On la dit curieuse des théories de Luther et elle pourrait fort bien pousser le roi au schisme.

À cause de son embonpoint, Wolsey se déplaçait pesamment, mais il gardait l'habitude de faire les cent pas lorsqu'il menait une conversation importante. Depuis son enfance pauvre, jamais le cardinal n'avait douté de lui. Étudiant à

Oxford, il savait qu'un jour sa valeur serait reconnue par quelque important personnage. Secrétaire, conseiller puis chancelier, son ascension avait été foudroyante. Le roi le laissait gouverner, ne discutait pas ses conseils. Et soudain, à cause d'une intrigante, il devait user d'une énergie considérable, ruser, courir de droite et de gauche pour maintenir le cap qu'il s'était fixé : obtenir la tiare pontificale.

– Les désirs de cette jeune personne n'ont point toujours été exaucés, mon ami, rétorqua Wolsey d'un ton onctueux, et je me souviens fort bien du jeune Percy, alors à mon service, qu'elle avait entortillé et que son père, le comte de Northumberland, a ramené sur ses terres par la peau du cou.

– Les Boleyn comme les Howard sont rancuniers, Milord !

Debout devant l'âtre éteint décoré de gerbes de lupins et de coloquintes, Wolsey restait plongé dans ses pensées. Certes, il avait sous-estimé la « grande putain », comme beaucoup la nommaient, mais le plus grand danger qui le menaçait était le roi lui-même. En dépit de ses efforts et des innombrables voyages qui l'avaient laissé rompu, le processus mis en route pour annuler le mariage royal piétinait. Pour la première fois, Henry se heurtait à un obstacle, voyait des êtres se dresser contre ses désirs et, comme un enfant en colère, il avait envie de briser ceux qu'il tenait pour responsables de son échec. Mais, aussi intelligent fût-il, le roi jugeait la situation d'une façon trop personnelle. L'Europe changeait, les rapports de force n'étaient plus les mêmes et le trésor anglais était quasiment à sec. Le rôle du roi d'Angleterre, quelles que soient l'habileté et la détermination avec lesquelles il servait celui-ci, avait perdu sa prééminence. Attaqué avec violence par les hérétiques, luthériens, réformés suisses et anabaptistes, le pape aurait dû défendre avec vigueur les souverains catholiques mais, par peur, faiblesse ou aveuglement, il préférait user de détours et faux-fuyants, courber l'échine.

– Les Howard ne sont point seuls à me jalouser, reprit

enfin le cardinal, Thomas More me guette. Il est contre ma politique et a entraîné dans son sillage le duc de Suffolk qui ne brille ni par la reconnaissance ni par ses vues à long terme.

– Le duc de Suffolk se méfie de la hiérarchie religieuse dont vous occupez la première place. Laissez hurler les chacals, Monseigneur. Lorsque le roi aura gagné son procès, il célébrera publiquement votre succès.

En son for intérieur, Cromwell doutait de cette issue favorable, et même si le divorce était finalement prononcé, il n'était pas sûr que le cardinal retrouve la faveur dont il avait joui autrefois. La duchesse de Suffolk, qui s'était sans restriction prononcée en faveur de sa belle-sœur la reine, n'aimait pas Wolsey et ne manquait pas une occasion de le faire savoir au roi. Face à des ennemis aussi haut placés, son maître aurait du mal à se maintenir.

Le parc du palais de Hampton Court était l'œuvre des plus grands jardiniers d'Europe et, selon son habitude, le cardinal avait dépensé des fortunes pour son plaisir comme pour celui de ses hôtes. En cette heure encore matinale d'une belle journée de fin d'été, une lumière douce coulait sur les pelouses, se reflétait dans les bassins que gardaient d'antiques statues achetées en Italie. Même si les jardins français l'avaient impressionné, Wolsey avait tenu à garder dans ses palais la beauté libre de la nature anglaise avec ses grands arbres, ses buissons fleuris, ses rosiers qui escaladaient arches et tonnelles. De luxuriants massifs bordaient les allées qui serpentaient, s'arrondissaient en ronds-points, contournaient des berceaux où des bancs de pierre invitaient au repos. Des bouquets de saules se penchaient sur des mares où évoluaient colverts et sarcelles. Chèvrefeuilles, œillets et clématites embaumaient.

– Reprenons notre travail, Cromwell, prononça-t-il enfin d'une voix lasse. Sa Majesté m'attend à onze heures et je tiens à être ponctuel.

Le cardinal Campeggio regardait la pluie tomber derrière les vitres de Bath Place, la résidence londonienne des évêques de Salisbury où il était installé depuis deux semaines. Outre les crises de goutte qui lui étaient familières, le légat du pape souffrait de rhumatismes provoqués par l'humidité persistante et était de méchante humeur. Deux jours plus tôt, le roi l'avait reçu au palais de Bridewell au bord de la Tamise. Un banquet fastueux avait été servi au terme duquel Henry l'avait entraîné dans son cabinet de travail.

Soigneusement informé par le pape, le cardinal savait parfaitement où il mettait les pieds et quel était le but de son séjour à Londres : gagner du temps, tenter de négocier avec le roi puis avec la reine un modus vivendi. Campeggio connaissait bien l'Angleterre où il avait séjourné plusieurs années. Il était même évêque de Salisbury, un titre honorifique, car il n'avait visité son évêché que lors de son intronisation. Mais la ténacité des Anglais, leur orgueil, le souci de leurs droits, de leurs prérogatives et privilèges lui étaient familiers. Dans cette affaire, il lui faudrait user de diplomatie, de patience et de duplicité, toutes qualités qui ne lui faisaient point défaut.

Entouré de sa suite, le cardinal avait dit la messe du matin. Dans un instant, Wolsey viendrait le chercher pour le conduire chez la reine.

Des coups de vent couchaient les flammes dans l'âtre. En dépit des flambeaux et bougies qui demeuraient allumés, la lumière était d'un gris de cendre. Campeggio songeait avec nostalgie aux douces collines de Rome avec leurs senteurs de romarin et de pin. Là-bas, les rayons du soleil caressaient les murs de pierre des antiques demeures, les colonnes de temples depuis longtemps abandonnés aux chèvres et chats sauvages, les chapiteaux triangulaires encore ornés de sculptures honorant des idoles délaissées.

L'entrevue avec la reine allait être décisive et, depuis la veille, le cardinal forgeait ses arguments, nourrissait sa dialectique d'éléments qui lui paraissaient irréfutables. À sa demande, Wolsey n'assisterait pas à l'entretien. Le légat du pape savait que Catherine ne l'aimait guère et il craignait qu'en sa présence, la reine n'adopte une opposition obstinée qui desservirait son entreprise. « Allons, pensa Campeggio, et que la sainte Providence m'assiste. »

Dans la pénombre, le légat du pape distingua la silhouette immobile de la reine assise dans un fauteuil à haut dossier. Alors qu'il approchait, celle-ci se leva soudain pour s'agenouiller devant lui.

– Bénissez-moi, milord Cardinal.

Campeggio fut étonné par la contenance à la foi modeste et digne de Catherine, la tristesse de son regard. Vivement, il la releva et la reconduisit à son siège.

Bien que devinant la réticence de la reine, une rigidité due à ses innombrables déconvenues, il devait la mettre aussitôt en confiance afin qu'elle se comportât comme une fille face à son père.

– Je suis venu afin de juger impartialement la cause de Sa Majesté et la vôtre, Milady, dit-il d'un ton clément. Sa Sainteté vous considère comme ses enfants et cherche votre satisfaction.

– Je n'en espère plus aucune dans ce bas monde, mon père, mais j'exige que justice soit rendue à ma fille et à moi-même. Quoique isolée et sans beaucoup de défenseurs, j'ai foi en la sainte Providence, elle ne m'abandonnera point.

– Si la Cour ecclésiastique que je vais présider avec le cardinal Wolsey se prononce en votre faveur, Madame, nul ne pourra plus vous porter préjudice. Mais un jugement public, des révélations pouvant porter atteinte à votre modestie, la malignité de vos adversaires, l'influence de mistress Boleyn sur le roi peuvent vous faire beaucoup souffrir et scandaliser la princesse Mary.

Avec attention, Catherine écoutait. Reçu en France par Suffolk, le cardinal s'était déjà entretenu avec Wolsey et le roi. Venait-il vers elle en père ou en intermédiaire du clan Howard ? Une partie de la nuit, elle avait prié la Vierge afin qu'elle inspirât sa conduite et, à l'instant présent, il lui semblait entendre sa réponse.

– Je ne doute pas de votre amitié, milord Cardinal, dit-elle de sa voix maîtrisée, et dans ma solitude, votre présence est une consolation. Depuis des mois, je prie le Seigneur pour qu'il m'assiste et défende ma juste cause. Je suis l'épouse du roi, la mère de sa fille légitime, et aucune torture morale ou physique ne me fera déclarer autre chose. Lorsque je me suis mariée, Sa Sainteté Jules II avait envoyé deux bulles de dispensation, l'une à mon beau-père le roi Henry VII, l'autre à ma mère, Sa Majesté la reine Isabelle. Nul ne peut remettre en cause une décision du pape prise au terme d'une procédure fort sérieuse. Qui peut prétendre aujourd'hui être plus scrupuleux que celui qui était alors le chef de notre Église ?

– Certes, mon enfant, opina Campeggio, mais si vous attachez votre honneur à considérer les causes du procès qui va avoir lieu, je m'inquiète, quant à moi, de ses effets. Qu'avez-vous à espérer de cette boue remuée ? Pourquoi ne pas trouver une issue qui ménagerait les scrupules du roi et votre dignité ?

À un léger tressaillement, Campeggio devina le trouble de la reine. Deux candélabres qui entouraient son fauteuil de chêne sculpté jetaient de mouvants reliefs sur la rondeur du visage, sa pâleur, les cernes qui creusaient les yeux. Cependant, le regard restait jeune, déterminé, le port de tête altier, le sourire plein de charme.

– Il n'existe d'autre exutoire pour moi que le triomphe de la justice.

Campeggio se racla la gorge. Le mur qui se dressait devant lui ne devait pas l'intimider et il n'avait pas atteint son âge et sa position dans l'Église sans avoir franchi des obstacles autrement périlleux.

– Qui peut prétendre être l'interprète de la volonté divine, mon enfant ? Ni vous, ni moi, ni le prince le plus puissant de la terre. La gloire de Dieu seule importe et nous devons en faire le but unique de nos vies. Jésus nous donne la force de lutter, certes, mais aussi celle de nous résigner, d'offrir nos blessures pour notre propre salut. Là est peut-être votre victoire, Milady. Songez-y.

– Je suis la servante du Seigneur, répondit Catherine d'une voix douce, mais les souffrances que ma fille et moi endurons ne sont pas voulues par Dieu.

Le regard de la reine était soudain devenu défiant, les coins de sa bouche tremblaient imperceptiblement. Du dehors, à l'exception de la pluie frappant les carreaux, pas un bruit ne parvenait. Une indicible tristesse emplissait cette chambre où la reine priait, pleurait et se souvenait du temps heureux où le roi l'aimait.

– Ne pécheriez-vous pas par orgueil ?

Campeggio qui attendait une réplique cinglante fut surpris par la douceur égale du ton de la reine. Après vingt-cinq années en Angleterre, elle avait conservé un fort accent espagnol qui obligeait ses interlocuteurs à tendre l'oreille.

– Dieu ne peut punir les justes et récompenser les pécheurs, mon père.

Catherine se signa. Derrière son fauteuil à quelques dizaines de pas se dressait le petit autel devant lequel elle priait. Un grand christ le dominait qui pleurait des larmes de sang.

Campeggio avait hâte d'en finir, de retrouver le confort de sa chambre, le bon feu de bois, les tentures et draperies, les tapis de laine, un fin souper servi dans de la vaisselle de vermeil et d'argent. Cette femme à l'austère dignité dont la tristesse poignante se dissimulait mal derrière son demi-sourire le mettait mal à l'aise.

– Je prie Votre Majesté de m'écouter attentivement, déclara-t-il d'un ton ferme. Il existe une façon de conserver votre honneur, de sauver les intérêts de votre fille et de contenter le roi. Ce moyen satisferait Sa Sainteté et plairait à Dieu.

Catherine était suspendue aux lèvres du légat. Quelle argumentation élaborée avec le cardinal Wolsey allait-il lui proposer afin de laisser le champ libre à la concubine ?

– À quoi bon souffrir, continua Campeggio, alors que vous pourriez vivre heureuse et sereine dans la paix d'un couvent ?

– Je suis l'épouse légitime du roi, articula Catherine d'une voix glacée, et resterai fidèle jusqu'à la fin de mes jours au serment fait le jour de mon mariage, voici près de vingt ans.

– Réfléchissez, Milady, je vous en supplie. Pour une femme mariée qui n'est plus en âge d'enfanter, se retirer dans un couvent n'est point décision extraordinaire. Le roi vous honorerait grandement et ferait tout ce qui est en son possible pour que votre retraite soit heureuse. Votre fille, la princesse Mary...

Soudain, Catherine se leva, signifiant la fin de l'entretien.

– Revenez dans deux jours, mon père, pour m'entendre en confession. Je pourrai alors vous parler comme si je m'adressais à mon Créateur et mon Sauveur.

Sans nulle cérémonie, deux dames d'honneur et un gentilhomme de la Chambre de la reine avaient accompagné le cardinal Campeggio à la chapelle où Catherine allait le rejoindre. Depuis l'avant-veille, le légat du pape avait fort réfléchi et n'espérait guère de coopération de la femme admirable et butée qui allait se confesser à lui. Sans compromis, le nouveau tribunal ecclésiastique qu'il allait présider n'aboutirait pas à un jugement. Certes, il avait avec lui une bulle papale autorisant l'annulation, mais avec l'ordre de ne point s'en servir. Le procès serait ajourné et les dossiers remis à la Sainte Rote[1]. Durant ce long processus, peut-être le roi se lasserait-il de mistress Boleyn.

Le triptyque décorant l'autel montrait la flagellation du Christ, sa mise à mort. L'artiste avait peint avec précision les

1. Le tribunal ecclésiastique ayant le pouvoir d'annuler les unions chrétiennes.

déchirures des vêtements, les plaies ouvertes et sanguinolentes, la couronne d'épines profondément enfoncée dans les chairs.

– L'offrande de nos souffrances n'est-elle pas source de bénédiction, milord Cardinal ?

Campeggio tressaillit. Vêtue d'une robe de velours vert galonnée d'or, la reine se tenait derrière lui. Le malheur avait beau frapper cette femme étonnante, elle restait debout, inébranlable.

D'un geste automatique, Campeggio fit un signe de la croix.

Ego te absolvo omnibus peccatis tuis in nomine patris et filiï et spiritus sancti. Amen.

Dans le froissement de ses jupes, Catherine se leva et quitta le confessionnal. Sur son salut éternel, elle venait d'affirmer qu'elle était vierge au moment de son mariage avec Henry, que la loi divine ne pouvait donc concerner leur union et qu'elle resterait son épouse à jamais.

L'église était redevenue silencieuse. Un long moment, le cardinal demeura dans le confessionnal. Six heures du soir sonnaient. La nuit tombait. La possibilité d'un retrait volontaire de Catherine au couvent avait enflammé le roi qui était prêt à investir tout son poids dans cette solution et, une fois encore, au terme de la confession, le cardinal avait suggéré avec autorité cette issue. Catherine s'était aussitôt cabrée. Jamais, il le savait désormais, elle ne changerait d'avis. Mais le légat du pape s'abstiendrait de faire part de ses certitudes au roi d'Angleterre.

7

Fin 1528

– Où se rend Sa Majesté ? s'enquit la reine.

Le silence gêné du gentilhomme qui venait de lui remettre une lettre du Conseil serra le cœur de Catherine. Henry, sans aucun doute, allait rejoindre sa concubine ! Lui, le roi d'Angleterre, s'abaissait jusqu'à gratter à la porte d'une Boleyn. Chaque jour, la reine devait subir un nouvel outrage, une humiliation, une trahison. Elle s'y résignait. La résolution prise de demeurer reine d'Angleterre, la confiance qu'elle mettait dans la justice de l'Église, l'affection de sa fille et le dévouement de ses quelques amis lui suffisaient. Le roi s'éloignait. Le soir même, la Boleyn serait dans ses bras.

Catherine se refusait à penser aux stratagèmes de l'amour. Jeune fille, veuve, elle avait été aussitôt attirée par Henry, par la force qui se dégageait de lui, sa joie de vivre, sa pétulance. Sans tenter le moindre geste, sans prononcer un mot dans le but d'attirer son attention, encore moins de le séduire, elle avait attendu des années dans la solitude et la pauvreté qu'il se décidât enfin à la prendre pour femme. Le soir des noces, elle s'était offerte avec confiance, bouleversée par des contacts charnels auxquels son premier époux ne l'avait pas préparée.

Une dernière fois, la reine regarda la route qui au-delà des murs du château de Richmond longeait des pâturages, des labours, serpentait entre des buissons de genévriers bleus, des houx aux baies rutilantes, puis, tandis que ses dames prenaient leurs ouvrages, gagna un fauteuil installé près de la cheminée. Sans se hâter, elle brisa le sceau, déplia le carré de papier.

> Nous, membres du Conseil privé de Sa Grâce le roi Henry, supplions Sa Majesté la reine de ne pas rester sourde à toute proposition cherchant à satisfaire les lois divines et laisser ce royaume en paix. Quelque dignité ou rang que puisse avoir leur inspirateur, l'Angleterre ne tolérera pas que l'on puisse attenter à sa sécurité par complot, lettre ou ambassade. Par conséquent, nous prions humblement Votre Majesté de ne point tenter de dresser contre ce pays des puissances étrangères. Cette volonté serait perçue comme hostile par le roi et aurait pour conséquence un éloignement définitif de la princesse Mary qui serait confiée à une gouvernante susceptible de lui enseigner les devoirs sacrés d'une fille envers son père...

Catherine ne put poursuivre la lecture. « On veut que je disparaisse à tout jamais pour laisser la place libre... », pensa-t-elle. Autour d'elle, ses dames d'honneur brodaient en silence. Combien de temps pourrait-elle lutter seule contre tous, garder intacte sa foi en la Providence ? protéger son enfant ? Il sembla à la reine qu'une malédiction pesait sur sa famille : son frère, ses sœurs étaient morts, à l'exception de Juana qui, séparée de ses six enfants, croupissait emprisonnée à Tordesillas. Rien dans leur enfance ne les avait préparées aux désastres qui les attendaient. Respectées, aimées, les infantes avaient grandi dans une absolue sécurité qui interdisait toute remise en question de la volonté divine : elles se marieraient, seraient reines, mettraient au monde une lignée de princes et de princesses et vieilliraient vénérées et sereines. On disait que Juana était devenue folle. Était-ce le destin qui l'attendait, elle aussi ? À force d'être harcelée par Henry, Wolsey, Campeggio, les ducs de Norfolk et de Suffolk, elle prenait peur, faisait d'affreux cauchemars. La veille encore, le roi avait surgi à l'improviste et ordonné à ses dames d'honneur de sortir. Puis, sans préambule, d'un ton cassant, il avait exigé qu'elle prenne sa décision. Un couvent l'attendait où elle devait se retirer. Une fois encore, Catherine avait dû rassembler son courage, faire face, répondre d'un ton ferme que cette solution était contre sa conscience et son honneur. Henry l'avait contemplée avec haine puis, d'un geste violent, avait renversé une chaise avant de sortir.

Une main posée sur le bras du roi, Anne, rayonnante, parcourait la résidence de Durham qu'Henry venait de lui offrir. En secret, des architectes, des ouvriers et jardiniers avaient travaillé à sa rénovation et la bâtisse austère et malcommode que Catherine, alors veuve du prince Arthur, avait occupée, était transformée.

Sur le Strand, actif à cette heure matinale, nul n'avait applaudi la jeune femme et, sans se départir de son sourire, Anne s'était raidie. Elle connaissait son impopularité, mais la présence à ses côtés du roi lui avait fait espérer meilleur accueil. Si partout où elle passait Catherine était encore acclamée, c'était elle, Anne Boleyn, qu'on devrait de gré ou de force bientôt traiter en souveraine.

En découvrant sa nouvelle demeure, la mauvaise humeur de la jeune femme se dissipa. À ses côtés, Henry affichait un parfait bonheur. Venu la chercher à Hever un mois plus tôt, il ne savait que faire, que dire pour exprimer son adoration. Anne en était fière et heureuse. Désormais, elle prononçait plus aisément des mots d'amour, éprouvait un certain plaisir aux longues caresses qu'elle rendait. Aussi souvent que possible l'un avec l'autre, ils partageaient soucis, projets, pensées les plus intimes. Henry avait juré qu'il ne chercherait plus à l'éloigner. Peu lui importaient les réserves de Campeggio et de la délégation papale.

Dans le grand hall, des sièges recouverts de velours

d'Utrecht s'alignaient le long des murs décorés de tapisseries flamandes représentant les douze mois de l'année. Outre la cheminée monumentale où étaient sculptées des guirlandes de fleurs, des braseros de vermeil avaient été disposés près des tronçons de colonnes antiques soutenant des bustes de femmes. Tout au fond se déroulait un monumental escalier d'honneur menant à une galerie où Anne pourrait se promener les jours de pluie avec les dames de sa suite que son père était en train de lui choisir.

Un par un, Anne avait visité les quelques appartements donnant sur la galerie. Le sien l'avait ravie et, dans un mouvement spontané, elle avait baisé la main du roi, caressant des lèvres sa peau.

Sur le manteau de la cheminée de sa chambre, Anne avait découvert les armes de sa famille, sa devise, « La plus heureuse », et le faucon blanc qu'elle avait choisi comme emblème. En face se dressait un lit aux courtines et couvre-pieds si richement brodés qu'à peine on voyait le fond de soie bleu nuit. Sur la courtepointe, une somptueuse couverture de renard roux était soigneusement pliée.

– Devinez à quoi je pense présentement, chuchota le roi.

La jeune femme se dressa sur la pointe des pieds et murmura quelques mots à l'oreille du roi qui se mit à rire aux éclats. Jamais Anne ne laissait de temps mort à leur amour. Brillante, sensuelle, amusante, provocatrice, elle savait être toutes les femmes à la fois.

– Demandez-moi ce que vous désirez, promit Henry, vous l'aurez aussitôt.

– Je veux, Milord, de beaux chevaux, une litière portant mes armes et mon emblème, des chiens courants et de compagnie, d'agréables et amusantes jeunes femmes pour me servir, de la vaisselle d'argent et, au-dessus de tout, un confesseur indulgent..., énuméra-t-elle dans un éclat de rire.

L'avenir désormais lui paraissait moins incertain. Habilement persuadé, Campeggio consentirait finalement à donner au roi la bulle papale. Aussitôt passées les fêtes de Noël, le tribunal ecclésiastique commencerait à siéger. Henry étant prêt à témoigner spontanément, Catherine serait contrainte à y comparaître en même temps que lui.

– N'oubliez pas, mon cher cœur, que votre appartement de Greenwich reste aussi à votre disposition. Plus jamais ne vous éloignez de moi.

Dans la lumière du matin, la peau de la jeune femme était veloutée, ses cheveux d'un noir profond luisaient. La présence de leur escorte empêcha le roi de poser un baiser au creux de son cou, là où la chair était douce et parfumée.

Le bal masqué de la septième nuit de Noël allait s'ouvrir et à peine le roi prit-il le temps de saluer Wolsey. Seul contre tous, il avait finalement renoncé à défendre un homme qui avait été pendant si longtemps son serviteur et son ami. Le cardinal étant en disgrâce, chacun à la Cour ajustait son comportement à ce changement de situation et on ne lui témoignait plus qu'une politesse distante. Le superbe, le tout-puissant ministre, le cardinal de l'Église redevenait aux yeux de l'aristocratie ce qu'il était, le fils d'un tavernier, un parvenu, un arriviste avide de luxe, un arrogant personnage.

Refusant absolument de côtoyer la reine, Anne n'assisterait pas aux fêtes, joutes et banquets ; elle s'était retirée à Durham House avec son frère et leurs amis. Dans l'impossibilité de quitter le château de Greenwich, contraint de supporter la sinistre Catherine, l'attitude contrainte de Wolsey, la présence du cacochyme Campeggio et les incessantes altercations entre le duc et la duchesse de Norfolk, Henry attendait peu de plaisir de ces fêtes.

En vue du bal masqué, les dames s'étaient cependant mises en frais de toilette, les gentilshommes offraient leurs plus galantes manières et la féerie censée ressusciter le temps de Mélusine et de l'enchanteur Merlin promettait d'être exquise. L'argent avait été dépensé à profusion pour créer un décor de rêve : grottes, forêt, bosquets, fontaines occupaient le grand hall le temps d'une nuit. La cascade était faite de fils d'argent accrochés à des rochers moussus ; dans la forêt de carton peint où des fleurs exotiques offraient leurs vives couleurs, on avait lâché des colombes. Une rivière en miroirs serpentait dans la prairie. Du cresson sauvage semblait jaillir des rives sous des bouquets de cytise à l'odeur sucrée.

Vêtus en elfes, les musiciens accordaient leurs instruments. Dans un instant, des centaines de flambeaux allumés tous ensemble illumineraient les sous-bois où évolueraient les danseurs.

Indifférent à la musique, au spectacle des courtisans perdus dans le monde fantastique des fées, Wolsey imaginait Anne Boleyn qui à ce moment même à Durham House devait le railler, encouragée par sa détestable coterie.

Outre la concubine, d'autres souhaitaient son bannissement : Norfolk, le premier, afin de reprendre sur le roi une influence sans partage, Suffolk aussi, comme lui une créature du roi, qui le détestait pour avoir été autrefois son sauveur, et beaucoup de membres de la haute noblesse enragés qu'un homme du peuple puisse les dominer par son intelligence.

De plus en plus souvent, le nom de Cromwell venait à l'esprit du cardinal. Secrétaire et collaborateur parfait, intelligent, rusé, Thomas ne pouvait renoncer à toute ambition personnelle. Comme lui, Cromwell était de modeste origine. Issu d'une famille de petits commerçants ayant eu affaire à la justice pour avoir vendu de la bière frelatée et avoir provoqué des rixes avec le voisinage, il avait eu très tôt un désir ardent de sortir de ce modeste environnement. Mais quand lui, Wolsey, avait choisi la voie du savoir, Cromwell était devenu un aventurier, d'abord mercenaire en France avant de s'engager en Italie comme employé d'un banquier de Pise, puis, commis d'un opulent marchand d'Anvers, il avait regagné l'Angleterre pour y étudier la loi et s'y marier avec une jeune fille de fort honorable famille. C'était à ce moment-là qu'il l'avait pris à son service, séduit par son esprit rapide, sa curiosité intellectuelle, son imagination, son ambition, son absence de scrupule. L'une après l'autre, il lui avait fait gravir les marches menant au pouvoir. Cromwell ne l'avait pas déçu. Mais, depuis la décision prise par le roi de se séparer de Catherine, l'atmosphère avait radicalement changé. Seul désormais, chacun luttait pour survivre au cœur d'une tempête dont nul ne pouvait prédire les ravages.

Tout en observant avec un sourire figé les feux de Bengale qui illuminaient les sous-bois magiques, Wolsey songeait au procès qui se préparait. Dès le lendemain, il irait visiter Campeggio et lui suggérerait de ne point se hâter. Aussi longtemps que la Cour ecclésiastique n'aurait pas réuni les pièces du dossier, ses ennemis seraient impuissants contre lui. Et mistress Anne prendrait de l'âge. À vingt-huit ans, chaque mois comptait et, si les choses traînaient un peu en longueur, elle pouvait fort bien être disqualifiée. Plus qu'une amante, le roi ne cherchait-il pas une génitrice capable de lui donner un fils ?

Janvier 1529

L'arrivée à Lambeth Hall de la duchesse douairière de Norfolk pour les fêtes de l'Épiphanie avait jeté l'émoi dans la maisonnée d'Edmond, son fils cadet. Durant les quelques jours qui l'avaient précédée, serviteurs et servantes avaient dépoussiéré, lustré, astiqué, lavé afin de camoufler l'humidité rongeant les murs, la vétusté des cuisines, le mauvais état des meubles moisis par la pluie ruisselant d'une toiture non entretenue. En hâte, les huit enfants avaient été vêtus de ce que l'on avait trouvé de mieux, mais les cheveux emmêlés, les mains égratignées n'avaient pu, faute de temps, être bonifiés. Leur belle-mère en avait pris son parti. Nul n'ignorait que son époux, qui avait reçu le poste d'inspecteur de Calais en récompense de sa bonne conduite à la bataille de Flodden où les Anglais avaient décimé l'armée écossaise et tué le roi James IV, n'en tirait que de chiches revenus. Un grand domaine, une famille nombreuse et de lourdes dettes à éponger avaient asséché ce qui restait de sa fortune. Veuf, il venait de se remarier mais, en dépit du courage de Dorothy sa jeune épouse, tout à Lambeth allait à vau-l'eau et la vieille duchesse s'en était enfin émue.

Autrefois en pleine campagne, le domaine était désormais cerné par les faubourgs de Londres qui, passant la Tamise, s'étendaient chaque année un peu plus. Pour les enfants Howard, la ville où on ne les menait jamais était toute proche et inaccessible à la fois. Élevés sans gouvernantes ni précepteurs, ils grandissaient en totale liberté, savaient à peine lire et compter et jusqu'à l'âge de sept ans partageaient leurs repas avec les domestiques. Les trois garçons s'exerçaient seuls à l'épée, à la course et au tir à l'arc, élevaient des faucons, tandis que les filles, jupes retroussées, grimpaient aux arbres pour dénicher des oiseaux, pataugeaient dans la Tamise, pourchassaient poulets et canetons.

– À la grâce de Dieu ! soupira Dorothy Howard.

Pour honorer la duchesse douairière, on avait égorgé deux moutons, occis une dizaine d'oies, sorti de la cave quelques fromages, du fruitier les pommes et poires qui s'y ratatinaient. Les filles de cuisine avaient baratté du beurre frais, confectionné des tartes, des tourtes aux rognons et aux amandes, des gâteaux au miel, tandis que le cuisinier mijotait des sauces à l'aigre-doux, au verjus et à la cardamome. La cave abritant encore quelques bouteilles de vin de Bordeaux, des tonneaux d'excellentes bières et de cidre, la table serait convenable et la vieille duchesse, aussi honorée que possible.

Par une fenêtre du hall donnant sur l'allée qui au-delà des douves serpentait dans la campagne, les enfants guettaient depuis le matin leur aïeule en dépit du froid piquant. Durant trois années, ils ne l'avaient pas vue une seule fois et les plus jeunes d'entre eux n'en gardaient aucun souvenir. À genoux sur un banc, la tête appuyée sur ses mains, la petite Katherine observait la route avec tant d'attention que des points lumineux semblables à des lucioles dansaient devant ses yeux. En cherchant bien dans sa mémoire, la fillette se remémorait une dame imposante et pleine de gaîté, un peu farfelue même. À sept ans, Katherine était petite de taille, potelée avec des yeux noisette pétillants, des cheveux blond foncé, un sourire irrésistible. À la cuisine, elle avait entendu que la duchesse de Norfolk venait à Lambeth pour ses petites-filles. Si Dieu voulait qu'elle en trouvât une à son goût, elle l'amènerait dans son immense demeure de Horsham à la frontière du Sussex et du Surrey afin de lui offrir une bonne éducation.

De toutes ses forces, Katherine désirait passer inaperçue. Elle n'avait pas envie d'étudier, d'apprendre le français et le latin, de suivre des cours de bonnes manières. Aussi loin que remontaient ses souvenirs, le parc de Lambeth était son domaine. Quasiment revenue à l'état sauvage, la forêt empiétait sur les pâturages qui eux-mêmes avaient réduit le jardin de plaisance aux seuls verger et potager. Après son mariage, Dorothy s'était entêtée à vouloir faire planter des fleurs que la multitude des chiens, chats et enfants dévastaient régulièrement. Vêtues d'étoffe de laine en hiver, de coton en été, un tablier noir à la taille et les cheveux maintenus par un simple bonnet noué sous le menton, les cinq filles d'Edmond Howard n'avaient point d'amies de leur condition et, à l'exception des enfants Culpeper, des parents de leur défunte mère, aucun contact avec le voisinage. Les récits qu'on leur faisait de la Cour ressemblaient à des contes de fées avec un roi débonnaire, beau, fastueux, une méchante reine jalouse et une princesse radieuse et adorée du roi qui était leur propre cousine germaine, Anne Boleyn, fille de leur tante Elisabeth.

– La voici ! s'écria soudain l'aîné des frères.

D'abord, les Howard distinguèrent quelques cavaliers, puis apparut une lourde voiture carrée aussi grise que le ciel et la poussière du chemin. Le cœur de Katherine se serra violemment. Elle avait peur soudain que cette grand-mère presque inconnue ne vienne l'arracher à son paradis.

– Si tu es choisie, chuchota à côté d'elle une de ses sœurs, tu deviendras une enchanteresse comme notre cousine Anne Boleyn et tu prendras le cœur du roi.

Après deux jours consacrés au repos, la duchesse douairière fit venir dans sa chambre ses petits-enfants. Pour eux, elle avait apporté des confiseries, des poupées, des soldats en bois, des manchettes brodées, une multitude de colifichets qui leur firent écarquiller les yeux. Après une nuit de neige, le soleil brillait. Le paysage était féerique. La duchesse douairière Agnès qui lors de son arrivée avait été désolée par le confort rudimentaire de la maison, la rusticité des jardins et l'indiscipline de ses petits-enfants avait repris quelque bonne humeur et, enveloppée dans un mantelet doublé de castor, les pieds aux tisons, était décidée à faire plus ample connaissance avec cette bande de jeunes sauvageons. Grands, déjà vigoureux, les garçons la touchaient moins que les filles qui, de quatre à quatorze ans, étaient pourvues de charmes fort différents. L'aînée ferait sans doute promptement un honnête mariage avec un gentilhomme de la région et elle s'emploierait à la doter convenablement, les trois plus jeunes étaient encore dans les maladresses et rondeurs de l'enfance, mais Katherine attirait tout particulièrement son attention. Cette fillette était délicieuse, vive, le regard câlin, les manières pleines d'affection. Une enfance livrée à elle-même avait éliminé chez elle l'affectation commune aux fillettes de la haute noblesse.

Debout devant le feu à côté de ses trois petites sœurs, Katherine observait avec émerveillement les bijoux de sa grand-mère, ses boucles d'oreilles en particulier que les lueurs des flammes faisaient étinceler.

– Approchez, mon enfant, demanda soudain l'aïeule.

La fillette hésita. Certes, elle avait envie de mieux sentir le délicat parfum de sa grand-mère, d'effleurer du bout du doigt la fine dentelle de la chemise ourlant le col entrouvert de la robe de velours broché, de plonger la main dans la fourrure luisante doublant son mantelet, mais que se passerait-il si lady Agnès la saisissait par le bras pour l'entraîner avec elle ?

Timidement, Katherine avança.

– Aimez-vous les belles robes, ma chérie, les bijoux ?

La fillette approuva de la tête.

– Seriez-vous heureuse d'avoir un maître de musique, un autre de chant, un professeur qui vous enseigne à écrire à l'italienne, à parler le français ?

Le cœur de Katherine battait trop fort, elle ne savait quoi répondre, mais ces splendeurs qu'évoquait sa grand-mère lui faisaient quand même grande envie.

Longuement, Agnès, duchesse douairière de Norfolk, observa l'enfant. Elle pouvait devenir une jeune fille charmante et servir les Howard. Dans quelques années, Anne la ferait venir à sa Cour et la prendrait comme demoiselle d'honneur. Un avantageux mariage serait alors probable.

La vieille dame nourrissait pour la fille d'Élisabeth et de Thomas Boleyn une grande admiration. À la volonté, au courage des Howard, la jeune Anne ajoutait le charme et l'opportunisme des Boleyn. Là où sa sœur Mary avait sottement échoué, elle réussirait, la duchesse douairière n'en doutait pas. Mais elle n'ignorait pas non plus que la lutte menée par sa petite-fille était difficile, sans merci. L'affection de son frère George, l'appui de toute la famille la soutenaient, mais la stratégie était sienne.

– Quantité de jeunes gens talentueux m'ont été confiés par leurs parents afin de jouir dans ma maison d'une excellente éducation. J'aimerais que ma propre petite-fille se joigne à eux. Je souhaite, Katherine, faire de vous une jeune personne accomplie.

La fillette gardait la tête baissée. Elle avait peur et était excitée en même temps. Aurait-elle vraiment de jolies robes, des bijoux, un maître de musique, des amies de cœur ?

– Le voulez-vous ? insista la vieille duchesse. J'en parlerais alors à vos parents.

Les lèvres closes, Katherine bougea la tête en signe d'assentiment. Elle avait à la fois envie de rire et de pleurer.

8

Le château de Horsham dans le Sussex, une immense bâtisse de pierres grises, avait gardé ses tours de défense désormais inutiles et un vieux pont-levis à la herse rouillée. Aussi loin que le regard pouvait se porter, on n'apercevait que de paisibles moutons, des bouquets de chênes, un étang sur lequel se penchaient des saules centenaires.

À l'instant même où s'immobilisa devant l'entrée principale l'inconfortable voiture de sa grand-mère, Katherine comprit qu'elle entrait dans un autre monde et que l'existence libre et sauvage qu'elle avait menée jusqu'alors était achevée. Derrière une foule de gentilshommes, de dames, de demoiselles, de pages tous vêtus d'atours qui parurent somptueux à la fillette, une centaine de domestiques attendaient leur maîtresse. Les servantes portaient des robes de lainage bleu pâle, des tabliers de fine toile, des bonnets aux bords tuyautés. Le froid faisait reluire les joues, tirait des volutes de buée des bouches qui toutes souriaient. Un homme à l'allure altière vint tendre le bras à la vieille dame afin qu'elle s'y appuyât et observa Katherine d'un regard amusé.

– Tiens, tiens, murmura-t-il, qu'avons-nous donc ici ?

La fillette rougit. Il était évident que ce gentleman au pourpoint chamarré considérait de fort haut sa cape de grossier lainage, ses forts souliers, son manchon en peau d'écureuil gris.

– Qu'on mène ma petite-fille Katherine à lady Isabel, ordonna la duchesse. Elle prendra soin d'elle avant que je la reçoive.

Le cœur battant, la fillette vit s'éloigner sa grand-mère, suivie aussitôt des gens de sa maison, à l'exception d'une grosse dame portant un trousseau de clefs à sa ceinture.

– Venez, lady Katherine, dit-elle avec un fort accent de Cornouailles. Je vais vous mener dans l'appartement des demoiselles où vous pourrez vous installer et prendre un peu de repos. Vous serez heureuse ici, je vous le promets. Quel âge avez-vous ?

– Sept ans.

– Vous en paraissez dix. Une vraie jeune lady.

Les yeux écarquillés, Katherine pénétra dans le vaste hall, grimpa un escalier monumental où pendaient des tapisseries hautes en couleur représentant des jeunes filles, des pâtres, des cavaliers, des scènes bucoliques ou de chasse au vol. En haut de l'escalier, une longue galerie occupait le corps central du bâtiment. Des tabourets, fauteuils, tables portant des chandeliers d'argent s'y alignaient sous de majestueux portraits où figuraient les ducs et duchesses de Norfolk et les membres les plus influents de la famille Howard. Des braseros offraient un peu de chaleur. Soudain, la femme s'immobilisa et poussa une porte.

– Les appartements de lady Isabel, annonça-t-elle.

Katherine y pénétra sur la pointe des pieds. Jamais elle n'avait vu autant de meubles, de tapis, de tentures. Les sièges étaient recouverts de douillets coussins, une odeur sucrée d'orange et de cannelle flattait l'odorat.

– Bienvenue à Horsham, lady Katherine.

La personne qui se tenait devant elle était de taille moyenne, mince, élégamment vêtue d'une robe de velours d'un vert doux bordée de fourrure rousse à l'encolure et aux poignets. Les perles qu'elle portait autour du cou et aux oreilles avaient des reflets laiteux.

Embarrassée par sa rustique houppelande, ses chaussures

confectionnées par le cordonnier de Lambeth, la fillette fit une révérence. Elle se sentait perdue.

– Mettez-vous à l'aise, mistress Katherine, invita Isabel d'une voix amène. Nous allons parler un instant, puis je vous présenterai aux jeunes filles qui s'instruisent ici selon les vœux de leurs familles respectives.

Sa cape ôtée, Katherine s'installa au coin du feu. Un serviteur présenta deux verres, un carafon de vin doux et des massepains sur une assiette d'argent ouvragé.

– Votre aïeule, milady Norfolk, m'a donné des instructions par écrit, déclara aussitôt Isabel. Vous allez vivre parmi nous quelques années et je ne doute pas que vous serez heureuse à Horsham où les règles sont fort douces. Sa Grâce n'est point attachée aux détails de nos existences mais exige une bonne tenue et de la curiosité pour les études. Occupée à recevoir, organiser des concerts, des fêtes musicales, présider des cercles de poésie, lady Howard n'a guère de temps à nous consacrer. Vous partagerez la chambre commune car je n'ai pas reçu l'ordre de vous donner un appartement. Ne le regrettez pas, l'atmosphère y est agréable. Un peu plus loin se tient le dortoir des jeunes gens. Vous n'avez point le droit de les visiter après que les feux sont éteints et ils ont interdiction de pénétrer dans la chambre des demoiselles.

Lady Isabel devait avoir un heureux caractère. Ses yeux pétillaient, sa voix était enjouée. Déjà le chagrin de la fillette se dissipait. Elle avait envie de faire la connaissance de ses compagnes, de découvrir l'immense château de sa grand-mère. Après un petit verre de vin sucré, la tête lui tournait. À Lambeth, on ne buvait que de la bière légère faite à la maison et, en cas de gros rhume ou de toux tenace, une gorgée d'alcool de pomme mêlée à de la menthe. La fatigue du voyage soudain la terrassait.

La chambre commune était longue, haute de plafond. Deux cheminées y apportaient une relative chaleur et, sans être luxueux, le mobilier lui apparut plus confortable que celui de la salle de réception de Lambeth.

Avant de se coucher, Katherine avait salué une par une ses nouvelles compagnes. L'une d'entre elles, Mary Lassells, lui avait semblé très avenante et elle avait eu aussitôt envie de s'en faire une amie. Alignés le long du mur, faisant face aux fenêtres donnant sur la campagne, les lits avaient tous leurs courtines fermées. Katherine tentait de réfléchir à son avenir mais l'absence de ses cinq sœurs la plongeait dans une grande tristesse. Pour la première fois de sa vie, elle se trouvait au milieu d'inconnues, seule, alors que chez elle, à trois par lit, elles se blottissaient les unes contre les autres, se taquinaient, se faisaient des confidences. S'acclimaterait-elle ? Et sinon, sa grand-mère l'autoriserait-elle à regagner Lambeth ?

Les étoffes avaient été déroulées sur la grande table de la galerie et, éblouie, indécise, Katherine les examinait l'une après l'autre. Tout d'abord, elle n'avait pu croire que de telles merveilles puissent lui être destinées, mais, persuadée par lady Isabel, elle avait commencé à s'imaginer vêtue de ces tissus chatoyants ou veloutés. Debout à côté de la table, le tailleur attendait ses choix, tandis que, le sourire aux lèvres, corsetières, dentellières, brodeuses et chapelier patientaient.

– Sa Grâce vous veut digne du nom que vous portez, dit lady Isabel. J'ai l'ordre de vous constituer une garde-robe.

– Que puis-je avoir ? interrogea Katherine d'un ton incrédule.

– Trois robes en velours ou en satin à décolleté carré, trois robes de lainage, trois de coton, des chemises, bonnets, mouchoirs, manchettes, des bas, des coiffes de velours brodé ou de satin damassé, des surcots, une chaîne de taille en vermeil, une ceinture sertie de petites perles.

Le visage radieux de la fillette toucha Isabel. Elle-même avait dix-sept ans et se souvenait fort bien de son arrivée à Horsham, dix années plus tôt. Il lui avait fallu plusieurs mois pour s'habituer à cette immense demeure, au désintérêt de la duchesse douairière qui ne consentait à s'entretenir avec ses pensionnaires que le dimanche, à la sortie de la messe, et les jours de fête. Sa famille vivait dans le Surrey. Le souci d'avoir trop de filles à marier avait décidé sa mère à lui faire donner une bonne éducation, et des liens de parenté avec les Howard avaient fixé son choix sur Horsham. À présent, elle n'avait d'autre foyer que cette maison, d'autre famille que les jeunes personnes qu'elle supervisait avec indulgence. Depuis deux années, elle avait un amoureux avec lequel elle s'était secrètement fiancée. Ils se considéraient comme mari et femme, s'interdisant par prudence de consommer complètement leur mariage, et cette ultime restriction devenait chaque nuit plus difficile à observer.

Dans la grande chambre des demoiselles, Isabel ne l'ignorait nullement, les jeunes gens allaient et venaient et les intrigues amoureuses étaient fort nombreuses. Tard dans la nuit, derrière les courtines closes, on entendait des chuchotements, des petits rires, des cris étouffés. La seule règle à laquelle lady Isabel ne tolérait aucune transgression était que les jeunes gens se retirent dans leur propre chambre avant le lever du soleil.

Sa Grâce vous fait mander, déclara d'un air pompeux le vieux gentilhomme qui dirigeait la maison de la duchesse.

Abandonnant ses amies avec lesquelles elle jouait au volant dans le parc, encore essoufflée, le rouge aux joues, Katherine lui emboîta le pas.

À Horsham depuis deux semaines, la fillette avait exploré la demeure de la cave au grenier, s'était promenée dans les pâturages, presque aussi libre qu'à Lambeth Hall. Ses compagnes étaient gaies, délurées, et lui avaient déjà appris quantité de choses sur l'amour, la joie de recevoir des caresses et d'en donner, d'avoir le cœur épris.

Aucun professeur ne s'était encore présenté et Katherine commençait à croire que rien d'autre n'arriverait dans sa vie que des courses à travers les prés, des parties de pêche dans l'étang, des confidences et fous rires sans fin entre amies et les découvertes surprenantes qu'elle faisait chaque nuit quand, éveillée dans son lit, elle entendait des voix d'hommes venant de la couche de ses compagnes, entendait des rires étouffés. Se pût-il qu'un jour un des jeunes gens qu'elle côtoyait dans la journée vînt la rejoindre ? Lui donnerait-il les caresses que lui décrivaient ses amies, devrait-elle les accepter ? Dans l'obscurité, elle effleurait ses seins menus, le doux duvet de son pubis. Isabel lui avait affirmé que dans moins de deux ans, en dépit de son très jeune âge, elle serait réglée et qu'alors les hommes s'intéresseraient à elle, se mettraient à genoux pour qu'elle accepte leurs baisers. Cette perspective la faisait rire et la troublait.

– Comme vous voilà transformée, mon enfant !

La vieille duchesse était assise entre un ecclésiastique à l'air débonnaire et un jeune homme svelte qui, avec ses cheveux bruns et bouclés, ressemblait aux anges peints sur les tableaux de la chapelle. Katherine fit une révérence. La veille, elle avait reçu son nouveau trousseau et étrennait une robe de lainage vert mousse ouvrant sur une jupe de velours tilleul brodé d'arabesques de soie jaune. Le corset amenuisait son buste et sa taille, la faisant ressembler à une délicieuse poupée.

– Ma petite-fille, expliqua la duchesse au prêtre, vivait en souillon chez mon fils Ed qui, toujours entre Calais et l'Angleterre, ne prend guère soin de sa famille. Katherine mérite mieux que d'épouser un gentleman campagnard.

– Les dames Howard sont toutes exquises, lança l'ecclésiastique d'un ton patelin, et feraient damner les plus dévots.

Le jeune homme dévisageait la fillette sans mot dire. Bien qu'encore jeunette, le regard, l'attitude, la tournure promettaient merveilles.

– Voici votre précepteur, Katherine, poursuivit la duchesse douairière, et votre maître de musique. L'abbé Rivers vous enseignera un peu de latin, d'italien, d'arithmétique et de poésie, Henry Manox, la musique et le chant. Si vous

vous montrez une élève attentive, vous en saurez assez pour être dame d'honneur de votre cousine Anne.

Le toussotement du prêtre n'impressionna guère la vieille dame. En dépit du clergé qui en grande majorité soutenait Catherine d'Aragon, la duchesse de Norfolk était persuadée qu'Anne, sa petite-fille préférée, avait l'étoffe d'une reine. Elle aurait un fils qui serait roi d'Angleterre et dont elle serait la bisaïeule.

– Je ferai de mon mieux, promit Katherine.

– Aimez-vous la musique, mistress Howard ? intervint Manox.

– Beaucoup, monsieur, mais je ne sais jouer d'aucun instrument.

– Commencez par le luth et le clavicorde, déclara d'un ton péremptoire la duchesse Agnès. Vous verrez ensuite avec le virginal et la guitare. Oubliez la flûte, elle enlaidit les femmes.

Puis se tournant vers Henry Manox :

– N'oubliez jamais, mon ami, que cette enfant est ma petite-fille et qu'une familiarité excessive ne sera pas tolérée.

Greenwich, mai 1529

– L'Angleterre n'attaquera pas l'Écosse, mon cher Angus, déclara Henry VIII, mais, le moment venu, nous ferons comprendre à mon neveu qu'il n'est pas le seul maître à bord. Vous savez que votre fidélité m'est précieuse.

Encore en habits de voyage, Archibald Douglas avait voulu aussitôt se rendre auprès du roi. Après avoir couru de château en château avec Meg, il avait appris l'extermination à Édimbourg d'un grand nombre de membres de sa famille, puis ayant laissé la fillette à Berwick sous la garde de Thomas Strangeways, commandant de la citadelle, il avait galopé droit sur Londres pour demander vengeance.

L'arrivée intempestive de son ex-beau-frère ne réjouissait

pas Henry outre mesure. Il n'avait guère de temps à lui consacrer. Mendozza, l'ambassadeur d'Espagne, venait d'être rappelé par Charles Quint, que les innombrables plaintes et appels au secours de sa tante avaient indigné. Campeggio s'apprêtait à le convoquer avec Catherine pour entendre leurs dépositions devant le tribunal ecclésiastique. Plus le temps passait, plus le roi se cabrait. Impatiente, nerveuse, Anne avait de redoutables sautes d'humeur qui le désorientaient. Parfois tendre, câline comme une chatte, il lui arrivait d'éclater sans raison en sanglots ou de soudain lui battre froid, de déclarer cyniquement qu'il n'avait point le courage de se séparer franchement de la reine et ne tiendrait jamais les promesses solennellement faites sur la croix du Christ de l'épouser. Ces scènes injustes, la combativité de Catherine, les lenteurs du légat du pape, les sermons haineux de John Fisher, l'ancien confident de sa grand-mère Beaufort, qui le comparait au roi Hérode autrefois fou de désir pour la lubrique Salomé, la rancune tenace de sa fille Mary, tout était réuni pour le rendre de méchante humeur. Mais Angus avait été un fidèle ami de l'Angleterre et il ne pouvait se désintéresser de lui.

– Installez-vous à la Cour, offrit-il d'un ton cordial, et faites-y venir ma chère Meg que j'ai envie de revoir. Nous lui trouverons une place auprès de ma sœur Mary qui elle-même a deux filles.

Angus esquissa un demi-sourire. Il n'avait pas galopé depuis le Northumberland pour échanger des politesses avec le roi. Certes, il avait fui l'Écosse avant le siège de Tantallon, mais il gardait dans son pays de nombreux et fidèles alliés qui, soutenus financièrement par l'Angleterre, pouvaient mettre en péril l'autorité de James V déjà peu apprécié de ses nobles. Et le luthérianisme s'infiltrait chaque jour un peu plus en Écosse, créant une tension dont le jeune roi n'était pas encore pleinement conscient.

– Le moment est venu d'imposer votre volonté, Milord, déclara le comte d'un ton ferme. On parle d'un mariage autrichien ou français pour notre roi. Votre Grâce tolérerait-elle l'un ou l'autre ?

Par moments, Henry regrettait l'absence de Wolsey à ses côtés. La demi-disgrâce du cardinal le laissait seul face à des responsabilités qui finalement l'ennuyaient. Son seul désir en ce moment était de gagner la grande bataille du divorce et d'épouser Anne.

– Mon neveu n'a pas pris de décision, milord Angus, et je possède sur sa mère une grande influence. Margaret n'osera pas me mécontenter, car elle a trop besoin de moi pour payer ses dettes. Je lui exprimerai clairement ma volonté : James doit épouser une Anglaise.

– Si les ennemis du roi se sentent soutenus par Votre Majesté, si la reine douairière est fermement sermonnée, je garantis que l'Écosse sera étroitement dépendante politiquement de l'Angleterre.

Archibald Douglas, comte d'Angus, avait ses plans : s'installer à la cour de son beau-frère, aider financièrement ses amis écossais et préparer son retour en force à la tête d'une armée anglaise. Déjà il avait pris différents contacts avec le Danemark, la Suède et divers princes allemands qui tous, dans l'intérêt de leur foi luthérienne, étaient prêts à intervenir contre James V, fervent partisan du catholicisme. Que son beau-fils soit éliminé et Margaret humiliée étaient ses objectifs immédiats. L'Écosse par la suite saurait reprendre ses forces et se régénérer.

– Dieu vous entende, mon frère, prononça le roi d'un ton impatient.

Suffolk l'attendait pour lui montrer des chevaux de toute beauté qui venaient d'arriver de France. Anne devait les rejoindre. Elle avait, prétendait-elle, quelque chose d'important à lui communiquer. Nuit et jour, la pensée de cette femme le hantait. Il tremblait à la pensée qu'elle puisse se détacher de lui et il était prêt à toutes les bassesses pour attirer son attention, lui arracher un sourire, un mot d'amour. Les moments passés loin d'elle n'étaient que temps morts, attente de la revoir. La résistance de Catherine qui entravait ses désirs l'exaspérait. Parfois lui venait l'impulsion de brutaliser cette Espagnole fière et têtue, de la claquemurer dans un couvent ou à la Tour de Londres jusqu'à la fin de ses jours. À qui parler de la passion qui le rongeait ? Suffolk était son ami mais aussi son beau-frère, l'époux de Mary à laquelle il devait rapporter ses propos ; Norfolk, oncle d'Anne, pouvait tirer avantage de ses confidences et un Tudor ne servait pas un Howard. Se confier à Wolsey après les mots durs qu'il lui avait adressés serait humiliant. Sa propre fille le désavouait. Cette solitude l'épouvantait. Et Angus qui se tenait devant lui ne pensait qu'à ses petits complots pour reprendre le pouvoir en Écosse.

– Je partirai pour Hever demain matin, Milord. Dans deux semaines, vous serez tout entier occupé par votre comparution devant Campeggio et je ne pourrai supporter l'attente du jugement, sachant que chacun le guettera pour me faire bonne figure ou m'abandonner.

Le ton calme d'Anne était plus inquiétant encore que ses réprimandes.

– Nous arrivons, vous et moi, au terme de nos peines, ma chérie. Je puis vous l'assurer.

– Ne me promettez rien que vous ne soyez sûr de tenir, Milord, car vous me briseriez le cœur.

La présence de Suffolk qui se tenait à quelques pas, celles du gouverneur de ses écuries et des innombrables palefreniers empêchèrent le roi de prendre Anne dans ses bras. Lui, le maître de l'Angleterre, était moins libre que le plus humble de ses sujets.

– Campeggio possède une bulle...

– Que Sa Sainteté doit ratifier, Milord ! Or le pape est endoctriné par l'empereur, lui-même harcelé par la reine.

Le roi se redressa.

– Me verriez-vous en dupe ?

La dureté du ton fit comprendre à Anne qu'elle ne devait pas pousser plus loin dans cette matière. Elle aimait donner des coups de dague et attendre une réaction afin de savoir jusqu'où elle pouvait aller.

– Non point, mon doux cœur, mais je sais le pape un être faible et la reine une femme méchante.

– Obstinée, corrigea le roi.

Anne dut se mordre les lèvres pour ne point riposter. Tout en se plaignant de l'attitude belliqueuse de Catherine, Henry, par un reste de sentimentalité, la ménageait.

Avec contentement, la jeune femme envisageait un séjour à Hever décidé en dépit de ses promesses au roi de ne point le quitter. Son frère George, sa sœur Mary et ses trois neveux et nièces lui tiendraient compagnie, et Smeaton, Norris et Weston avaient promis de les rejoindre. Leur gaîté, leur spirituelle méchanceté la feraient rire. Ensemble ils chasseraient au vol, diraient des poèmes, joueraient de la musique. Londres serait alors au bout du monde.

9

Juin 1529

Depuis le début de la matinée, la salle d'audience était pleine à craquer et, comme la journée promettait d'être belle, on avait laissé grandes ouvertes les fenêtres. De la Tamise venaient les bruits incessants et familiers de la vie quotidienne. Les ménagères se pressaient devant les étals des mareyeurs, des grainetiers, des herboristes, des enfants flânaient, un malfrat était conduit au gibet dressé en permanence à Tyburn. À petits pas, des moines devisaient, les mains dans les manches de leurs longues robes, des chiens flairaient les tas d'ordures que des grappes de corbeaux fouillaient du bec tout en s'attaquant les uns les autres avec des croassements menaçants.

Déçus par la défection d'Henry trois jours plus tôt, les prélats du Conseil ecclésiastique restaient tendus. L'instruction avait pris fin, le dossier était complet, seules manquaient les dépositions des deux protagonistes : le roi et la reine d'Angleterre. Côte à côte, Campeggio et Wolsey devisaient à voix basse. Depuis plusieurs semaines, le prélat anglais voyait s'enliser la procédure dans une obscure dialectique. Sans nul doute, Campeggio cherchait à gagner du temps. Manœuvre due aux circonstances ou obéissance aux directives du pape ? La veille, le roi lui avait durement rappelé qu'après sa déposition, il attendait un prompt jugement en sa faveur.

De part et d'autre des prélats avaient pris place les ducs de Suffolk et de Norfolk, le marquis d'Exeter, le comte d'Oxford, le marquis de Dorset, les ambassadeurs de France et d'Espagne, de nombreux hommes de loi. Enfin on entendit des bruits de pas dans le couloir, le martèlement des hallebardes sur le plancher. La porte de chêne sculptée s'ouvrit à double battant et le roi apparut, suivi de quelques gentilshommes de sa Chambre. Droit, arborant un sourire pincé, sans regarder ni à droite ni à gauche, il gagna le siège surmonté d'un dais de soie brodé aux armes d'Angleterre. On attendait maintenant la reine. Trois jours plus tôt, Catherine avait consenti à faire une brève apparition, le temps de déclarer d'une voix ferme qu'elle ne reconnaissait point le tribunal ecclésiastique réuni devant elle apte à la juger, qu'elle s'en remettait à Sa Sainteté le pape et à elle seule. Puis elle s'était inclinée devant Campeggio et, suivie par les quatre archevêques qui l'assistaient, d'un pas résolu avait quitté la salle.

– Sa Majesté la reine va se montrer, chuchota Suffolk à son voisin Exeter. La présence du roi l'y contraint.

Il avait pitié de cet être brisé mais, hormis Mary, son indomptable épouse, et une poignée d'idéalistes, qui pouvait soutenir une femme dont la cause était irrémédiablement perdue ? Après tant d'années d'une relation quasi fraternelle, il jugeait Henry tel qu'il était : un maître chez qui l'intelligence, la générosité, la jovialité côtoyaient l'orgueil le plus démesuré, la cruauté, la rancune. Face à un tel homme, la pieuse, la prude Catherine n'avait pas la moindre chance.

Avec anxiété, Thomas Howard, duc de Norfolk, attendait l'entrée de la reine. Plus la faveur dont jouissait sa nièce auprès du roi se faisait éclatante, plus enflaient ses propres ambitions. Premier duc du royaume, il serait bientôt chancelier et le gros cardinal lui remettrait à genoux le Grand Sceau d'Angleterre.

– Sa Majesté la reine ! aboya un chambellan.

Un mouvement d'excitation se déclencha dans l'assistance. Catherine avait obtempéré et était prête à affronter publiquement son époux ! Dans le froissement de ses jupes en soie cramoisie et jaune, portant comme seuls bijoux son anneau de mariage et le collier d'or offert par sa mère la reine Isabelle de Castille, elle se dirigea vers le fauteuil dressé face à celui du roi. Elle n'avait point dormi de la nuit, mais nul ne devait deviner sa lassitude. Dieu, elle n'en doutait point, allait l'assister dans cette épreuve.

Tandis que, les yeux baissés, elle traversait la salle silencieuse, la reine songeait à sa fille. C'était pour elle surtout qu'elle se battait, acceptait les humiliations. Déclarée bâtarde, l'avenir de Mary serait condamné, ses chances de régner sur l'Angleterre ruinées, un mariage royal impossible. Que son unique enfant ait à s'effacer devant ceux de la Boleyn était un sacrilège lui inspirant un indicible dégoût. La solitude l'écrasait. Mendozza allait regagner l'Espagne, sa belle-sœur Mary répugnait à quitter ses terres du Suffolk, son amie d'enfance Maria Willoughby avait reçu l'ordre de ne plus se montrer à la Cour. Seule sa fille lui demeurait, mais pour combien de temps ?

À quelques pas d'elle, Henry scrutait sa femme, tentant de deviner ses desseins.

– La Cour ecclésiastique réunie en ce lieu exige le silence, tonna l'annonciateur.

Puis, du même ton sonore :

– Roi Henry d'Angleterre, êtes-vous présent en cette Cour ?

– Je suis là, milords !

La voix était haute, ferme.

– Catherine, reine d'Angleterre, êtes-vous présente en cette Cour ?

Le silence de la reine stupéfia l'auditoire. Raide sur son fauteuil, les yeux baissés, celle-ci ne bronchait pas. Après un temps qui parut interminable à tous, le roi se tourna vers ses juges.

– Milords, je suis venu à vous aujourd'hui, poussé par les

tourments d'une conscience qui me fait mettre en doute la validité de mon mariage.

– Après vingt années, Monseigneur ?

L'intonation froide de la reine avait un accent cinglant qui frappa Henry en plein cœur. Chacun devina l'effort que le roi faisait sur lui-même pour se dominer, garder un ton courtois.

– Par amour pour vous, Madame, à cause du respect que je vous ai toujours porté et que je vous porte encore. Plus que tout, je souhaite que les prélats assemblés devant nous puissent déclarer valide une union qui m'est précieuse. Mais, mal conseillée par des gens qui ne sont guère vos amis, vous vous tournez vers Rome, un pape qui n'est pas plus libre de ses mouvements que de ses décisions. La Cour ecclésiastique ici réunie, bien mieux que Sa Sainteté, est capable de couper court à mes doutes, mes remords, et de terminer cette affaire par un verdict sans appel. Je lui fais confiance, Milady, et vous demande d'agir à ma façon. Personne ne vous veut de mal et les prélats comme les hommes de loi qui nous assistent sont là pour entendre librement vos convictions comme j'énonce en ce moment les miennes.

Quelques rayons de soleil avaient pénétré dans l'austère salle lambrissée de chêne aux solives vermillon ornées d'arabesques peintes à la feuille d'or. On entendait sonner la cloche d'un navire qui levait l'ancre, le roucoulement de tourterelles perchées sur une corniche.

– Votre Majesté désire-t-elle la parole ? interrogea d'une voix forte l'annonciateur, qui s'était retourné vers la reine.

Un instant, Catherine fixa l'homme vêtu de cramoisi qui s'adressait à elle, raidi dans une attitude d'indifférent respect. Le moment était venu. Étrangement, les battements de son cœur s'étaient apaisés, elle se sentait forte et calme. D'un pas décidé, elle se dirigea vers le fauteuil occupé par Henry, tomba à ses genoux. Dans l'assistance, nul ne put refouler son émotion.

– Sire, prononça Catherine d'un ton vibrant, je vous

implore au nom de l'amour que nous avons partagé et au nom de Dieu qui nous écoute de me faire justice. À genoux, je vous supplie de me prendre en pitié, car je suis une femme seule dans un pays qui n'est point celui de ma naissance et où je ne compte plus guère d'amis, aucun conseil désintéressé. C'est donc vers vous, le juge suprême de l'Angleterre, que je me tourne comme mon seul recours.

La voix de la reine était moins assurée, on sentait les larmes au bord des paupières.

– Hélas, Sire, en quoi vous ai-je offensé ? Quel motif de déplaisir vous ai-je donné qui puisse justifier ma répudiation ? Je prends Dieu et le monde entier à témoin que je me suis toujours comportée en humble et obéissante épouse, faisant miennes vos peines comme vos joies. Tout ce que vous m'avez donné, chaque moment que nous avons partagé m'ont procuré du bonheur. Depuis vingt ans je suis votre épouse et vous ai donné de nombreux enfants. Il a plu à Dieu de les rappeler à Lui, et ces cruelles pertes ne me sont en rien imputables.

Un instant, comme pour donner plus de poids encore aux paroles qu'elle allait prononcer, la reine se tut. Une vive lumière glissait sur la Tamise que de légers nuages tachaient d'ombre par intermittence. Une fine poussière dorée dansait au-dessus des cardinaux, des évêques, des hommes de loi qui, tous figés, écoutaient la reine dont la voix maintenant vibrait.

– Je prends Dieu à témoin, Milord, que j'étais vierge lors de notre mariage. On peut ou non en débattre, mais j'en laisse le verdict à votre conscience. Sire, si vous avez la moindre faute à m'imputer, si vous vous souvenez d'actions blâmables de ma part, de moments où je fus indigne de votre confiance et de votre amour, j'accepte notre séparation et prendrai sur moi la honte et le déshonneur. Mais si vous ne trouvez aucun grief, aucun blâme à formuler, je me remets humblement tout entière entre vos mains pour obtenir justice.

Norfolk devait faire un effort pour cacher sa nervosité.

Combien de temps cette femme aussi lourde qu'une pierre tombale continuerait-elle à peser sur le roi ? Le duc connaissait bien Henry. Certes, il était autoritaire, despotique, mais demeurait en lui une sentimentalité qui le faisait céder à d'impulsives émotions. La reine le savait et jouait en experte de cette arme-là. Bientôt viendraient les larmes, le rappel de sa tendresse paternelle envers la princesse Mary. À Hever, Anne s'impatientait et Norfolk avait peur que, égarée par ses frustrations, sa nièce ne commît une erreur qui pût ruiner des années de persévérance. Cependant, elle touchait au but, le roi l'adorait, Wolsey s'embourbait, déjà elle était souveraine. Seule la reine restait à écarter, et son plaidoyer larmoyant l'exaspérait.

– La sagesse du roi votre père, continua Catherine, fut considérée en son temps comme celle d'un second Salomon et mon père le roi Ferdinand était estimé lui aussi comme un homme possédant un grand discernement. Qui pourrait mettre en doute le bien-fondé de la décision que l'un comme l'autre prirent de nous unir ? Il y avait en ce temps des théologiens, des hommes de loi, des êtres d'une grande prudence. Aucun n'a émis de réserve sur la validité de notre mariage. Je m'étonne donc, Milord, d'entendre, jouant contre moi, des objections qui m'amènent aujourd'hui devant cette cour, démarche que je trouve fort cruelle et qui me procure de grandes humiliations. Très humblement je vous demande au nom de la charité chrétienne et de l'amour de Dieu de m'épargner un tel procès avant que ma famille puisse me guider dans cette épreuve. Si vous me refusez cette faveur, Sire, puisse alors Dieu lui-même m'assister.

Paralysé, Henry ne disait mot. Catherine se leva, fit une profonde révérence, et se détournant marcha résolument vers la porte du tribunal.

– Faites revenir la reine ! ordonna le roi.

Il était livide, ses mains tremblaient.

– Sa Grâce, prononça l'annonciateur de sa voix imperturbable, ordonne que Sa Majesté la reine reprenne sa place !

À peine Catherine entendit-elle. Rien ne la ferait revenir en arrière, subir la honte de ce tribunal réuni pour juger la sainteté de son mariage.

Dehors, un groupe de Londoniens l'acclama. Sur les visages tournés vers elle, la reine lisait de la compassion, du dévouement, de l'admiration, et les larmes si longtemps contenues coulèrent sur ses joues. Elle, la fille des rois d'Espagne, n'avait désormais comme soutien, comme amis, que d'humbles artisans, des marchands, des commis, des femmes comme elle épouses et mères. Eux, elle le savait, ne la trahiraient pas.

Tard dans la soirée, la reine reçut un court billet de John Fisher. Seul parmi les évêques et archevêques, il l'avait défendue après qu'elle eut quitté le tribunal. Il avait honte pour l'Église, honte pour l'Angleterre. Il priait pour elle et pour la princesse Mary.

Jour après jour, avocats et hommes de loi avaient dévoilé à l'assistance des détails intimes sur la reine. Était-elle vierge ou non au moment de son mariage ? Elle l'affirmait, le roi le niait. On avait appelé comme témoins des servantes, des chambrières tout heureuses de livrer des racontars vieux de vingt ans. Dans la salle d'audience, la chaleur montait avec le soleil, les mouches vrombissaient. Les yeux mi-clos, Campeggio écoutait ragots, mensonges, indélicatesses. Sa Sainteté le pape allait être satisfaite car, selon la coutume romaine, dès le début du mois de juillet, il ajournerait jusqu'en octobre les débats. À plusieurs reprises, Wolsey l'avait approché au sujet de la bulle soigneusement dissimulée dans ses effets personnels. Il ne la signerait point. Ses ordres étaient formels. La lettre patente du pape n'était que miroir aux alouettes destinée à leurrer le roi d'Angleterre, à gagner du temps afin de laisser une marge d'action au roi d'Espagne. Une réconciliation entre le Saint-Père et l'empereur était probable, proche peut-être. Quant à François Ier, il ne disait ni oui ni non, décidé à ne pas s'engager personnellement.

Le roi ne paraissait plus aux audiences. On le disait irrité, mais Campeggio le savait fort anxieux. Sans annulation, jamais il n'épouserait Anne Boleyn, et le vieux prélat s'amusait intérieurement de la naïveté d'Henry qui croyait l'abuser en exposant les tourments de sa conscience. En vérité, le démon de la luxure l'habitait et le roi avait beau tenter de le revêtir de pudiques atours, celui-ci montrait sans fards son ignoble visage. À deux reprises seulement, Campeggio avait aperçu la « grande putain ». L'intelligence de son regard, une certaine arrogance dévoilaient une ambition peu commune.

Une fois encore, John Fisher, évêque de Rochester, s'était levé pour marteler que le mariage de la reine était valide et que seule la mort du roi pouvait le briser. Campeggio, qui reconnaissait en son for intérieur le courage de ce vieil homme, ne pouvait s'empêcher de le considérer comme déraisonnable. Henry désormais haïssait mortellement le vieil ami de sa grand-mère, le protégé de son père Henry VII.

Des barques allaient et venaient sur la Tamise. La vie continuait, indifférente aux amours du roi, au désespoir de la reine. L'Italien était las, il ne rêvait que de regagner Rome, de fuir les vilenies des grands de ce monde qui cachaient leurs ulcères sous des draps d'or et masquaient leurs pestilences par des odeurs de musc et de jasmin. D'un jour à l'autre, il attendait une missive papale invalidant les pouvoirs qui avaient été accordés à Wolsey et à lui-même. Alors aurait lieu une dernière séance au cours de laquelle le roi apprendrait que, pour Rome, ses désirs n'étaient point des ordres.

Côte à côte, le roi et Suffolk pénétrèrent dans la salle d'audience. Ce jour-là, nul n'en doutait, Campeggio et Wolsey allaient enfin prononcer la sentence que chacun attendait : le mariage d'Henry et de Catherine s'était conclu contre les lois divines, il était nul et non avenu, le roi était un homme libre. Une galerie de bois surplombait sur deux côtés la vaste pièce. De là, Henry avait voulu assister au verdict à côté de son beau-frère et plus proche ami. Il bruinait. Une odeur de vase montait des berges de la rivière que survolaient des mouettes et de grands hérons bleus. En amont, des pêcheurs jetaient leurs filets au milieu d'une vapeur légère qui ciselait les feuilles des arbustes penchés sur l'eau, faisait trembler l'ombre au creux des vaguelettes.

Le cardinal Campeggio hocha la tête et ouvrit le dossier posé devant lui. Les mots qu'il allait prononcer allaient frapper le roi en plein cœur. Sa mission où rien n'avait été laissé au hasard était arrivée à son terme et il en éprouvait une grande satisfaction. Les nombreux mois passés en Angleterre l'avaient épuisé et ses crises de goutte devenaient si aiguës qu'il aurait gardé la chambre si le roi n'avait exigé que les débats se poursuivent sans interruption.

– La Cour ecclésiastique réunie en ce lieu, commença-t-il d'une voix onctueuse, a étudié maints dossiers, convoqué et écouté de multiples témoins, travaillé avec des théologiens et des clercs. De ces audiences et débats, il ressort que seule Sa Sainteté le pape peut prononcer un juste verdict dans le désaccord qui oppose Leurs Majestés le roi et la reine d'Angleterre sur la validité de leur union. Nous ajournons donc ce procès jusqu'à ce que nous ayons pu conférer avec Sa Sainteté à Rome. Aucune date ne peut être établie à ce jour pour la reprise des débats dans ce tribunal ecclésiastique siégeant au couvent de Blackfriars dans la ville de Londres.

– Morbleu ! ! ! s'exclama Henry.

La colère l'empêchait de formuler les phrases cinglantes qu'il aurait voulu jeter à la face de Campeggio. Le visage blême, ses yeux lançant des éclairs, il se leva et se dirigea d'un pas lourd vers la porte. Suffolk qui allait le suivre s'immobilisa et se pencha au-dessus de la balustrade.

– Par la messe, tempêta-t-il, nous ne serons jamais tout à fait contents en Angleterre tant que nous aurons des cardinaux parmi nous !

Wolsey, qui avait semblé jusqu'alors paralysé par la déclaration de Campeggio, se leva et d'un poing rageur tapa sur la table. Ces grands seigneurs, leur morgue et leur ingratitude lui étaient devenus insupportables.

– Milord, si vous n'aviez pas disposé voici quelques années de l'amitié d'un cardinal, vous n'auriez plus aujourd'hui de tête sur les épaules et par conséquent plus de langue pour proférer pareilles insanités.

10

Monsieur le cardinal,

La confiance que j'avais placée en vous est cruellement trompée et votre décision prise en accord avec le cardinal Campeggio d'ajourner un verdict impatiemment attendu par le roi me déçoit grandement. Désormais, je sais que je ne peux plus me fier à vous car c'est Catherine d'Aragon que vous défendez. Entre nous ne subsiste plus d'hypocrisie ou de mensonge et je suis finalement bien aise de pouvoir aujourd'hui distinguer clairement mes amis de mes ennemis. Je me mettrai donc sous la protection de Dieu et sous celle d'un roi qui m'aime et que je chéris. Vos plans, monseigneur, seront anéantis, les méchants punis, n'en doutez point un instant. À partir de maintenant, j'emploierai toutes mes forces pour que justice soit faite.

Anne Boleyn.

Blême, Wolsey posa sur son bureau la feuille de papier. Le sol se dérobait sous ses pieds. Prié, supplié, admonesté par lui, Campeggio était resté intraitable : la bulle, non signée, repartirait pour Rome dans ses bagages. L'avenir du mariage royal était dans les mains de Sa Sainteté le pape et d'elle seule. Et à présent la Boleyn baissait le masque et se déclarait ouvertement son ennemie. Aucun de ses sourires, cadeaux, mots aimables du passé ne l'avait abusé, mais aussi longtemps qu'Anne l'avait sollicité, il était demeuré le maître.

Tirant un mouchoir d'une poche de ses chausses, Wolsey s'épongea le front. Depuis plusieurs jours, le ciel était de plomb et des incendies s'étaient déclarés à Londres. Dans cette chaleur inhabituelle, le cardinal voyait un symbole de l'enfer, non pas celui des démons, mais de son propre avenir. Le prélat jeta un regard sur les œuvres d'art patiemment réunies par lui. Combien de temps lui restait-il pour profiter de ces merveilles ? D'un jour à l'autre, le roi allait entamer la saison d'été, se déplaçant de château en château avec sa Cour et Anne Boleyn. Il n'avait pas été invité.

Pour parachever ses alarmes, une paix entre l'empereur et le pape allait se signer. Dans moins de deux semaines, des négociateurs français et impériaux se rencontreraient à Cambrai pour préparer un protocole entre les deux pays. Entièrement occupé par le divorce du roi, il n'avait pu tenir dans ces tractations la place qui aurait dû être la sienne dans l'intérêt de l'Angleterre. Expédié à Cambrai, Thomas More saurait-il tirer son épingle du jeu ?

Afin de se sentir moins seul, le cardinal fut tenté un instant de faire venir Cromwell, mais y renonça. Il devait faire face lui-même aux événements, considérer ses atouts : sa vieille amitié avec le roi, sa parfaite connaissance des affaires du royaume, l'absence de tout rival sérieux capable de diriger le pays avec son habileté.

À peine arrivée à la cour d'Angleterre avec son père, Meg perçut la tension qui y régnait. Bien que la reine, sa tante, lui eût fait bon accueil, la fillette avait compris que son sourire voulait dissimuler une grande tristesse. Mary, quant à elle, l'avait tout de suite intimidée. Pieuse, posée, froide, sa cousine restait distante, comme ennuyée d'avoir à se montrer prévenante envers cette inconnue tout juste arrivée des frontières écossaises. Après tant de mois de vie libre, excitante, durant lesquels son père et elle avaient erré de forteresse en manoir, Meg était rebutée par le cérémonial de la Cour, les repas qui n'en finissaient pas, les paroles conventionnelles dont elle ne saisissait pas toujours le sens. Et son père ne lui appartenait plus. Happé par le roi et ses amis, à peine pensait-il à venir l'embrasser avant son coucher. Fébrile, l'esprit ailleurs, il n'avait rien à lui dire et Meg, les larmes aux yeux, entendait son pas s'éloigner dans le corridor. Tout ce qui l'avait fait rêver quand elle courait les landes à cheval, les toilettes, les parures, la musique, les danses lui pesaient aujourd'hui. La taille serrée dans un corset qui l'étouffait, le pas gêné par la longueur de ses jupes, elle ne savait que faire ni que dire. Son parrain le cardinal Wolsey qu'elle se faisait une fête de rencontrer n'avait point cherché encore à la voir.

– Notre tante Suffolk sera là dans la soirée, annonça un matin Mary à Meg, alors que toutes deux sortaient de la chapelle où elles avaient entendu la messe. J'ai pour elle une grande affection et suis sûre que vous l'aimerez aussi.

Meg avait maintes fois entendu parler de Mary de Suffolk dont le destin faisait rêver les jeunes filles : reine de France, elle avait, à peine devenue veuve, épousé sans l'autorisation du roi d'Angleterre l'homme qu'elle aimait avec passion et vivait à présent avec lui et leurs trois enfants une existence heureuse sur ses terres du Suffolk. On la disait belle, gaie, piquante, en dépit d'une santé fragile. « Elle se montre peu à la Cour, avait expliqué Mary, pour ne pas "la" rencontrer. » Meg n'ignorait pas que cette personne sans nom était Anne Boleyn. À plusieurs reprises, elle-même avait croisé une jeune femme brune à l'allure souveraine, à la voix charmeuse, au regard pénétrant. Tous les hommes semblaient séduits par elle.

– La duchesse de Suffolk vient à la demande de la reine, précisa Mary, mais je sais qu'elle veut aussi vous connaître et songe à vous inviter à Westhorpe.

Très vite, Mary avait appris à apprécier Meg et la verrait partir avec regret. La fraîcheur de sa cousine, sa naïveté lui faisaient parfois oublier les épreuves que sa mère et elle traversaient.

– Je vous emmène avec moi, mon enfant. Henry, Frances et Eleonore, vos cousins, vous attendent avec impatience à Westhorpe.

Meg eut un mouvement de recul.

– Et mon père ?

– Lord Angus doit rester auprès du roi, mais il viendra vous visiter aussi souvent que possible. Vos bagages sont prêts, nous partirons avant la nuit.

La duchesse de Suffolk ne voulait pas tenter le diable. Il lui avait fallu user de tout son charme auprès de son frère pour obtenir la garde de leur nièce. Mais elle connaissait assez bien Henry pour savoir qu'un changement soudain d'humeur, un conseil malvenu pouvaient le faire revenir sur une autorisation accordée du bout des lèvres. À aucun moment, Mary n'avait évoqué Anne Boleyn. Son sang bouillait pourtant à la seule pensée que la fille de sa sœur Margaret puisse vivre à côté de « la grande putain » qui sournoisement avait déjà jeté ses filets et proposé au roi de la prendre parmi ses dames d'honneur. Une Tudor au service d'une Boleyn ! Cette clique faisait horreur à la reine douairière de France, les parents d'Anne étaient des rapaces, leur fils un être ambigu, enjôleur et malsain, Anne, leur fille, la plus perfide créature que la terre eût portée. Comment avait-elle pu l'estimer et même l'aimer lorsqu'elle la servait à la cour de France ? L'intelligence précoce était devenue basse fourberie, le charme enfantin, attrait maléfique. Henry voulait un héritier ? Qu'il choisisse le fils de Margaret sa sœur aînée ou le sien. James Stuart et Henry Suffolk étaient de son sang et innombrables étaient les exemples de neveux succédant à leur oncle.

Son retrait à la campagne, une santé déclinante avaient mûri la jeune femme coquette, tyrannique et frivole qu'elle avait été. Heureuse en ménage, adorant ses trois enfants, châtelaine respectée, la petite Mary qui avait tant aimé faire tourner les têtes pensait désormais vertu, bonne conduite, honneur, loyauté. Mais, lancinant, sournois, inquiétant, le point de côté dont elle souffrait lui laissait de moins en moins de répit.

Aussitôt arrivée à Londres, la duchesse s'était longuement entretenue avec la reine. Le courage de sa belle-sœur, sa dignité mais aussi sa trop grande bonté la confondaient. À plusieurs reprises, elle l'avait aidée à rester en relation avec son neveu l'empereur Charles Quint, allant pour échapper aux espions du roi jusqu'à dissimuler dans un panier d'oranges des messages de celui-ci. Les deux belles-sœurs devaient s'entendre à demi-mot. Dames, serviteurs à la solde de Wolsey ou d'Henry les épiaient sans relâche. Lorsqu'elle quittait Catherine, Mary avait l'impression d'abandonner une bête traquée.

– Pourrais-je au moins embrasser mon père avant de partir ? s'inquiéta Meg.

Depuis la veille, Angus avait quitté Londres avec une partie de la Cour. En compagnie d'Anne Boleyn, la roi allait incessamment les rejoindre.

– Il viendra bientôt à Westhorpe, promit-elle, et vous lui écrirez.

Meg revit la haute silhouette, la barbe blonde, le regard caressant. Tout comme le roi avait abandonné Mary, son père se détournait d'elle. Pourquoi lui avoir fait croire qu'il la chérissait, qu'elle serait sa « petite compagne » à jamais ? Jusqu'alors Meg avait cru remplacer sa mère dans son cœur et, bien qu'elle refusât de se l'avouer, elle en éprouvait de la joie.

– Ma sœur chérie, êtes-vous prête pour une saison d'extravagances et de plaisirs sans fin ?

– L'humeur du moment ne s'y prête guère, mon frère.

– Auriez-vous perdu votre fougue ?

En dépit du baiser furtif que George venait de poser sur sa joue, Anne Boleyn ne parvenait pas à sourire. L'été serait morne. Le prochain départ du cardinal Campeggio pour Rome mettait le roi hors de lui, et elle-même, venant d'apprendre qu'Henry avait approché le pape pour évoquer la possibilité de faire légitimer les enfants qu'il pourrait avoir d'elle, enrageait. Après ces années d'efforts incessants, d'anxiété, d'intrigues, elle ne pouvait tolérer de n'être qu'une concubine et l'avait fait vertement savoir. Henry l'avait laissée parler, puis d'une voix dure lui avait lancé :

« Vous serez, ma chérie, ce qu'il me plaira que vous soyez.

– J'ai votre parole, Sire », avait-elle rétorqué.

Il avait eu son petit sourire mi-ironique, mi-cruel.

« Y ai-je manqué ? Voilà des années que je défie ma famille et l'Église pour faire de vous ma femme. »

George s'assit sur le lit à la courtepointe de soie violette brodée d'argent et longuement s'étira. Pour lui aussi, l'été promettait d'être difficile et il ne savait pas encore comment l'affronter. Jeter le gant à Francis Weston ? Poursuivre le jeu de faux-fuyants qui avait été le leur jusqu'alors ? Plus que jamais, Jane, sa femme, l'espionnait et il ne devait pas sous-estimer son pouvoir de nuisance.

– La reine doit faire grise mine, nota-t-il d'un ton léger. Seule à Windsor pour l'été, voilà pour cette sainte femme beaucoup de moments de jeûne et de prières en perspective !

Anne se laissa tomber à côté de son frère. Les états d'âme de Catherine lui étaient indifférents.

– Un nouvel ambassadeur d'Espagne, Eustache Chapuys, va arriver à Londres à la fin du mois d'août, dit-elle comme pour elle-même. On le dit flamand, d'origine savoyarde. Voilà peut-être un nouvel ennemi.

Elle éclata soudain de rire et s'étendit sur le lit. La terre entière pouvait se liguer contre elle, elle savait que, tant qu'il ne l'aurait point possédée, le roi resterait enchaîné à elle.

– La reine est acculée, mon doux cœur, et la meute est lâchée. Un homme seul ne pourra empêcher la curée.

Le corps de son frère contre le sien rassurait Anne. Comme

du miel dans l'amertume d'une potion, la gaîté de George, son insouciance apaisaient ses inquiétudes.

– Et Wolsey va recevoir une bonne volée de bois vert qui le fera se trémousser et demander grâce !

L'idée du gros cardinal soulevant ses jupes pour mieux fuir égaya Anne un instant. Elle était enfin arrivée à bout de cet arrogant personnage, de cet être rusé, pernicieux, qui jamais ne l'avait aimée. Lui à terre, le roi serait un peu mieux à elle.

La tête de George était contre la sienne. Sur les solives du plafond, le soleil semblait jeter des pièces d'or. Soudain, Anne se sentit presque heureuse. Pourquoi se tourmenter ? Il fallait renoncer au pape, à Rome, à une dialectique vaseuse qui entretenait la confusion de manière à faire céder le roi. Henry devait trouver un interlocuteur à sa mesure, un homme d'Église capable de le servir aveuglément.

– Que penses-tu de Thomas Cranmer ? demanda-t-elle à brûle-pourpoint.

George se souleva sur un coude. Anne était inattendue ! Un moment elle riait en pensant au voluptueux cardinal, le moment suivant elle évoquait l'austère chapelain des Boleyn.

– Intelligent, fort ambitieux. Intéressé aussi par la Réforme et donc courageux.

Anne semblait plongée dans ses pensées. La seule erreur qu'elle puisse faire serait de laisser la situation s'enliser. Campeggio à Rome, elle devait trouver une autre route et s'y engager aussitôt, le roi à ses côtés. Chaque semaine comptait. Le temps jouait pour la reine qui, impassible, silencieuse, attendait.

– Thomas Cranmer..., répéta-t-elle comme pour elle-même.

Puis, se tournant vers son frère :

– Aide-moi à choisir la robe que je porterai ce soir. Je veux tenter une petite audace qui allèchera le roi, un décolleté un peu creusé, par exemple, ou une épaule dénudée.

– Montre tes chevilles, suggéra George, il n'y a rien de tel pour exciter les hommes.

« Dieu m'envoie un ami », pensa Catherine.

L'arrivée anticipée d'Eustache Chapuys à Londres était le signe que la sainte Providence ne l'abandonnait pas. Tout de suite, l'homme lui avait plu. Devant ce nouvel ambassadeur, franc, énergique, cultivé, elle n'aurait rien à dissimuler ou à feindre. Ensemble, ils pourraient faire face à Anne Boleyn, désarticuler ses artifices. Henry était bon catholique. Abordé avec douceur et conviction par un homme sage, il reconnaîtrait ses fautes, admettrait qu'une rupture avec Rome l'éloignerait de ses sujets comme des princes chrétiens.

La touffeur du mois d'août, ses angoisses avaient altéré la santé de la reine qui, au bras de sa fille ou d'une dame d'honneur, ne sortait plus que pour de courtes promenades. Le temps des chasses à l'aube, des longues randonnées, des danses était achevé, mais le souvenir lui en revenait par bouffées lors des nuits d'insomnie : la liesse d'Henry lorsqu'elle lui avait annoncé sa première grossesse, une joie d'adolescent auquel on offre le cadeau dont il rêve. Il avait ri, dansé, l'avait serrée dans ses bras à l'étouffer. Après vingt heures de terribles souffrances, Henry était né : un fils, un petit prince de Galles. L'enfant était fragile mais beau, bien formé. Aussitôt elle était devenue une mère passionnée et il avait fallu qu'on l'empêche de rester trop longtemps dans la nursery où elle se serait volontiers établie pour ne pas quitter son nourrisson. Par ailleurs, les fêtes ininterrompues données par Henry l'obligeaient à s'habiller, à se parer des somptueux bijoux de la Couronne, à danser, à banqueter, à participer à des scènes masquées où tout était luxe, raffinement et bonheur. Sept semaines plus tard, son bébé mourait. Lorsque le couvercle du minuscule cercueil avait été refermé, l'insupportable fardeau tombé sur ses épaules à la mort d'Arthur, son premier mari, était revenu l'écraser avec son cortège de souvenirs : la dépouille sur le lit mortuaire, ses traits fins, presque angéliques, les mains jointes tenant le chapelet d'ambre et de perles offert par la reine Bessie. Puis le retour à Londres, l'accueil froid du roi, la pauvreté, les larmes, la mort de sa belle-mère, le départ de sa belle-sœur Margaret pour l'Écosse, les matins où elle n'avait pas même l'envie de se lever, les sanglots incontrôlables, les malaises sans fin, la présence mystique et dominatrice de Fray Diego qui d'une voix feutrée donnait à la mort les traits d'une séductrice, Henry, son jeune beau-frère, le désir qu'elle avait de devenir sa femme..

Et à présent, tant d'années plus tard, on lui disait qu'en lui prenant tous ses enfants, sauf Mary, Dieu l'avait punie de son mariage. Ce n'était pas Dieu qui tuait les bébés, mais l'humidité, les fièvres, la dysenterie. Dieu l'aimait. En la traitant de pécheresse, en souillant la sainteté du lien qui les unissait, en avilissant leur passé, Henry la meurtrissait. Par les rumeurs circulant à la Cour, Catherine n'ignorait pas qu'Anne Boleyn la traitait d'« insipide matrone », d'« hypocrite » et de « bigote » que le roi traînait comme un boulet à son pied. Si elle n'avait pas été entre les mains d'un Dieu qui méprisait les vanités humaines, elle l'aurait publiquement souffletée, comme sa sœur Joanna avait giflé aux yeux de tous la maîtresse de son époux, l'archiduc. Mais, peu à peu, l'orgueil de l'infante d'Espagne, de la reine d'Angleterre s'éteignait en elle. Seul lui importait que justice soit faite, qu'on respecte non point sa personne mais sa parole, le serment fait publiquement qu'elle avait épousé Henry vierge. Comment des servantes, des lingères, des filles qui vidaient les vases de nuit avaient-elles pu prétendre le contraire devant le tribunal ?

Eustache Chapuys, l'ambassadeur de son neveu Charles, archiduc des Flandres, roi d'Espagne et des terres océanes, empereur du Saint Empire romain germanique, avait trouvé les mots justes, ceux qu'elle attendait et qui aussitôt lui avaient ouvert le cœur.

« Quoi qu'il puisse advenir, Votre Grâce doit savoir qu'elle peut garder la tête haute, avait-il affirmé. Le triomphe de mistress Boleyn, comme celui du Mal, sera éphémère. »

11

Fin 1529

– Monsieur le cardinal me fait trop d'honneur en estimant que je suis seule responsable de sa disgrâce. Il oublie l'hostilité que lui portent de nombreuses familles nobles, son arrogance, un goût du luxe et du faste qui ont indisposé le roi depuis longtemps.

– Et surtout l'échec d'une stratégie censée obtenir l'annulation du mariage de Sa Grâce, ajouta Thomas Cranmer. En dépit de leur influence, les évêques et prélats sont pour la grande majorité de piètres théologiens qui n'interprètent les Écritures qu'avec des œillères. En outre, ils ne jouissent pas de la liberté nécessaire à un tribunal.

Anne était attentive. Se pût-il que l'obscur Thomas Cranmer parvienne à réussir là où le puissant Wolsey avait échoué ?

Depuis deux semaines, une série de tempêtes balayaient les côtes du sud de l'Angleterre. La Tamise débordait, transformant ses rives en cloaques où pullulaient rats, crapauds et serpents d'eau. Que la température s'adoucisse, et la peste ne tarderait pas à faire son apparition.

Des événements extraordinaires fondaient aussi sur la Cour. Sommé par Norfolk et Suffolk, le cardinal Thomas Wolsey avait rendu au roi le Grand Sceau d'Angleterre et avait été destitué de toute responsabilité politique. Avant de gagner une de ses propriétés à Esher, au cœur du Surrey, Wolsey, dans un geste révélant son affolement, avait offert au roi ses palais, ses richesses : Hampton Court, York Place, les tableaux et tapisseries, l'argenterie, les objets antiques, jusqu'à ses chevaux et lévriers italiens. Le clan Howard triomphait, mais c'était Thomas More, un érudit, un catholique fervent, que le roi avait pris pour nouveau chancelier, More dont l'austérité, la vie familiale exemplaire contrastaient en tous points avec les extravagances du cardinal. York Place et une partie de ses trésors avaient été mis à la disposition d'Anne Boleyn.

Bien que grisée par les honneurs et les déclarations d'amour du roi, la jeune femme savait parfaitement que le mur la séparant du trône n'était point tombé et que sa souveraineté n'était qu'apparente. Les mois en s'écoulant rendaient son combat chaque jour plus âpre, sa volonté de triompher presque désespérée. George, devenu vicomte Rochford, s'était embarqué pour la France, chargé par le roi d'une mission. À Whitehall, l'ancien York Place qu'elle avait rebaptisé, elle se sentait terriblement seule. L'année s'achevait sans que rien ait progressé dans le processus d'annulation.

Thomas Cranmer semblait se fondre dans l'obscurité qui dès quatre heures de l'après-midi ensevelissait Londres. La générosité du roi n'allait pas jusqu'à permettre à la jeune femme de conserver le train de maison du cardinal, et les grands lustres qui décoraient un des salons donnant sur la Tamise n'avaient pas été allumés.

– L'Église est malade, dit soudain Thomas Cranmer de sa belle voix souple et ferme. Comment voulez-vous, milady, qu'elle puisse se gouverner et gouverner les princes ?

Dans la lumière des flambeaux, la peau de la jeune femme avait un aspect velouté. De sa fragilité physique, de son charme fait de vulnérabilité et de violence se dégageait une aura à laquelle Cranmer n'était pas insensible.

– Les évêques et archevêques ne sont pas seuls juges du

Bien et du Mal. Il y a de par l'Europe de grands théologiens beaucoup plus savants que nos prélats, poursuivit-il.

– Vous oubliez John Fisher. Dans son évêché de Rochester, il a prononcé à nouveau un sermon qui me vilipendait. Fisher est un intellectuel, un homme hautement respecté à Cambridge dont il est le chancelier.

– Sa propre violence le perdra. Le vent ne souffle plus du côté de la reine. Milord Fisher le sait. La disgrâce du cardinal doit l'avoir frappé en plein cœur.

– Fisher se moque de l'argent comme des honneurs.

Devant le feu qui crépitait au fond d'une cheminée décorée de caryatides soutenant un manteau de pierre où s'alignaient de délicats verres irisés venus d'Orient, Anne allait et venait. Ce n'était point tant Fisher qu'elle craignait qu'un retour en grâce du cardinal qui adressait au roi lettre sur lettre. Incapable de frapper à mort son vieil ami, Henry avait accepté de lui laisser son évêché d'York. À tout prix, elle devait empêcher qu'ils se revoient. En quelques phrases, Wolsey pouvait retourner la situation.

Sans mot dire, Cranmer observait la jeune femme. Les lueurs du feu mordoraient sa robe de velours crème, coulaient sur le buste menu, les épaules rembourrées de crin, les manches étroites toutes brodées de soie noire formant d'étroits croisillons. « Anne Boleyn n'a pas compris que désormais, plus que son amour pour elle, c'est l'obstination d'obtenir gain de cause qui enflamme Henry », pensa-t-il. Déjà les pions avaient imperceptiblement glissé d'une case à l'autre et c'était le jeu du roi qu'il devait disputer. S'il avait été son conseiller, il lui aurait suggéré de faire pression sur le pape en évoquant un possible schisme. Quand l'hérésie et l'anticléricalisme se répandaient en Europe, le Saint-Père ne pouvait perdre l'Angleterre, pays catholique à l'opulent clergé. Le moment était venu de taper sur la table, d'intimider, alors qu'Henry allait de droite à gauche, tantôt fulminant, tantôt sollicitant. Le pape le craignait moins que l'empereur.

– Mon oncle le duc de Norfolk va vous introduire auprès de Sa Majesté le roi, annonça soudain Anne en regardant Cranmer droit dans les yeux. Cela, non pour flatter votre vanité mais pour que vous œuvriez en notre faveur. Les Howard ont confiance en vous.

Cranmer retint son sourire. De bonne noblesse provinciale, sa famille valait largement celle des Boleyn et il se pouvait fort bien que ceux-ci soient engloutis par une vague qu'il saurait utiliser à son avantage.

– Vous me faites un grand honneur, milady.

– Il faut empêcher d'agir Thomas Cromwell qui reste fidèle au cardinal et pourrait être dépêché par lui auprès du roi.

– C'est un ambitieux, milady. Il ne fera rien qui soit fatal à ses intérêts.

– Sans doute, approuva Anne. Thomas Wyatt apprécie Cromwell et m'en dit beaucoup de bien.

La veille encore, son cher poète lui avait dédié un nouveau sonnet dans lequel il s'affirmait son esclave. Elle ne le croyait qu'à moitié mais savoir qu'une poignée d'hommes lui étaient dévoués corps et âme la touchait.

Poussée par le vent, une mouette frappa un des carreaux. Anne sursauta. Tout signe pouvant être interprété d'une façon néfaste l'angoissait. Pourquoi cette pluie diluvienne ? La claustration aigrissait Henry qui s'impatientait pour un rien. La veille, elle lui avait suggéré à nouveau d'exiler Catherine. Il l'avait fait taire et s'était claquemuré jusqu'au souper dans ses appartements.

– Réunissons un collège composé des plus éminents théologiens européens, Milord. Nul ne pourra aller à l'encontre de leur décision.

Fort intéressé, le roi tendait l'oreille. Son instinct politique lui faisait deviner que cet homme pouvait changer son destin.

– En effet, milord Cranmer. Mais qui s'en chargera ?

– Moi-même, si Votre Grâce m'y autorise.

Les yeux mi-clos, Henry observait attentivement son interlocuteur.

– Ne faudrait-il pas des années pour mettre ensemble ces remarquables casuistes ? Le temps passe, mon ami, et ma patience s'use. Sa Sainteté voudrait me faire comparaître à Rome, mais le roi d'Angleterre n'est aux ordres de personne.

Soudain Henry éclata de rire et cet accès d'hilarité inquiéta Cranmer. Le roi ne savait plus où aller. Comme un fauve traqué, il faisait face pour ne pas montrer sa peur.

– Votre Grâce peut agir en appel comme elle l'entend, Milord, reprit Thomas d'une voix feutrée.

À nouveau, le roi l'observait.

– Et votre conscience, Sire, sera bientôt en paix, ajouta-t-il sans quitter Henry des yeux. Votre Majesté doit seulement discerner où sont ses vrais amis.

Pour les fêtes de Noël, la vieille demeure de Westhorpe, propriété des Suffolk, avait été décorée de houx, d'herbes sèches couvertes d'une légère poudre d'or, de branches entrelacées. Organisée par Mary, la vie quotidienne était réglée, les enfants soigneusement éduqués. Meg s'était tant bien que mal intégrée, mais l'absence de son père, les changements radicaux intervenus dans sa vie rendaient l'adolescente avide d'attentions, exigeante, imprévisible. La duchesse songeait à la rapprocher de sa cousine Mary qui désormais vivait seule dans la propriété de Beaulieu que le roi son père avait mise à sa disposition. Mary avait besoin d'une compagne. Rongée par l'anxiété, désespérée de voir son père lui devenir publiquement hostile, elle dépérissait et sa santé inquiétait les Suffolk. Avec angoisse, la duchesse attendait le jour où son frère séparerait Mary de sa mère. Comment l'une et l'autre supporteraient-elles cette ultime épreuve ? Lors de la dernière visite faite à Catherine, elle avait trouvé sa belle-sœur en proie à des souffrances morales qui déchiraient le cœur. Seul l'ambassadeur d'Espagne, Eustache Chapuys, lui apportait quelque réconfort. En peu de temps, l'homme était devenu un ami proche, un conseiller, un confident, une épine plantée dans le flanc d'Henry, un ennemi mortel de la Boleyn qu'il appelait « la concubine ». Par Chapuys et par Mary elle-même, Catherine était en mesure de recevoir quelques billets de l'empereur son neveu et ces simples lignes nourrissaient son courage.

L'esprit ailleurs, Mary de Suffolk ornait de nœuds de rubans les arbustes qui décoraient le hall. Sa propre santé se détériorait et la douleur qui lui déchirait le côté devenait de mois en mois plus aiguë. Elle n'en soufflait mot à personne. Trop souvent Charles restait à Londres pour accomplir les devoirs de sa charge, trop souvent elle dormait seule dans son lit. Après toutes ces années de mariage et la présence de trois beaux enfants, elle conservait pour son époux un amour intact, pas une fois elle n'avait regretté leur mariage secret, les risques qu'elle avait pris pour obtenir l'homme qu'elle aimait. Elle revoyait sa chambre à Cluny, l'obscurité, ses pensées toutes concentrées sur Charles Brandon. Elle repensait aussi à François Ier, à sa séduction. Sans Charles, elle aurait pu devenir sa maîtresse, une extravagance qu'ils auraient payée cher l'un comme l'autre. À présent, François se débattait pour faire libérer de la forteresse de Piedraza de la Sierra deux de ses fils, otages de son premier fiancé, Charles Quint[1]. On les disait maltraités, enfermés dans des pièces aux fenêtres grillagées, glaciales en hiver, étouffantes en été, mal vêtus, mal nourris. Mais le roi de France avait réuni la somme fabuleuse exigée pour la rançon et avait accepté d'épouser Éléonore, la sœur aînée de l'empereur, la nièce de Catherine, reine d'Angleterre.

1. Cf. *Reines de Cœur*, du même auteur, même éditeur.

Sa messe dite, Wolsey quitta la chapelle du manoir d'Esher et se dirigea à pas lents vers son bureau où crépitait un grand feu. La réalité de sa soudaine disgrâce ne s'imposait que peu à peu, mais demeuraient intenses en sa mémoire l'irruption à Hampton Court des ducs de Suffolk et de Norfolk venus exiger qu'il restitue le Grand Sceau, et la requête qu'il avait formulée qu'on lui présentât un ordre écrit du roi. Comme par une grêle dévastatrice, il avait été accablé par les événements : le don de ses biens inestimables à son souverain qui n'avait pas daigné l'en remercier de vive voix, son départ pour Esher, la nouvelle de la nomination de Thomas More à la dignité de chancelier. C'était More qui désormais se tenait officiellement derrière le trône d'Henry et qui ouvrirait le Parlement, More qui porterait la robe écarlate bordée de petit-gris et le Grand Sceau d'Angleterre. Bassement, le nouveau chancelier s'était attaqué à lui dans son discours d'intronisation et, venant d'un homme de sa réputation, ces dénigrements publics l'avaient atteint en plein cœur. Lui, un mauvais berger, un coupable puni à bon droit par le roi ? More n'était qu'un néophyte dans la carrière politique, son triomphe aurait bien vite des relents amers.

Avec consternation, Wolsey découvrit les lettres éparses sur son bureau. Cromwell était parti pour Londres, en principe pour défendre sa cause, et ses nouveaux secrétaires faisaient tout de travers. Derrière les carreaux, la campagne était sinistre. Une brume grise ensevelissait les labours, les pâturages. Les cheminées des maisonnettes qui longeaient la seule rue du village fumaient. Quelques chiens, des poules erraient çà et là, mais Wolsey ne pouvait apercevoir un seul être humain. Jamais pareille tristesse, une telle sensation de fin du monde ne l'avaient submergé ainsi. Combien de temps avait-il pour plaider sa loyauté avant qu'on ne vienne l'arrêter ?

Lourdement, le cardinal se laissa tomber dans le fauteuil placé devant son bureau. Lui qui avait pu travailler vingt heures par jour avait désormais l'esprit comme paralysé. Les yeux fixés sur les bougies, il revoyait la lettre du roi lui redemandant le Grand Sceau, un ordre sec, inhumain.

Sur un pli posé au-dessus des autres missives, Wolsey reconnut l'écriture de Thomas Cromwell et aussitôt, comme si l'odeur de Londres pouvait seule le tirer de sa léthargie, il se redressa. Nul ne pouvait lui redonner la moindre illusion sur la nature humaine, mais il croyait encore en cet homme brillant, sans scrupule, dévoré d'ambitions. En gagnant la confiance du roi, seul Cromwell pouvait retourner la situation en sa faveur. « Même éloigné, je peux continuer à peser lourd dans la politique anglaise, essayer d'écarter le roi de la tentation du schisme », pensa-t-il. Il fallait non pas se débarrasser du pape, mais l'intimider, forcer sa décision. Dans ces démarches, Thomas More pouvait être un involontaire allié.

« Milord cardinal... »

D'un geste prompt, Wolsey approcha un chandelier et s'empara d'une loupe.

Soudain, il se réchauffait, son esprit se déliait.

L'ouverture du Parlement vient d'avoir lieu. Milord More a mis de l'autorité, de la mesure dans son discours. Mais les difficultés auxquelles il va se heurter sont multiples. Outre la grande affaire qui nous tourmenta si fort et si longtemps, milord More va devoir agir promptement contre les écrits de Luther qui pénètrent chaque jour davantage chez nous. De nombreux personnages d'importance les lisent, mistress Boleyn la première, mais les grands ne seront point inquiétés, la justice s'abattra sur les commerçants, les artisans, les petits-bourgeois. Thomas More se montrera impitoyable envers eux, je n'en doute guère. Pour ma part, le défi que lance Luther au monde chrétien me sied et ni les traditions ni les dogmes ne pourront m'empêcher de penser avec liberté. Votre Grâce ne me contredira point, je pense, si j'affirme que la lutte entre les pouvoirs politique et spirituel n'est point fondée uniquement sur des articles de foi mais sur l'autorité. Celui qui la détient est le véritable chef.

Sa Majesté se montre aimable envers moi et, Dieu m'étant témoin, n'a jamais prononcé à propos de Votre Grâce de mots désobligeants. Le roi est certes autoritaire, mais je le crois secrètement assez timide pour craindre les amis de la Boleyn et les aigreurs du clan Howard qui le harcèlent pour obtenir votre bannissement.

Sa Majesté désire me prendre parmi les hommes de loi attachés à son service et par là même me placera dans une position difficile vis-à-vis de certaines grandes familles qui me savent de modeste naissance, attaché à votre personne et libre de mes idées. Mais pour le moment, étant encore à moitié dans l'ombre, nul ne me craint.

Que Votre Grâce reste donc confiante. Sa Majesté ne l'oublie pas et l'année à venir promet d'être riche en événements de grande importance.

J'obéirai à vos conseils et, quand l'occasion s'en présentera, je suggérerai à Sa Majesté de faire pression sur le pape pour obtenir un jugement dans les mois à venir. Le roi doit aussi se montrer d'une grande fermeté envers les évêques Fisher et Clark qui jettent sans cesse de l'huile sur le feu et entretiennent les illusions de la reine. En la poussant à écrire constamment à Sa Sainteté pour demander justice, ils ne font qu'entêter davantage le roi dans ses amours pour mistress Boleyn.

Que Votre Grâce enfin sache que je l'informerai fidèlement des sessions du Parlement qui vont se révéler essentielles dans la résolution de la grande affaire. Dans leur majorité, les parlementaires sont favorables au roi.

À Londres, votre humble et dévoué serviteur,
Thomas Cromwell.

Alors qu'il tendait la lettre aux flammes de la bougie pour la consumer, les pensées se bousculaient dans la tête de Wolsey. La finesse de pensée de Cromwell le passionnait. Sans doute lui-même ne pouvait-il épouser une liberté d'esprit qui autorisait son secrétaire à lire des ouvrages hérétiques, mais celui-ci voyait juste : la véritable bataille engagée était bien entre les pouvoirs spirituel et politique. Par sa rigidité, le pape prenait des risques absurdes. Comment pouvait-il envisager de perdre un aussi vaste troupeau pour la satisfaction d'une femme, fût-elle reine ? Le jour même, il allait écrire à Rome, répondre à Cromwell. Aussi vive qu'autrefois, l'envie de s'engager dans la mêlée le reprenait. Il se moquait bien de ses ennemis ! Durant des années, il avait tissé sa toile, disposait encore de nombreuses personnes sûres, prêtes à le renseigner.

La nuit était tombée mais le cardinal Wolsey ne voyait pas les ténèbres, ne ressentait pas le froid. À Esher, il était assez près de Londres pour se faire entendre et on allait l'entendre à nouveau.

12

Été 1530

– Étudier l'appel de la reine alors que la quasi-totalité de nos évêques et archevêques ont signé la requête implorant un prompt jugement en ma faveur ! Sa Sainteté le pape est indigne de gouverner l'Église.

La colère du roi rendait muets ses proches. Suffolk lui-même n'osait souffler mot. Pourtant, il venait de recevoir des nouvelles encourageantes de Thomas Cranmer qui courait l'Europe afin de rencontrer les plus éminents théologiens. La conviction du duc peu à peu se faisait : le roi n'obtiendrait rien de Rome. Par inconscience, le Saint-Père allait pousser le roi au schisme. Cranmer comme Cromwell l'envisageaient déjà de sang-froid, seuls s'obstinaient à croire à un compromis Wolsey et More, que par ailleurs tout opposait.

Préoccupé par la santé de Mary son épouse, Suffolk ne prêtait qu'une oreille distraite aux propos acerbes du roi. Les médecins restaient indécis : le point de côté qui la tenaillait pouvait venir des poumons, de l'estomac ou même du cœur. La duchesse devait se garder du froid, absorber une nourriture légère, prendre modérément de l'exercice. Sans succès, on lui avait appliqué des graines de moutarde pilées et des ventouses, puis Mary avait décidé d'ignorer son mal. Le roi exigeant la constante présence de ses amis, trop rarement

Charles pouvait s'échapper de Londres pour rejoindre Westhorpe. Parfois Henry l'interrogeait sur la santé de sa petite sœur, mais, la maladie faisant horreur au roi, le duc ne répondait qu'en peu de mots.

Quelques mois plus tôt, Meg les avait quittés pour rejoindre sa cousine Mary à Beaulieu. Son départ de Westhorpe les avait attristés, mais la fille de Margaret d'Écosse avait besoin d'une compagne capable de partager ses peines. Les deux jeunes filles pouvaient se donner du courage pour affronter les moments difficiles que l'une et l'autre traversaient.

À peine installée dans un château campagnard, la Cour le quittait pour gagner une nouvelle résidence, comme si le tourbillon qui les entraînait tous pouvait effacer les souffrances, panser les plaies. À quarante-six ans, Suffolk n'avait plus le cœur aux comédies. Le roi devait agir, crever l'abcès. More était un chancelier intelligent, intègre, Cranmer un homme d'une grande habileté, Cromwell un arriviste fin, têtu, brillant. Avec ces hommes-là, Henry pouvait claquer la porte au nez du pape, épouser Anne et se remettre au travail. Ce chemin-là passait par l'élimination définitive du cardinal qui, bien que retiré dans son archevêché d'York, refusait de lâcher prise et se mêlait de tout. Certes, il lui devait le pardon accordé par le roi après son mariage, mais la reconnaissance ne pouvait changer un homme en esclave, le rendre aveugle. Wolsey avait usé et abusé de ses privilèges et désormais ni le roi ni l'Angleterre ni l'Église n'avaient plus besoin de lui.

– Je vais chasser au vol avec lady Anne, tonna soudain le roi. Vous m'accompagnerez, Suffolk.

Les chevaux filaient à la lisière de la forêt et des champs de blé. Montée en croupe, la joue contre son pourpoint de soie, les bras autour de la taille du roi, Anne goûtait un des rares moments de bonheur qui lui faisaient supporter une attente devenue odieuse.

En tête du groupe galopaient les fauconniers, leurs oiseaux encapuchonnés de cuir ou de velours sur le poing. Les hauts épis de blé semblaient se refermer sur eux. L'odeur de paille sèche, de poussière, la fragrance d'humus venant des sous-bois se mêlaient à la senteur forte des chevaux. Au loin, les cavaliers apercevaient des murets de pierre clôturant des herbages à moutons qui, année après année, s'étendaient au détriment des terres emblavées.

Comme toujours lorsqu'il pouvait se dépenser, le roi avait repris sa bonne humeur. Anne l'entendait plaisanter avec Suffolk qui galopait à son côté. Bientôt ils seraient au bord de l'étang où les rapaces seraient décapuchonnés et lâchés.

Une brise légère creusait les blés d'une houle régulière, découvrant des bouquets de coquelicots, des bleuets épars. Au loin émergeait un clocher de pierre grise. Comme une coupe de vin de Grèce, Anne savourait ce bonheur complet, éphémère. En cet instant, le roi était tout à elle. La jeune femme sentait sa chaleur, la force qui se dégageait d'un corps que les années n'étaient pas parvenues à dompter. Se donner à lui n'était pas pour elle la perspective d'un plaisir, mais celle d'une complète victoire. La couronne serait alors entre ses mains et, à sa guise, elle la poserait sur sa propre tête.

« Le roi veut son divorce, tu désires être reine, où est l'amour dans tout cela ? avait un jour raillé George. L'Angleterre est remuée de fond en comble par vos défis personnels, alors que ma tendresse pour Francis doit rester secrète.
– L'amour a le visage que chacun désire voir, avait-elle rétorqué, ne me juge pas, car jamais je ne t'ai blâmé. »

Il l'avait serrée dans ses bras.

« Et l'amour que nous nous portons, quels traits a-t-il ? »

Anne enlaça le roi davantage encore. Cet homme était sien, il était sa définition de l'amour : force, pouvoir, incertitude. Ses désirs avaient besoin de lutte, d'ambiguïté, de plaisirs inachevés, de provocations poussées à l'extrême. Wolsey était relégué à York et elle était maîtresse d'un de ses palais, dormant dans le précieux lit du cardinal aux rideaux de damas broché. Catherine, elle aussi, partirait bientôt pour l'exil. Sachant que des attaques directes contre la reine braquaient le roi, Anne s'était adoucie, se contentant de donner à entendre qu'une tierce personne gâchait leur bonheur, sans plus dénigrer sa rivale. Lorsque, enfin, il l'exilerait, Henry aurait l'illusion que la décision était sienne.

Les cavaliers étaient entrés dans le sous-bois. L'allée traversait une chênaie où le soleil pénétrait en rais de lumière dorée. Sous les sabots des chevaux, les feuilles sèches craquaient, la terre meuble se marquait d'empruntes profondes. Dans des trous de verdure à droite et à gauche du sentier poussaient en hâte de minces arbrisseaux, des bouquets de campanules et de saponaires au-dessus desquels dansaient des abeilles et des papillons. Aux chênes avaient succédé des platanes, des frênes, d'inextricables buissons de ronces d'où s'envolaient en piaillant des chardonnerets. Des herbes folles, de l'avoine sauvage bordaient le chemin. L'étang n'était plus loin, déjà la lumière se faisait plus vive, l'odeur fade de l'eau douce gagnait sur celle plus fruitée de la forêt. Sur le poing des fauconniers, les faucons pèlerins commençaient à s'agiter.

Afin de ne pas effrayer les canards, le moment était venu d'immobiliser les chevaux, de décapuchonner les oiseaux. Avec le gibier d'eau, la chasse était rapide, spectaculaire. Lorsqu'ils fondaient sur leur proie, les pèlerins atteignaient des vitesses extraordinaires.

Immobiles, les chiens attendaient un ordre pour lever sarcelles et colverts. Nul ne parlait. Anne sentait l'ample respiration du roi, l'odeur de la transpiration qui tachait la chemise juste recouverte d'une courte veste. Tenait-elle entre ses bras un gros homme vieillissant ou le tout-puissant roi d'Angleterre ?

Les cliquetis des crochets libérant les capuchons indiquèrent à tous que les pèlerins étaient prêts. Les poings gantés se levèrent et, dans un ample élan, majestueux, les faucons prirent leur envol, tandis que d'un claquement de langue le valet de meute lançait les chiens vers l'étang.

Les oiseaux n'étaient plus que de petits points haut dans le ciel. Dans un instant, cancanant et battant des ailes, les canards s'arracheraient de la surface de l'eau. Alors commencerait la chasse, la mise à mort au hasard avec le sang tachant le bleu, le vert, le brun doux des plumes.

Le roi mit pied à terre et demanda le gerfaut qu'il avait lui-même dressé. Droit sur le gant, l'oiseau clignait les yeux, impatient de s'envoler.

– Tout doux, mon beau, tout doux, chuchota Henry.

Anne reconnaissait le ton haut, suffisant. Était-elle pour lui un rapace qu'il voulait dompter ou une belle proie au plumage chatoyant ?

Un peu plus loin, George et Francis parlaient à voix basse. Les chevaux étaient flanc contre flanc, les épaules des cavaliers se frôlaient.

Et soudain, comme cela lui arrivait de plus en plus souvent, même au milieu de ses pires angoisses, Anne éclata d'un rire sarcastique. Pourquoi nommait-on « amour » la satisfaction des ambitions, de la vanité, le besoin d'assujettir ?

L'audience applaudissait à tout rompre, se tordait de rire. *La descente aux enfers du cardinal* était un franc succès et George Boleyn, le grand organisateur du spectacle, se rengorgeait. Lorsque des diables velus commencèrent à tirer vers un chaudron le corps gigotant d'un gros comédien vêtu de rouge, la fin obtint un triomphe. Le roi affichait une hilarité tonitruante et à plusieurs reprises s'était levé pour mieux profiter de la représentation. Seuls Anne Boleyn et Thomas Cromwell ne riaient pas, la première par mépris pour le manque de retenue des spectateurs, le second parce que ces scènes abjectes lui levaient le cœur. Son bienfaiteur, son maître à penser avait été arrêté par le comte de Northumberland trois semaines plus tôt et il était mort en chemin vers la Tour de Londres où il allait être jugé. Avec son médecin comme seul proche, Wolsey avait pris gîte à l'abbaye de Leicester, exténué, torturé d'angoisse. Dieu lui avait épargné l'internement à la Tour, l'infamie d'une comparution devant un tribunal et d'une exécution publique. Sur son lit de mort, il lui avait dédié une lettre :

> J'aurais dû servir Dieu et non le roi car mon Créateur aurait eu pitié de moi. Mais j'ai voulu la gloire de l'Angleterre qui aujourd'hui est en grand péril. Que Sa Majesté coupe les liens qui nous attachent à Rome et un nouveau schisme, après celui de Luther et de quelques autres, sera créé. Le pire en résultera, prenez garde à vous, Cromwell...

Cromwell avait aussitôt brûlé un aveu qui confirmait le motif de son arrestation : le cardinal complotait bien avec le pape contre les intérêts du roi d'Angleterre.

Depuis l'annonce, le 1er novembre, de la mort de Wolsey, de son inhumation presque clandestine à Leicester, non loin de la dépouille de Richard III, Cromwell avait beaucoup réfléchi. Il avait admiré et fidèlement servi le cardinal, mais il avait trop d'ambitions personnelles pour accepter d'être un homme du passé. Dignement mais fermement, il se séparerait de l'œuvre et de la mémoire de Thomas Wolsey et poursuivrait sa propre route. Ses convictions personnelles, sa manière d'agir le rapprochaient de Cranmer. Ensemble, pourquoi ne seraient-ils pas les nouveaux hommes du roi ? More appartenait au passé. Tout comme Wolsey, il s'accrochait à une image de l'Angleterre qui n'existait plus guère. Le roi, le pays désiraient des réformes profondes. Rien ne justifiait le pouvoir et la richesse du haut clergé. Aucun érudit ne pouvait plus supporter les abus de toutes sortes tirant profit de l'ingénuité du peuple : vente de messes, d'indulgences, de fausses reliques. Et les riches abbayes possédaient une part si importante du sol anglais que le pouvoir du roi se heurtait sans cesse à celui de Rome. Le mariage avec Anne Boleyn ne ferait que déclencher des mesures radicales qui s'imposaient depuis longtemps.

On applaudissait les acteurs qui revenaient une fois encore sur le devant de la scène. Hué, le gros homme qui avait personnifié le cardinal souriait béatement et jetait aux dames des baisers. On allait souper maintenant, boire à la damnation du prélat devant lequel chacun rampait quelques années plus tôt. « Que le diable l'emporte », se dit Anne. Elle n'allait pas penser une minute de plus à son vieil ennemi. Wolsey éliminé, elle n'avait pas pour autant gagné la partie. Demeuraient la reine et la princesse Mary. L'année s'achevait sans qu'aucune mesure ait été prise contre leur opiniâtreté. Reginald Pole lui-même, le cousin issu de germain du roi, petit-fils par sa mère, la comtesse de Salisbury, du duc de Clarence, frère d'Édouard IV et de Richard III, refusait farouchement tout rapprochement avec Henry aussi longtemps que celui-ci s'entêterait dans sa décision de divorcer. Proche de la reine et de la princesse Mary, il jouissait à la Cour d'une influence non négligeable et le roi montrait envers ce bouillant cousin une incompréhensible indulgence.

– Que penses-tu de ma petite représentation ? chuchota George à l'oreille de sa sœur.

Anne leva les épaules. Mieux valait s'attaquer aux vivants qu'aux morts. Son frère manquait de courage.

Sur la pointe des pieds, Cromwell se retira. Son temps allait venir et bientôt les portes s'ouvriraient devant lui à double battant. Mais il n'aurait point les illusions du cardinal. En Angleterre, seul le roi pouvait élever ou abaisser qui il voulait. Cette leçon que semblaient oublier les Howard, il la possédait parfaitement.

À la fin du souper, la jovialité exhibée publiquement par le roi quelques moments plus tôt avait disparu et il avait répondu sèchement à Anne comme à Charles Brandon qui ne disaient plus mot. Rassemblés sur une tribune dominant une partie de la salle lambrissée, des chanteurs vocalisaient rondeaux et couplets qui parlaient du printemps, de jardins en fleurs, de jeunes filles amoureuses. Dehors, il pleuvait à verse, des bourrasques fouettaient les fenêtres. S'infiltrant par le moindre interstice, elles balayaient les murs, faisaient onduler les tapisseries, couchaient les flammes des bougies.

« Ainsi, pensa Henry, on a jeté le cercueil de Wolsey de nuit et en hâte dans le trou qui venait d'être creusé. » Au cours de la brève cérémonie, lui avait-on rapporté, le vent avait éteint toutes les torches. Avait-il pardonné à cet homme qui durant si longtemps avait été son ami intime, son confident, son bras droit ? Il ne voulait pas en décider. Le cardinal était mort et pourrissait dans sa tombe sans le moindre ornement, sans le plus modeste bijou. York Place était désormais mis à la disposition d'Anne et Hampton Court restait à lui avec ses trésors, les mille détails raffinés que Wolsey, dans son amour du luxe, avait imaginés.

Réunis par Cranmer, les théologiens s'étaient prononcés en écrasante majorité pour l'annulation de son mariage. Sa conscience ne l'avait donc pas égaré. En épousant Catherine d'Aragon, il avait attiré sur lui la malédiction de Dieu.

À son côté, Anne semblait lointaine, mais la posséder enfin était devenu obsessionnel. Elle défiait ce qu'il y avait de plus vif en lui, le sentiment de sa propre puissance. Il pouvait abattre des princes, effrayer des rois, conquérir des pays, les mettre à feu et à sang, mais il ne pouvait pas encore être le maître du joli corps d'Anne Boleyn.

Février 1531

Quand l'orateur de la Chambre des lords se leva, chacun retint son souffle. Dans un instant seraient scellés l'avenir matrimonial du roi et le nouveau statut de l'Église.

Vêtus de somptueux manteaux aux couleurs de pierres précieuses, coiffés de bérets de velours, de daim, de chapeaux de feutre bordés de fourrure, portant au cou de lourdes chaînes d'or, leurs doigts bagués posés sur leurs genoux, les lords tendaient l'oreille dans la lumière grise du matin.

– Réunis en ce lieu le 11 février de l'an de grâce 1531

sous la haute autorité de Sa Grâce Henry le huitième, roi d'Angleterre, nous, les membres de la Chambre des lords, n'ajoutons nul amendement à la volonté royale de considérer l'Église catholique d'Angleterre comme indépendante de Rome et du pouvoir de son évêque Clément le septième. Sa Majesté réunira désormais entre ses mains les pouvoirs temporel et spirituel pour le plus grand bien de ses sujets, dont, mieux que quiconque, il connaît les besoins et les espérances. Sa Grâce le roi est désormais le seul protecteur de son Église.

Il y eut un moment de silence. Une décision inouïe venait d'être prise, dont chacun avait plus ou moins conscience.

Le duc de Suffolk soupira. Le roi avait enfin obtenu ce qu'il désirait avec ardeur depuis trois longues années. Dans son palais de Whitehall, mistress Boleyn devait triompher. Dans quelques semaines, un collège d'archevêques et d'évêques prononcerait officiellement le mariage d'Henry Tudor et de Catherine d'Aragon nul et non avenu. De princesse royale, Mary serait rétrogradée au rang de fille illégitime et n'aurait plus droit qu'au titre de lady Mary. Tôt ou tard, Catherine serait bannie. Sans vouloir se l'avouer, Charles Brandon en avait de la peine. Tout au long de sa vie, cette femme avait montré une extrême dignité, un grand courage, une foi en Dieu que nulle déception, nul revers n'avaient pu ébranler. À présent, à l'exception de Thomas More et de John Fisher, tous l'abandonnaient, et lui le premier. Mais il n'en tirait aucune fierté. Si Mary son épouse pouvait mépriser les choix de son frère et ignorer Anne Boleyn, lui n'en avait pas la possibilité. Aucune émotion passagère ne lui ferait mettre en péril ce qu'il avait mis des années à obtenir : être un des personnages les plus importants du royaume, un considérable propriétaire terrien, le père d'un fils qui pouvait prétendre au trône d'Angleterre.

L'orateur parlait toujours. Sous les mots lénifiants, chacun savait ce que la réforme signifiait : la disparition des petites abbayes, la confiscation de leurs biens, la mainmise de l'administration sur les revenus du clergé. Un léger sourire aux lèvres, les lords pensaient l'un à un petit couvent jouxtant ses terres qu'il pourrait annexer, l'autre à des pâturages, des troupeaux appartenant à une congrégation religieuse qui, réunis aux siens, le ferait un peu plus riche.

L'orateur s'attaquait maintenant au désir du roi de voir cesser l'exercice illégal de la justice par le clergé. Frappés d'étonnement, les lords redevinrent attentifs. Depuis des siècles, l'Église avait ses propres tribunaux et, bien que les limites de ceux-ci avec la juridiction royale soient parfois un peu floues, nul ne les contestait. S'agissait-il d'humilier un peu plus le clergé, de déposséder les grands de l'Église de leurs derniers droits et privilèges afin qu'ils sachent bien qui était leur maître ? « Enfin le roi ose s'affirmer et frappe », pensa Norfolk avec satisfaction. L'avenir du duc qui jusqu'alors avait gardé des franges d'incertitude s'éclairait soudain. Plus aucun obstacle, hormis la soumission totale de Catherine qui lui serait imposée de gré ou de force, ne demeurait sur le chemin menant au trône sa nièce Anne Boleyn. Certes, des évêques comme John Fisher ou John Clark allaient réagir violemment, mais l'ensemble du clergé se contenterait de protester mollement. En restant sourd aux revendications légitimes du roi, le pape abandonnait l'Église d'Angleterre. À Rome, Sa Sainteté n'avait point compris qu'Henry mêlait étroitement son divorce à son désir de suprématie religieuse. Quelque temps que mettent ses desseins à s'accomplir, Norfolk n'avait nul doute que le roi les mènerait à bien.

Le soir même, Anne serait avertie des bons augures qui éclairaient désormais son avenir. Bien qu'il n'y eût guère de sympathie entre sa nièce et lui, Norfolk devait reconnaître qu'elle avait magistralement joué sa partie. Thomas Cromwell et Thomas Cranmer s'étaient comportés eux aussi avec une grande habileté. L'un comme l'autre avaient pris sur le roi une influence prépondérante au détriment du rigide More accroché aux valeurs du passé.

À la dérobée, le duc de Norfolk observa le grand chancelier. Bien que More ne bronchât pas, sa pâleur extrême indiquait qu'il était parfaitement conscient des conséquences de la décision royale. Mais le chancelier n'avait de leçons à donner à personne. Sa persécution des hérétiques était sans merci et il ne pouvait ignorer que la vie donnait immanquablement raison aux plus forts. More n'avait pas eu une larme pour le cardinal, nul ne le pleurerait quand viendrait son tour.

13

Printemps 1531

La bataille qu'elle venait de remporter laissait Catherine heureuse, mais épuisée. Mary allait arriver à Richmond et, dans quelques heures, elles seraient enfin réunies.

L'annonce de la maladie de sa fille un mois plus tôt l'avait bouleversée, la cruauté d'Henry anéantie.

« Si vous allez la rejoindre, avait-il dit d'un ton patelin, inutile de songer, Madame, à revenir à Londres. – Ma place est à vos côtés, Milord, avait-elle rétorqué, je ne vous quitterai pour rien au monde. »

Loin d'elle cependant, son enfant dépérissait. Mary s'alimentait à peine, dormait mal, avait des crises de larmes ou se réfugiait dans un désolant silence. Sans la présence de sa chère tante, la comtesse de Salisbury, elle se serait sans doute laissée mourir. Et elle, sa mère qui la chérissait, ne pouvait pas même la serrer dans ses bras !

« Le roi n'est pas un monstre, Milady, avait affirmé Chapuys. Si lady Mary est au plus mal, il lui permettra de venir près de Londres. Là, vous pourrez la rejoindre. » L'ambassadeur ne s'était point trompé. Mary avait été autorisée à gagner en litière le château de Richmond, où la reine avait accouru afin de l'y accueillir.

À chaque instant, Catherine revenait se placer à l'une des

fenêtres de sa chambre qui donnait sur la cour d'honneur et l'allée menant à la porte d'entrée. Un timide soleil printanier éclairait les plaques de neige qui couvraient encore par endroits la campagne. Des oiseaux sautillaient sur l'herbe rousse et courte, se perchaient dans les hêtres, les ormes dont les branches se découpaient sur le ciel bleu pâle.

Les médecins de la reine patientaient. Aussitôt qu'elle serait arrivée, ils examineraient la princesse, tenteraient de trouver un remède à ses langueurs. Que racontait-on au château de Beaulieu, où elle résidait ? La reine craignait que la concubine cherchât à nuire à son enfant. À plusieurs reprises, on lui avait rapporté qu'elle la souhaitait morte. Pensait-elle la faire empoisonner ? Quelques semaines auparavant, on avait tenté de supprimer John Fisher. Une poudre toxique avait été jetée dans le potage qu'on lui servait et, sauvé par son manque d'appétit, son ami, son défenseur, avait vu mourir cinq de ses proches dans de terribles souffrances. Aidée des conseils de Chapuys, encouragée par son neveu l'empereur, elle allait se battre bec et ongles pour protéger Mary.

Bien qu'alarmée par la maigreur et l'extrême pâleur de sa fille, Catherine s'efforça de garder sa sérénité. À quinze ans, Mary abordait l'âge adulte et allait faire son entrée dans une société qui la heurtait, la déchirait. Quelle confiance pouvait-elle avoir en son propre avenir ? Devenir dame d'honneur de la concubine ? Vivre cloîtrée jusqu'à la fin de ses jours ? Être donnée à un prince qui la considérerait comme un rebut, elle la petite-fille d'Henry Tudor et de Ferdinand d'Aragon ?

Sa mère à son chevet, la jeune fille s'était endormie. Elle ne souffrait d'aucune maladie grave, avaient affirmé les médecins. La cachexie venait de son manque d'appétit, de sa nervosité, de ses crises de larmes, symptômes assez courants chez les vierges. Peut-être faudrait-il simplement songer à la marier. La reine n'avait pas voulu en savoir plus. Ce dont Mary avait besoin, nul autre qu'elle ne pouvait le lui donner.

Durant les semaines qui suivirent, Catherine et sa fille reprirent ensemble goût à la vie. Chaque jour, elles se promenaient dans les jardins de Richmond, confortées par leur présence réciproque. Côte à côte, elles assistaient à la messe, partageaient leurs repas, travaillaient à un ouvrage, écoutaient de la musique. Lorsque Catherine avait voulu évoquer les événements qui agitaient la Cour, Mary l'avait suppliée de se taire.

« Le roi mon père ne m'aime plus », avait-elle un soir constaté tristement, alors que la bruine les tenait au coin du feu.

Catherine n'avait su que répondre. Pour elle, le mot « aimer » était indissociable de fidélité, de dévouement. Pas une fois depuis des mois, Henry n'avait souhaité voir sa famille.

« Une fille doit respecter son père, avait-elle finalement déclaré, ne jamais le juger. L'amour que le roi porte aux siens peut nous paraître étrange, mais nul, hormis Dieu, ne connaît le fond de son cœur. Si le diable le tente, avec l'aide de la sainte Providence, il saura déjouer ses stratagèmes. »

Mary avait gardé le silence. Sa mère sous-estimait la puissance de la Boleyn. Certes, le peuple aimait sa reine qui avait pour elle la paix de sa conscience, mais, bien qu'ignorante des réalités physiques de l'amour, la jeune fille se doutait que la concubine possédait un grand pouvoir sur son père, pouvoir que sa mère n'avait plus. À son confesseur, elle avait osé poser quelques questions auxquelles il avait répondu avec embarras. Dieu avait voulu éprouver les humains en permettant l'impudicité et la débauche. Dans les temps anciens, la pudeur de la majorité des chrétiens étouffait ces débordements ou les mettait au ban de la société. Mais à présent un désir satanique de liberté s'emparait des esprits et les amenait à persister dans l'immodestie, la luxure. « Quand la truie se roule dans la boue, avait-il marmonné, elle éclabousse chacun alentour. »

En avril, une neige tardive se mit à tomber. Un vent froid soufflait sur les collines entourant Richmond. Mary se portait mieux. Près de sa mère, dans la chaleur de sa tendresse, elle revivait, ses cauchemars se faisaient plus rares, elle se réalimentait. Ensemble, la mère et la fille s'animaient. Anne Boleyn finirait par montrer son vrai visage qui rebuterait le roi. Henry reviendrait sur sa décision de rompre avec Rome, se remettrait entre les mains du pape. Isolées, fragiles, les deux femmes savouraient leurs chimères.

– Il faut accomplir son devoir sans faillir, déclara un soir Catherine d'une voix calme, alors qu'elles venaient de dire les prières de l'angélus. Le mien est d'être au côté de mon époux, aussi cruel soit-il de me séparer de toi. Lady Salisbury va me remplacer, elle t'aime, tu es fort attachée à elle. Et nous nous retrouverons en mai à Windsor où le roi t'attendra. J'ai sa parole.

Mary sentit le sang se figer dans ses veines. Ainsi elle allait être seule à nouveau, et pour combien de temps ? Aux promesses de son père, elle ne croyait plus.

– Cette femme a été mise sur terre pour m'empoisonner la vie ! fulmina le roi, elle s'entête à ne point renoncer à faire appel à Rome, elle s'acharne à me narguer, à rendre ma vie odieuse. Elle m'aime, clame-t-elle ! Quelle sorte d'amour est-ce là, Charles, que de tourmenter un homme jusqu'à le rendre fou ? Elle m'obéit en tout, rabâche-t-elle, à l'exception de la soumission qu'elle doit à deux pouvoirs supérieurs. Quels sont ces pouvoirs sinon le pape et l'empereur ?

– Dieu et sa conscience, Milord, répondit Suffolk.

– Alors, murmura le roi, comme si sa colère était soudain retombée, je n'ai plus d'autre choix que de la bannir.

Sa décision prise, le roi se sentit soulagé. Catherine loin de lui, les remords qu'il ne pouvait s'empêcher de ressentir en se trouvant en sa présence s'envoleraient. Le divorce se ferait sans qu'il ait à voir des pleurs dans ses yeux. Anne avait beau lui répéter que, Catherine vivante, ils ne seraient jamais heureux, il était sûr qu'un éloignement suffirait.

À côté du roi étaient placés deux gobelets de vermeil. Henry se servit de vin, poussa la carafe vers Suffolk. L'idée fixe du divorce, son obsession de posséder Anne, de la voir réduite à sa merci lui faisaient trop souvent oublier que le monde continuait à tourner.

Le roi de France avait épousé Eléonore d'Autriche, la sœur de l'empereur, et les deux ennemis étaient devenus de courtois beaux-frères. En Flandres, Marguerite d'Autriche était morte d'une blessure infectée au pied ; Madame Louise, la mère du roi de France, se sentait fort mal en point. La disparition de ces femmes remarquables influerait-elle sur la politique de l'empereur et celle du roi de France ? Et de Turquie, Soliman le Magnifique intriguait avec François Ier, lui-même manœuvrant pour se servir des princes luthériens allemands. Chaque fois qu'il pensait aux affaires européennes, Henry VIII regrettait Wolsey. More, pas plus que Cromwell, ne le remplaçait pour échafauder des plans ambitieux, traverser la mer, courir les routes, afin d'avoir son mot à dire dans toute négociation d'importance.

– Buvons à l'élimination des obstinés, demanda-t-il en regardant Suffolk.

– À vrai dire, soupira Anne, je n'aime guère vivre seule, même au milieu du plus beau des palais.

– Aurais-tu peur ?

– Qui sait ?

Le rire pointu indiqua à George que sa sœur ne souhaitait pas continuer la conversation. Depuis le début de juillet, en dépit de la présence de Catherine et de celle de Mary, elle avait quitté Whitehall pour rejoindre Windsor, être plus près du roi. Weston, Henry Norris, Brereton, Wyatt l'avaient tous rejointe dans les jolis appartements qu'elle occupait face au parc. Longtemps ils avaient écouté Mark Smeaton jouer du luth. Thomas Wyatt d'un moment à l'autre lirait ses derniers sonnets. Au milieu de ses « soupirants », comme elle se plaisait à les nommer, elle retrouvait un peu de son insouciance, se prenait à oublier ses manœuvres galantes de plus en plus poussées pour exciter le roi, les regards sournois de ceux qui ne l'aimaient point, la tension qui en permanence tendait son esprit et son corps. Son épuisement se manifestait par des battements irréguliers du cœur, des spasmes aux coins des lèvres, des rougeurs qui marbraient soudain son visage et son cou qu'elle parvenait à dissimuler sous une épaisse couche de crème à l'alun.

Un beau soleil pénétrait par les fenêtres. Trônant sur le vaste lit tendu de taffetas aux reflets changeants, Anne avait laissé les jeunes gens assis à ses pieds. George savait désormais que Francis lui rendait sa tendresse, mais ils n'osaient se toucher en public et ne s'adressaient que des mots anodins. Debout à quelques pas d'eux, Mark Smeaton ne se permettait pas de rejoindre le joyeux groupe. Il n'était point gentilhomme et, bien que son talent de musicien lui ait ouvert la porte d'Anne Boleyn, il savait les limites à ne pas franchir. S'il avait osé, il aurait trouvé quelque moyen de faire comprendre à George Rochford et à Francis Weston que l'un comme l'autre suscitaient en lui un désir resté secret. Mais, dans la petite cour d'Anne Boleyn, il n'avait d'autre rôle que celui de divertir par sa musique.

L'humeur du jour portait à une ironie spirituelle qui n'épargnait personne. Anne avait ri d'une boutade lancée par William Brereton sur les appétits sexuels du roi. Ayant une épouse et une maîtresse auxquelles il ne touchait pas, Sa Grâce devait être d'une continence monacale.

– Parce que vous, master Brereton, jouissez de toutes les femmes que vous convoitez ! s'était moquée Anne.

– Certes, mais mon cœur est à vous seule, milady.

– Je crois au désir, lança Anne, l'amour en est une conséquence fortuite.

– On peut aimer qui vous déplaît, hasarda Smeaton, si l'intérêt n'est point charnel.

Anne observa avec étonnement le jeune musicien. Souvent elle se demandait si elle désirait le corps d'Henry ou si elle aimait le dominer, offrir des plaisirs à sa guise, être sa maîtresse dans le véritable sens du terme. Elle en éprouvait non pas de la jouissance, mais une satisfaction triomphante.

– Je vais vous dévoiler un secret, déclara soudain George d'un ton jubilant. Le roi et sa Cour quitteront Windsor pour Woodstock après-demain.

– Je sais cela, s'impatienta Anne, mes femmes sont en train d'achever de remplir mes malles.

– Mais vous ne connaissez point tout, ma sœur, car je viens d'apprendre de la bouche de milord Suffolk que la reine et la princesse ne seront pas du voyage. Nous les abandonnons ici même, avant qu'ordre soit donné à la reine de se replier sur un lieu encore mystérieux. La princesse, quant à elle, rejoindra Richmond jusqu'à ce que Sa Majesté prenne une décision la concernant. Mais elle ne reverra plus sa mère.

D'étonnement, chacun garda le silence. La reine bannie, la victoire d'Anne serait totale.

– Je propose que nous fassions venir des carafes de vin de Bordeaux pour boire au triomphe de mistress Boleyn, ma sœur bien-aimée, clama George.

Il jubilait. Anne allait être reine, il serait considéré, riche, l'oncle du futur roi d'Angleterre, et Francis l'aimait.

La princesse Mary frappa à la porte de la chambre de sa mère. Contrairement à ses habitudes, celle-ci n'était pas venue la chercher dans ses appartements pour la messe du matin. Le palais était étrangement calme. Quelques chiens suivaient dans les couloirs de rares domestiques qui ne semblaient guère se hâter à leurs tâches habituelles. À plusieurs reprises, la jeune fille avait interrogé ses demoiselles d'honneur sur la raison de ce silence, de ces couloirs déserts. Aucune n'avait de réponse.

Perdue dans ses pensées, la reine était à sa fenêtre, les yeux dans la direction de la route qui serpentait le long d'un bois. Le ciel était bleu clair avec des petits nuages effilés comme des rubans de gaze. Les arbres du parc offraient à la lumière une nappe ondulée d'un vert inégal allant du plus tendre au presque noir.

– Mère ? interrogea Mary.

Catherine se retourna.

– Le roi est parti, annonça la reine d'une voix blanche.

– À la chasse ?

– Non, pour l'été. Et il ne m'a pas même dit au revoir.

La jeune fille resta pétrifiée. Elle aussi avait été abandonnée.

Ni la mère ni la fille ne touchèrent aux mets servis lors du repas de onze heures. Pour donner le change à ses dames, Catherine s'efforçait de suivre la conversation. Mais quelque chose en elle était mort, elle n'avait plus envie de se battre, ne ressentait plus d'autre émotion que celle, accablante, de la mort de sa foi en Henry. Jusqu'alors, elle avait été convaincue qu'il lui reviendrait. Les liens les unissant étaient trop ancrés, trop forts, ils avaient partagé trop de joies et de détresses pour être rompus.

Mary, elle aussi, avait la gorge nouée. L'avenir la paniquait. Suivrait-elle sa mère ? Les séparerait-on ? Dans l'affirmative, se pourrait-il que ce soit pour toujours ? Un brouillard opaque, le néant ensevelissaient la jeune fille. Et si elle allait rejoindre son père pour tomber à ses genoux ? Mais le regard, la stature du roi l'épouvantaient. Était-il possible qu'ils se soient tant aimés autrefois ?

Le morne repas s'achevait lorsqu'un messager pénétra dans la salle, un pli à la main. Un espoir soudain envahit Catherine, illuminant son regard. Se pût-il qu'Henry l'appelle, qu'elle ait conçu d'absurdes craintes ?

De la pointe d'un couteau, elle fit sauter le cachet, tandis que les dames d'honneur et les domestiques ne la quittaient pas des yeux. Mary retenait son souffle.

Milady,

La décision de notre séparation ne vous surprendra pas, je suppose, car voici des mois que, par affection pour vous, je l'avais prise sans pouvoir vous la signifier. De tout cœur, j'aurais souhaité que nous nous quittions en frère et sœur affectionnés, mais votre obstination à demeurer dans un mariage que Dieu réprouve me contraint à la fermeté. Nous ne nous reverrons plus. J'ai donné des instructions pour que vous quittiez Windsor dans les trois semaines à venir. Vous vous rendrez jusqu'à nouvel ordre à Easthampstead, où vous serez traitée avec la considération qui vous est due.

Craignant que vous n'entreteniez des illusions réciproques, toute correspondance entre Mary et vous me déplairait. J'écrirai dans ce sens à Chapuys. Quant à votre neveu l'empereur, ne tentez plus jamais d'entrer en relation avec lui. L'expression de mon déplaisir serait immédiate et pénible pour vous, soyez-en persuadée.

À peine Catherine pouvait-elle respirer. Sa main tremblait si fort qu'elle laissa échapper la lettre du roi qui tomba sur le sol.

14

Automne 1531

Monseigneur,

L'hostilité que vous me témoignez atteint un tel degré de violence que je ne puis la tolérer davantage. Rien, ni le respect dont vous jouissez, ni la sainteté de votre ministère ne peuvent justifier une telle haine. Les paroles de Notre-Seigneur Jésus « Ne jugez pas afin de ne pas être jugé » vous sont certes fort étrangères. S'ériger en justicier comme vous le faites est insupportable et insensé, car vous ne nuisez qu'à vous-même. Le roi est en effet fort irrité par votre attitude et soyez sûr que sa patience aura des limites. Nul, pas même vous, monseigneur, ne peut se croire à l'abri d'un juste châtiment. Craignez-le.

Votre dévouée...

Les dents serrées, Anne plia la feuille de papier, la cacheta. Ce premier avertissement serait le dernier et, si John Fisher s'entêtait à les vilipender publiquement, le roi et elle, tout évêque qu'il fût, il serait arrêté et pourrait ressasser à loisir ses rancœurs derrière les murs de la Tour.

Catherine et Mary neutralisées, Anne se heurtait maintenant à l'hostilité d'une poignée d'hommes influents, mais aussi à celle du peuple. Nul ne la saluait et, lorsqu'elle passait dans les rues, les bonnets restaient vissés sur les têtes. Aux Mores, une ancienne résidence de Wolsey où Catherine avait été reléguée, chacun au contraire témoignait un grand respect à l'ancienne reine. On l'acclamait, les paysans lui apportaient les uns des œufs, les autres du beurre et des fromages. Anne imaginait son sourire bonasse, ses mines de sainte femme. Que croyait-elle ? Que le fait d'être née infante de Castille lui octroyait ad aeternam l'amour d'un mari ? Pour garder Henry, elle-même devait, et cela depuis des années, élaborer chaque matin une stratégie, inventer des caresses, des mots ambigus ; elle le flattait, l'invectivait, le malmenait, l'excitait, le comblait. Mais elle s'épuisait à ce jeu-là...

Anne quitta sa table de travail. Elle avait maigri, les yeux mangeaient son visage et elle avait demandé à ses modistes d'élargir ses coiffes afin de l'étoffer. De son côté, le roi épaississait. On avait dû refaire sa garde-robe et il lui fallait désormais de l'aide pour se hisser sur un cheval. L'ulcère de sa jambe ne guérissait pas, il souffrait, maugréait, se montrait acerbe. Quelques semaines plus tôt, il lui avait remis les bijoux de la Couronne portés jusqu'alors par Catherine. Triomphante, elle avait passé colliers, bracelets, ceintures, bagues, pendants d'oreilles. Certes, le miroir ne lui renvoyait que le reflet d'une reine, mais bientôt cette illusion deviendrait réalité.

Ce soir, elle dînerait avec son père dans sa résidence de Durham. George et sa femme Jane seraient présents ainsi que son oncle Norfolk, auquel une violente dispute l'avait opposée quelque temps plus tôt. Il l'avait traitée en domestique aux ordres des Howard. Elle s'était déchaînée, avait jeté quelques mots bien sentis sur son égoïsme, sa vanité, son avidité de biens et d'honneurs. Le duc avait quitté la pièce en claquant la porte derrière lui et, depuis, ils ne s'étaient revus. Sans doute ferait-il la paix au cours de la soirée.

En silence, Anne se laissa vêtir, coiffer, farder. La fragile jeune femme au charme ambigu se métamorphosait en une créature charmeuse, suprêmement élégante. Jamais elle n'avait abandonné la mode française. De Paris, elle recevait des croquis, des échantillons d'étoffes, des parfums. Ses couturiers anglais suivaient exactement ses directives et, sans déchoir, la jeune femme aurait pu paraître à la cour de François Ier. Un instant, elle pensa à ce roi qui savait enchanter les femmes. Se souvenait-il de la petite Anne « Boulène » qui accompagnait la reine Mary alors qu'il n'était lui-même que dauphin de France et qui avait servi ensuite sa femme la reine Claude ? Celle-ci était morte depuis longtemps, après avoir mis au monde sept enfants. Disparue aussi Louise de Savoie, que le roi avait abondamment pleurée.

À la cour de France, Anne avait été heureuse. Là, elle avait appris le pouvoir des femmes, les subtilités de l'amour, le plaisir de jouer avec les mots et les sentiments. Autour des Valois, tout semblait léger, pétillant. Bijoux, toilettes brillaient de mille feux. Chaque soir, on s'apprêtait pour le bal, tandis que les joueurs de luth, de hautbois, de cornet et de flûte prenaient place sur des estrades. Le roi aimait la danse du chapelet où un cavalier couronnait de fleurs la dame de son choix avant de l'embrasser et de l'entraîner au milieu du cercle. Puis la couronne changeait de main, et un nouveau couple rejoignait le premier. Anne n'ignorait pas que la pavane et le branle étaient désormais démodés. La vogue était à la volte, la courante, la gaillarde qui faisaient sauter et virevolter les danseurs au grand dam des prudes qui les trouvaient indécentes.

C'était cette atmosphère qu'Anne s'efforçait de recréer à sa petite cour où George avait été nommé maître des divertissements. Dans son cercle, nul n'était autorisé à ennuyer, sermonner, ronchonner. On disait des poèmes, on chantait, jouait aux cartes, se déguisait pour inventer des tableaux vivants, mais on engageait également de vives polémiques sur les questions religieuses et sociales.

Anne préconisait une réforme profonde de l'Église, l'arrogance des évêques devait être brisée, leur pouvoir politique sapé. On tirait parfois d'un coffre un livre interdit venu d'Allemagne ou des Flandres. Certes, Luther allait trop loin dans son mépris du catholicisme, mais pourquoi persécuter ceux qui considéraient favorablement sa doctrine ? Quel mal faisaient-ils ? Reine, elle persuaderait Henry de laisser chacun pratiquer la religion qui lui convenait et on ne verrait plus de bûcher sur le sol anglais.

Une dame posa sur ses épaules une somptueuse cape de velours framboise doublée de vair, une autre lui tendit un manchon d'hermine. À côté de la voiture qui portait son blason, une escorte de douze cavaliers l'attendait.

Les rues de Londres étaient encore animées. Des mules, des ânes lourdement chargés se frayaient un passage parmi les flâneurs, les piétons, les mendiants, les infirmes affalés sur les galets qui pavaient les rues. Des clients se pressaient devant les tréteaux des marchands protégés d'un auvent, des enfants jouaient sous les lanternes accrochées devant les auberges et les maisons cossues.

Dans sa litière dont les rideaux étaient ouverts, Anne ne regardait ni à droite ni à gauche. Devant elle, sommée par l'escorte, la foule s'écartait. Elle entendait quelques rires sarcastiques et des apostrophes graveleuses dans lesquelles revenaient les mots « putain », « garce », « dévergondée ». Que savaient de sa vie ces misérables ? Des porteurs d'eau traversant la rue immobilisèrent un instant le cortège. Tout près de la portière, Anne vit un visage marqué de petite vérole qui ricanait. D'un coup de cravache, un homme de son escorte l'écarta. « Qu'ils aillent tous se faire pendre ! pensa Anne. Bientôt, ils devront bien me respecter. »

Le dîner s'achevait. Tous réunis, à l'exception de la duchesse de Norfolk qui ne pouvait tolérer la présence de son époux, les Howard s'étaient fait bonne figure. Les douze nuits de Noël approchaient avec leur succession de fêtes. Chacun s'était juré d'y briller. Jane elle-même s'était associée à la bonne humeur générale et avait complimenté George, son époux, sur ses succès dans une Cour tout agitée par le bannissement de la reine et l'éloignement de la princesse Mary qui avait regagné Beaulieu avec l'ordre de ne plus en sortir.

Assise à la place d'honneur à côté de son oncle, Anne avait répondu avec franchise aux questions qui brûlaient les lèvres de tous : où en étaient les tractations du roi avec Rome ? Pressé par l'un comme par l'autre époux, le pape allait devoir prendre une décision. Anne était confiante. Quel que soit le verdict de Clément VII, le roi l'épouserait. Cranmer travaillait désormais lui-même à la procédure d'annulation et elle ne doutait pas un instant de son succès.

Dans la vaste pièce au plafond richement décoré, les serviteurs allaient et venaient. À travers les majestueuses fenêtres, on apercevait un ciel clair criblé d'étoiles. De la vieille bâtisse des York demeurait un froid escalier de pierre, des cheminées assez profondes pour y placer des bancs, des lustres monumentaux. Bien que le dîner touchât à sa fin, la table était encore entièrement couverte de plats de toutes tailles contenant des restes de volaille, de poisson, de pièces de porc et de bœuf à peine entamées, de jattes en argent où se figeaient des ragoûts, des sauces, des salmis de bécasses, de perdreaux, de pigeons, de plateaux de bois où s'empilaient des carapaces de crabes, des coquilles d'huîtres.

Anne avait un peu trop bu. La tête lui tournait et, dans la chaleur procurée par les hautes flambées, elle se sentait bien au milieu des siens. Suivi d'une forte servante portant une serviette de fil sur l'épaule, le maître d'hôtel s'arrêtait à côté de chaque convive, une bassine de vermeil remplie d'eau de rose entre les mains. Soudainement, une porte s'ouvrit.

– Milady, milady ! s'écria une jeune femme.

Chacun se retourna vers l'intruse, qui était tombée à genoux.

– Que se passe-t-il ? s'étonna Élisabeth Boleyn.

– Un attroupement, balbutia au bord des sanglots la jeune

servante. Des hommes, des femmes qui veulent se saisir de mistress Boleyn.

Anne se figea. Un dégoût rageur lui serrait la gorge. Qui les avait excités ? Chapuys, More, Fisher ? S'ils pensaient avoir raison d'elle par la terreur, ils la sous-estimaient. Le peuple la rejetait parce qu'il abhorrait les changements, ne comprenait rien aux véritables enjeux auxquels le roi devait faire face. Repoussant son assiette, la jeune femme se tourna vers son oncle.

– Je ne crains personne, milord.

– Vous avez tort, ma nièce, car, livrée à ces gens-là, vous pourriez fort bien être mise à mal.

Cris et vociférations parvenaient du dehors. Chacun entendit clairement les mots « putain » et « concubine ». Les hautes fenêtres ne laissaient plus entrevoir les constellations, mais les lueurs rougeoyantes de centaines de torches.

– Je n'ai pas de soldats ici pour les refouler, soupira Thomas Boleyn. Il faut fuir, mon enfant.

Anne se leva. En dépit du courage qu'elle affichait, son teint était livide, sa mâchoire crispée.

– Il y a des barques attachées au ponton, déclara George. Donnez-moi, mon père, quatre domestiques et je ramènerai moi-même Anne à Greenwich.

Serrée dans sa cape, la jeune femme s'installa dans le frêle esquif. De très près parvenaient des cris de menace, des insultes.

– Ne crains rien, chuchota George à côté d'elle.

Il avait peur. Qu'une poignée de cette racaille découvre qu'Anne fuyait par la Tamise et ils pouvaient être brutalisés. Tout contre lui, il sentait la chaleur de sa sœur. Il avait envie de la prendre dans ses bras, de lui jurer que, lui vivant, nul ne pourrait lui faire de mal. La nuit, le froid, le danger créaient une atmosphère irréelle. Tandis que les rameurs faisaient glisser la barque en silence sur le fil de l'eau, il passa un bras sous la cape, entoura la taille d'Anne, la serra contre lui.

– Je ne veux ni présent ni lettre, tonna Henry, qu'on reporte le tout à lady Catherine. Elle n'est pas ma femme, je ne suis pas son mari. Quand comprendra-t-elle que ses mièvreries ne me touchent plus ?

Du château des Mores, on avait apporté au roi une coupe d'or, un message écrit par la reine pour le Nouvel An. Mais, loin d'attendrir le roi, ces marques d'attention l'avaient exaspéré. Comme une sangsue, Catherine restait attachée à lui. L'indulgence, l'affection qu'il avait gardées pour elle après sa décision de rompre leur mariage avaient disparu. À présent, il avait envie de l'écraser afin qu'elle cessât définitivement de l'importuner. Même à des lieues de Londres, celle qu'il nommait désormais « sa sœur » cherchait à le manipuler. Où faudrait-il l'expédier pour ne plus entendre parler d'elle ?

Parée de somptueux bijoux, Anne se tenait à quelques pas. Elle avait la finesse de rester silencieuse et attendait que son irritation retombe. Depuis quelques jours, elle lui témoignait une grande tendresse, se montrait généreuse de mots doux, de compliments.

Assombrie un moment par la colère d'Henry, l'humeur des courtisans était revenue au divertissement et à la joie. Vêtu de velours bleu soutaché d'argent, Suffolk, devenu presque aussi gros que le roi, observait avec amusement la favorite. Plus talentueuse que le meilleur acteur italien, elle savait d'instinct comment s'adapter à chaque caprice d'Henry. Elle le maltraitait parce qu'elle avait compris la perversion qui le faisait parfois jouir d'être humilié, puis l'encensait pour flatter sa fatuité. Face à lui, jamais Catherine n'avait élevé la voix, ne s'était permis une critique. Et la nièce du duc de Norfolk avait hérité de la sensualité des Howard. Son art de donner des caresses, le plaisir qu'elle montrait en les recevant révélait une science que Suffolk ne croyait pas innée. Avait-elle fait l'amour avec Percy au temps lointain de leurs fiançailles ? Et que se passait-il avec ces jeunes gens qui se disaient ses chevaliers servants ? Thomas Wyatt en particulier, le séduisant poète dont le talent et le physique avantageux conquéraient le cœur des femmes ? À plusieurs reprises, il avait surpris des échanges de regards suggérant une certaine intimité. Décidée à ne pas se donner au roi sans la couronne d'Angleterre, Anne compensait-elle ses frustrations dans les bras du jeune homme ? Étant le beau-frère et le plus vieil ami du roi, il lui ferait part de ses suspicions.

Thomas Wyatt, une main sur le cœur, disait précisément des vers. Assis à côté d'Anne, Henry avait retrouvé son sourire. On allait festoyer, boire, danser ; la jambe de la femme qu'il aimait frôlait la sienne, il voulait savourer ces instants de plaisir.

The lively sparks that issue from those eyes
Against the which there vaileth no depence
Have pierced my heart, and done it no offense
With quaking pleasure more there once or twice
Was never man could any thing devise
Sunbeams to turn with so great vehemence
To daza man's sight as by their bright presence

Charles Brandon voyait le teint d'Anne rosir. Sûre que ces vers lui étaient destinés, elle en éprouvait de la vanité. « Elle n'aime point le roi, pensa le duc, elle jouit seulement d'être la maîtresse de son cœur. »

Dans le parc derrière le château de Hampton Court, l'herbe des pelouses était jaune et sèche, les feuilles qui couvraient les allées racornies. Dans le potager, gâtés par de trop fortes pluies, les légumes d'hiver pourrissaient. Un ciel bas laissait prévoir des chutes de neige. La nuit allait bientôt venir.

– Sire, je me tourmente au sujet de Thomas Wyatt, déclara soudain Brandon.

Le roi et lui ne dansaient plus. Ils étaient seuls, tandis que des couples évoluaient devant eux. À peine Henry écoutait-il son beau-frère. Depuis un certain temps, celui-ci le lassait par de fastidieux rapports sur les fiançailles de sa fille aînée Frances avec Henry Grey, troisième marquis de Dorset, petit-fils du demi-frère de sa mère la reine Bessie. Henry n'appréciait guère sa nièce et ne s'en cachait pas. Quoique jolie, la très jeune fille n'avait pas hérité du charme, de la spontanéité, de l'enjouement de sa mère. Le roi se souvenait de Mary au même âge, une beauté piquante qui s'emparait de tous les cœurs, une délicieuse poupée aimant la fête, les beaux atours, les facéties. Jamais il n'avait pu lui refuser quoi que ce fût et il avait éprouvé un grand chagrin à la voir quitter la Cour pour devenir reine de France. Puis étaient venus son veuvage, et un remariage secret qui l'avait outragé. Mais ces temps semblaient lointains, à présent Mary était mère de trois grands enfants et elle était malade. Sa sœur aînée Margaret vieillissait en Écosse, toujours démunie d'argent, se plaignant sans cesse de l'indiscipline des lords écossais, de leur arrogance, de sa solitude. Son mari et elle vivaient ensemble afin de ne pas déplaire au roi son fils, mais ils étaient des étrangers l'un pour l'autre. En de longues épîtres, l'aînée des Tudor se désolait de l'ingratitude des hommes, de leur cupidité, leur inconstance. Selon son humeur, Henry répondait ou ne répondait point. Pourquoi sa sœur geignait-elle sans cesse ? N'avait-elle pas obtenu aisément ce pour quoi il avait donné en vain des années de sa vie : une annulation de son deuxième mariage ?

– Thomas Wyatt se porte bien et nous enchante par son talent. Qu'avez-vous à vous tourmenter pour lui ? jeta-t-il à Brandon.

Avec des mouvements gracieux, Anne évoluait, passait d'une main à l'autre, s'inclinait, souriait. Jamais il n'avait pensé qu'elle était une parfaite beauté, mais nulle femme cependant ne l'égalait. Était-ce son corps gracile, son long cou, la masse de ses cheveux d'un noir de jais, ses yeux immenses, sa bouche aux lèvres parfaitement dessinées ? Certes, elle n'avait point les appas de certaines dames de la Cour, mais le feu de son regard, sa volonté, son impétuosité, ses colères elles-mêmes l'avaient conquis. Elle était de sa trempe, son âme sœur.

– Ne plairait-il pas tout spécialement à mistress Boleyn ?

Le roi sursauta. Brandon vit son regard mauvais, mais il s'était juré de dire ce qu'il avait sur le cœur.

– Que suggérez-vous ?

– Tout homme est faible, Milord, et mistress Anne a beaucoup de charme.

Suffolk sentit la main d'Henry s'abattre sur son bras, il entendait son souffle, respirait les relents âcres du vin. Les yeux du roi étaient devenus des fentes noires comme un abîme.

– Vous êtes fort impudent, mon ami. Certes, vous êtes mon beau-frère mais, aussi vite que je vous ai élevé, je peux vous abaisser, ne l'oubliez jamais. Et maintenant, laissez-moi, votre présence ne m'est plus agréable en ce moment.

La lueur des trois bougies du flambeau coulait sur la table de bois sombre aux pieds chantournés et le carré de papier crème. Les domestiques dormaient et, hormis de temps à autre le cri d'un oiseau nocturne, rien ne troublait le silence. Derrière les rideaux de soie rouge soigneusement tirés, la neige tombait à gros flocons.

Ma chère femme,

Comme vous me l'aviez suggéré, j'ai parlé ce soir au roi votre frère. Il est entré dans une grande colère et m'a congédié. N'ayez crainte, je ne suis nullement impressionné par sa mauvaise humeur mais, dans l'intérêt de notre famille, je me tairai à l'avenir. Que m'importe au fond que le roi mette son royaume sens dessus dessous pour une intrigante ? Tôt ou tard, il s'en détachera et le clan Norfolk mordra la poussière.

Ne vous souciez pas. Soignez-vous. Je pense à votre santé, aux fêtes qui scelleront les fiançailles de notre Frances. Comme je vous l'ai promis, je serai à Westhorpe après la célébration des Rois et resterai avec vous pendant de longues semaines. Votre présence m'est nécessaire pour que je reprenne le courage de supporter ce qui se passe en ce moment à la Cour.

Vous avez été, êtes et serez ma joie pour toujours...

Sa lettre cachetée, Charles Brandon se dirigea vers une fenêtre, écarta les rideaux. Pour conserver les faveurs du roi, il fallait une patience, une souplesse d'échine que la Boleyn ne possédait pas. Intelligente, opiniâtre, elle ne voyait cependant qu'un visage d'Henry, celui d'un homme amoureux, les autres se dévoileraient trop vite : ils avaient des traits durs, égoïstes, mesquins, les sourires y étaient cruels, les regards implacables. De tous les proches du roi, il était celui qui le connaissait le mieux. Le jeune homme généreux et charmeur qui avait été son meilleur ami n'existait plus, celui qui avait pris sa place était dangereux. Comme un fauve, il pouvait dépecer d'un seul coup de patte. Il savait comment vivre à ses côtés, Anne l'ignorait.

Sur la Tamise, les fanions plantés aux mâts des bateaux scintillaient et, tout autour, comme des phalènes, les flocons de neige dansaient. La mort était en Mary, il la sentait. Imaginer sa vie sans cette femme qu'il aimait depuis si longtemps était cruel mais il savait que, veuf, il devrait se remarier, épouser une riche héritière qui puisse maintenir le prestige du duché de Suffolk. Lui n'avait point de fortune personnelle, il venait de rien, un orphelin recueilli par le roi Henry VII, éduqué à la Cour, devenu, comme dans une légende, l'ami intime du prince Henry, puis, l'époux de la princesse Mary, reine douairière de France. Pour rien au monde, il ne reviendrait en arrière.

15

Printemps 1532

– More a rendu le Grand Sceau voici trois jours !

Mary semblait si agitée que Meg préféra ne pas faire de remarque. Ainsi, l'un après l'autre, les derniers garde-fous protégeant la reine et sa fille tombaient. Bien que les fêtes de Pâques soient proches, il n'y avait guère de joie à Beaulieu où deux courriers à cheval venaient d'arriver à quelques heures d'intervalle, le premier portant un pli de Catherine exprimant son désespoir d'être séparée de ceux qu'elle aimait, l'autre une lettre d'Henry VIII. En termes secs, le roi intimait à sa fille de ne plus communiquer avec sa mère.

Âgées de seize ans, les cousines posaient sur le monde un regard craintif et désabusé. À l'âge où leurs amies, leurs parentes se fiançaient, découvraient l'amour, elles ne cessaient de s'alarmer. Privées l'une comme l'autre de père et de mère, elles n'avaient d'autre appui que leurs gouvernantes, des confesseurs, de sévères maîtres de mathématiques, de français, de latin et de grec. Secrète, désespérée, Mary se réfugiait dans ses études et la religion, tandis que, indépendante et sentimentale, Meg s'ennuyait. De sa mère, elle recevait d'affectueuses épîtres mais revenir à Édimbourg pour vivre avec son demi-frère James qui haïssait les Douglas lui était impossible.

Malgré l'hostilité que Mary de Suffolk, sa tante, portait à la concubine, Meg rêvait de rejoindre sa suite dès que celle-ci serait reine. On disait Anne entourée de jeunes gens spirituels, amusants, elle aimait la danse, la comédie, toutes choses inconnues dans ce manoir perdu au fond de l'Essex.

À pas lents, les deux jeunes filles escortées de quelques suivantes contournèrent la pelouse centrale bordée de buis majestueux. Tout était gris, doux, silencieux. Meg voulait aimer, vivre, fuir ce lieu endormi. Allait-elle sacrifier sa jeunesse à une austère cousine ? Celle-ci avait-elle seulement un jeune homme dans le cœur ? Reginald Pole, beaucoup plus âgé qu'elle et quasiment voué à Dieu, était son seul ami.

– Mon père n'obtiendra jamais ma soumission, lança la princesse d'une voix âpre.

Le roi Henry VIII avait fait rédiger un acte le plaçant à la tête de l'Église d'Angleterre et chacun devait lui jurer obéissance et fidélité. Il ordonnait à sa fille de se plier au décret approuvé par le Parlement.

– Que fait Sa Sainteté le pape ? interrogea lady Salisbury.

– Peu de chose, je le crains.

La gouvernante de Mary s'interdit de dire tout haut ce qu'elle avait sur le cœur, mais, à force de noyer le poisson, Clément VII allait perdre à la fois la reine et ses ouailles anglaises. Un pape souple et déterminé aurait pu éviter le pire. Celui-ci manquait singulièrement de finesse et de sagacité.

Raide, les mâchoires serrées, Mary relisait la missive envoyée par le roi.

– Vous brûlez cette lettre, dit-elle à sa gouvernante.

Elle voulait chasser de sa mémoire le père aimant d'autrefois, celui qui la nommait « ma perle », la comblait de cadeaux.

Les arbres fruitiers commençaient à fleurir. Un timide soleil dorait les chatons des noisetiers, les fleurs en grappe des cytises. Les chiens de compagnie, barbichons, levrettes et épagneuls, poursuivaient les écureuils et les oiseaux en jappant. L'herbe était humide encore, scintillante de rosée. Tandis qu'elle revenait vers le château au bras de lady Salisbury, Mary tentait désespérément de se représenter l'avenir. Sans l'amour de son père et la présence de sa mère, sa confiance dans le pape émoussée, elle n'avait plus face à elle qu'un trou noir. Bientôt viendrait l'apothéose d'Anne Boleyn et cette injustice, cette victoire du Mal sur le Bien la torturaient. Elle imaginait la concubine couronnée reine d'Angleterre, portant un enfant du roi, un fils qui lui succéderait. Elle-même déclarée bâtarde, que pouvait-elle espérer ?

– J'ai entendu parler d'une échauffourée qui a eu lieu dans l'abbaye de Westminster entre des hommes des ducs de Suffolk et de Norfolk, dit la comtesse de Salisbury pour parler d'autre chose. Il y a eu un mort. Fou de rage, le duc de Suffolk a voulu demander raison de ce meurtre à Norfolk. Il s'en est fallu de peu qu'ils s'affrontent en combat singulier. Pour calmer les choses, le roi a ordonné aux deux adversaires de quitter Londres jusqu'à nouvel ordre. Suffolk est à Westhorpe, Norfolk sur ses terres, pour quelque temps.

Août 1532

À peine installée à Hatfield dans le Hertfordshire où un ordre royal l'assignait désormais à résidence, Catherine avait appris la mort de Warham, archevêque de Canterbury, et le projet de nommer à cet évêché Thomas Cranmer, l'homme des Howard devenu le conseiller intime d'Henry. Aux Mores, sa résidence précédente, elle s'était organisé une vie aussi normale que possible, et quitter cette demeure pour un lieu étranger l'avait cruellement affectée. Henry s'ingéniait à lui nuire mais, quelles que soient ses brimades, jamais il ne parviendrait à lui faire admettre la nullité de leur union.

La santé de la reine se détériorait. Il lui arrivait d'avoir des palpitations, des suffocations, ses jambes enflaient et la faisaient souffrir. Mais elle avait gardé l'esprit clair, la volonté de se battre, de surmonter le malheur, de faire triompher la justice. Inlassablement, elle écrivait au pape pour le presser d'intervenir, à son neveu l'empereur pour implorer son soutien. Elle avait trouvé des subterfuges pour que ses lettres parviennent à leurs destinataires et, même sans réponse de leur part, elle savait que des êtres loyaux s'employaient à la secourir. Par une chaîne d'amies fidèles, elle obtenait des nouvelles de sa fille sans cesse malade et son impuissance à secourir son enfant lui brisait le cœur.

L'absence de Maria Willoughby ajoutait à sa peine. Avec elle, les moments les plus heureux de sa vie s'éloignaient. Elle oubliait le visage de ses parents, de ses trois sœurs, de son frère, l'agencement des palais, les détails des jardins, faisait des efforts pour réentendre le son d'une voix, retrouver un parfum, revoir les ombres et les lumières jouant dans les patios, sur les terrasses, dans les vergers d'orangers, de citronniers et de grenades. Un son, parfois, provenant du parc d'Hatfield, la faisait sursauter. Ne l'avait-elle pas entendu autrefois ? Et cette couleur aperçue sur le coin d'une tapisserie n'était-elle pas celle du ciel de son lit d'infante ? Les lieux se mêlaient dans sa mémoire : Medina del Campo, Alcala de Henares, l'Alhambra de Grenade...

Dans sa chambre, Catherine conservait trois miniatures, l'une d'Henry, l'autre de Mary, la troisième de Maria Willoughby peinte au lendemain de ses noces. De Mary de Suffolk, elle recevait des nouvelles du monde : après quatre mois d'exil, Charles avait regagné la Cour ; le roi souffrait de son ulcère à la jambe ; Charles Quint avait conféré à James V, roi d'Écosse, l'ordre de la Toison d'or. La plume de sa belle-sœur animait des êtres qu'elle ne reverrait sans doute jamais, ressuscitait les décors où Anne Boleyn désormais régnait en maîtresse absolue, tout un cérémonial dont elle ne faisait plus partie, un monde que l'investiture de Thomas Cranmer à l'évêché de Canterbury achèverait de réduire en cendres.

Depuis l'aube, le château de Windsor était en effervescence. Au fond de la grande salle réservée aux réceptions et événements d'importance avait été installé le trône royal surmonté d'un dais en velours pourpre. De chaque côté étaient alignés des oriflammes aux couleurs acidulées, des torches, des arbres en pot tous décorés de rubans de soie. Des tapis avaient été déroulés sur le sol, des fauteuils installés afin que les dames puissent s'asseoir durant la cérémonie. Au sous-sol, dans les cuisines, la même agitation régnait car à la fête solennelle qui allait octroyer devant la Cour tout entière le titre personnel de « marquis de Pembroke » à Anne Boleyn, titre transmissible à ses enfants, qu'ils soient ou non légitimes, succéderaient un *Te Deum* puis un festin servi dans les jardins à la tombée de la nuit. Un feu d'artifice serait tiré, suivi d'un bal masqué où toutes les libertés seraient permises.

Dans ses appartements, Anne allait et venait. Ce jour même, elle allait s'imposer en future reine à la Cour et les derniers réticents, comme Suffolk, allaient courber l'échine. Mais le chemin parcouru avait été long, terriblement éprouvant. Elle avait dû faire front à ses ennemis, conserver ses amis, s'attacher le roi toujours un peu plus. La jeune femme était décidée à devenir promptement sa maîtresse. Quelques semaines plus tard, à l'occasion d'une entrevue avec le roi de France, Henry l'emmènerait à Douvres où elle serait officiellement présentée à François Ier. Tout retour en arrière étant désormais impossible, elle pourrait envisager une grossesse qui hâterait son mariage. Catherine d'Aragon aurait alors définitivement perdu la partie.

Les effets qu'elle s'apprêtait à revêtir dans l'après-midi avaient coûté une fortune. La sur-robe en velours cramoisi bordée d'hermine couvrait une robe de soie crème à la jupe brodée de fils d'or, semée de perles et de rubis. Cent dames et gentilshommes l'escorteraient, tous magnifiquement parés. Avec soin, Anne avait choisi ses bijoux. La couronne de marquis que le roi poserait sur sa tête interdisant de lourds joyaux, elle s'était décidée pour deux rangs de perles et un léger collier d'or. Soigneusement parfumés, ses cheveux resteraient libres dans son dos. Elle devait éblouir ceux qui assistaient à la cérémonie, l'ambassadeur de France, celui de la république de Venise, l'archevêque d'York, les évêques de Londres et de Westminster, qui tous avaient juré fidélité à l'acte de suprématie.

Dans la parc de Windsor, les feuilles commençaient à jaunir, mais les roses à leur apogée formaient des berceaux coupant les allées qui serpentaient entre la broderie des buis. Le long de la Tamise, les saules penchaient leurs minces feuilles. La jeune femme inspira profondément. Portant le titre de marquis, elle ne serait plus la fille d'un gentilhomme mais une noble de plein droit possédant terres et châteaux. Quelques semaines plus tôt, le roi lui avait offert les manoirs de Coldkenynton et d'Haneworth dans le Middlesex, et des terres dans le pays de Galles lui apportant un considérable revenu. Ces richesses, ces honneurs, elle ne les devait qu'à elle-même.

Se donner à Henry la stimulait et l'inquiétait. Mary, sa sœur, ne lui avait point caché qu'il était un amant médiocre. Elle s'en moquait, mais elle s'appliquerait à lui procurer un plaisir inégalé, à le faire se sentir l'égal d'un dieu.

Ses dames l'entouraient pour la coiffer, la parer. Au clocher de la chapelle sonnait l'angélus de midi. George allait incessamment la rejoindre pour la distraire et après lui viendraient la complimenter Weston, Brereton et Wyatt qui avait composé une ode en son honneur. Parmi son cercle de dévots, le poète était le seul auquel elle eût accordé quelques privautés. Sa jolie figure, son charme, son talent l'attiraient sans toutefois lui faire perdre la tête. À la cour de François Ier, elle avait appris très jeune l'art des limites et le maîtrisait parfaitement.

D'un pas solennel, Anne avançait vers le roi. À sa droite et à sa gauche marchaient les ducs de Suffolk et de Norfolk.

Sa cousine Mary Howard portait sa traîne et la comtesse d'Essex la couronne d'or dont le roi allait bientôt ceindre son front. Suivaient les comtesses de Sussex et de Rutland. Le long des murs, la jeune femme vit alignés les plus nobles dames de la Cour, des comtes, des barons, le lord maire de Londres, un archevêque, trois évêques. Elle se sentait légère, radieuse, « La plus heureuse », comme le proclamait la devise qu'elle s'était choisie.

À genoux devant le trône, Anne, selon le protocole, gardait la tête baissée.

– Moi, Henry le Huitième, roi d'Angleterre et d'Irlande, vous remets cette couronne de marquis avec le titre et les privilèges qui l'accompagnent, ainsi que le vêtement de cérémonie attestant cette position, les actes de propriété de terres que je vous donne en ce jour.

Au son joyeux des trompettes, deux hérauts avancèrent, portant les parchemins.

En souriant, Henry releva Anne. Nantie à présent d'un titre qu'aucune femme n'avait jamais porté avant elle, la souveraine de son cœur bénéficierait de bien d'autres largesses. En l'aimant à la folie, il s'adorait lui-même.

Le visage de la jeune femme était proche du sien.

– Ce soir, Milord, chuchota Anne, je serai vôtre, corps et âme.

Les cheveux d'Anne couvraient l'oreiller, son corps menu et souple était offert. Après avoir attendu si longtemps ce moment, Henry était décontenancé. S'il possédait Anne, son rêve serait-il alors derrière lui ?

La jeune femme souriait et, sur son visage à l'expression d'habitude si tendue, cette preuve de bonheur le toucha. Elle allait être sa maîtresse et son esclave, sa femme.

Dans la chambre, posés sur des tables au bois sombre orné de lourdes sculptures, les flambeaux de cire se consumaient et leur lueur vacillante traversait à peine les courtines closes.

– Parlez-moi, chuchota la jeune femme.

Mais Henry ne trouvait rien à dire. Ses mains suivaient les lignes du corps à la peau dorée, caressaient la toison noire et frisée, se glissaient entre les cuisses. Anne était à lui, il l'avait gagnée après la lutte la plus âpre qu'il eût menée de sa vie. « L'ennemi est enfin à ma merci », pensa-t-il.

Il avait possédé la jeune femme et joui trop vite. Mais elle le caressait savamment et, les yeux clos, il la laissait faire. Comment connaissait-elle ces raffinements de l'amour ?

À l'aube, Henry reprit sa maîtresse dans ses bras. Son corps était doux, chaud, tranquille, accessible et cependant lointain. Soudain, le roi eut envie de prononcer des mots tendres, de caresser son visage, de l'embrasser.

Henry ne bougeait plus et Anne se demandait à quoi pouvait penser cet homme que depuis des années elle s'efforçait d'enchaîner à elle. Elle l'avait cru proche et il était un étranger.

– Vous êtes un amant merveilleux, chuchota-t-elle.

Mais le roi s'était endormi.

16

Octobre 1532

Après plus de trois ans passés au château de Horsham, Katherine Howard en connaissait tous les secrets. Durant des semaines, sa grand-mère disparaissait, laissant les jeunes gens dans la plus grande liberté. À bientôt onze ans, la fillette avait déjà un corps de femme, des seins hauts et ronds, des hanches aux lignes harmonieuses, le long cou des femmes Howard et, en se contemplant dans les miroirs, elle commençait à se trouver jolie. Mois après mois, elle avait pris l'habitude d'entendre derrière les courtines du dortoir des rires étouffés, de petits cris. L'amour était normal entre garçons et filles. « Ceux qui prétendent le contraire, affirmaient ses amies, sont des hypocrites ou des benêts. » Sous la main, les jeunes filles échangeaient des conseils que Katherine, cependant beaucoup plus jeune que ses compagnes, écoutait avec curiosité. Et si le malheur de se découvrir grosse arrivait quand même, il y avait des tisanes, des poudres, des décoctions... En dernier recours, un hâtif mariage sous les yeux courroucés des deux familles. Mais chez la duchesse douairière de Norfolk, rien de tel n'était arrivé.

Chaque jour, les jeunes filles se levaient avec le soleil, six heures en été, sept en hiver, baignaient leur visage dans de l'eau froide, assistaient à la messe puis s'installaient autour d'une table pour prendre leur première collation : pain, fromage, un peu de viande bouillie, confitures ou compotes. L'étude venait ensuite jusqu'à onze heures où était servi le déjeuner, que les jeunes gens, filles et garçons, prenaient ensemble dans une joyeuse atmosphère. L'après-midi était consacrée à l'apprentissage de la danse et à la musique. Les filles se mettaient ensuite à des travaux d'aiguille, les garçons partaient dans la lice pour manier les armes. Les uns et les autres montaient à cheval et, une fois par semaine, sous la direction d'un maître veneur, partaient en forêt chasser le cerf, le sanglier ou le renard. Le soir, avant la prière commune et le coucher, on jouait de la musique ou lisait à haute voix des passages d'œuvres classiques.

Parmi ces habitudes parfaitement réglées, Katherine avait une prédilection pour les leçons de musique qu'elle attendait chaque jour avec impatience. Son professeur Henry Manox avait conquis son cœur et, bien que le jeune homme n'osât aucun geste déplacé, elle devinait qu'il lui rendait ses pensées. Penché sur elle, il plaçait ses doigts sur la viole, sur les touches du virginal ou les cordes du luth. Elle sentait son souffle sur sa joue, dans son cou et, pour prolonger ces moments de bonheur, feignait la maladresse.

Lady Isabel s'était depuis longtemps aperçue de l'attrait qu'avaient ces jeunes gens l'un pour l'autre. Mais la petite-fille de la duchesse douairière ne pouvait songer à s'attacher à un maître de musique, pensait-elle, et elle n'avait pas cru bon d'intervenir. Quelques semaines, quelques mois au plus, et ce fleuretage prendrait tout naturellement fin.

Un des plaisirs secrets de Katherine était de s'échapper seule dans le parc avec le vague espoir qu'Henry viendrait la rejoindre. Assise sur un banc, elle rêvait interminablement. À l'exception de la musique, les études ne l'attiraient guère, elle ne comprenait rien aux mathématiques, oubliait les mots de latin aussitôt appris. Mais sa grand-mère lui ayant fait miroiter la cour de sa cousine Anne Boleyn, elle s'appliquait à l'étude du français et de l'italien, à celle de la poésie. Dame d'honneur de la reine, elle rencontrerait un jeune homme qui l'aimerait à la folie et l'épouserait. Ce ne pourrait, bien sûr, être Henry Manox, mais elle ne voulait point y penser.

À la mi-octobre, lady Howard la fit venir dans ses appartements. Elle désirait entendre sa petite-fille chanter et jouer de la viole.

À peine dans le vaste salon, Katherine découvrit Manox debout à côté de sa grand-mère. L'émotion la cloua sur place.

– Votre maître de musique veut m'instruire de vos progrès, mon enfant, déclara la duchesse douairière. J'espère que vous êtes une élève docile, car j'admire infiniment ses talents.

Le sourire bienveillant que sa grand-mère adressa au jeune homme étonna Katherine. Se pût-il qu'Henry eût également touché son cœur ? Immobile, l'air indifférent, le jeune homme la regardait avancer. La lumière jouait dans ses cheveux, ciselait ses traits fins, sa peau encore imberbe. À dix-huit ans, il avait gardé la joliesse et la grâce de l'enfance.

L'air ravi, lady Howard écouta Katherine jouer de la viole puis du clavicorde. Elle admirait la jolie tournure de sa petite-fille, la masse de ses cheveux auburn, ses yeux mordorés, la peau laiteuse, si fine qu'on voyait sur les tempes de légères veines bleutées. Cette enfant était bien une Howard, et sa beauté pourrait procurer à leur puissante famille une nouvelle alliance prestigieuse. En trois ans, la petite sauvageonne s'était métamorphosée en une jeune personne accomplie dont lady Isabel se montrait fort satisfaite. Elle-même n'avait ni le goût, ni le temps de s'occuper des demoiselles qui lui étaient confiées, mais elle interrogeait scrupuleusement leurs maîtres, veillait à leur santé, achetait des aunes de velours, de soie et de toile pour les vêtir. Personne ne pouvait lui adresser le moindre reproche et elle remettrait ces adolescentes à leurs parents prêtes pour le mariage.

Le rose aux joues, Katherine acheva le dernier accord. Tandis qu'elle s'était appliquée à des romances italiennes, Henry ne l'avait pas quittée du regard.

– Puis-je vous retrouver ce soir dans le dortoir ? chuchota Manox, alors que Katherine lui tendait sa viole.

Éperdue, la jeune fille ne répondit pas. À deux pas, sa grand-mère souriait.

– Nous avons à parler, vous et moi, dit-elle en désignant le siège vide en face du sien. Monsieur Manox, je suis contente de vous, vous pouvez aller.

– Vous plaisez-vous ici ? interrogea la vieille dame.

Katherine rougit. L'intérêt qu'elle portait à Henry lui donnait l'illusion que toute parole se rapportait à lui.

– Beaucoup, milady.

Lady Howard soupira. Il était évident que cette enfant n'avait guère d'esprit, mais elle était ravissante et jouait passablement de la musique. Pour les plans qu'elle avait, ces qualités étaient suffisantes.

– J'en suis heureuse, répondit-elle avec douceur, car d'ici un an ou deux, vous serez une demoiselle accomplie. Vous n'ignorez pas que votre cousine Anne va incessamment accompagner Sa Majesté à Calais où le roi de France en la rencontrant sanctionnera la haute positon qu'elle occupe déjà. Son mariage ne saurait alors tarder.

– Le pape a donc consenti à annuler le mariage de Sa Grâce avec la reine Catherine ?

La duchesse douairière haussa les épaules.

– Lady Catherine n'a jamais été reine, mon enfant. Ne prononcez plus ce mot en parlant d'elle.

Katherine n'était guère à son aise dans les conversations concernant la Cour. Son esprit par ailleurs était tout occupé par les paroles d'Henry Manox.

– La vraie reine d'Angleterre, poursuivit lady Howard d'un ton plus sec, sera Anne, qui, couronnée, formera sa propre Cour. Je ne peux prétendre vous y envoyer ce printemps car vous êtes encore trop jeune et inexpérimentée, mais, si Dieu le veut, l'année prochaine, peut-être...

Katherine ne savait que répondre.

– Notre objectif alors, précisa lady Howard, sera de vous

trouver un époux de haute naissance. Par ailleurs, je pense à vous donner comme compagne à la Cour la nièce de Sa Majesté, Margaret Douglas.

Katherine se souvenait vaguement du nom de la jeune fille qui vivait à Beaulieu avec la princesse Mary.

– Milady Mary est-elle toujours princesse de Galles ? interrogea-t-elle avec timidité.

– Certes non et, dès la naissance du premier enfant de votre cousine, elle n'aura plus aucun droit. Lady Mary est née hors des liens sacrés du mariage. Comprenez-vous ? Un bâtard ne peut prétendre à rien, hormis ce que, par bonté, son père veut bien lui donner.

Derrière la fenêtre, la jeune fille apercevait de grands arbres roussis par l'automne et au loin la prairie à laquelle le soleil couchant donnait des reflets soyeux. Un papillon bleu s'était posé sur un montant de pierre qui divisait la baie. Elle avait encore envie de courir dans le parc, de se réfugier sur son banc pour songer à Henry et à la proposition qu'il lui avait faite de la retrouver le soir même dans son alcôve.

Katherine venait de tirer les courtines de son lit quand un chuchotement la fit violemment tressaillir. Henry entrouvrait les rideaux du lit pour se glisser à côté d'elle. Il avait osé.

– N'ayez pas peur, rassura-t-il. Je ne suis venu que pour vous parler en toute liberté.

Comme Henry restait assis sur le rebord du lit sans tenter de geste déplacé, la jeune fille sentit peu à peu sa frayeur se dissiper.

– Qu'avez-vous à me dire ? interrogea-t-elle d'une petite voix.

– Que vous avez conquis mon cœur et que je n'aspire qu'à vous servir.

Il tendit une main dans laquelle la jeune fille déposa la sienne. Elle tremblait. Face à cette situation extraordinaire, elle se sentait désarmée. Lui revenaient en mémoire les exhortations de lady Isabel : ne rien consentir qui puisse jeter sa famille dans le déshonneur, être maîtresse de ses sens et non leur esclave. Mais que ressentait-elle au juste ?

Henry ôta sa main de celle de Katherine, la posa sur sa joue.

– Dites-moi que je ne vous suis pas indifférent.

La jeune fille garda le silence. Son corps aspirait à des caresses, des baisers. Les larmes lui montèrent aux yeux.

– Vous déplairais-je ? insista Henry. Un mot de vous et je m'en irai aussitôt.

Katherine décela une telle tristesse dans la voix que, ne pouvant se dominer davantage, elle entoura Henry de ses bras.

Tandis qu'Anne Boleyn patientait dans ses appartements, à deux reprises, Henry VIII et François Ier s'étaient rencontrés, d'abord à Boulogne où le roi de France avait offert tournois et banquets, puis à Calais, en territoire anglais. Le refus méprisant de sa sœur Mary d'être du voyage avait été pour Henry une grave humiliation. Cette rebuffade avait empêché la reine de France, comme Marguerite de Navarre la sœur du roi, de se rendre à Calais, et François avait eu l'audace de se faire escorter par sa maîtresse, la duchesse de Vendôme.

Depuis deux jours, il pleuvait. Condamnée à demeurer dans les appartements humides de la vieille forteresse, Anne pensait sans cesse à l'entrée qu'elle ferait le lendemain dans la salle du banquet lors de l'ultime rencontre entre les deux souverains. Elle devait conquérir François, lui faire comprendre qu'il n'avait pas en face de lui une maîtresse royale, mais une reine.

À Calais, Anne avait apporté les plus beaux bijoux de la Couronne, des robes somptueuses qu'elle avait mis des semaines à élaborer avec ses tailleurs et couturières. On avait transporté sa baignoire en argent, sa table de toilette, les innombrables pots et fioles contenant les crèmes, onguents et poudres dont elle se servait chaque matin pour donner des couleurs et de l'éclat à son visage fatigué par presque six années d'une âpre lutte.

Derrière les fenêtres à meneaux, la ville de Calais se regroupait le long de la mer, sinistre sous le ciel gris, les bourrasques. De la mousse s'accrochait aux pierres des maisonnettes silencieuses et, au-delà, à perte de vue, s'étendaient des champs roussâtres, désolés. De son isolement, Anne était décidée à faire un triomphe. Compte tenu de l'absence de la reine de France, de Marguerite de Navarre et de Mary de Suffolk, elle serait le point de mire de la fête. Elle ferait son entrée à la fin du banquet, avant la danse. Le séduisant François Ier ne pourrait l'ignorer. Tout était prêt, les robes des sept dames qui l'accompagneraient, toutes jeunes et jolies, les masques qu'elles porteraient. Le sien en forme de croissant de lune était fait de plumes de tourterelle et de diamants qui, joints à ceux constellant sa coiffe, la feraient resplendir. Sa robe était de drap d'or incrusté de satin cramoisi formant des fleurs. Lacé par des cordons d'or, le corsage laisserait entrevoir la naissance de ses seins qu'elle couvrirait d'une poudre pailletée d'argent et parfumerait au musc et à l'eau de fleur d'oranger.

Les deux souverains et leur suite avaient mangé et bu en abondance. Les desserts, tartes, brioches tressées, macarons, massepains, compotes, fruits confits, crèmes à peine entamées étaient dispersés sur la table.

Après avoir établi les bases d'une nouvelle alliance, Henry et François avaient évoqué l'hérésie luthérienne et calviniste qui se propageait comme la peste en Europe. Le roi de France qui avait fait arrêter cinquante suspects restait malgré tout humaniste. Sa sœur comptait de nombreux amis parmi les hérétiques et il ne pouvait se résoudre à tous les condamner. Puis tout doucement était venue la question du divorce. François, qui ne voulait se fâcher avec personne, couvait

Henry de mots affectueux, assez vagues cependant pour ne point l'engager. Au fond de lui-même, ce scandale étalé à travers l'Europe le faisait sourire. Ces diables d'Anglais ne pouvaient rien faire comme les autres. Devenue maîtresse officielle comme l'était madame de Vendôme, Anne aurait pu donner au roi des enfants que le pape se serait empressé de légitimer. Pourquoi remuer ciel et terre, risquer un schisme et une guerre avec Charles Quint pour les beaux yeux d'une demoiselle ? Vaguement il se souvenait de la petite « Boulène », une fille mince au regard de feu. Quant à lui, il n'aurait pas offert une seule de ses belles provinces pour la mettre dans son lit.

Les musiciens anglais qui avaient suivi le roi jouaient en sourdine.

– On me dit que vous songez à donner à Thomas Cranmer l'archevêché de Canterbury, jeta François d'un ton qu'il voulait léger.

En réalité, le projet était alarmant. Nul n'ignorait que cet homme ne s'estimait point catholique et poussait le roi à une rupture définitive avec Rome. Archevêque de Canterbury, il serait tout-puissant dans l'Église d'Angleterre et servirait avant tout les intérêts de son souverain. François craignait qu'après s'être séparée de Rome, l'Angleterre ne naviguât tout naturellement vers les pays protestants, créant la nécessité de rééquilibrer les alliances. Mais, présentement, le roi Henry lui ayant généreusement offert de contribuer au remboursement de la rançon versée quelques mois plus tôt à Charles Quint pour la délivrance du dauphin et de son frère, il ne pouvait lui faire mauvaise figure.

– Cranmer me rend de grands services, mon cousin, et toute peine, comme vous ne l'ignorez point, mérite salaire.

François allait répondre quand la porte s'ouvrit à double battant. Accueilli par des sonneries joyeuses de trompettes, un groupe de dames masquées fit son entrée. À sa tête marchait une femme mince vêtue avec une extrême élégance, qui portait sur son visage un croissant le lune constellé de diamants. Ses cheveux noirs étaient séparés en bandeaux torsadés entremêlés de fil d'argent.

– N'auriez-vous point le désir de danser, messeigneurs ? interrogea l'inconnue dans un français parfait.

François s'était levé. Les femmes le captivaient depuis sa jeunesse et il ne pouvait voir une jolie silhouette sans éprouver l'envie d'en découvrir davantage. Il s'inclina.

– Le souhait d'une déesse est un ordre pour le mortel que je suis, madame.

Le roi de France tendit une main dont la jeune femme s'empara. Elle portait des mitaines en fil d'argent qui laissaient apparaître des ongles peints de nacre. « La petite Boulène a pris de l'assurance », pensa François. Il était impatient de la voir ôter son masque pour découvrir si la belle méritait la réputation d'ensorceleuse que lui faisaient les Anglais. Suivante de sa défunte femme, la reine Claude, elle brillait alors par la vivacité de son esprit, point par une exceptionnelle beauté. Mais la diablesse avait su bel et bien entortiller Henry au point d'en faire son plus dévot sujet.

Anne savourait chaque instant de la danse qui la rapprochait du roi de France. Avec l'âge, l'homme avait encore gagné en séduction et elle comprenait aisément pourquoi tant de femmes le désiraient. Outre de l'esprit, il avait un charme caressant que ne possédait pas son amant, et le piquant de sa conversation la ravissait.

Un peu en retrait, assis dans un fauteuil garni de coussins, Henry les observait. Son ulcère à la jambe l'empêchait de danser, mais il goûtait intensément le plaisir de voir sa maîtresse séduire son bon cousin de France. Nuit après nuit, elle l'enchantait et il ne pouvait croire qu'après s'être refusée si longtemps, elle fût enfin entièrement à lui. Si sa nature rebelle, violente s'imposait parfois, elle avait appris à la dominer et, depuis qu'ils partageaient le même lit, aucune algarade sérieuse ne les avait opposés. « J'ai su dompter cette chatte sauvage », pensait-il avec satisfaction.

Les musiciens avaient achevé un branle et une volte quand François leur fit signe d'interrompre la musique.

– Saurais-je enfin qui m'a enchanté ? chuchota-t-il à l'oreille de la jeune femme dont il tenait la main.

Anne fit une révérence, se redressa et, regardant François droit dans les yeux, ôta son masque.

– Que diable, s'exclama le roi, j'ignorais que ma belle danseuse fût un jeune marquis !

La beauté d'Anne lui parut pathétique. Certes, elle avait des yeux superbes, sa bouche était tentante, mais l'ensemble du visage, en dépit du sourire cajoleur, exprimait une indéfinissable tristesse. Et sa fraîcheur s'était évanouie.

Longtemps François et Anne causèrent au coin d'une fenêtre. Avec intelligence, autorité, franchise, la jeune femme avait exposé sa situation au roi de France. Quelle que fût la décision papale, Henry et elle allaient se marier et elle voulait être acceptée comme la légitime reine d'Angleterre. Jamais Catherine n'avait été l'épouse du roi, les textes bibliques étaient formels sur le mariage entre beau-frère et belle-sœur, et sans l'entêtement, l'orgueil absurde de cette dernière, l'annulation aurait eu lieu dans la bonne entente et au bénéfice de tous. Une fois unie au roi d'Angleterre, elle serait couronnée à Westminster, mettrait au monde l'héritier tant attendu et cette incontournable réalité, elle serait fort heureuse de la voir approuver par le roi de France.

Sans perdre son sourire câlin, François avait écouté. Anne l'impressionnait, mais il était fort heureux que ses maîtresses ne montrassent point ce caractère froid et dominateur. Combien de temps son cher cousin Henry si amoureux de lui-même pourrait-il rester docile ? Il ne donnerait quant à lui pas cher de leur bonne entente.

– Je vous aime trop pour résister à vos désirs, ma mie, répondit-il enfin. Je ne suis point devin, hélas, et ne peux savoir ce que Sa Sainteté décidera. Mais, d'ores et déjà, je peux vous assurer que je ne suis pas et ne serai jamais votre ennemi. Vous avez par ailleurs fait partie de ma Cour durant plusieurs années et je vous tiens pour un peu française. De Londres, vous pourrez défendre avec ardeur les intérêts d'un pays qui, tout comme son roi, est sensible à vos charmes.

Anne soupira. Elle avait obtenu ce qu'elle voulait, l'amitié du roi de France. Avec un pincement de cœur, elle allait le voir repartir. Il lui semblait qu'avec cet homme elle aurait pu être vraiment elle-même.

17

Février 1533

Délivrée en secret par un moine, Catherine tenait entre les mains une lettre de sa belle-sœur la duchesse de Suffolk. Bouleversée par un ordre tout juste arrivé de la transférer une fois encore dans une nouvelle demeure, elle n'avait pas pris le temps de la lire.

Construit autour d'une grande cour ensoleillée et prolongée d'un beau jardin, le manoir d'Hatfield qu'elle occupait était confortable et accueillant, même au cœur de l'hiver. Sa fille, l'ambassadeur Chapuys et Maria Willoughby ayant reçu tous trois l'interdiction de la visiter, elle y avait passé un Noël morose au milieu de ses dames. Mais Londres était proche, sans cesse des gens de sa maison s'y rendaient et revenaient porteurs de nouvelles. À Hampthill, sa prochaine résidence, elle serait au bout du monde.

Chaque jour, Catherine guettait une missive de Rome lui apprenant que le pape avait déclaré valide son mariage. Munie d'une telle sentence, Henry dût-il la fuir à jamais, elle mourrait sereine. Mais rien ne lui parvenait et ce silence l'accablait.

Les ombres du soir gagnaient la cour, le verger, le potager, le petit bois qui tachait de noir et de rouille la lisière des prairies. Des centaines d'oiseaux gris se laissaient porter par les courants du vent en piaillant. De-ci, de-là, quelques mouettes chassées des côtes par le gros temps traversaient le ciel terne à grands coups d'ailes.

Catherine s'installa au coin de la cheminée de sa chambre. Sur sa gauche, deux chandeliers éclairaient l'oratoire devant lequel elle s'agenouillait pour prier. Entourée de part et d'autre d'anges qui se prosternaient, une vierge de bois peint couronnée d'or portait sur le bras gauche son enfançon. Dans la lumière des bougies, une croix cloutée de rubis resplendissait. Un peu en retrait, ses quelques dames d'honneur brodaient en silence. Privées de tout plaisir, séparées de leur famille, ces femmes lui restaient néanmoins fidèles, la servaient en reine, tentaient de reconstituer une atmosphère de cour.

Sans se hâter, Catherine brisa le sceau de la lettre cachetée. Mary lui restait inconditionnellement attachée et le courage de sa belle-sœur soutenait le sien.

« Milady et chère sœur,

La nouvelle année de Notre-Seigneur a commencé avec de mauvaises nouvelles. Je les ai apprises de mon époux et ne peux vous les taire. Que Dieu vous donne la force de les recevoir courageusement. Avec ardeur, je prie pour vous.

Depuis deux semaines, Anne Boleyn est la femme de mon frère. Célébré par Thomas Cranmer à Whitehall le 25 janvier avec pour témoins Cromwell, Thomas et Élisabeth Boleyn, leur fils George, Thomas Wyatt et sa sœur Margaret Lee, le mariage se fit à l'aube sans pompe, comme si nul ne pouvait supporter la honte de cette union. Mon frère ne m'en a soufflé mot car la chose, me dit Charles, doit rester secrète.

Mais le pire malheur est à venir, car votre fille est déclarée bâtarde et perd son titre de princesse royale. Dans l'adversité, Mary montre une fermeté d'âme qu'elle tient de vous. Meg m'écrit que sa cousine se porte bien et qu'elle se remet entre les mains de Dieu. Loin de son père qui ne veut plus la voir et de vous, ma sœur, cette enfant n'a plus que la sainte Providence pour l'assister. Meg va la quitter. La Boleyn qui la désire depuis longtemps dans sa suite a obtenu gain de cause et notre nièce qui, comme son père, a de l'ambition, considère qu'elle perd son temps à Beaulieu auprès d'une cousine tombée en disgrâce. Elle espère un brillant mariage, une position honorifique et je ne peux point le lui reprocher.

Je serai à Londres dans deux mois pour la célébration du mariage de ma fille Frances avec le marquis de Dorset. Nous rouvrirons Suffolk Place, cette résidence que je n'occupe guère et où de nombreux aménagements se révèlent indispensables avant la cérémonie. Frances semble heureuse, bien que son caractère froid, secret me préoccupe quelque peu. Dieu merci, Eléonore et mon fils Henry débordent de joie de vivre et d'affection.

J'ai refusé tout net que Cranmer célébrât la messe de mariage de Frances. Cet homme est redoutable, je ne l'aime point. On dit qu'il a introduit dans l'entourage du roi des hommes qui sympathisent avec les théories de Luther. Mais je crois en la justice divine...

La lettre tomba sur les genoux de Catherine. De toutes ses forces, elle tentait de contenir la révolte qui montait en elle. Comment Dieu pouvait-il permettre de telles abominations : un roi bigame, une enfant reniée ?

Avec consternation, l'entourage de la reine déchue avait découvert le château d'Hampthill. Si la campagne du Bedforshire avec ses douces collines était agréable, la bâtisse datant d'un siècle était humide et inconfortable. De temps à autre, le roi s'y rendait en été pour chasser, mais rien n'avait été prévu pour adoucir les rigueurs de l'hiver.

Tant bien que mal, la petite cour s'était installée. On avait réservé à Catherine une grande chambre orientée à l'est jouxtée par un oratoire et une garde-robe. Les tapisseries enlevées à Hatford avaient été accrochées aux murs, on avait jeté sur le sol des tapis, fait ramoner les cheminées, ajouté des candélabres.

À peine installée à Hampthill, la reine était tombée malade. Elle souffrait de la poitrine, de l'estomac. Inquiet de la récidive de ces troubles, caractéristiques des empoisonnements, son médecin l'avait contrainte à garder le lit et avait ordonné que les plats fussent goûtés avant d'être servis. Anne Boleyn n'avait-elle pas un jour déclaré publiquement qu'elle ne pourrait être tout à fait heureuse tant que Catherine serait en vie ?

Souvent il crachinait. Les jours ne finissaient pas de s'écouler. La reine déchue s'était rétablie mais quelque chose dans cette femme indomptable semblait s'être brisé. Sans cesse, elle pensait aux absents, à sa fille surtout, mais aussi à Maria Willoughby et à Chapuys qui restait son dernier ami à la Cour.

Avril 1533

Le début du printemps jetait une pointe de gaîté dans la campagne alentour et Catherine avait pu le matin même faire quelques pas au bras d'une de ses dames. Les premières campanules jetaient des taches bleues sur l'herbe qui reverdissait. À la lisière des bois, les tiges des jeunes fougères bouclaient et les premiers bourgeons des hêtres, des frênes et des chênes offraient leur douceur brune au soleil.

– Milords Norfolk et Suffolk viendront demain voir Votre Grâce, annonça un matin d'un ton embarrassé le chambellan de Catherine.

La reine déchue tenta de se raisonner. Il ne pouvait s'agir de Mary. Deux personnages considérables comme Norfolk et Suffolk ne se dérangeraient point pour peu de chose. Si sa fille était gravement malade, lady Salisbury aurait réussi à lui faire parvenir un message. On venait sans doute pour l'intimider, la persuader une fois encore de retirer l'appel fait au pape. En ce cas, ces deux puissants lords auraient mieux fait de rester chez eux. Jamais elle ne céderait. Certains principes de morale chrétienne n'étaient point négociables, une femme unie par le saint sacrement du mariage à son époux demeurait liée à lui jusqu'à la mort.

Durant toute la nuit, Catherine se prépara à l'entrevue du lendemain. Allait-on la conduire à la Tour de Londres ? À la première messe de l'aube, elle communia avec ferveur. Tout était encore obscur dans le vieux château et seules quelques dames s'étaient levées pour l'escorter. Une grande paix régnait sur la campagne. Au loin, on entendait le bêlement des moutons conduits aux pâturages.

Sans l'ordre formel du roi, jamais Charles Brandon n'aurait consenti à accompagner à Hampthill un Norfolk triomphant. Une vive antipathie l'opposait à cet homme froid, dépourvu de toute miséricorde. Sa nièce Anne n'était rien pour lui, hormis une arme qu'il croyait tenir bien en main pour se tailler la place qu'il ambitionnait : la première. Mais Suffolk savait que la nouvelle épouse du roi avait pénétré les ambitions de son oncle, s'en moquait et pouvait lui réserver de désagréables surprises lorsqu'elle serait couronnée reine d'Angleterre. Aussitôt sa pénible mission accomplie, il galoperait à Westhorpe rejoindre Mary. L'effort qu'elle avait dû accomplir lors des fêtes du mariage de Frances l'avait épuisée, mais elle avait tenu sa place à la perfection et, durant quatre jours, était redevenue la plus belle, la plus enjouée, la plus élégante. Avec attendrissement, il avait retrouvé l'espace d'un regard, d'un sourire, la délicieuse reine de France qui lui avait fait découvrir la passion amoureuse.

Assise dans un fauteuil qu'elle voulait considérer comme son trône, Catherine attendait ses visiteurs. À sa droite et à sa gauche, afin de bien faire comprendre aux envoyés du roi qu'ils étaient reçus à la cour d'une reine, elle avait rassemblé toutes ses dames, les gentilshommes qui la servaient, ses pages. Sur le mur contre lequel s'adossait le siège recouvert de velours pourpre se croisaient des étendards aux armes d'Angleterre et de Castille.

Avec étonnement, Suffolk considéra cette femme dont l'âge, les chagrins avaient détruit la beauté mais qui impressionnait toujours par son allure de souveraine.

Norfolk avait décidé de prendre la parole et Charles haïssait la satisfaction qu'il ne pouvait dissimuler. Annoncé par cet homme, leur message blesserait encore plus cruellement la pauvre reine.

– Milady...

Catherine ne bougeait pas. Rien dans son visage, son attitude, ne laissait voir qu'elle était impressionnée ou avait peur.

– Sa Grâce le roi Henry nous a commandé, à milord Suffolk et à moi-même, de venir vous voir afin de vous apprendre des événements qui la touchent de près.

Le duc garda un instant de silence mais, comme Catherine restait de marbre, il poursuivit :

– Sa Grâce a épousé lady Boleyn, ma nièce, qui, grâce à Dieu, attend un enfant de lui.

Le léger tressaillement de la reine indiqua à Norfolk qu'il avait fait mouche.

– Sa Majesté a modifié l'acte de succession au profit de cet enfant, un fils s'il plaît à la Providence, auquel les Anglais sans exception jureront obéissance.

– Est-ce tout, milord ? interrogea la reine.

– Votre Grâce doit aussi savoir qu'à partir de maintenant elle ne peut porter le titre de reine, mais celui de princesse douairière de Galles. Ses revenus seront ceux attachés à ce titre.

La reine déchue entendait les mots comme venant de très loin et elle voyait Norfolk qui s'employait à la heurter comme une ombre pathétique.

– En outre, le roi demande, conclut le duc du même ton satisfait, que vous quittiez Hampthill pour une résidence plus en rapport avec vos revenus. Sa Majesté vous l'assignera prochainement.

Norfolk s'inclina profondément.

– Je vous ai entendu, prononça Catherine. Vous pourrez dire au roi, mon époux, que je lui obéis en tout, à l'exception de ce que ma conscience m'interdit. Thomas Cranmer n'a aucunement le pouvoir de dissoudre un mariage valide et légitime. Mistress Boleyn n'est donc point sa femme mais sa concubine et l'enfant qu'elle porte sera bâtard. Seule, je suis et demeurerai reine d'Angleterre et aucune couronne d'or n'y pourra rien changer. Quant à l'argent, milord, je m'accommoderai de ce que Sa Majesté aura la bonté de me donner et n'éprouverai aucune honte à aller mendier, s'il le faut, par les chemins.

Catherine se leva. À peine tenait-elle sur ses jambes et elle dut s'appuyer à un bras du fauteuil.

– Je ne vous retiendrai pas pour souper, milords, car mon ordinaire ne vous conviendrait pas.

Les deux émissaires du roi s'inclinèrent. Charles Brandon avait envie d'aller vers cette femme, de mettre un genou à terre et de lui baiser la main.

– Je vous suis reconnaissante, milord Suffolk, de la commisération que vous montrez envers les affligés, ajouta-t-elle avant de sortir. Dites à ma belle-sœur Mary, votre épouse, que je prie chaque jour pour le rétablissement de sa santé.

31 juin

Mi joyeux, mi-agressifs, les Londoniens s'étaient massés dès l'aube le long des rues que suivrait le fastueux cortège. Les marchands de gaufres, de saucisses, de petits pâtés se frottaient les mains. De tous les comtés environnants avaient accouru mendiants, filles de joie, vide-gousset qui se faufilaient dans la foule, harcelaient les étrangers, chapardaient dans les étals. La journée promettait d'être belle et, sur les eaux de la Tamise qui miroitaient, allaient et venaient des centaines d'embarcations prêtes à escorter la somptueuse barge de la nouvelle reine, celle de Catherine qu'on avait décapée pour y peindre un faucon blanc, l'emblème d'Anne.

Dans l'abbaye de Westminster, chacun s'affairait aux ultimes préparatifs. L'organiste répétait sa musique, des pages disposaient derrière le trône les derniers oriflammes, les sacristains allumaient des centaines de cierges, flambeaux, torchères qui faisaient étinceler les ors et coulaient leurs reflets de miel sur les bois polis. Dans la nef étaient disposés les sièges des grandes dames et des lords, ceux du nouvel archevêque de Canterbury, de Thomas Cromwell, secrétaire du roi, du chancelier du Sceau Thomas Audley, de Thomas Boleyn, père de la reine et gardien du Sceau privé, du comte de Shrewburry, grand maître de la Maison du roi, du lord maire, du porte-parole de la Chambre des communes et des membres des différentes corporations. Anne avait demandé des fleurs blanches, lys, roses et lilas qui, rassemblées en innombrables bouquets, dégageaient une odeur entêtante.

Armés de piques, des soldats massés autour du parvis assuraient la sécurité, prêts, lorsque la nouvelle reine approcherait, à repousser la foule, qu'elle fût curieuse ou malveillante. Nul n'ignorait qu'il y aurait des manifestations hostiles à Anne et, depuis quelques jours, les agents du roi avaient procédé à l'arrestation de quelques opposants connus, la plupart issus des milieux catholiques ou liés à l'Espagne. Une fois encore, John Fisher avait tonné en chaire contre « la » Boleyn. Tout en sachant qu'il mettait en jeu sa propre sécurité, il refusait de se taire, de courber l'échine. Sa vieille amitié avec les Tudor, le fait qu'il avait connu Henry tout enfant lui donnaient, pensait-il, une responsabilité morale et, en mémoire de l'indomptable grand-mère du roi, Margaret Beaufort qui avait été son âme sœur, il était prêt à se sacrifier pour que nul en Angleterre ne confonde le Bien et le Mal, le Juste et l'Injuste.

Selon la tradition, Anne avait passé la nuit dans les appartements royaux de la Tour de Londres, de sombres pièces en dépit des travaux de rénovation ordonnés par Henry, dont la pompe austère datait des siècles passés. Mais la jeune femme n'en avait cure. Mariée, portant l'enfant du roi, elle allait ceindre la couronne d'Angleterre. Sa volonté de fer, son acharnement triomphaient. Seule, ou presque, elle avait cru dès sa rencontre avec le roi que son destin n'était pas celui d'une simple maîtresse royale comme sa sœur Mary l'avait été. Jamais elle n'avait consenti à être prise puis délaissée, à être un beau jouet entre les mains d'un enfant trop gâté. Elle valait Henry, le surpassait même en bien des points, pensait-elle, et ne pouvait lui appartenir qu'en égale. Autour d'elle, on s'affairait à la vêtir, à accrocher à son cou, ses oreilles, ses poignets les bijoux de la Couronne. Parfumée à l'essence de violette, sa fragrance favorite, elle se laissait parer, coiffer, poudrer, impatiente d'affronter vivats et imprécations. L'hostilité des Londoniens ne lui faisait pas peur. Catherine loin de la capitale et sa fille Mary assignée à résidence, la foule les oublierait. Ni amour ni haine, rien ne durait longtemps. Seuls subsistaient l'autorité, les symboles, la permanence d'une dynastie.

Dehors attendait une litière qui la laisserait exposée à la vue de tous. Sa suite, les innombrables chevaux caparaçonnés de draps d'or et d'argent, de velours, de satin damassé avec leurs cavaliers vêtus somptueusement, les porte-étendards, Suffolk portant la couronne qui ceindrait bientôt son front, tous ses parents, à l'exception du duc de Norfolk parti en mission à Paris, sa sœur et son cher George qu'elle avait voulu vêtu de blanc comme elle, ses amis, les notables de Londres, tous patientaient.

À toute volée, les cloches des églises sonnaient pour accompagner le cortège. Le soleil était radieux. Anne avait l'impression de vivre un rêve. Aux fenêtres des maisons pendaient des tapisseries, des bannières, des pièces d'étoffes précieuses. Le vin ruisselait dans les fontaines. Pour enchanter la femme qu'il aimait, Henry s'était voulu magicien.

Chargée de musiciens, la barge de la reine approchait de

la cathédrale. Anne entendait les violes, les flûtes, les trompettes, les hautbois. À peine remarquait-elle les têtes restées couvertes, des poings levés.

Devant l'autel, Thomas Cranmer, sa chasuble, son étole, sa chape et sa mitre resplendissantes d'or et de soie brodée, attendait Anne. Tout autant que celui de la reine, ce jour voyait son apothéose. Il avait permis au roi d'exaucer son désir le plus ardent en épousant la femme qu'il aimait, en la faisant couronner. Avec ses atermoiements, le pape était bafoué et lui, Thomas Cranmer, avait désormais sur l'Église d'Angleterre un pouvoir supérieur au sien. Une nouvelle société d'hommes éduqués, humanistes, formés dans les plus prestigieuses universités du pays s'imposait, qui n'acceptait plus d'être traitée en mineure. Nul texte sacré ne pouvait être interdit et chacun devait être autorisé à en débattre sans risque d'être jeté au feu. Et cette poignée d'hommes dont il faisait partie, Thomas Cranmer en était sûr, changerait bientôt la société tout entière. Peuplés d'inutiles, les monastères disparaîtraient, le naïf culte des saints tomberait en désuétude ainsi que les immorales ventes d'indulgences. Et la nouvelle reine le soutiendrait.

Avec satisfaction, Cranmer constata l'absence de Thomas More. En croyant pouvoir se tenir écarté de la vie publique, l'homme se sabordait, et il ne lèverait pas le petit doigt pour lui venir en aide. L'ancien chancelier avait eu toutes les opportunités et les avait gâchées par son rigorisme, une foi qu'il refusait de passer au crible de son intelligence. L'heure de ce grand érudit était passée.

Précédée par le duc de Suffolk, suivie par une foule de courtisans, Anne fit son entrée dans l'abbaye, tandis que l'orgue grondait et que sonnaient les trompettes. Son port de tête, la hauteur sereine de son expression figeaient les sourires, arrêtaient les quolibets des invités. Anne avait une allure de reine et, puisque la couronne allait bientôt ceindre son front, mieux valait être de son côté.

La forêt des cierges incendiait l'autel et la jeune femme,

hormis cette lumière, ne voyait rien, pas même Thomas Cranmer, son vieil ami, qui lui souriait au milieu de la fumée montant des encensoirs. Les candélabres, cierges, torches formaient une travée ardente qui la fascinait, illuminait le triomphe de ses rêves.

Caché dans une chapelle latérale, Henry ne pouvait quitter des yeux cette jeune femme hiératique au ventre rond qui était son épouse, sa reine, bientôt la mère de son enfant. Intensément, il essayait de partager sa joie, mais rien dans l'expression d'Anne ne la laissait deviner. Tout comme dans la jouissance de l'amour physique, elle voulait rester seule.

18

Été 1533

De son lit, Mary, duchesse de Suffolk, voyait au travers de la fenêtre un rideau de pluie. En pleine journée, les serviteurs avaient laissé allumés les candélabres qui donnaient à la pièce une ambiance de sacristie. Peintes de pourpre, de bleu et d'or, les poutres du plafond étaient massives, comme la cheminée de pierre avec sa hotte portant les armes des Suffolk et celles des Tudor enlacées. Rangés dans une vaste corbeille, les ouvrages de broderie de Mary, les livres qu'elle se plaisait à lire restaient intouchés. Depuis plusieurs jours, la reine douairière de France ne pouvait plus s'alimenter. On la contraignait à absorber du bouillon, des tisanes qu'elle vomissait. Le point de côté était devenu douleur permanente au creux de l'estomac. Mary apercevait les lourds rideaux de brocart pourpres brodés d'or, un bouquet de roses ivoire posé sur la table où autrefois elle avait l'habitude d'écrire. Tout lui semblait appartenir à un lointain passé, trouble, irréel.

Sous la soie de la courtine, elle grelottait. Son fin profil s'était encore aminci et, dans son agonie, elle retrouvait la grâce fragile qui avait ensorcelé le roi de France, le dauphin François et le duc de Suffolk.

Le matin, les deux enfants qui vivaient encore sous son toit, Henry et Eléonore, étaient venus à son chevet. Henry allait sur ses dix-sept ans. Grand comme son père, blond comme sa mère, il était de santé fragile et devait modérer les exercices violents. Souvent fiévreux, il avait par intermittence une toux sèche, des vomissements inexplicables. Mais la force de la jeunesse semblait l'emporter et les médecins étaient optimistes. Pour ce fils unique, Mary éprouvait un amour extrême. Intelligent et pieux, il ferait un grand roi d'Angleterre et, sans les ambitions diaboliques de la Boleyn, Henry aurait pu considérer son neveu comme un successeur naturel. Mais elle n'attendait plus rien de ce frère autrefois tant chéri. Tombé sous la domination d'Anne, il s'égarait dans une pensée devenue égocentrique au point de vouloir sacrifier l'Église catholique à ses obsessions dynastiques.

La tête enfoncée dans ses oreillers ourlés de dentelle, la reine douairière de France ne voulait plus songer qu'à sa famille et au salut de son âme. Aux côtés de son époux, Frances semblait aussi heureuse que pouvait l'être cette jeune femme orgueilleuse et renfermée. Plus douce, Eléonore était fiancée au comte de Cumberland, mais elle ne serait plus de ce monde pour les noces de sa deuxième fille. Mary gardait intacts les souvenirs de sa jeunesse : bals féeriques, soupers sur l'herbe, chasses au petit matin quand la forêt semblait magique avec ses ombres, ses rais de lumière, l'odeur du taillis, la rosée des clairières. Elle n'avait point oublié la splendeur des toilettes féminines, le charme des hommes qui l'avaient courtisée. Mais déjà Charles occupait son cœur. Depuis toujours elle l'avait aimé et elle l'aimait encore. Un courrier était parti à bride abattue vers Londres pour lui demander de regagner Westhorpe au plus vite.

Autour d'elle, ses médecins, chapelains et dames d'honneur demeuraient silencieux. Son testament était fait. La moindre fille de cuisine, le plus modeste de ses palefreniers recevraient quelques biens et prieraient pour son salut comme le feraient les princes de ce monde. Au roi de France, elle léguait une miniature encadrée d'or et de diamants la représentant, un béret de velours bleu d'où s'échappaient ses cheveux blond doré crânement planté sur sa tête. Elle avait éprouvé pour François une grande tendresse. L'homme avait du cœur, le roi du panache. Son amour des femmes ne les voulait point esclaves de ses désirs mais égales partenaires dans le plaisir comme dans les jeux de l'esprit. L'eût-on unie à lui, sans doute aurait-elle pu s'enraciner, devenir française.

Le prêtre venait d'administrer l'extrême-onction à la mourante. Eléonore sanglotait, Henry pleurait en silence. Chacun savait que Mary attendait le retour de Charles pour mourir, mais aucun cavalier ne remontait la longue allée, aucun son de bottes ne retentissait dans l'escalier. Afin de ne pas fatiguer la duchesse, les domestiques accomplissaient leurs tâches en silence. Le vaste château semblait endormi.

Avec désespoir, les paysans contemplaient le foin qui pourrissait, les blés qui ne mûrissaient pas. Des moutons avaient attrapé la fièvre et beaucoup avaient succombé, causant la ruine des modestes éleveurs au profit des gros propriétaires qui achetaient leurs terres à bas prix.

De temps à autre, sous l'effet de la douleur trop intense, le visage de Mary se contractait. Elle revoyait la mer qu'elle allait traverser pour épouser le roi de France, les courants verdâtres qui ondulaient selon le mouvement des vagues. Le gros temps ourlait l'eau d'écume, les mouettes tournoyaient en poussant leurs cris lugubres, mais cette étendue sans limite était éblouissante de la beauté des rêves et la mourante avait l'illusion d'être à nouveau à Douvres sur la grève. Le vent piquait ses yeux, ses lèvres, emmêlait les boucles de ses cheveux, faisait frissonner les plumes plantées sur sa toque de velours doublée de marte. Derrière elle se tenait Charles Brandon enroulé dans une cape brune, de l'autre côté de la mer, Louis XII.

– Milady, chuchota une de ses dames à son oreille, milord Suffolk vient d'arriver.

La cloche de l'abbaye de Bury-Saint-Edmunds sonnait le glas. Durant une semaine, le cercueil contenant la dépouille mortelle de Mary Tudor, reine douairière de France et duchesse de Suffolk, était resté exposé dans le chœur et tout le duché, pauvres et riches, était venu rendre un dernier hommage à cette femme qui avait répandu le bien autour d'elle.

Cloîtré à Westhorpe avec ses trois enfants et son gendre, on disait le duc anéanti de chagrin. À la douleur d'être séparé à jamais de sa femme s'ajoutait l'angoisse du lendemain. Sans les ressources de Mary, comment ferait-il face aux dépenses considérables nécessitées pour l'entretien de ses châteaux, sa position à la Cour ? Dépourvu de fortune personnelle, endetté, il n'avait d'autre choix que de demander l'aide du roi ou de se remarier promptement avec une jeune fille riche.

Un mois après les obsèques, on vit Suffolk sortir à nouveau pour chasser avec son fils et la fiancée de celui-ci, Catherine Willoughby, une délicieuse jeune fille de quinze ans, l'enfant de Maria Willoughby, amie intime de la reine déchue. Son sang espagnol lui avait donné un teint mat, une luxuriante chevelure châtain foncé aux reflets cuivrés. Le montant considérable de la dot allié à sa beauté faisait envier Henry Suffolk par maints jeunes gens mais, affaibli par sa santé fragile, abattu par la mort de sa mère, le jeune homme ne montrait guère d'empressement envers sa promise. Certes, il épouserait Catherine puisqu'il en avait reçu l'ordre, mais le mariage lui faisait peur. Il avait besoin de temps pour étudier, écrire des poèmes, jouer de la musique, se recueillir dans les murs de l'abbaye toute proche sur laquelle sa mère avait répandu ses bienfaits. L'ombre du cloître apaisait sa peur de mourir, son angoisse d'avoir à quitter Westhorpe pour Londres, d'assumer ses devoirs de futur duc de Suffolk. Catherine semblait comprendre ses réticences et ne cherchait point d'intimité.

Un jour, en le regardant droit dans les yeux, elle avait murmuré : « Ce que vous voulez, milord, je le veux aussi. »

Longtemps Henry avait réfléchi à ces quelques mots. Signifiaient-ils sa soumission au mariage ou bien l'acceptation d'une séparation ?

La chasse avait été médiocre ce jour-là et Suffolk rentrait au château l'air maussade. À la fin du mois au plus tard, il devrait rejoindre Londres pour être aux côtés de la reine lors de la naissance de son enfant attendu pour les premiers jours de septembre. À nouveau il lui faudrait se contraindre, faire joyeuse figure à Anne Boleyn. Et les folles dépenses allaient reprendre. Combien de temps ses banquiers continueraient-ils à lui avancer des fonds ?

Les chevaux avaient pris le petit trot. Le fort hongre bai du duc côtoyait la jument de Catherine Willoughby. Avec adresse, elle avait tiré à l'arc une biche et, quand Suffolk l'avait complimentée, le rouge lui était venu aux joues. Il bruinait. La forêt était tiède. La chênaie s'éclaircissait, laissant libre un sous-bois où s'enchevêtraient des ronciers, des coudriers, des jeunes pins aux troncs grêles. Déjà les chasseurs apercevaient les vallons, les toits de quelques bergeries.

Suffolk était troublé par la présence de Catherine. Son costume marquait une poitrine ronde, une taille fine. En selle, elle se tenait avec la grâce d'une cavalière accomplie et savait montrer de l'audace pour sauter une haie, franchir un cours d'eau. La menthe sauvage embaumait et le duc sentit renaître en lui un sentiment de confiance heureuse.

Étourdi par les mots que venait de prononcer son père, Henry gardait la tête baissée. Le savoir amoureux de sa fiancée et désireux de l'épouser au plus vite le confondait. Catherine et ses parents étaient consentants, avait-il appris. Henry éprouvait une rage froide. Le considérait-on comme un animal domestique qu'on appelait et renvoyait selon son humeur du moment ?

Comme pour le blesser davantage, son père s'était engagé à lui trouver une autre épouse aussitôt que possible, une fille de Norfolk peut-être ou du comte d'Oxford. À quinze ans, Catherine Willoughby allait donc épouser un homme de quarante-neuf ans pour devenir duchesse de Suffolk, prendre le titre qui avait appartenu à une femme à peine ensevelie !

– Vous oubliez bien vite ma mère, milord, dit-il d'une voix froide.

Avec stupeur, Suffolk considéra son fils. Comment osait-il lui adresser des reproches ? En quoi avait-il démérité ? Il avait chéri sa femme jusqu'à son dernier souffle, mais un homme de son rang ne pouvait vivre seul.

– Que savez-vous de l'amour, de la fidélité, des réalités de la vie ? lança-t-il sèchement. Le jour où vous aimerez une femme comme j'ai aimé votre mère, nous parlerons en hommes de ceci. Aujourd'hui, je vous ordonne de vous taire et de m'obéir.

Les environs du château de Buckden dans le Hertfordshire, la nouvelle prison de la reine déchue, étaient désolés. Des marécages, une lande aride se déroulaient à l'infini sous un ciel nuageux souvent chargé de pluies. Humide, insalubre, la vieille forteresse n'offrait qu'une tour comme quartiers à peu près habitables et Catherine s'y était installée avec les siens.

Accueillie avec chaleur par les quelques habitants des alentours, l'ancienne souveraine n'affichait pas d'amertume. Tant bien que mal, on lui avait aménagé au deuxième étage une chambre prolongée d'un cabinet et d'une modeste garde-robe. Elle avait repris ses activités routinières : oraisons, lectures pieuses, travaux d'aiguille, confection de layette pour les nouveau-nés de la région, promenades à pied quand le temps le permettait. Ruinés par une récolte désastreuse, les paysans venaient implorer une aide que jamais Catherine ne refusait, puisant dans une trésorerie fort réduite par ordre du roi.

De sa fille, de Chapuys, de Maria Willoughby, elle parvenait à recevoir épisodiquement quelques nouvelles que des amis dévoués se relayaient pour lui transmettre, en dépit des ordres d'Henry et de la vigilance d'Anne. Ainsi Maria donnait en mariage sa fille à Charles Brandon ! La mort de sa belle-sœur l'avait cruellement frappée et cette alliance nouvelle la touchait, comme si deux branches de sa famille s'unissaient pour ne plus en former qu'une seule. Aux côtés de Charles qui était un homme de cœur, sa filleule serait heureuse.

Fin août, Catherine reçut un pli de Greenwich. Anne lui réclamait la draperie de baptême, une somptueuse pièce d'étoffe brodée amenée d'Espagne dans son trousseau. Par retour, Catherine répondit qu'elle ne s'en séparerait jamais. L'audace que montrait cette femme la confondait : son nourrisson enveloppé dans une étole ayant appartenu aux rois catholiques ! Oubliait-elle qui elle était ?

Avec la fin de l'été, le temps enfin se mit au beau. Au bras d'une de ses dames, Catherine put faire quelques pas dans la lande. Cette terre aride lui rappelait certains paysages d'Espagne. Yeuses et genêts poussaient en abondance entre Tolède et Cuidad Real. Les sabots des mules et des chevaux levaient une poussière qui piquait les yeux, irritait la gorge. Taons et mouches vrombissaient au-dessus des cavaliers. Le cortège royal suivait un chemin qui serpentait. De temps à autre une grosse ferme apparaissait avec sa bergerie, son bassin d'eau claire, des ifs ou des pins qui ombrageaient la façade. Elle avait dix ans, douze ans... On la disait jolie. Elle avait confiance en la vie. Sous la protection de ses parents, quel malheur pouvait la frapper ?

Le vent balayait la lande et, sous le ciel gris, le château féodal était sinistre. Comment passer l'hiver au milieu de ces marécages ? La lumière devenait jaunâtre et le vent forcissait. Il fallait faire demi-tour, regagner un appartement qui l'oppressait, penser à se vêtir de velours, mettre ses bijoux pour le souper afin de garder son rang, vivre en reine d'Angleterre, la tête haute.

– La princesse douairière de Galles se plaint de son logement ? Qu'elle retourne donc en Espagne, Milord, où son neveu se fera un plaisir de lui offrir un palais digne d'elle !

Anne contenait avec peine sa rage. Elle était venue dans les appartements du roi, non pour discuter du sort de Catherine, mais pour aller au combat. Le matin même, George lui avait appris qu'Henry la trompait avec Élisabeth Caren, une de ses dames d'honneur.

Henry soupira. Même sur le point d'accoucher, Anne gardait intacte une agressivité dont il se lassait. Pour ne pas l'irriter avant son accouchement, il temporisa :

– Tout doux, mon cœur. Pensez plutôt...

– À votre maîtresse, Milord ? coupa Anne.

Le roi se figea.

– Je vous conseille, Madame, de fermer les yeux sur ma vie et d'accepter ce que d'autres, meilleures que vous, ont supporté. Sachez qu'à tout moment je peux vous abaisser comme je vous ai élevée.

Il n'y avait pas de sollicitude dans le regard du roi, plus trace de la moindre bonté. Interdite, Anne sentit la peur l'envahir.

– Je suis blessée, Milord, prononça-t-elle d'une voix contrôlée. À la veille de mettre au monde votre héritier, vous savoir amoureux d'une autre femme me navre.

– Je ne le suis point.

Henry avait hâte d'en finir. Ce genre de conversation l'exaspérait et, après la lettre qu'il venait de recevoir de Rome, il n'était pas prêt à se montrer conciliant. Clément VII menaçait de l'excommunier si avant le mois de septembre il n'avait pas repris Catherine auprès de lui. En outre, le pape n'acceptait point de considérer comme légitime l'enfant d'Anne Boleyn. Consulté, Cranmer avait haussé les épaules. « Que vous importe, Sire ! Vous êtes désormais le chef de l'Église d'Angleterre et l'évêque de Rome n'a nullement le droit de vous menacer. »

Longtemps, Anne demeura immobile, étendue sur son lit, les courtines mi-closes. Elle avait congédié ses dames, fermé sa porte à tout le monde. Le coup qui la frappait si soudainement l'étourdissait. Minutieusement, elle scrutait ses souvenirs pour tenter de comprendre à quel moment elle aurait pu commettre une faute.

L'enfant bougeait dans son ventre, mais la jeune femme, concentrée sur elle-même, ne prêtait attention à rien d'autre qu'à la question lancinante qui la hantait. La passion du roi faiblissait et elle ne savait pas pourquoi. Ne l'avait-elle pas fait triompher sur tous les fronts ? Il était chef désormais de l'Église d'Angleterre, débarrassé des lubies papales, la fermeture des couvents allait remplir d'or les coffres de l'État et l'héritier tant espéré viendrait bientôt au monde. Que pouvait lui reprocher Henry ? En tant que femme, elle se comportait au lit avec ardeur ; en tant que reine, elle savait imposer le respect, attirait à sa Cour plus d'artistes et de brillants esprits que Catherine ne l'avait fait en vingt-trois années. Henry la voulait-il effacée, muette comme l'Espagnole ? Pourtant, depuis le début de leur relation, il avait apprécié son tempérament fougueux, sa force de caractère. Face à cet homme despotique, elle était la seule à pouvoir garder son franc-parler. Qu'elle courbe l'échine et, comme les autres, il la piétinerait.

Henry avait donc pris une maîtresse ! Anne eut un rire sarcastique. Cette malheureuse ne le garderait pas un mois. Que savait du roi la petite Élisabeth Caren ? Qu'espérait-elle ? Elle seule était de taille à dompter un homme comme lui. Henry pouvait l'abaisser, certes, mais c'était mal la connaître de croire qu'elle ne se défendrait pas. Dans un monde fait par et pour les hommes, elle savait parfaitement comment mener sa barque.

19

Septembre 1533

Depuis l'aube, au palais de Greenwich, Anne était en travail. En dépit des interminables souffrances, ce moment tant attendu lui procurait une exaltation mêlée d'angoisse. Dans ses appartements, incapable de se concentrer sur quoi que ce fût, le roi faisait les cent pas. À cet instant, il trouvait une justification éclatante à ce que beaucoup avaient jugé être de la folie : avoir un héritier, donner à l'Angleterre et à lui-même un souffle nouveau.

Sur le ciel gris, le dôme de Saint-Paul se découpait avec précision. La marée était haute et de nombreux bateaux avaient hissé les voiles, prêts à appareiller. Un instant, le roi les observa. Jeune homme, il s'était passionné pour la marine, avait investi des sommes considérables dans la construction de nouveaux vaisseaux, le *Henry Grâce à Dieu*, la *Mary Rose*, l'*Hirondelle*. Wolsey le poussait à financer des voyages d'exploration vers l'ouest, mais il avait préféré la guerre, se mesurer à Louis XII, à l'empereur Maximilien, puis à François Ier et Charles Quint. Beaucoup d'argent dépensé pour des résultats incertains. À présent, père d'un fils, sûr de la vitalité des Tudor, il reprendrait la première place dans le jeu politique européen.

Deux heures avaient sonné. Une sage-femme était venue

le rassurer. Tout allait bien, l'enfant se présentait par la tête. Dans un moment, il pourrait le prendre dans ses bras.

Anne entendit un vagissement, la sueur ruisselait sur son front.

– Un garçon ? interrogea-t-elle.

– Une fille, Milady, annonça la matrone d'une voix faussement joyeuse. Que Dieu soit remercié pour son heureuse naissance !

Anéantie, Anne laissa retomber sa tête sur l'oreiller. Elle voulait un garçon, celui que tous les astrologues avaient prédit, celui que Dieu devait lui donner.

Navrées, les dames d'honneur observaient la reine qui, les yeux clos, respirait par saccades.

– Je vais prévenir Sa Majesté, décida Madge Shelton, fille de l'ancien précepteur d'Henry. Envoyez aussi un courrier à Beaulieu. Lady Mary doit savoir que sa demi-sœur, seule enfant légitime du roi, est venue au monde.

– Nous aurons bientôt un fils, assura Henry.

À aucun prix, il ne voulait montrer une consternation qui aussitôt aurait été interprétée comme un aveu d'échec. Nul à la Cour ne devait sourire de sa déconfiture et il allait célébrer la naissance d'Élisabeth par des fêtes éblouissantes. Le bébé par ailleurs était si beau, si bien proportionné, qu'il ne pouvait se désintéresser de lui.

Anne tenta de sourire. Elle avait craint des reproches et se trouvait devant un homme qui lui montrait un visage heureux. Pour cette indulgence, elle saurait lui témoigner sa gratitude.

Henry prit sa fille dans ses bras. Elle avait sur le crâne un duvet roux, un teint rose, des mains, des pieds parfaits.

– Élisabeth, murmura-t-il.

Il donnait à cette enfant le nom de sa mère tant chérie,

dont le souvenir de plus en plus ténu l'accompagnait depuis l'adolescence.

Désespérée, Mary parcourait une ultime fois les allées de son domaine de Beaulieu que son père lui reprenait pour l'offrir à George Boleyn. Dans la roseraie, quelques fleurs embaumaient encore. Le charme d'une terre qui ne lui appartenait plus fit monter les larmes aux yeux de la jeune fille. Dans le verger, pommiers et poiriers étaient chargés de fruits qu'elle ne savourerait pas, la rivière regorgeait de truites que George Boleyn dégusterait avec ses répugnants amis. Dans les sentiers que Mary et ses dames suivaient, des feuilles mortes trempées de pluie étouffaient le bruit des pas. Le long de l'étang où évoluaient des cygnes, les saules blondissaient dans l'odeur fade de l'eau dormante.

Mary ne parlait pas, ne regardait ni à droite ni à gauche. Goutte après goutte, ce qui lui restait de joie de vivre et de confiance en autrui se tarissait.

Mais la décision de la priver de son titre de princesse, d'interdire à ses gens de porter une livrée, de la dépouiller de Beaulieu n'était rien en comparaison de l'humiliation que lui infligeait l'ordre royal de rejoindre la suite de la princesse Elisabeth à Hatfield comme simple demoiselle de compagnie. Elle devait faire ses adieux à sa chère lady Salisbury qui lui était attachée depuis l'enfance et lui servait de mère pour tomber sous la coupe de Madge Shelton qui la détestait.

À sa mère qui dépérissait dans le château insalubre de Buckden, Mary avait écrit une longue lettre qui n'arriverait probablement pas à sa destinataire. La surveillance s'était resserrée autour de la reine déchue, on fouillait les bourriches de provisions et les domestiques qui entraient et sortaient.

Mary se pencha vers le bébé qui dormait dans son berceau d'argent ciselé doublé de soie blanche. Installée à Hatfield, elle avait passé une semaine sans vouloir visiter la nursery, puis l'envie de découvrir sa sœur l'avait poussée à sortir du modeste appartement mis à sa disposition. Dans quelques jours, elle serait contrainte à rejoindre les autres demoiselles d'honneur, à se fondre dans le rang des jeunes filles qui auraient dû la servir, elle, comme leur future reine. Déjà Madge Shelton avait donné le ton de sa nouvelle vie : modestie, obéissance. Quiconque s'adresserait à elle comme à une personne royale serait châtié.

Longtemps Mary contempla ce bébé que son père lui préférait. S'attacher à cette jolie petite fille serait facile, elle pourrait la prendre dans ses bras, lui offrir son affection. Mais jamais elle n'accepterait la prééminence sur elle d'un enfant de la Boleyn. « Je ne peux t'aimer, Elisabeth, chuchota-t-elle, mais ne te veux point de mal. »

« Milady et chère cousine... » En découvrant l'écriture de Meg, Mary ne put réprimer un sourire. Depuis quelques jours elle gardait le lit, et par brimade, Madge Shelton lui avait interdit toute visite. Le sentiment de sa totale solitude accablait la jeune fille. Elle aurait voulu s'enfuir de Hatfield pour tenter de rejoindre le seul protecteur qui lui restât, son cousin l'empereur Charles. Seule l'arrêtait la pensée de sa mère qu'elle ne pouvait laisser derrière elle.

> ...Bien qu'éloignée de vous, je ne vous oublie pas. On dit que votre santé n'est pas bonne et je prie Dieu qu'il vous la restaure afin que, même à Hatfield que vous n'aimez guère, vous puissiez profiter des joies de notre âge. Pour ma part, je me plains d'autant moins de ma vie à la Cour que mon cœur est pris. Vous souvenez-vous du demi-frère du duc de Norfolk, Thomas Howard ? Il m'a avoué un amour que je lui rends. Mes pensées lui sont tout entières consacrées et nous imaginons lui et moi mille ruses pour nous retrouver seuls quelques instants. Nous pensons au mariage, mais le duc de Norfolk et surtout Sa

Majesté le roi doivent donner leur consentement. Tout à la fois je suis confiante et angoissée. Si mon oncle me destine à un prince pour des raisons politiques, quel poids auront mes sentiments ? Et je n'ai personne pour intercéder en ma faveur. Dans chacune de ses lettres, ma mère me somme d'obéir entièrement au roi. Mais n'a-t-elle pas gâché sa vie en plaçant sa confiance, ses espoirs dans un homme qui ne s'est jamais soucié d'elle ?

Sa Majesté ne parle de l'Écosse qu'avec une pointe de mépris et a montré une grande colère en apprenant que mon demi-frère James, le roi, avait reçu l'ordre de la Toison d'or. Je vous avouerais que les affaires écossaises me sont obscures et que je ne m'y intéresse guère. Résidant la plupart du temps dans les régions frontalières pour y rassembler ses partisans, mon père ne vient à Londres qu'épisodiquement. Savoir son cher Tantallon aux mains d'un Stuart lui est odieux.

Ici, on parle beaucoup du récent mariage à Marseille du duc d'Orléans avec la nièce de Sa Sainteté, Catherine de Médicis. La jeune épousée aura tôt fait d'avaler des couleuvres, car nul n'ignore qu'Henri est fou amoureux de Diane de Valentinois, comtesse de Brézé, qui compte dix-neuf années de plus que lui. Cette alliance de la France avec le Saint-Siège ne plaît guère à mon oncle qui n'est cependant pas en mesure de se fâcher avec le roi François.

Portez-vous mieux, ma chère cousine. Vous traversez des moments cruels mais n'êtes pas aussi seule que vous le pensez. Priez, je vous en prie, pour l'heureux aboutissement de mes desseins.

Mary soupira. Meg était bien naïve de croire au bonheur. « Mon père cassera ce projet pour montrer qu'il est le maître », pensa la jeune fille.

Dépouillée de ses beaux vêtements, de ses bijoux, de ses possessions à l'exception des quelques livres nécessaires à ses études, elle refusait de donner le titre de princesse à sa sœur, de s'asseoir en bout de table, d'accompagner à pied la voiture de l'enfant, montrait une politesse glacée à la Boleyn lorsqu'elle surgissait à Hatfield pour embrasser Elisabeth. Les punitions infligées par sa nouvelle gouvernante pleuvaient, les brimades se succédaient, mais elle n'en avait cure. Seul l'affligeait le renvoi de domestiques qui, aux yeux de Madge Shelton, lui avaient témoigné trop de respect.

Depuis le matin, le château d'Hatfield était en effervescence. On balayait la cour, le vestibule et l'escalier d'honneur, battait les tapis, brossait les tapisseries, disposait des bouquets dans la grande salle. À l'aube était arrivé un messager de Londres annonçant l'imminente arrivée de Sa Majesté le roi, désireux de voir la petite princesse.

Lady Brian, la gouvernante d'Élisabeth, houspillait la nourrice, les servantes. Le bébé devait être baigné, oint d'huile odorante, et son maillot d'une blancheur immaculée. L'heure de la tétée avait été avancée afin que l'enfant ne régurgite pas sur l'épaule de son auguste père.

Élisabeth par ailleurs était superbe, en excellente santé. À deux mois, elle avait le regard vif et curieux, montrait un bel appétit et commençait à sourire. Fréquemment la reine venait à Hatfield. Elle faisait à tous bonne figure, jouait avec son bébé, distribuait de menus cadeaux et repartait dans un tourbillon. On la trouvait maigre, les traits tirés. Anne riait trop fort, parlait trop haut pour qu'on la crût vraiment heureuse. Le plus vite possible, elle devait donner un fils au roi.

À l'exception de Mary consignée dans sa chambre, gentilshommes et dames composant la Maison de la princesse s'étaient alignés le long des murs du vaste hall pour saluer le roi qui, de fort belle humeur, adressait à chacun sourire ou geste amical. La veille, il avait dormi loin d'Anne dans un relais de chasse, et la présence de ses joyeux amis, le vin et la bonne chère, la musique, les lourdes plaisanteries lui avaient rappelé les beaux moments de sa jeunesse. Avec ses prétentions intellectuelles, ses accès de mauvaise humeur, sa hauteur, Anne commençait à l'importuner. À son corps androgyne, sa peau de gitane qu'il avait désirée ardemment, il préférait désormais les jeunes personnes rondes et blondes qu'il pouvait caresser entre deux portes, des gaillardes aimant le rire. D'un mois à l'autre, il espérait l'annonce d'une nouvelle grossesse qui lui permettrait de déserter son lit. Les caresses sophistiquées de son épouse qui l'avaient autrefois enflammé l'embarrassaient maintenant. Quelle sorte de virginité lui avait-elle offerte ?

– Que lady Mary ne quitte sa chambre sous aucun prétexte, souffla lady Brian à l'oreille de Madge Shelton. Sa Majesté la reine a interdit qu'elle voie son père.

– Ne vous souciez point, la porte est gardée.

Que la jeune fille puisse se jeter aux pieds du roi, l'attendrir, obtenir qu'on adoucisse son sort était une éventualité que nulle personne du parti de la reine ne pouvait envisager. L'instable équilibre de la succession exigeait la totale disgrâce de Mary. Si la fille de Catherine d'Aragon ne pliait pas, elle serait brisée.

Un long moment le roi était resté auprès d'Élisabeth, l'avait prise dans ses bras, avait exigé qu'on la démaillote afin d'admirer sa vigueur, les proportions harmonieuses de son petit corps. Pas une fois il ne s'était enquis de la santé de son autre fille enfermée au premier étage, il n'avait pas même mentionné son nom.

Après une légère collation, Henry avait voulu faire quelques pas dans les jardins puis s'était décidé à regagner Londres. Le soleil était sur son déclin, les palefreniers sortaient les chevaux que des gentilshommes prenaient par la bride.

La brève visite s'était passée sans incident et lady Brian éprouvait un grand soulagement. En dépit des précautions prises, un désastre aurait pu se produire et en particulier des cris, des appels provenant de la chambre de Mary. Mais celle-ci était restée silencieuse, dès l'après-midi les rideaux de sa chambre avaient même été tirés. « Qu'elle prie donc, avait pensé la gouvernante d'Elisabeth, ses patenôtres ne font de mal à personne ! »

Bien que n'ayant pas été franchement hostile à la jeune fille dans les premiers temps de son séjour à Hatfield, lady Brian avait durci son attitude envers elle. L'entêtement de Mary à se considérer comme l'héritière royale, ses refus obstinés de traiter sa sœur en princesse, de s'asseoir et de manger autre part qu'à la place d'honneur l'avaient forcée à lui faire porter ses repas dans sa chambre. Mais comme la jeune fille refusait de s'alimenter, il avait fallu l'accepter de nouveau à la table commune à laquelle jamais elle ne s'asseyait sans protester. La situation était difficile à supporter et lady Brian comme lady Shelton étaient excédées. Cette « mule espagnole », comme elles nommaient en privé la fille de Catherine, était une nuisance pour tout le monde. Pourquoi le roi ne la mariait-il pas à un gentilhomme étranger ? Chacun en Angleterre respirerait bien mieux sans elle.

À travers les rideaux, Mary surveillait les préparatifs du départ de son père. La veille, elle avait découvert qu'une étroite porte au fond de la garde-robe donnait sur un couloir obscur menant aux escaliers d'une tourelle, elle-même ouvrant de plain-pied sur la terrasse surplombant la cour. L'alignement de ses vêtements dans la penderie rendait cette porte invisible et nul par ailleurs n'avait songé à faire de méticuleuses recherches. Le cœur de la jeune fille battait très fort mais elle était résolue. Personne ne l'empêcherait de voir son père. Il devait savoir qu'elle souffrait, se désespérait et, touché par la vue de cette fille autrefois tant aimée, sans doute consentirait-il à la secourir.

Une bougie à la main, Mary progressa en hâte dans le couloir où de nombreuses araignées avaient tissé leur toile. Avec soulagement, elle trouva l'escalier en colimaçon, l'escalada. Le trajet lui sembla plus long que la veille lorsqu'elle avait exploré les lieux. Son père serait-il encore dans la cour lorsqu'elle surgirait sur la terrasse ?

Soudain, un vent frais la frappa en plein visage. Elle n'avait qu'à franchir un muret pour se trouver sur la longue plateforme. En contrebas, les cavaliers enfourchaient leurs chevaux et, aidé par Suffolk, le roi mettait un pied à l'étrier. Du haut, Mary voyait frissonner les plumes de son chapeau, resplendir les pierres précieuses qu'il portait aux doigts. Elle se signa. « Pour l'amour de Dieu, pensa-t-elle, puisse quelqu'un lever la tête vers moi. »

Henry était en selle et plaisantait avec Brandon auquel on amenait un grand cheval noir caparaçonné de soie violette. Haut dans le ciel tournoyait un busard. La main au-dessus des yeux, le duc de Suffolk le contempla un instant. Soudain, comme se souvenant de quelque chose d'inhabituel tout juste entr'aperçu, il porta à nouveau son regard vers le toit du château et découvrit Mary à genoux.

– Milord, murmura-t-il, lady Mary nous observe.

Les humiliations infligées à Catherine et à sa fille le scandalisaient et son hostilité envers la nouvelle reine s'en trouvait accrue. Quelle gloire Anne tirait-elle à s'acharner sur ces femmes ? Elle avait le roi, la couronne d'Angleterre, un enfant, voulait-elle aussi voir mourir la fille unique de celle qu'elle avait écrasée ?

Henry leva la tête. Mince, fragile, la silhouette de Mary était pathétique. Il allait adresser un signe pour lui demander de le rejoindre quand soudain il se figea. Que cherchait cette fille rebelle ? À l'amadouer pour tenter de lui faire oublier que jamais elle n'avait reconnu son divorce, qu'elle refusait de le considérer comme le chef de l'Église d'Angleterre ? Seule, elle était responsable de son bannissement. Le jour où elle plierait l'échine, bien volontiers il lui pardonnerait.

Les larmes ruisselaient sur le visage de Mary. Il lui sembla que son père la regardait durant un temps infini. Enfin, il toucha son chapeau du bout des doigts et éperonna son cheval qui partit au galop.

Pour la punir de sa désobéissance, de nouvelles sanctions s'étaient abattues sur Mary. Sous la pluie, les pieds dans la boue, elle fut contrainte à suivre la litière couverte de sa sœur puis, après avoir refusé d'escorter le carrosse d'Elisabeth dans une mauvaise voiture aux banquettes de bois, elle fut prise à bras-le-corps par deux gentilshommes de la Chambre de la princesse et jetée à l'intérieur.

Trois jours durant, Mary demeura dans son lit, refusant toute nourriture. Un soir, alors que la pluie battait ses fenêtres, elle se leva, demanda à être habillée. Elle devait revenir à table pour protester encore et encore, montrer à ses oppresseurs qu'ils ne la réduiraient jamais au silence.

Quand elle pénétra dans la salle illuminée par de multiples flambeaux, chacun tenait une coupe de vin en souriant.

– Que fête-t-on ? demanda-t-elle à la dame sur laquelle elle s'appuyait pour marcher.

– La reine est à nouveau enceinte, lady Mary. L'enfant est prévu pour la fin du mois d'août.

La jeune fille ferma les yeux. Une nausée lui souleva le cœur.

– Ne vous adressez à moi qu'avec le titre qui me revient, parvint-elle à prononcer d'un ton froid. Je suis la fille de votre roi et de votre reine, la seule qui soit légitime. Ne l'oubliez jamais.

20

Printemps 1534

À la stupéfaction des Londoniens, l'évêque John Fisher, Thomas More et le père Abell, ancien chapelain de Catherine, avaient tous trois été arrêtés et conduits à la Tour de Londres après avoir refusé de signer l'acte reconnaissant Henry VIII comme le chef de l'Église d'Angleterre. Ce coup de force contre trois hommes aussi respectés était imputé à la nouvelle reine que l'on conspuait ouvertement dans les rues.

Plusieurs échauffourées avaient été sévèrement réprimées et, après quelques arrestations, tout était rentré dans l'ordre. La justice du roi frappait vite, fort, et l'Église catholique n'était pas assez respectée pour inspirer le martyre. Un malaise demeurait cependant, assez profond pour que soit attendu le jugement de Clément VII sur le mariage d'Henry Tudor et de Catherine d'Aragon. Le roi s'en moquait. À ses yeux, le pape était déconsidéré et, s'il voulait que s'affirme l'Église d'Angleterre dont il était désormais le chef, il devait lui faire savoir clairement que ses décisions étaient sans effet.

Mais, s'il dédaignait le souverain pontife, le roi restait hanté par la conviction d'une fatalité s'acharnant contre lui. À la fin du mois de février, Anne avait fait une fausse couche et il ne pouvait s'empêcher de lier ce désastre à l'idée d'une faute qu'il avait commise en l'épousant, comme l'incapacité de Catherine à lui donner un héritier était imputable au péché d'avoir pris pour femme la veuve de son frère.

D'autres événements assombrissaient la Cour. Henry, le fils unique du duc de Suffolk, était mort à Westhorpe. La seule consolation de Charles Brandon était la grossesse de sa très jeune femme Catherine. Puis le duc d'Angoulême, fils de François Ier, s'était détourné du projet de mariage avec Meg que les ambassadeurs avaient commencé à négocier. La réticence de la jeune fille à conclure cette union avait blessé les Français qui s'étaient dédits. Enfin, les refus obstinés de Catherine et de Mary à signer l'acte d'allégeance restaient des épines plantées dans la chair du roi. Sur l'ordre d'Henry, l'ambassadeur Chapuys les avait l'une et l'autre sermonnées par lettre, mais le roi le soupçonnait de n'y avoir guère mis de conviction.

Anne préconisait des méthodes plus expéditives : la Tour de Londres et, après un prompt jugement, le couvent, la dépossession de tout titre. Qu'elles soient vêtues de bure et végètent dans la pauvreté ! Mais Henry s'y refusait. Il était même prêt à accepter que Catherine change de résidence. Au milieu des marécages, elle dépérissait et il ne voulait pas avoir sa mort sur la conscience.

Il arrivait souvent au roi de se sentir las. L'arrestation de Fisher et de More avait certes été nécessaire, mais il pensait sans cesse à ces deux hommes dont la personnalité avait laissé en lui de profondes empreintes. Fisher, parce qu'il l'avait connu tout enfant, qu'il avait été dévoué corps et âme à sa grand-mère Beaufort et à son père le roi Henry VII ; More, parce qu'il avait pour cet humaniste une immense admiration. Mais, si un membre venait à se gangrener, il fallait le sacrifier pour survivre. L'Église d'Angleterre existait. Elle avait été acceptée sans difficulté par la majorité des Anglais et les divagations de Catherine que l'on appelait « la Sainte Femme », manipulée par ses opposants, ne changeaient rien au fait que l'autorité absolue du pape était rejetée. Et il avait désormais auprès de lui Thomas Cromwell et Thomas Cranmer, deux hommes sûrs et capables. Cromwell préparait activement une législation qui soumettrait le clergé au pouvoir royal. Son secrétaire avait disséminé des espions dans tout le pays et aucun complot papiste comme luthérien ne pourrait demeurer secret. L'Angleterre était sous bonne surveillance. Son cousin le roi de France ne se montrait guère plus indulgent, quelques semaines plus tôt, place Maubert, on avait brûlé vif un chirurgien genevois et un prédicateur calviniste après leur avoir coupé la langue.

Ses relations avec François Ier étaient instables, et la rupture des négociations entamées pour le mariage de Meg avec le duc d'Angoulême les avait encore fragilisées.

– Comment Votre Grâce peut-elle être triste quand nous sommes tous transportés d'admiration pour elle ?

Assis aux pieds d'Anne Boleyn, Francis Weston s'efforçait de parler avec ferveur. Dans un coin de la pièce, William Brereton et George Boleyn jouaient aux dés. Bien que le cercle des amis intimes d'Anne tentât de la préserver, la jeune femme n'ignorait pas que le roi avait pris pour nouvelle maîtresse une Shelton, fille de la gouvernante de Mary, et elle enrageait. Depuis qu'il l'avait pour épouse, le roi couchait avec n'importe qui, des filles sottes, pas même jolies, sans personnalité. Comment le soupirant qui l'avait implorée à genoux pouvait-il s'abaisser ainsi ? Elle méprisait Henry et le craignait. En l'épousant, elle s'était remise entièrement entre ses mains et avec cruauté il se plaisait à lui faire payer sa sujétion passée.

– Tant que je ne donne pas un héritier mâle au roi, ma position est incertaine, Francis.

– Vous êtes reine, Milady.

Anne eut un rire amer.

– Les reines vont et viennent, mon ami. Dans ce pays, deux femmes prétendent à ce titre.

George tourna la tête vers sa sœur. Comme le reste de sa famille, il se souciait du recul d'Anne et s'étonnait de sa relative passivité. Elle qui s'était montrée si batailleuse et impérieuse semblait soudain craindre d'affronter le roi. Sa colère se tournait contre les faibles, leur sœur Mary par exemple qu'elle avait chassée de la Cour du jour au lendemain parce qu'elle s'était entichée d'un petit gentilhomme sans fortune, William Stafford, dont elle était enceinte.

– Lady Catherine est recluse maintenant à Kimbolton, mon doux cœur. Elle n'a plus que ses yeux pour pleurer et ses mains pour prier. Que craignez-vous ?

Anne posa sur le sol Purkoy, son petit chien favori.

– Cette femme m'a jeté un sort. Par les Maures, les Espagnols ne connaissent-ils pas toutes sortes de maléfices ?

George quitta son siège et vint serrer sa sœur dans ses bras. La savoir malheureuse à cause du roi le remplissait de colère. Mais il ne pouvait rien dire, rien faire, seulement continuer à sourire et courber le dos.

La douceur de son frère, le frôlement de ses lèvres sur son cou réconfortèrent la reine. Le roi ne la caressait plus ni ne lui disait de mots tendres. Il l'appelait dans son lit, la possédait et la congédiait. Ajoutées à un emploi du temps exténuant, la frustration et la rage la jetaient dans un total abattement. Qu'il fasse soleil ou qu'il pleuve, en bonne santé ou malade, elle accompagnait le roi dans ses parties de chasse, soupait à son côté, assistait à des spectacles ou des concerts qui se terminaient fort tard dans la nuit. Outre ses devoirs d'épouse et de mère, elle cousait pour les pauvres, recevait des pétitions, s'intéressait à des œuvres de charité, se ménageant quelques moments pour lire, étudier, converser avec des clercs venus d'Oxford ou de Cambridge, d'éminents étrangers venus visiter l'Angleterre.

George la berçait dans ses bras. La bouche de son frère effleurait sa joue ; elle avait tant besoin d'amour qu'elle dut se retenir pour ne pas tourner la tête, laisser leurs lèvres se rejoindre.

– Allons demain dans le Kent voir Elisabeth, prononça-t-elle d'une voix gaie. Nous déjeunerons sur l'herbe et pêcherons dans l'étang.

Sa fillette avait quitté le château d'Hatfield pour celui d'Etham où Henry avait passé son enfance. Elle se tenait déjà debout, bientôt ferait ses premiers pas. Elisabeth était son rayon de soleil.

La tête basse, Mary se tenait devant Anne qui, avant de reprendre la route avec ses méprisables amis, l'avait fait appeler. Tout dans son ennemie déplaisait à la jeune fille : son élégance raffinée, son arrogance, sa voix affectée.

– Regardez-moi, lady Mary ! ordonna Anne.

L'effronterie de cette fille l'exaspérait.

Sans se hâter, Mary leva les yeux vers elle. Que voulait, qu'espérait la Boleyn ? Pour qui se prenait-elle ? Elle n'était qu'une concubine, la fille d'un nobliau ambitieux, la sœur d'un dépravé.

– Madame ? interrogea-t-elle.

Le défi que la reine lisait dans l'expression de sa belle-fille lui donnait l'envie de la gifler.

– Je n'ai point d'inimitié pour vous, lady Mary, prononça-t-elle d'un ton contenu, et je suis venue vous proposer la paix.

Mary esquissa une révérence.

– Étant princesse royale, Madame, vous devez me nommer Milady.

– La peste soit de vos bêtises, grinça Anne. Je viens vous donner une chance de vous réconcilier avec votre père et vous vous entêtez à ergoter. Mais vos petits arguments sont bien piètres et n'impressionnent personne. Maintenant, écoutez-moi attentivement. Si vous reconnaissez que je suis reine d'Angleterre et l'épouse légitime de votre père, je vous promets que d'ici à la fin de l'été vous serez de retour à la Cour. Je vous protégerai et chercherai pour vous un mari conforme à votre rang. Si vous vous obstinez, votre avenir sera fort sombre, vos larmes amères.

Longtemps Anne avait pesé le pour et le contre avant d'intervenir. Mais réconcilier le père et la fille lui ouvrirait bien des cœurs et elle avait grand besoin d'alliés. En outre, ramener Mary à la Cour, la remettre sous l'influence du roi marginaliserait davantage encore l'Espagnole.

Un vent frais soulevait les collerettes, faisait battre le bas des jupes. À quelques pas derrière leur reine, George Boleyn, Henry Norris, Francis Weston, William Brereton patientaient, guettant sur le visage de Mary quelques signes manifestant ses émotions. Mais le regard de la jeune fille restait calme et froid. Rien ne pouvait s'y déceler.

– J'ai Dieu pour me protéger, lady Boleyn. Quant à l'affection de mon père, lui seul a le pouvoir de me la donner ou de me la retirer. Si Sa Majesté veut m'avoir à sa Cour comme sa fille légitime, je m'y rendrai avec joie car je lui suis soumise cœur et âme.

– Taisez-vous, siffla Anne, car vous commettez un péché de mensonge. Vous n'avez pas accepté de reconnaître le roi comme le chef de l'Église d'Angleterre, toujours vous avez nié la validité de son mariage avec moi. La concubine, c'est votre mère, lady Mary, une concubine qui se cramponne à des chimères. Elle ne représente plus rien pour Sa Majesté, et vous guère davantage. Sachez-le une fois pour toutes.

– Puis-je me retirer ? interrogea Mary.

À aucun prix, elle ne voulait que la Boleyn la voie pleurer.

– Une telle arrogance ! s'irrita Anne. Si j'étais la mère de cette petite peste, je lui donnerais le fouet.

Des cailloux giclaient sous les sabots des chevaux. Le vent sentait l'aubépine, le lilas. Un mois encore et la Cour se préparerait pour sa longue itinérance d'été. Pour la première fois, cette perspective pesait sur les épaules d'Anne. Elle aurait préféré partir avec George pour Hever, laisser couler l'été comme une fontaine rafraîchissante au milieu des paysans qui l'aimaient, de domestiques entièrement dévoués.

Le groupe de cavaliers franchit un ruisseau bordé de saules. Chacun respectait le silence de la reine, sûr qu'elle ressassait son altercation avec Mary. Mais Anne pensait à Elisabeth, à sa jolie frimousse, sa peau laiteuse, aux cheveux roux flamboyants qu'elle tenait des Tudor. Elle aurait souhaité ne jamais la quitter, la voir grandir, s'éveiller à ses côtés, mais les reines n'élevaient pas leurs enfants. Après sa naissance, quand elle avait émis le désir d'allaiter, on s'était moqué d'elle. Tout ce qu'elle avait si fort voulu, elle l'avait obtenu, mais le bonheur n'était pas au rendez-vous et sa devise « la plus heureuse » était une illusion.

Blotti entre le pommeau de la selle et son manteau, le petit Purkoy était roulé en boule. Jamais il ne la quittait, il dormait sur son lit, substitut d'une tendresse humaine qu'elle ne connaissait plus guère. Pour ses amis, elle restait la reine, celle envers qui nulle familiarité n'était possible. Lui demeurait George. Si elle avait osé, elle aurait demandé à son frère de partager parfois sa chambre pour se sentir moins seule. La nuit, le doute l'envahissait. Et si elle ne mettait pas d'enfant mâle au monde ? Si une des maîtresses du roi se trouvait enceinte et accouchait d'un fils ? Sa vie avec Henry était gangrenée par cette espérance de grossesse. Entre eux, il n'y avait plus de place pour les mots qu'ils avaient tant aimé prononcer, plus de place pour le plaisir si ardemment partagé.

Ce soir-là, à Richmond, il y avait bal masqué. Dès son retour dans ses appartements, elle n'aurait que le temps de se parer, de se faire coiffer et farder. Le vent, la course, les contrariétés avaient dû marquer ses traits, cerner ses yeux, rougir son teint. Inlassablement, elle allait reconstituer son visage, en faire celui d'une femme belle, radieuse, le faucon blanc de son emblème.

– Persuadez la princesse Mary de signer, je vous en conjure, Milady, chuchota le prêtre.

La chapelle du château de Kimbolton était plongée dans l'obscurité. Venu en moine itinérant solliciter l'hospitalité pour la nuit, le messager de l'ambassadeur d'Espagne avait pu être introduit en secret auprès de la reine Catherine. Ils n'avaient que quelques instants pour se parler. De dimension modeste, l'oratoire de la reine déchue prolongeait la chambre qu'elle occupait au dernier étage d'une des tours du château donnant sur une campagne vallonnée. Réduite à une poignée de dames et de serviteurs, un médecin et un chapelain, sa suite occupait les pièces du premier étage qui communiquaient avec les siennes par un escalier en colimaçon percé d'étroites meurtrières que les plus âgées des dames peinaient à gravir.

– Je ne peux agir contre ma conscience, mon père.

– La sécurité de votre fille est en jeu, Milady, elle doit jurer fidélité à l'Église d'Angleterre, des lèvres seulement, afin de préserver sa vie. Dieu lit dans les cœurs et elle n'aura pas commis de péché.

La reine garda le silence. Mary avait été une fois encore gravement malade et, quand elle avait imploré Henry de la laisser voir sa fille, il avait répondu en trois lignes sèches qu'elle n'y devait point songer. Plus saine que la précédente, sa nouvelle résidence était néanmoins une autre prison. Petit à petit, le roi lui imposait ce que la Boleyn avait toujours souhaité, un total isolement.

– Sauvez votre enfant, insista le prêtre. Milord Chapuys, qui a pour la personne de Votre Majesté un immense attachement, vous presse d'écrire aujourd'hui même. Avec l'aide de Dieu, je transmettrai ce message à la princesse.

– J'entends bien, mon père.

Conseiller à sa fille de renier l'autorité du pape lui brisait le cœur.

– La princesse a presque dix-huit ans, poursuivit-elle, je

ne peux l'aviser. Elle seule décidera de faire ce que sa conscience lui dictera.

« Ces malheureuses femmes n'ont aucune notion des réalités politiques, pensa le religieux, leur rigidité est une faiblesse et une faute. » Mais sa mission n'était point d'instruire la prisonnière des conséquences de l'autocratie tudorienne. Eustache Chapuys ne l'avait dépêché que pour tenter de sauver Mary.

La modeste chapelle séparée de la chambre par un étroit et humide corridor était lugubre. Un crucifix était suspendu au-dessus de l'autel sur lequel une veilleuse jetait des reflets rougeâtres. Au-dessus de la porte, une mince tribune courait d'un mur à l'autre, dominant un sol de pierres mal jointes, quelques chaises, deux prie-Dieu recouverts de tapisseries.

– Que se passe-t-il à Londres ? demanda soudain Catherine.

– Mistress Boleyn a fait une nouvelle fausse couche, murmura-t-il, mais ni Sa Majesté ni elle n'en ont jamais soufflé mot.

Catherine hocha la tête. Nul n'échappait à la justice divine.

– Notre roi se détacherait de mistress Boleyn, poursuivit le moine, on rapporte qu'il lui aurait déclaré : « Réjouissez-vous de ce que j'ai fait pour vous, Madame, car aujourd'hui je ne le ferais plus. »

La reine déchue joignit les mains. Serait-il possible qu'Henry renonce à Anne et la fasse revenir auprès de lui ? De tout son cœur, elle pardonnerait...

– Milord Suffolk va être père d'un jour à l'autre, continua le religieux.

Catherine pensa à Mary Suffolk. Comme elle avait été vite remplacée !

– Père et grand-père en même temps, murmura-t-elle, sa fille Frances ne doit-elle pas accoucher ?

– L'enfant est mort-né, Milady.

Catherine revit la succession de ses accouchements : des

bébés fragiles, minuscules, de petits anges qu'elle enterrait à peine baptisés.

– Je dois vous quitter, prononça le religieux.

La reine se leva.

– Dites, je vous prie, à Eustache Chapuys que son amitié m'est précieuse.

Reverrait-elle l'ambassadeur d'Espagne ? Sa santé déclinait, elle avait de terribles brûlures à l'estomac, des palpitations, des étouffements aussitôt qu'elle s'étendait.

Alors qu'elle prenait le corridor menant à sa chambre, Catherine entendit le bruit de meubles qu'on poussait, les protestations de ses dames d'honneur. Près de son lit se tenait Edmond Bedingfield, un des deux gouverneurs du château.

– Lady Catherine, déclara-t-il en l'apercevant, j'ai ordre de faire fouiller votre chambre. Sa Majesté vous considère comme rebelle et craint que vous ne dissimuliez des documents compromettant la sécurité de l'Angleterre.

Milady,

Selon les instructions de Votre Majesté, j'ai resserré la surveillance autour de la princesse douairière de Galles. Un moine mendiant est parvenu à la rencontrer brièvement mais je puis assurer Votre Majesté que nul message ne lui a été remis et qu'elle n'en a point envoyé.

Lorsque Monseigneur l'archevêque d'York se présentera pour faire prêter serment à la reine, je ferai en sorte de réunir autour d'elle l'intégralité de sa Maison afin que nul ne puisse présenter d'excuses. Mais les Espagnols qui servent la princesse douairière sont aussi obstinés que leur maîtresse. Je ne peux, quant à moi, rien tirer d'eux, car ils prétendent avec affront ne pas comprendre l'anglais alors qu'ils sont dans ce pays depuis trente-trois années.

Sir Bedingfield leva la plume. Coincé entre la relative tolérance du roi, l'intransigeance totale de la reine, l'obstination de Catherine et l'insolence de ses serviteurs et servantes, il jugeait son rôle périlleux. Mais il avait fini par choisir le camp de la reine à laquelle il adressait des rapports hebdomadaires sur sa prisonnière. En dépit d'une mauvaise santé, celle-ci pouvait survivre des années.

À plusieurs reprises, il avait cru lire entre les lignes des messages arrivés de Londres que la mort de la princesse douairière de Galles serait accueillie avec satisfaction par le couple royal. La reine songeait-elle au poison ? Mais sir Edmond Bedingfield ne pouvait consentir à être le complice d'un meurtre. Si la reine voulait se débarrasser de sa rivale, il accepterait uniquement de se voiler les yeux.

> Je prie Votre Majesté, poursuivit-il, de bien vouloir me donner vos instructions quant aux servantes de la princesse douairière de Galles. Il me semble que plusieurs d'entre elles pourraient être écartées au plus grand profit de l'efficacité de la surveillance que j'ai l'honneur d'exercer. La personne dont j'ai la charge doit comprendre que vous avez sur elle tout pouvoir et qu'elle ne doit qu'à Votre Grâce les bienfaits dont elle bénéficie.

Avec fermeté, Bedingfield signa. Dans la tour opposée à celle où il logeait, la petite Cour avait éteint les feux, tout le monde devait dormir. Jamais ne lui parvenaient la moindre chanson, l'écho d'un rire. Indifférente au temps, aux allées et venues des domestiques, des artisans, des fermiers, la princesse de Galles faisait quelques pas le matin autour de la forteresse. Parfois, fugitivement, il la plaignait.

21

Été 1534

Henry et Anne avaient promis aux Seymour d'accepter pour quelques jours leur hospitalité au château de Wulfhall. Au service de la reine, Jane, leur deuxième fille, se montrait discrète, douce, diligente, et le couple royal tenait à honorer ses parents.

L'habituelle transhumance de la Cour se déroulait sans surprises. Mais, en dépit des divertissements coutumiers, la gaîté des années précédentes n'était pas au rendez-vous. Il était évident que la relation entre le roi et la reine se dégradait et chacun restait sur ses gardes. Les rumeurs les plus contradictoires circulaient : un jour, on affirmait que Mary avait été empoisonnée ; le lendemain, c'était la reine déchue qui luttait contre la mort après avoir pris un certain bouillon. On chuchotait le nom d'Anne... mais aucune confirmation ne venait. La princesse, certes, était malade, mais ne l'avait-elle pas été pratiquement sans interruption depuis trois ans ? Quant à Catherine, elle avait une fois encore, avec l'énergie d'une personne plutôt vaillante, refusé de prêter serment. L'archevêque d'York était reparti de Kimbolton bredouille et fort contrarié.

Aux différends ravageant la famille royale s'ajoutaient les soucis causés par l'infiltration de plus en plus menaçante de la foi luthérienne, l'entêtement, au fond de la Tour de Londres, de Thomas More et de John Fisher à ne point reconnaître Henry comme chef de l'Église d'Angleterre.

Wulfhall était un riche manoir où s'étaient juxtaposées au cours des années des constructions de pierre et de brique à colombages. Édifiée autour d'une cour agréablement plantée d'arbres et de buissons fleuris, la demeure des Seymour, prolongée par une chapelle, était moins austère que la plupart des palais royaux. De bonne noblesse provinciale, la famille avait servi les Tudor avec fidélité et le patriarche John avait même rempli de temps à autre des missions d'ambassadeur. Mais, n'étant pas homme de Cour, sir John préférait le calme de son vaste domaine, ses fonctions de shérif du Dorset et du Somerset, de juge et surtout son rôle de père d'une nombreuse famille : trois fils, Edward, Thomas et Henry, et trois filles, Élisabeth, Dorothy et Jane, qui très jeunes avaient été demoiselles d'honneur de la reine Catherine avant de rejoindre la suite d'Anne.

Pour sir John, la visite du roi était un honneur insigne et sa femme Elisabeth comme lui-même n'avaient pas épargné leur peine pour la rendre agréable. La proche forêt de Savernake regorgeait de gibier, les massifs du vaste jardin offraient à profusion la vue de fleurs multicolores, dans le verger on trouvait les dernières cerises, les premières prunes et, orientés en plein sud, des abricotiers, arbres rares venus d'Espagne.

À peine installé, Henry s'était senti heureux. Des fenêtres de sa vaste chambre, il voyait les jardins et au-delà un étang et la lisière de la forêt. Elisabeth Seymour, son hôtesse, avait su donner à son foyer une ambiance joyeuse, une élégante simplicité. Belle encore en dépit des années, chaleureuse, active, elle régnait sur sa maisonnée, enfants, petits-enfants, domestiques, avec une souveraine indulgence qui jetait de l'ombre sur la reine. « Ainsi était ma mère, ainsi aurais-je désiré mon épouse », avait pensé Henry. Avec joie, Jane avait fait au couple royal les honneurs de la maison paternelle. Âgée de vingt-cinq ans, toujours fille, elle avait hérité du caractère heureux et actif de sa mère. Au service de la reine Catherine, elle l'avait infiniment admirée mais n'avait point hésité à demeurer à Londres après son exil. « Ton avenir, lui répétait sans cesse sa mère, dépend de la bienveillance du roi et, aussi bonne soit-elle, l'ancienne reine ne te trouvera point de mari. »

Réduite à une douzaine de personnes, la Cour avait rapidement adopté le rythme des journées de Wulfhall : chasses, repas sur l'herbe, jeux de plein air, concerts sous les étoiles quand le temps le permettait. L'humeur du roi était au beau fixe et Anne se détendait.

Jane riait aux éclats. Déguisé en oiseau exotique, le roi essayait en vain de faire comprendre à l'assistance qu'il représentait un totem indien. Ce jeu de tableaux muets les amusait chaque soir et il semblait que l'imagination des participants et l'habileté des couturières à réaliser leurs fantasmes fussent sans limites. Seul George avait jeté un froid quand, déguisé en Thomas More levant les yeux au ciel du fond de sa prison, il s'était fait tancer par le roi. À Wulfhall, l'insolence du jeune homme, son ironie iconoclaste qui faisait rire à Londres n'avaient point leur place.

– L'oiseau guerrier des sauvages d'Amérique ? suggéra-t-elle de sa voix claire.

Adolescente, lorsqu'elle s'était trouvée pour la première fois face à lui, le roi l'avait fascinée. Bonhomme ou terrible, charmant ou indifférent, il remplissait l'espace, effaçait tout autre présence. Souvent, en son for intérieur, il arrivait à la jeune fille de juger sévèrement la reine. Comment, mariée à un tel homme, pouvait-elle lui montrer un visage maussade, lui adresser des paroles amères ? En dépit de son âge, de sa corpulence, la jeune fille trouvait Henry fort attirant.

– Pour votre sagacité, vous aurez un baiser, lady Jane.

Sir John et lady Elisabeth échangèrent un regard de connivence. Jane plaisait au roi et bientôt ils solliciteraient son appui pour lui trouver un bon et riche époux. Il était temps d'y songer sérieusement. Leurs deux fils aînés, Edward et Thomas, nourrissaient de grandes ambitions, qu'un mariage avantageux de leur sœur aiderait à réaliser. Quant au troisième, Henry, il était fort attaché à la terre familiale où il comptait demeurer avec sa famille.

Avec attention, Anne observa Jane toute rose d'émotion. Elle s'était résignée aux maîtresses d'Henry. Si les femmes délurées qui se donnaient au roi sans réfléchir ne l'inquiétaient guère, il n'en était pas de même pour les pucelles effarouchées. Le roi, certes, était un prédateur, mais il était aussi sentimental. « Pas Jane, se rassura la jeune femme. Elle n'a aucune envergure, guère de beauté, pas d'ambitions. »

Le séjour à Wulfhall touchait à sa fin. Joyeux comme il ne l'avait été depuis des mois, Henry chassait, dansait comme au temps de sa jeunesse. Il avait même pour Anne des attentions dont elle avait depuis bien longtemps perdu l'habitude et, chaque soir, venait la retrouver dans son lit.

Comme en accord avec ce fragile bonheur, les nouvelles de Londres étaient bonnes. Cromwell méritait la confiance que le roi avait mise en lui. Il travaillait au procès de Thomas More, dont l'emprisonnement temporaire était devenu permanent. Ses biens avaient été confisqués et ses terres déjà attribuées à des fidèles du roi. Le courrier annonçant la mauvaise santé du pape Clément VII avait comblé Henry. À Rome, déjà les cardinaux intriguaient pour l'élection de son successeur. Avec faste, il célébrerait la mort de son vieil ennemi et poursuivrait une politique hostile envers les Médicis, la famille de Clément VII à laquelle, tout occupé qu'il était à sa guerre contre les Turcs, l'empereur n'offrait que de belles paroles.

L'été déclinait. Les arbres se teintaient d'or. Après un arrêt à Windsor où les attendait le reste de la Cour, le couple royal regagnerait Londres. Une vague appréhension gâchait le court bonheur d'Anne. Henry avait changé et sa bonne humeur comme la disposition favorable qu'il affichait envers elle lui semblaient soudain insolites et suspectes.

Aussitôt lady Isabel sortie, Henry Manox posa son luth et rejoignit son élève pour la prendre dans ses bras. Depuis quelques mois, le professeur de musique de Katherine Howard était entré au service de lord Beaumont dont le château s'élevait à deux miles d'Horsham, ce qui rendait plus difficiles leurs rencontres nocturnes. Chaque jour, les deux jeunes gens s'écrivaient, et ils se retrouvaient trois fois par semaine pour des leçons de musique qui étaient devenues leur raison de vivre. À la veille de son mariage, lady Isabel faisait un chaperon accommodant, mais qu'en serait-il avec Dorothy Barwike qui allait lui succéder ?

– Je t'aime à en mourir, chuchota Henry à l'oreille de Katherine.

L'intensité qu'avait prise sa relation amoureuse bouleversait la jeune fille. À douze ans, elle était trop jeune pour la maîtriser mais assez mûre pour en connaître les conséquences. En dépit des supplications d'Henry, elle refusait de se donner tout à fait. Une grossesse aurait pour conséquence un internement au couvent jusqu'à la fin de ses jours.

– Je te veux vivant, plaisanta-t-elle, afin que tu ne cesses pas de m'aimer.

– Voyons-nous ce soir, je peux disposer de ma nuit et te rejoindre dans la grande chambre.

Ce que Henry désirait avant tout était de pouvoir caresser le délicieux corps de Katherine, sa poitrine ronde et ferme. Autant que pour la musique, elle était une élève fort douée pour les prémices de l'amour et savait répondre avec science à ses étreintes.

– Je t'attendrai, murmura-t-elle.

Des pas résonnaient dans le couloir et, le feu aux joues, Henry reprit son luth.

Assise sur son lit dont elle avait clos les courtines, Katherine restait aux aguets. La lune était aux trois quarts pleine. De ferme en ferme, les chiens se répondaient. Le blé, le seigle, l'orge avaient été coupés et seraient bientôt bottés. Une bonne odeur de paille sèche passait à travers les fenêtres entrouvertes, mêlée à celle des pins chauffés par le soleil. À sa droite comme à sa gauche, les compagnes de la jeune fille dormaient.

Sans que Katherine ait entendu le moindre bruit, les rideaux de son lit s'écartèrent et Henry se glissa à côté d'elle.

– J'ai un cadeau pour toi, ma mie, chuchota-t-il aussitôt.

De son pourpoint, il extirpa une petite boîte que la jeune fille ouvrit avec précaution. À l'intérieur, posée sur du satin, brillait une rose faite de minuscules rubis et diamants.

– Comme mon amour, cette fleur ne se fanera jamais.

Katherine posa l'écrin sur la courtepointe et d'un élan spontané entoura le cou du jeune homme de ses deux bras. Leurs lèvres se trouvèrent et aussitôt Henry s'allongea sur son amante, cherchant des mains sa poitrine, les rondeurs de ses hanches.

– Sois à moi ce soir tout entière, implora-t-il.

La nuit était avancée. En vain, Henry avait tenté de persuader Katherine de se donner. Couché sur le dos, les yeux fixés sur le ciel du lit, le jeune homme se sentait frustré, malheureux. Si elle s'entêtait à se refuser, leur relation ne pourrait durer. Avait-elle conscience des souffrances qu'elle lui faisait endurer ? À côté de son amant, Katherine n'osait bouger. Au lieu de se réjouir, elle avait envie de pleurer. À Henry, elle ne pouvait faire aucune promesse. Tout engagement, même oral, valait mariage et, quoique élevée dans la plus grande simplicité, elle savait que la nièce du duc de Norfolk ne pouvait épouser un professeur de musique.

La duchesse douairière s'inquiétait de l'avenir de sa petite-fille. Prête à rire, jouer de la musique, danser, monter à cheval, discourir de fariboles avec ses compagnes, Katherine ne semblait guère avoir d'ambition et tout sujet sérieux la faisait bâiller. Au terme des deux années à venir, elle était résolue cependant à l'envoyer à la Cour afin de servir la reine, sa cousine germaine, et de décrocher un parti avantageux. Le prochain départ d'Horsham de lady Isabel était une bonne chose. Cette jeune personne était trop tolérante et la duchesse soupçonnait des familiarités inadmissibles entre garçons et filles. Lady Dorothy qui la remplacerait recevrait des ordres très stricts afin que nulle parole immorale, aucun geste osé ne fût toléré aux jeux comme à la promenade. L'âge venant, sa responsabilité envers les parents des jeunes gens qu'on lui confiait devenait pesante. Jamais elle n'avait aimé les soucis domestiques ni ne s'était préoccupée de la vie quotidienne de ses propres enfants. Seul l'intéressait leur avenir : une position à la Cour ou dans l'Église pour les garçons, un riche mariage pour les filles. Anne Boleyn avait dépassé ses plus folles espérances et l'habileté de ce rejeton Howard la remplissait de fierté. Jamais Katherine n'arriverait à la cheville de sa cousine. Elle était faite pour avoir mari et enfants, une vie bien réglée. Soudain, la duchesse douairière pensa à Thomas Culpeper, le fils de lointains cousins, qui devait avoir seize ou dix-sept ans. Au printemps, elle l'inviterait avec ses parents à Horsham et les sonderait.

Avec l'arrivée de lady Dorothy au château, rien ne fut plus comme avant. Dès l'extinction des feux, elle verrouillait soigneusement la porte de la grande chambre et gardait la clé sous son oreiller. Pour quelques jeunes filles, ce changement avait le caractère d'une catastrophe mais, en son for intérieur, Katherine était soulagée de ne plus recevoir Henry Manox. La tension occasionnée par ses supplications, ses propres refus, l'empêchait de dormir et le médecin privé de sa grand-mère, alerté par sa pâleur, les cernes qui creusaient ses yeux, projetait de la saigner puis de la purger. À douze ans, elle voulait rire, courir dans le jardin avec ses chiens, danser, sauter les haies sur sa jument baie, pêcher les grenouilles dans l'étang avec ses compagnes, mais point se rendre malade d'amour. Henry lui plaisait, elle aimait la douceur de ses lèvres, ses caresses, le poids de son corps sur le sien mais, ne pouvant être sa maîtresse, leurs jeux nocturnes devaient prendre fin.

Lors d'une leçon de musique, elle était parvenue à lui signifier sa décision et avait été stupéfaite de constater que, loin d'avoir les yeux pleins de larmes, il avait affiché un sourire sarcastique qui l'avait froissée.

Mary Lassels, la meilleure amie de Katherine, l'attendait dans la roseraie sous une tonnelle ombragée par les grappes de roses grimpantes qui fleurissaient en rose, jaune et blanc, certaines épanouies, déjà lourdes, d'autres encore en boutons, serrées dans le corset vert du calice.

– J'ai une lettre pour vous, Katherine.

Le regard pétillant de Mary révéla aussitôt à la jeune fille l'identité de l'épistolier. Depuis une semaine, elle n'avait pas vu Henry qui s'était fait excuser pour les leçons de musique en se prétendant souffrant.

– Il est fou de vous, n'est-ce pas ? interrogea Mary, après que son amie eut replié la feuille de papier.

Henry lui affirmait sa passion en mots si véhéments que Katherine en était retournée.

Mary avait cueilli une rose qu'elle effeuillait avec lenteur.

– Savez-vous que lady Dorothy l'a rencontré alors qu'elle se promenait sur le chemin menant au château de lord Beaumont ? Ils ont échangé quelques mots, certains à votre sujet.

Katherine rougit violemment. La peur que sa grand-mère puisse apprendre sa liaison avec Henry Manox lui nouait le ventre. D'un geste câlin, Mary prit son amie par la taille. Tout le monde savait que Manox avait rejoint sa bien-aimée dans son lit au moins une fois la semaine. Comment pouvait-elle espérer que lady Dorothy n'ait pas été instruite de la liberté qui régnait dans la grande chambre ?

– Votre amant, ma chérie, s'est enquis de vous et, lorsque lady Dorothy lui a fait savoir sans ambages qu'elle n'ignorait rien de vos relations et les désapprouvait au point d'être tentée d'en parler à la duchesse de Norfolk, Henry d'un ton léger lui a répondu qu'il n'avait nullement l'intention de vous déshonorer, seulement de profiter de vos baisers, de vos caresses...

La confusion empourprait les joues de Katherine.

– Il a ajouté, poursuivit Mary Lassels, qu'il n'y avait point d'amour entre vous, mais une attirance naturelle entre deux jeunes gens, et que lady Howard ne pourrait l'accuser d'avoir cherché à vous séduire car vous l'aviez approché la première avec une audace surprenante chez une aussi jeune personne.

– Il ment !

– Comme tous les hommes, ma chérie. Voilà comment, loin d'elles, les amoureux parlent de leurs maîtresses alors qu'à leurs pieds ils ne sont que sucre et miel.

Katherine était partagée entre l'envie de rejoindre son lit et d'en fermer les courtines pour pleurer à son aise et celle de courir au château des Beaumont pour souffleter Henry Manox, lui jeter à la figure sa broche de rubis.

– Il me dit dans cette lettre qu'il se consume pour moi.

Le rire de son amie empêcha Katherine de poursuivre. Non seulement elle était malheureuse mais aussi terriblement humiliée.

– Je lui parlerai, décida-t-elle, et aujourd'hui même. Cet homme de rien n'a pas le droit de m'insulter.

– Vous êtes la cousine de la reine, ma mie, et lui un professeur de musique, approuva Mary d'une voix douce.

– Nous allons nous rendre incontinent avec une servante chez les Beaumont en traversant le parc. La servante ira chercher Manox, au fond de son lit s'il le faut.

Quand on avait l'audace de l'offenser, la douce, la gentille, la mutine Katherine se conduisait en Howard.

Depuis un temps qui paraissait sans fin aux deux amies, la jeune domestique avait disparu à l'intérieur du château.

Rien ne bougeait et il leur semblait que dans la haute demeure de pierre aux étroites fenêtres tout le monde était assoupi.

Avec la venue du soir, le ciel tirait au rose. Assise sur un banc dans le jardin de buis, Katherine fronçait les sourcils. Depuis le matin, sa colère n'était pas retombée et, au lieu de brûler la lettre d'Henry comme elle l'avait fait pour les précédentes, elle l'avait jetée dans la fosse d'aisance.

L'allée sablonneuse qui longeait les buis était dorée par le soleil couchant. Un parfum de terre mouillée montait des massifs tout proches.

– Le voici ! chuchota Mary Lassels.

Suivi par la servante, Henry Manox approchait. En le voyant, le cœur de Katherine se mit à battre plus fort. Un jour plus tôt, elle se serait élancée vers lui pour qu'il la prenne dans ses bras mais à présent elle le détestait.

Quand le jeune homme fit un geste pour lui prendre la main, vivement Katherine recula. Frappé de stupeur, Manox l'observa.

– Qu'ai-je fait, lady Katherine, pour tant vous déplaire ?

– Vous avez déclaré que, n'ayant point d'amour pour moi, vous n'avez que répondu à mes sollicitations.

– C'est un malentendu, balbutia Henry, embarrassé. J'ai menti à lady Dorothy pour sauver votre réputation.

– Je ne vous crois pas !

Jamais le jeune homme n'avait entendu cette voix dure, presque méchante. Katherine lui semblait soudain tout autre.

– Écoutez-moi, je vous en supplie !

Il avait réussi à lui prendre une main qu'il serrait dans la sienne.

– Comment pourrais-je prétendre avoir jeté le premier les yeux sur vous, alors que vous êtes la petite-fille de la duchesse de Norfolk et moi un professeur de musique ? Savez-vous que pour ce crime, je pourrais être jeté en prison ou même pendu ?

– Vous avez préféré me discréditer pour vous sauver.

Déjà la voix de Katherine était moins sévère. Henry tomba à genoux.

– Je vous aime plus que ma vie.

– Et vous craignez d'être pendu !

Les lèvres du jeune homme sur sa paume faisaient renaître en Katherine le désir qu'elle avait eu de lui lorsque, allongé sur elle, il la caressait.

Mary comprit que son amie faiblissait.

– Hâtons-nous, lady Katherine, pressa-t-elle. La cloche du souper va bientôt sonner à Horsham.

Katherine hésita un instant, puis résolument dégagea sa main et prit le bras de sa compagne.

– Ne revenez plus chez ma grand-mère, souffla-t-elle, ou je lui dirai que vous cherchez à me déshonorer.

L'automne avait dépouillé le parc de ses feuilles. Il pleuvait. Les chemins étaient devenus boueux, l'herbe des pâturages à moutons détrempée.

– Mon beau-fils, le duc de Norfolk, va venir me visiter, annonça un soir la duchesse douairière dans la grande chambre dont elle avait admiré la parfaite ordonnance. Il apportera des nouvelles de la Cour et je veux le traiter avec grandeur. Nous donnerons un banquet, un bal et un concert. Celles d'entre vous qui ont un don pour la musique pourront se distinguer.

Le 30 octobre, la maison au grand complet avait chanté un *Te Deum* pour remercier le Tout-Puissant de l'élection du nouveau pape Paul III qui avait succédé, deux semaines plus tôt, à Clément VII. En Angleterre, ceux restés fidèles à la vieille foi espéraient que le décès de celui qui avait agi avec tant d'aveuglement lors du divorce royal faciliterait un rapprochement avec la papauté. Éclairé, humaniste, Alexandre Farnèse promettait d'être favorable à la réforme de l'Église que chacun attendait. Mais la vieille duchesse doutait que le roi pliât. Henry avait été trop loin dans sa séparation avec Rome pour faire marche arrière et, aussi longtemps que la reine déchue existerait, le Saint-Siège représenterait une menace pour l'Angleterre. Or, résignée au martyre, Catherine survivait. Courtoise mais hautaine, elle ne cherchait aucune relation avec les deux gouverneurs de sa prison et se repliait dans l'existence dévote et monotone d'une nonne.

Avec les années, le duc de Norfolk s'était émacié. Malheureux en ménage, il vivait tout à fait séparé de la duchesse qui avait été chassée de la Cour pour avoir montré sa sympathie envers Catherine, et poursuivait sa liaison avec son ancienne domestique.

Aussitôt le duc installé avec une suite conséquente, la vie quotidienne à Horsham s'était trouvée bouleversée. Une meute avait été casée dans les chenils désaffectés, des valets d'écurie embauchés dans le village prenaient soin des cinquante chevaux, certains de grand prix, les fauconniers avaient réquisitionné le pigeonnier pour installer leurs rapaces et, dans les immenses cuisines, le feu ronflait du matin au soir. Laveuses, repasseuses, filles de chambre et de cuisine ne savaient plus où donner de la tête et ronchonnaient contre les exigences de ces messieurs qui tous se prenaient pour le duc en personne.

Présentée à son oncle, Katherine avait fait bonne impression et il avait semblé prendre un certain plaisir à sa compagnie. Henry Manox oublié, la jeune fille avait retrouvé son entrain, ses éclats de rire, et Norfolk ne pouvait s'empêcher de la comparer à son autre nièce, la reine d'Angleterre, souvent maussade, nerveuse, et dont la brutalité verbale l'exaspérait. Quelques jours avant son départ pour Horsham, une violente dispute les avait à nouveau opposés et, mis hors de lui, il l'avait traitée de « grande putasse ». La réaction de la reine avait été abjecte et, quand Norfolk s'était plaint au roi de son insolence, Henry avait haussé les épaules. « Je la garde pour ne pas avoir à reprendre Catherine, avait-il soupiré, mais je suis fatigué d'elle et de ses prétentions. » Ces paroles n'avaient point apaisé le duc. Si la reine ne donnait pas d'héritier au trône et si Catherine venait à mourir, les cartes pouvaient rapidement changer de mains. Poussée par ses frères, Jane Seymour jouait à la timide pucelle et Norfolk avait noté avec aigreur et anxiété qu'elle plaisait au roi.

– Vous devriez aller à Londres parler à la reine, milady.

Devant la vaste cheminée, Norfolk tendait ses mains aux flammes. Durant la chasse au vol qui l'avait occupé tout le jour, il avait mis au point une stratégie. Anne ne voulant plus le recevoir, il expédierait auprès d'elle sa grand-mère.

– J'avais espéré passer les fêtes de Noël chez moi mais, s'il le faut, j'irai à la Cour, se résigna la vieille dame. L'intérêt de notre famille passe avant toute autre considération.

Un moment, le duc garda le silence. Heureusement remarié, père d'un petit garçon, Suffolk lui faisait moins d'ombre et le moment leur était favorable. Même s'ils devaient abandonner la reine, les Norfolk garderaient coûte que coûte leur prééminence.

– Parlez à George, Milady. Il nuit à sa sœur. Ses relations sont équivoques et sa femme, Jane Rochford, est une vipère. Elle hait son époux et ferait n'importe quoi pour lui nuire.

Le duc se garda bien d'effaroucher sa belle-mère en donnant davantage de détails sur les amis de son neveu. Délaissée, humiliée, sa femme avait certes de bonnes raisons pour se venger, mais il ne la laisserait point nuire à leur famille. Son bannissement de la Cour était décidé et, avant Noël, Jane partirait pour Beaulieu.

La duchesse douairière soupira. Sa descendance lui créait bien des soucis mais jamais elle ne désavouerait Anne, sa petite-fille préférée.

– La reine doit modérer sa tolérance envers les hérétiques, poursuivit Norfolk, faites-le-lui savoir. Par toute l'Europe, les souverains tentent d'étouffer le luthérianisme, de faire taire Calvin et d'anéantir la secte des anabaptistes. Trois luthériens viennent d'être brûlés vifs à Paris et notre roi a fait procéder à l'arrestation de nombre d'entre eux. Avec ses idées favorables à la liberté religieuse, la reine irrite Sa Majesté qui veut une Angleterre unie derrière sa personne. Il faut qu'Anne comprenne qu'elle n'a plus d'influence sur son mari et adopte une conduite discrète, pieuse et soumise jusqu'à la venue du fils que le roi espère tant.

– Elle n'est pas née ainsi, protesta la vieille dame. Sa Majesté l'a distinguée pour son intelligence et sa combativité.

– La reine est usée, milady, elle n'est plus celle qui a fait perdre la tête au roi voici huit années. Aujourd'hui, Henry porte les yeux sur des fruits plus appétissants. Le danger est immense, car il suffit d'une ambitieuse poussée par un clan influent pour que tout bascule.

– Le roi ne divorcera pas.

– Certes non tant que Catherine d'Aragon sera en vie car elle lui retomberait sur les bras. Mais Anne doit impérativement se maintenir, écarter tout danger potentiel.

Le rouge aux joues, Katherine sentait la cuisse de Francis Dereham frôler légèrement la sienne. Jeune gentilhomme faisant partie de la Maison de son oncle, il lui avait fait comprendre par ses multiples attentions qu'elle lui plaisait et avait jeté en elle un grand trouble. Leur lointain cousinage était une excuse pour qu'ils se retrouvent sous le regard de lady Dorothy et durant la chasse au vol à laquelle la jeune fille avait participé, il avait réussi à lui donner un baiser. Par tous les moyens, elle devait le lui rendre.

22

Juillet 1535

Si le roi avait montré une certaine indifférence après la décollation de John Fisher, nommé cardinal par Paul III avant sa mise à mort, l'exécution de Thomas More avait été un choc dont il ne parvenait pas à se remettre. Ses derniers mots, « Je meurs fidèle au roi mais Dieu passe avant lui », martelaient son esprit et, en dépit des prochains déplacements de la Cour durant l'été, Henry restait tendu.

Les mauvaises nouvelles s'amoncelaient. Gravement malade, Mary avait de peu échappé à la mort et il éprouvait par moments des remords pour sa dureté envers elle. Sans la haine qu'Anne vouait à sa fille, il serait allé la réconforter à Eltham mais les colères de sa femme l'usaient, et comme il cherchait la paix, c'était en secret qu'il lui avait envoyé son médecin personnel. En avril, bien que la reine eût voulu la lui cacher, il avait appris qu'elle avait fait récemment une fausse couche. Loin de l'attendrir, ces échecs à répétition lui mettaient les nerfs à vif. Puis était venue la nouvelle du refus de François Ier de fiancer son troisième fils avec la princesse Elisabeth, et en mai l'obstination de quatre moines cartusiens à rester fidèles au pape l'avait contraint à les faire pendre, noyer, éviscérer et couper en quartiers. Enfin, au lendemain de l'exécution de More, il avait reçu de son cousin Reginald

Pole, qui vivait à Rome, une lettre d'une telle violence que sur-le-champ il avait banni à jamais d'Angleterre le fils aîné de la comtesse de Salisbury.

Seule la présence de Jane Seymour parvenait à l'apaiser. Discrète, sans prétentions intellectuelles mais pleine de bon sens, bienveillante envers tous, pieuse, elle savait le rassurer en quelques mots. Et elle ne réclamait rien, elle refusait même les petits cadeaux qu'il se faisait une joie de lui offrir.

Les maîtresses de passage commençaient à lasser Henry qui venait de rompre avec la fille de Madge Shelton. Son ulcère le faisait souffrir, il avait encore grossi et se sentait las. En vain, Suffolk le pressait de reprendre les joutes, la chasse au cerf ou au renard. Marié à une délicieuse jeune femme qui lui avait donné un gros garçon dix mois après leurs noces, son ami rajeunissait à vue d'œil et il en éprouvait un vif sentiment de jalousie. Pourquoi la vie lui réservait-elle les femmes ennuyeuses, les enfants femelles ? Jane Seymour aurait pu le rendre heureux, mais elle refusait d'être sa maîtresse et il avait déjà deux épouses sur les bras.

Catherine lui avait écrit récemment pour le supplier de bien vouloir payer ses suivantes, son médecin, son apothicaire, ses domestiques. Elle était souffrante, disait-elle, et le souci de savoir démunis ceux qui lui restaient dévoués l'accablait. Pour montrer sa bonne volonté, il avait fait porter à Kimbolton une somme modeste avec un bref message exhortant la princesse douairière de Galles à l'économie. Aussi longtemps qu'elle refuserait de le reconnaître comme le chef de l'Église d'Angleterre et qu'elle tenterait de le trahir en appelant son neveu à son secours, il ne lui témoignerait aucune pitié. Par ailleurs occupé à sa guerre contre les Turcs, eux-mêmes soutenus par le roi de France, l'empereur n'avait aucune intention d'envahir l'Angleterre pour imposer les droits de sa tante.

Avec fierté, Henry pensait à son pays. Industrieux, habile, courageux, son peuple était si fort attaché à son identité que sans grande protestation il avait accepté la rupture avec Rome pour devenir une nouvelle entité : l'*Ecclesia anglicana*. Le paiement de toute taxe à Rome était supprimé, les élections d'abbés et d'évêques faites désormais sous son contrôle et celui du Parlement. À présent, l'Angleterre était un pays spirituellement indépendant.

Dans ce pas décisif, Cromwell avait été son meilleur allié. Ensemble, ils avaient mis au point les détails et subtilités de l'acte de suprématie. Son secrétaire devinait ses pensées avant même qu'il n'ait à les formuler, les exposait en mots clairs et précis. Peu lui importait que cet homme ait été un aventurier dans le passé. Plus souple, plus discret que Wolsey, il lui était devenu indispensable. Leur seul point d'achoppement était la sympathie qu'éprouvait Cromwell pour le luthérianisme. Lui-même restait fidèle à sa foi catholique et à plusieurs reprises s'était vertement querellé par lettres avec Luther. Mais le ministre et son souverain partageaient les mêmes vues sur la fermeture des riches monastères et la dispersion des moines. Inutiles, se repaissant de biens qui échappaient entièrement au roi, ceux-ci n'avaient point la raison d'être du clergé séculier qui se dépensait au profit des paroissiens. Des sommes considérables allaient tomber dans les coffres royaux. Une pluie de commissaires nommés par Cromwell s'était abattue sur les cathédrales, chantreries, doyennés, églises paroissiales, couvents, monastères et abbayes qui évaluaient bâtiments, orfèvrerie, meubles, terres, récoltes et troupeaux. Henry savait que son peuple ne broncherait pas. Depuis deux siècles, les moines étaient l'objet de railleries, de jalousies et d'hostilité. Peu nombreux, ils occupaient d'immenses bâtiments, louaient leurs considérables domaines, vestiges d'époques révolues. Prompts à récolter loyers et rentes, les régisseurs des religieux n'hésitaient point à évincer leurs impécunieux locataires et attisaient ainsi les rancœurs populaires.

Les déplacements de la Cour se faisaient par des chemins détrempés où pataugeaient les chevaux, s'embourbaient les chariots. Anne avait pris la décision de partir visiter sa fille. Elle étouffait auprès des courtisans qui, sentant la désunion de son couple, prenaient leurs distances, avides de deviner qui serait la nouvelle favorite. Souvent lors d'un banquet ou d'un concert, elle examinait un par un les visages de ceux qui avaient rampé à ses pieds et ne voyait qu'hypocrisie, insensibilité. Elle les méprisait comme elle haïssait Jane Seymour avec ses mines de chaste pucelle, ses paroles mielleuses. Au service de Catherine d'Aragon, déjà aimée du roi, jamais elle-même ne s'était abaissée à de telles hypocrisies.

La cour de la princesse Elisabeth avait quitté Eltham pour s'installer durant l'été à Hatfield. Serrée autour de son église, la petite ville du Hertfordshire était si paisible qu'on ne pouvait imaginer l'agitation de Londres pourtant peu éloignée. Entre deux averses, les faucheurs se dispersaient dans les champs pour couper le foin, les femmes cueillaient les fruits, récoltaient les baies le long des chemins, tandis que les enfants gardaient moutons, oies et bestiaux, nourrissaient les porcs. Bientôt viendrait la récolte du maïs pour laquelle on embauchait des journaliers qui parcouraient à pied l'Angleterre à la recherche d'un travail. La fin des moissons serait célébrée par de joyeux repas où oies rôties et pichets de bière seraient servis en abondance.

Vive, gaie, curieuse de tout, Elisabeth était une belle enfant aux cheveux flamboyants, aux traits harmonieux, au corps bien proportionné. Élevée selon des règles strictes, elle sortait par tous les temps, ne mangeait que des viandes, des légumes bouillis, pas d'épices excitantes, peu de sucreries et menait une vie d'une extrême régularité.

Le plaisir d'Anne fut grand de voir que sa fille la reconnaissait et courait vers elle pour se jeter dans ses bras. Avec passion, elle aimait cette enfant, si vite conçue, si facilement venue au monde. Elle avait vécu sa grossesse avec un tel bonheur ! Henry caressait son ventre rond, sûr qu'il abritait l'héritier de la couronne d'Angleterre, les Howard au grand complet se rengorgeaient, jamais elle n'avait eu autant d'admirateurs. La satisfaction de se savoir le centre d'intérêt de la Cour avait certes flatté sa vanité, mais elle n'avait point oublié ses vrais amis, ceux qui lui offraient encore leur inconditionnelle affection : Norris, Weston, Brereton, Wyatt et George.

En quittant Hatfield, elle projetait de passer quelques jours chez elle à Hever pour se réconcilier avec sa sœur Mary. Là, elle les ferait tous venir. Ce serait de longues soirées sous la charmille à parler science, philosophie, religion, à faire de la musique, à lire de la poésie consacrée à l'amour comme si elle pouvait encore être accessible au désir des hommes. Au lit, elle n'était guère heureuse. Henry était devenu dominateur, presque brutal. Mais sa condition de reine rendait toute liaison impossible. Partout, toujours on l'espionnait, guettant un sourire, un geste d'invite, une parole un peu trop familière. Thomas Wyatt qui lui avait dédié tant de poèmes était tout particulièrement épié.

À Hatfield, Anne n'avait nullement l'intention de convoquer Mary. Celle-ci avait repoussé toutes les avances qu'elle lui avait faites, choisissant de demeurer isolée, hostile. On prétendait cependant qu'elle s'attachait à sa petite sœur, la prenait dans ses bras. Encore fille à dix-neuf ans, un âge où beaucoup de ses compagnes avaient fondé une famille, un instinct maternel devait la rapprocher de cette jolie enfant dont le bonheur de vivre contrastait si cruellement avec sa propre tristesse. Maigre, le teint blafard, la bouche cernée d'un pli amer, Mary avait perdu toute la fraîcheur, le charme piquant qui, au sortir de l'enfance, l'avaient rendue attrayante. À Hatfield ou à Eltham, elle n'avait point d'amies et passait ses journées entre ses livres d'études ou de prière et les moments consacrés à Elisabeth.

Les jours passés auprès de son enfant avaient détendu la reine. Loin d'Henry et de la Cour, elle revivait, reprenait un peu de ses couleurs. Sa fille ayant été durant quelques mois la maîtresse d'Henry, Madge Shelton avait voulu rester à l'écart, mais Anne l'avait vite débarrassée de ses scrupules.

Puisqu'il fallait une maîtresse au roi, elle préférait qu'elle soit de sa propre famille. Par ailleurs, sa cousine venait d'être congédiée et elle ne savait encore qui serait le prochain gibier qu'Henry traquerait.

Devant les dames assemblées avant le repas du soir, Anne avait plaisanté : « Le roi est gros, balourd et il s'habille sans élégance, trop d'or, trop de bijoux, de dentelles, de plumes... » Les yeux écarquillés, la suite de la petite princesse écoutait... Anne avait éclaté d'un rire amer, bref, qui avait angoissé ceux qui l'avaient entendu. Le comportement de la jeune femme était étrange, on la craignait. En un instant, elle pouvait passer d'une attitude bienveillante à la volonté d'attaquer, de faire mal.

Enfin, Anne et sa suite prirent la route d'Hever. Une chaleur lourde, humide, noyait la campagne de brume. En traversant un village, le cortège croisa un convoi mortuaire. Le glas, la famille en pleurs frappèrent Anne douloureusement. Quelques années plus tôt, elle n'attendait de la vie que joies et honneurs ; à présent, tout semblait se disloquer. À Hatfield, elle s'était crue enceinte mais, la veille de son départ, cette espérance s'était envolée. Le roi n'écrivait point. Les paysans qui se rangeaient le long du chemin pour lui faire passage restaient silencieux, la mine fermée. Sa fille lui manquait déjà. Quand la reverrait-elle ?

À droite et à gauche de la route, les pâturages clos de barrières restaient fangeux et les moutons serrés les uns contre les autres s'étaient rassemblés sur les points les plus hauts. Les ruisseaux avaient débordé, les mares ressemblaient à des lacs. À l'automne, la colère gronderait à nouveau et les pauvres gens imputeraient leurs déboires à la reine, la mauvaise, l'adultère, la magicienne qui avait ensorcelé le roi. Anne essayait d'en sourire.

Sous le brouillard léger, les bois de chênes et de hêtres prenaient des teintes bleutées, les vallons s'arrondissaient dans un flou fantomatique. Le foin n'avait pu être fauché. Aplaties par les pluies, les hautes herbes prenaient des tons roussâtres mouchetés par l'éclat violet des touffes de chardons. La suite de la reine passa un vieux château dont les tours de guet étaient en ruine, une abbaye. Hever n'était plus loin. Anne se redressa sur sa selle. Durant une semaine, elle allait profiter de la présence de George, de sa sœur Mary et de ses neveux, de Brereton, Norris, Weston, Smeaton, de Wyatt surtout. Puis ce serait le retour dans la lice.

Les premières effusions passées, Anne ne put s'empêcher de retrouver la vieille animosité qui l'opposait à sa sœur. La bonne, la joviale, la soumise Mary avait mis au monde quatre superbes enfants, deux filles et un garçon de Carey, son défunt époux, un fils de William Stafford, son second mari. La vue de ces petits êtres pleins de vie l'irritait. Elle trouvait sa sœur niaise, ses enfants bruyants, fanfarons, son beau-frère rustaud.

Seule la présence de George et de ses amis la satisfaisait. Jamais son frère n'avait eu autant d'imagination pour organiser des divertissements. Soucieux lui aussi de leur avenir commun, il camouflait ses angoisses sous une avalanche de facéties, de joutes poétiques et musicales, de jeux de plein air. Sa liaison avec Francis avait atteint un point de non-retour qui le torturait et depuis peu Mark Smeaton se glissait dans leur intimité, accentuant davantage encore son trouble. De plus, le roi ne lui témoignait plus la même confiance. Une ambassade prévue en France à la fin du mois de juin lui avait été retirée sans explication et le revenu d'une terre ôté. Il semblait que tout le clan Howard souffrait de la désaffection royale, car le duc son oncle paraissait d'humeur exécrable et ne cessait de maudire le caractère tempétueux de sa nièce, son inaptitude à conserver l'estime de son époux. Les Seymour en revanche se faufilaient partout. Edward et Thomas plastronnaient, tandis que Jane jouait les modestes et n'accordait au roi que des regards éperdus.

À tâtons, les yeux bandés, Anne tentait de saisir un des

joueurs. Elle entendait leurs rires, leur proche respiration. Ce jeu enfantin auquel elle avait accepté de participer était à l'image de la vie, avances, esquives, tentatives, errances, erreurs, faux pas, faux espoirs. Elle avait cru saisir le roi d'Angleterre mais il s'éloignait, à peine sentait-elle encore sa présence.

– Je suis votre prisonnier, Milady !

La voix chaude de Thomas Wyatt chuchotait à son oreille. Elle palpait sa fine chemise de toile, devinait les muscles de son bras, sentait sa chaleur. Anne ôta son bandeau. Un court instant, elle eut envie de laisser Thomas la prendre dans ses bras pour qu'il la protège. Avec lui, peut-être oublierait-elle un instant la cruauté de la Cour, les tensions de ses relations avec le roi, l'insupportable angoisse d'attendre chacun de ses cycles. Peut-être la ferait-il sourire à nouveau, reprendre sa viole ou sa guitare, aimer la vie comme autrefois quand chaque matin elle s'éveillait prête à la saisir à bras-le-corps.

– Je vous libère, sir Thomas, dit-elle enfin, son regard dans celui du jeune homme, car il n'y a point de belle prison.

Elle sentait le frôlement de la barbe blonde sur sa joue, l'odeur de verveine mêlée au bois de santal qu'elle dégageait. En voulant devenir reine, elle avait accepté sciemment la solitude.

À deux pas, un groupe de filles de cuisine qui revenaient du potager les observaient.

Automne 1539

Le retour à Windsor du roi et de la reine se fit sans joie. Il semblait qu'à la Cour, chacun retenait son souffle, observait la suite des événements afin d'adopter l'attitude appropriée. Un été catastrophique avait ruiné maints paysans, et les moines qui les avaient secourus depuis des générations quittaient leurs couvents réquisitionnés par le roi.

La ville de Tunis était tombée aux mains de Charles Quint

et Henry savait qu'un rapprochement avec l'Espagne lui était nécessaire. Mais, aussi longtemps que sa tante serait en vie, l'empereur se tiendrait à distance. Anne avait raison, Catherine et Mary étaient des nuisances pour l'Angleterre.

L'amour grandissant qu'il éprouvait pour Jane Seymour rendait paradoxalement Henry plus conciliant envers Anne. À nouveau, le couple chassait ensemble, dînait côte à côte sans se quereller. La reine semblait prête à reconquérir son époux et se vêtait avec raffinement, adoptait de nouvelles coiffures à la mode française, se faisait expédier de Paris de charmants colifichets qui faisaient l'envie des autres dames.

En novembre, Anne eut le soupçon qu'elle pouvait être à nouveau enceinte, depuis deux mois elle n'était plus réglée. Mais, durant quelque temps encore, elle était décidée à garder son secret. Si une nouvelle fausse couche ruinait ses espérances, nul ne feindrait de la plaindre, nul ne colporterait à mi-voix que, tout comme la pauvre Catherine, elle était inapte à porter des enfants.

Derrière les fenêtres de sa chambre au palais de Greenwich où le couple royal séjournait durant la session du Parlement en décembre, la Tamise coulait verdâtre entre les masses grises des maisons serrées les unes contre les autres. D'année en année, jardins, vergers et parcs disparaissaient au profit de constructions nouvelles. D'anciens sentiers presque campagnards devenaient des rues où se pressaient cavaliers, chariots et tombereaux. La vente des biens de nombreuses abbayes ayant considérablement enrichi certains hobereaux, ceux-ci se faisaient construire des résidences à Londres et les chantiers abondaient, créant de terribles embarras de circulation.

Anne qui avait tant aimé les palais que le roi avait mis à sa disposition ne s'y rendait plus. Durham House et Whitehall, l'ancien château de Wolsey appelé alors York Place, restaient déserts. Il semblait que la reine afin de rassembler ses forces ait décidé de rester auprès d'Henry envers lequel elle montrait d'inhabituelles prévenances.

Avec les préparatifs des fêtes de Noël, la nouvelle d'un

grave déclin de la santé de la princesse douairière de Galles parvint à Londres. Catherine ne quittait quasiment plus son lit, avait maigri et se plaignait d'étouffements qu'empirait une toux incessante. Une fois son ennemie morte, Anne était sûre que son enfant vivrait. Enceinte de trois mois accomplis, elle se portait bien et des bouffées de joie lui redonnaient son énergie d'autrefois.

Dans le château, les domestiques s'activaient à disposer des branches de houx, à tresser des couronnes de genévriers où ils attachaient des rubans de velours rouge, des pommes de pins dorées ou argentées. Avec entrain, les dames d'honneur décoraient les appartements de la reine de roses séchées, entrelaçaient des herbes odorantes. Dans tout le château, on humait la bonne odeur des pâtisseries que les cuisiniers enfournaient, celle des épices pilées par les marmitons.

Anne brodait un pourpoint, son présent de Noël à Henry. Déjà les motifs avaient pris forme, des guirlandes de branches et de feuilles au fil d'or sur lesquelles un joaillier attacherait des rubis et des saphirs assemblés en forme de fleurs. Elle sentait les effleurements légers de l'enfant qui commençait à bouger. Le jour de Noël, la jeune femme annoncerait sa grossesse au roi.

À quelque distance, Jane Seymour travaillait à la confection de houppettes. Elle apercevait sa nuque blanche où frisottaient des cheveux blonds, ses mains à la peau si fine qu'on voyait les veines en transparence.

Un éclat fugitif attira soudain l'attention de la reine qui posa son aiguille. Au cou de sa rivale, un bijou brillait qu'elle n'avait point remarqué auparavant, un petit cadre d'or monté en pendentif serti de diamants que le soleil couchant faisait resplendir. Jane capta le regard de la reine, rougit violemment et d'un geste prompt glissa le bijou dans l'échancrure de son corsage.

– Montrez-moi ce pendentif, voulez-vous ?

Avant qu'elle ait pu réagir, la reine avait saisi le médaillon qu'elle regardait attentivement. Une miniature habilement peinte montrait le roi souriant, une toque emplumée sur la tête.

Autour des deux femmes, le groupe des dames d'honneur s'était figé. La reine allait-elle perdre son contrôle et frapper son ennemie ? Les yeux clos, la tête basse, blanche comme une morte, Jane ne bougeait pas.

Enfin, d'un geste sec, Anne cassa la chaîne d'or, enferma le médaillon au creux de sa main.

– Vous vous appropriez effrontément, lady Jane, un bijou qui m'appartient de droit, prononça-t-elle d'une voix méprisante.

Sur le cou de Jane, la marque de la chaîne brutalement rompue laissait une trace rougeâtre.

– Je ne sais où vous avez trouvé ce portrait, continua la reine du même ton hautain, mais si par hasard vous espériez attirer l'affection de votre souverain en exhibant un objet aussi personnel, détrompez-vous bien vite. Sa Majesté se moque de vous. Elle n'a pas pour habitude de s'abaisser à remarquer les niaises ou les hypocrites. Et maintenant, regagnez votre chambre, lady Jane, car je ne souhaite plus vous voir aujourd'hui.

– Vous avez osé ! tonna le roi.

Face à face, les époux s'affrontaient.

– La décence, Milord, m'oblige à sévir quand une de mes dames est impliquée dans une intrigue qui me déplaît.

– Je vous interdis de toucher à un seul cheveu de lady Jane. Ses amours ne vous regardent pas.

– Ils me regardent si bien, Milord, que j'exigerai d'elle des explications.

Les yeux d'Henry flamboyaient. Un instant, Anne crut qu'il allait la souffleter.

– Je suis votre épouse devant Dieu, la reine d'Angleterre, siffla-t-elle. Une fille de rien ne me bafouera pas impunément.

– Qui êtes-vous donc pour demander des comptes, Milady ? Votre naissance, à ce que je sache, ne surpasse pas en grandeur celle de lady Jane.

Anne serra les lèvres.

– Il se peut, Milord, mais je suis la mère du futur prince de Galles. Notre enfant naîtra à la fin du printemps.

23

Décembre 1535-janvier 1536

À Kimbolton, Catherine se mourait. Aux étouffements et diarrhées s'ajoutaient d'insupportables douleurs dans le dos et à l'abdomen. Une pluie diluvienne noyait la campagne, battait les murs du vieux château où s'infiltrait une humidité persistante.

La nuit tombait. Enfouie sous une couverture de petit-gris, Catherine écoutait les prières récitées par son chapelain ou quelque histoire édifiante lue par l'une ou l'autre de ses deux dames de compagnie. À travers l'étroite fenêtre, elle apercevait de gros nuages qui filaient, éclairés un court instant par une lune blafarde. Sans cesse les souvenirs martelaient sa mémoire. Elle revoyait Mary bébé, enfant, jeune fille, revivait les bonheurs qu'elles avaient partagés, ressentait son absence comme une blessure insupportable. Même la sachant à l'agonie, Henry, elle le savait, ne céderait pas et elle avait renoncé à l'espoir de mourir entre les bras de son unique enfant. Mais demeurait celui de jouir, même pour un court moment, de la présence de ses seuls amis, Eustache Chapuys et Maria Willoughby. Elle avait pu faire passer un court billet à l'ambassadeur d'Espagne pour l'avertir de sa fin prochaine. Vivrait-elle jusqu'à son arrivée ? Ou le roi le retiendrait-il afin de la laisser trépasser seule, comme une bête ? Parfois, elle avait un sursaut de révolte : pourquoi Dieu l'éprouvait-elle ainsi ? Quelles avaient été ses fautes ?

– Vous avez encore de l'orgueil, lui reprochait son confesseur. Fouillez votre conscience avec humilité et vous découvrirez peut-être les motifs du châtiment que Notre Sauveur vous inflige.

Peu à peu, une nouvelle réalité s'imposait à elle. N'avait-elle pas par sa fidélité, qu'elle croyait être une force et un devoir, voué son pays à de terribles calamités ? L'Angleterre était séparée de Rome, Fisher, Morton étaient morts, ainsi que des moines, d'obscurs chrétiens fidèles à la foi catholique, Réginald Pole exilé à jamais. L'image d'Arthur aussi la hantait. Avait-elle su aimer ce jeune mari timide et pieux ? Modeste, pudique, jamais elle n'avait osé aller vers lui, le prendre dans ses bras, lui dire qu'elle le désirait. Les mots ne passaient pas ses lèvres, les gestes qu'elle voulait esquisser se figeaient. Il était mort sans avoir reçu d'elle autre chose que d'infantiles caresses, de chastes baisers, alors que dans le lit d'Henry elle s'était donnée tout entière et pour toujours.

Le 17 septembre, la petite communauté recluse à Kimbolton célébra les cinquante ans de celle qui demeurait leur souveraine. La nuit précédente, Catherine avait eu une crise aiguë et restait inerte dans son lit. Il gelait et tout autour du château les prés étaient recouverts de givre. Des vols de bécasses et de corneilles traversaient un ciel bleu vif sans nuages.

Après une messe célébrée au chevet de la malade, on avait servi un repas léger. Catherine avait insisté pour que tous ses serviteurs le partagent et, embarrassés, les quatre marmitons et les filles de cuisine se dandinaient d'un pied sur l'autre au fond de la chambre.

– Votre billet a été remis à milord Chapuys, murmura une dame à l'oreille de la reine. Il ne tardera pas à venir !

– Si Dieu le veut, murmura-t-elle.

Dans la cour, les chiens de lord Bedingfield qui avaient dû flairer un sanglier poussaient des jappements aigus. Un chariot s'éloignait en grinçant.

– Sire, je vous en supplie !

L'ambassadeur d'Espagne était prêt à s'abaisser devant le roi d'Angleterre pour obtenir la permission de partir au plus vite pour Kimbolton. Le mot qu'il avait reçu ne laissait aucun doute dans son esprit : les jours de la reine étaient comptés.

Henry prenait son temps. Noël venait d'être célébré dans la joie et la reine portait sa grossesse sans fatigue apparente. L'avenir s'annonçait d'autant meilleur que celle qui l'avait si fort contrarié allait enfin rendre l'âme. Il allait être veuf aux yeux de Rome, prêt de nouveau à être père et amant. Jane ne pouvait lui résister très longtemps. Il allait combler d'honneurs ses frères, en faire ses meilleurs entremetteurs. Personne ne résistait à des châteaux, des terres, des titres.

– Allez, consentit Henry d'un ton fringant. La princesse de Galles appréciera votre visite.

– Dois-je lui transmettre un message de Votre Grâce ?

– Dites-lui que je me porte bien.

Pour hâter son allure, l'ambassadeur d'Espagne ne prit avec lui que deux serviteurs. Par temps clément, il aurait pu partir de Londres à l'aube pour arriver à Kimbolton à la tombée de la nuit. Mais un vent de tempête soufflait du nord qui interdisait de pousser les chevaux au galop. En hâte, il avait écrit à Maria Willoughby pour lui apprendre l'agonie de la reine. Sans autorisation royale, celle-ci ne pouvait venir assister sa plus vieille amie, mais au moins s'unirait-elle à lui par la prière.

En plein hiver, la campagne était silencieuse, désolée. Les moutons, les bestiaux avaient regagné les étables et seuls des corbeaux et des buses traversaient un ciel tourmenté. Le vent glissait à la surface des herbes jaunies par le gel, hurlait dans les forêts où les branches dénudées craquaient.

Enveloppé dans une pelisse, Chapuys pensait sans cesse à la reine. Après ces années de claustration, dans quel état allait-il la retrouver ? Avait-elle toujours cette force morale qui l'avait soutenue dans son long combat, cette foi rayonnante qui donnait un sens aux épreuves qu'elle subissait ?

L'auberge dans laquelle Chapuys dut se résigner à passer la nuit était enfumée et empestait le lard et le chou. L'ambassadeur se fit porter un bouillon dans sa chambre et se coucha tout habillé sur le lit. De la salle commune montaient les rires et les chansons des paysans déjà abrutis de bière et d'alcool de pomme.

Escorté de ses deux domestiques qui affichaient des mines d'enterrement, Chapuys reprit la route à l'aube. Le vent était un peu tombé et des nuages s'amoncelaient dans le ciel, annonçant de fortes pluies. En poussant un peu l'allure des chevaux, ils seraient à Kimbolton au début de l'après-midi.

Depuis Londres, un groupe de voyageurs le suivait en tenant ses distances. Chapuys soupçonnait qu'il s'agissait d'espions chargés par Henry VIII de s'assurer qu'il ne comptait pas enlever la reine. Une idée de la Boleyn, sans doute. Cette femme étonnante était capable du pire comme du meilleur, elle était pour l'ambassadeur un ennemi de première force, à même de reprendre essor après des moments de désaffection ou même d'hostilité de la part du roi. Perspicace, souple en dépit d'un caractère détestable, ambitieuse, coquette, cultivée, elle avait triomphé aisément d'une rivale dont elle connaissait trop bien les qualités comme les défauts. Mais comprenait-elle que, une fois débarrassée d'elle, son propre sort deviendrait incertain ? Contrairement à Catherine, elle n'était pas de sang royal, n'avait pas de neveu empereur pour la protéger. Si le roi était déterminé à l'éliminer, nul, pas même l'arrogant duc de Norfolk, ne pourrait le faire revenir sur sa décision.

Après s'être débarrassé de sa cape et de son chapeau ruisselant de pluie, Chapuys grimpa l'escalier en colimaçon menant à la chambre de la reine. Des trombes d'eau avaient encore retardé son voyage et la nuit tombait. Suivi par un domestique portant un flambeau, l'ambassadeur voyait l'humidité qui rongeait les murs. Son cœur déjà se serrait. Quelle cruauté gratuite avait-elle poussé le roi à traiter ainsi celle qui avait été une compagne exemplaire ? Un instant, il songea à l'autre fille des rois catholiques, la reine de Castille, elle aussi enfermée à Tordesillas, oubliée du reste du monde. Qui aurait pu prédire à ces deux infantes élevées dans le faste des châteaux castillans, la magie de l'Alhambra de Grenade, qu'elles achèveraient leurs jours rejetées, méprisées, entre les murs de sombres forteresses ?

En découvrant la reine livide, calée sur deux gros oreillers, Chapuys eut un tel saisissement qu'il dut faire un effort pour sourire, marcher les bras tendus vers la malade.

– Vous voilà, vous voilà ! murmurait Catherine.

Arrivé près du lit, l'ambassadeur tomba à genoux, prit la main que la reine lui tendait, y appuya ses lèvres.

Étouffés par l'émotion, l'un et l'autre gardaient le silence.

– Je ne mourrai donc point seule !

Catherine tenta de se redresser mais, sans force, retomba sur l'oreiller.

– Apportez un siège à monsieur l'ambassadeur, demanda-t-elle.

Chapuys jeta un coup d'œil autour de lui. La pièce était vaste, bien meublée, mais une tristesse infinie s'en dégageait. La lueur répandue sur le lit venait de la cheminée, celle des flambeaux éclairait une table et un buffet de chêne sculpté, deux fauteuils recouverts de panne de velours, un oratoire que dominait un grand christ d'ivoire pleurant des larmes de sang, un prie-Dieu, un métier à tapisserie. Haut, massif, le lit faisait face à deux fenêtres à petits carreaux verdâtres donnant sur la cour. « Même en plein jour, pensa-t-il, la lumière ne doit pas pénétrer dans cette pièce. Déjà la reine est mise au tombeau. »

Un peu de couleurs était revenu aux joues de Catherine qui pour accompagner Chapuys trempa ses lèvres dans un verre de vin d'Espagne. Le bonheur de revoir cet ami que le roi avait tenu éloigné d'elle durant cinq années noyait ses yeux de larmes.

– Milady, insista Chapuys, il est tard et je vous sais épuisée. Prenez du repos. Demain après la messe de l'aube que j'écouterai à vos côtés, nous parlerons de la princesse Mary qui se porte bien, de votre neveu le roi Charles qui pense à vous, des projets que j'ai formés. Nous ne nous quitterons pas de la journée, si telle est votre volonté.

La reine esquissa un pauvre sourire. Accrochée à celle de son ami, sa main ne le lâchait pas.

– Dieu est bon, chuchota-t-elle.

La voiture pénétra à vive allure dans la cour et s'arrêta devant la porte qui ouvrait sur le bâtiment central du château de Kimbolton. Aussitôt qu'elle avait reçu la missive de Chapuys, Maria Willoughby avait fait atteler son carrosse et, en dépit des ordres du roi, de la tempête, des conseils de ses amis, elle avait pris la route. Rien ni personne ne l'empêcherait de revoir une dernière fois sa reine. Amies depuis l'enfance, elles étaient devenues des sœurs à la cour d'Angleterre, proches dans le bonheur comme dans le malheur, et nul ne fermerait les yeux de Catherine sinon elle-même.

Alertés par les domestiques, les deux gouverneurs avaient surgi à côté de valets, tenant en laisse des molosses qui grondaient. Résolument, Maria sortit de sa voiture. Elle était gelée, rompue, mais une énergie extraordinaire la fit se tenir droite face à ceux qui voulaient l'empêcher d'entrer.

– Je demande l'hospitalité pour la nuit, milords, déclara-t-elle d'une voix courtoise. La tempête m'empêche de rechercher une auberge et je ne peux dormir sur le bord de la route.

Par rafales, l'eau balayait les pavés de la cour. Les chiens aboyaient férocement.

– Puis-je savoir votre nom, Milady ? interrogea sir Edward Chamberlayne.

– Je suis la comtesse Willoughby.

– Alors, je ne puis vous laisser pénétrer dans cette maison. J'ai des ordres formels du roi.

– Je demande à m'abriter et à passer la nuit au coin du feu. Demain, je reprendrai la route.

Les deux gouverneurs hésitaient. Lady Willoughby était une personne de haute qualité, la mère de la duchesse de Suffolk. Comment pouvaient-ils rejeter une noble femme sur les chemins par un temps exécrable ?

– Entrez, consentit Chamberlayne, et réchauffez-vous. Mais vous n'êtes pas la bienvenue ici, lady Willoughby.

À peine ses hôtes avaient-ils regagné leurs appartements que Maria, faisant fi des valets chargés de la surveiller, s'élança dans l'escalier, une simple bougie à la main.

– Qui êtes-vous ? demanda la voix affolée d'une servante au fort accent gallois.

– Une amie de Sa Majesté. Menez-moi vite auprès d'elle.

Dans les bras l'une de l'autre, les deux femmes sanglotaient. Seuls l'éclat du feu et la lueur ténue d'une veilleuse éclairaient la chambre d'où la reine avait fait sortir la domestique qui couchait au pied de son lit.

– Majesté, ma chère amie..., balbutia la comtesse.

L'élégant accent castillan de sa vieille compagne bouleversa Catherine. C'était tout un monde qui, au seuil de la mort, lui revenait comme une enfance retrouvée. À la veille de rendre son âme à Dieu, ses amis espagnols venaient l'accompagner. Au fond de son cœur, toujours elle était restée attachée à son pays natal. Sa fille Mary avait été élevée en Anglaise mais aussi en infante et Catherine savait la jeune fille profondément attachée à l'Espagne. Un jour futur, elle l'espérait de tout son cœur, les Tudor seraient de nouveau unis aux Trastamare par les liens du mariage.

Toute la nuit, les deux amies restèrent serrées l'une contre l'autre sur le lit, mêlant leurs souffles.

Dès le lever du soleil, Chapuys se présenta escorté du chapelain portant un ciboire recouvert d'un carré de satin brodé par la reine.

– Vous êtes bien téméraire, Madame, admira Chapuys en s'inclinant devant la comtesse. Nul ne vous chassera d'ici, je puis vous l'affirmer. Vous êtes désormais sous la protection personnelle du roi d'Espagne.

Entre ses deux amis, Catherine éprouvait une paix qui atténuait ses souffrances. Elle était prête à mourir. Chapuys lui avait longuement parlé de Mary. L'empereur voulait accueillir sa cousine à Bruxelles et avait demandé à son ambassadeur de préparer son évasion de Hatfield. Il allait s'y employer.

Le 4 janvier, après avoir demandé en privé au chapelain de Catherine de lui faire jurer sur son lit de mort qu'elle était bien vierge au moment de son mariage avec Henry, Chapuys reprit la route de Londres, laissant la reine à la garde de lady Willoughby qu'aucun des deux geôliers ne pouvait inquiéter. Toute manœuvre ou parole d'intimidation contre la comtesse, leur avait-il fait clairement savoir, aurait pour immédiate conséquence le renvoi des ambassadeurs anglais à Madrid et Bruxelles.

En son âme et conscience, il pensait avoir fait son devoir envers la reine d'Angleterre. La confession publique d'un mourant était fort respectée dans la chrétienté et cet ultime serment nuirait grandement aux assertions du roi. Catherine décédée, on ne pourrait davantage mettre en doute la validité d'un mariage qui avait anéanti sa vie.

Le 7 janvier, Catherine appela son secrétaire pour lui dicter ses dernières volontés. Elle vomissait désormais jusqu'au bol de bouillon qu'on lui faisait boire, ne dormait plus. Nuit et jour, son amie restait à côté d'elle, prenant un peu de repos dans un fauteuil.

La plume à la main, le secrétaire attendait. Les yeux de Catherine étaient maintenant profondément cernés et des taches rosâtres marbraient sa peau livide.

– Moi, Catherine, reine d'Angleterre, par la grâce de Dieu...

Dames d'honneur, serviteurs et servantes retenaient leur

souffle. Jusqu'au bout, leur intraitable maîtresse aurait gardé intactes ses convictions.

– je désire que mes dettes soient toutes remboursées et que ceux qui m'ont suivie dans mon exil en me témoignant sans faillir un extrême dévouement soient récompensés de leurs peines avec le peu qu'il me reste. Mes biens ne sont pas nombreux mais je lègue à mon tailleur, mes lingères, mes femmes de chambre...

D'une voix hachée, la reine énuméra ses donations : un bracelet d'émail, une bourse brodée, un crucifix d'or et d'ivoire, un anneau avec de petites émeraudes, un mouchoir à son chiffre..., jusqu'au plus jeune marmiton, personne ne fut oublié. Tous avaient les larmes aux yeux.

– ... À ma fille, poursuivit la reine, je veux que l'on remette le collier d'or que je portais jeune fille en Espagne et mes fourrures. D'autre part, je supplie le roi, mon cher époux, de faire transformer mes robes en vêtements sacerdotaux : chapes, surplis, étoles, dalmatiques. Que ma dépouille mortelle repose au couvent des Frères Observants.

Sur le point d'interrompre la reine, le chapelain préféra garder le silence afin de ne point alarmer la mourante. Mais le couvent des Frères Observants n'existait plus. Par ordre du roi, on avait, quelques mois plus tôt, procédé à sa démolition.

Catherine tenta d'inspirer mais une toux déchirante la plia en deux. Avec des gestes affectueux, maternels, Maria Willoughby replaça son amie sur les oreillers, lui humecta le front d'eau de rose.

– Je désire que l'on dise cinq cents messes pour le repos de mon âme à Notre-Dame de Walshingham, souffla Catherine.

De sa poche, le chapelain tira un mouchoir et s'épongea les yeux. D'un mois à l'autre, cette église allait être démantelée, elle aussi. La reine mourait dans l'ignorance des épreuves qui frappaient la communauté catholique romaine et c'était bien ainsi.

Un moment, Catherine avait semblé sommeiller et Maria Willoughby en avait profité pour prendre un léger repas. Le souvenir de la jolie infante qui avait été son amie, de la fiancée éperdue de timidité débarquant en Angleterre, de la jeune épousée désorientée, réservée, de la veuve livrée à la charité de ses beaux-parents, déjà amoureuse en secret de son beau-frère Henry, l'obsédait. Puis Henry VII était mort et l'union tant espérée avait eu lieu avec son cortège de bonheur. Qui aurait pu prévoir qu'à cette jeune reine comblée était promis le plus sombre des destins ? La chance n'avait pas été égale pour l'une et l'autre. Certes, elle avait souffert d'avoir dû renoncer, faute de dot, à son premier fiancé, mais William Willoughby d'Eresby avait été un mari parfait et lui avait donné deux beaux enfants, Katherine, désormais duchesse de Suffolk, et Henry, qui reprendrait les titres et les domaines de son père. Le mariage de sa fille de quinze ans avec le veuf de Mary Tudor, Charles Brandon, l'avait tout d'abord déconcertée, mais son enfant paraissait séduite par cet homme mûr et, Suffolk étant le deuxième duc d'Angleterre par le rang, l'alliance était glorieuse. Désormais proche du cercle royal, Katherine l'avait faite grand-mère en mettant au monde un robuste garçon. À nouveau enceinte, elle rayonnait.

Avec tristesse, Maria pensa à la princesse Mary, vieille avant l'âge, sèche, solitaire, désespérée. Elle craignait pour la vie de sa filleule et s'en était à maintes reprises ouverte à Chapuys. À présent, l'ambassadeur semblait prêt à agir.

L'horloge de vermeil, un cadeau du roi que Catherine avait conservé, sonna minuit. Maria vit son amie ouvrir les yeux, tenter de s'asseoir. La main que la comtesse prit dans la sienne était glacée.

– Maria ? interrogea Catherine d'une voix à peine audible.

– Je suis là, Milady.

– Prenez, je vous prie, du papier et une plume. Je voudrais envoyer une dernière lettre à mon époux.

– Attendons demain, Milady, rien ne presse.

– Je vais mourir, Maria.

À la lueur du flambeau posé à côté du lit, Maria vit les

narines bleutées, déjà pincées, le teint de cire. Catherine consacrait à Henry son ultime souffle de vie et cette fidélité pathétique, absurde, serra le cœur de la comtesse.

Milord et très cher époux,

Je me recommande à vous. Comme l'heure de ma mort approche et que ma situation est celle que vous savez, le tendre amour que je vous porte m'autorise à vous écrire quelques mots concernant le salut de votre âme qui doit être sur cette terre votre principal souci, une préoccupation qui l'emporte sur les bonheurs humains, qu'ils soient de vanité ou de chair, pour lesquels vous m'avez tourmentée. En ce qui me concerne, je vous pardonne de tout mon cœur et je prie Dieu pour que, Lui aussi daigne vous absoudre. Je recommande à vos soins Mary, notre chère enfant. Soyez un bon père pour elle, ceci est mon plus ardent et ultime désir.

Sur mon lit de mort, je vous affirme que sur cette terre je vous ai placé dans mon cœur au-dessus de tous les êtres humains.

– Aidez-moi à signer, demanda Catherine.

Maria guida la main qui en un ultime défi traça : « La reine, Catherine. »

À l'aube, au milieu de tous les serviteurs et servantes assemblés, le chapelain dit la messe. Bien qu'incapable de se soulever sur ses oreillers, Catherine put prononcer quelques prières et communier avec ferveur.

– Mon Dieu, prononça-t-elle d'une voix claire, je vous recommande le roi.

Deux candélabres jetaient dans la pièce une lumière jaune. Le ciel était gris, la campagne déserte sous la pluie glacée.

Le prêtre avança un crucifix près des lèvres de la mourante.

À dix heures du matin, Catherine demanda l'extrême-onction.

– Par ce sacrement, déclara le prêtre, vous comparaîtrez purifiée devant le tribunal de Dieu.

Il trempa son pouce dans les saintes huiles et commença les onctions sur les oreilles, le nez, les lèvres, les paumes des mains. Tout le monde pleurait.

Enfin, il plaça un cierge entre les doigts de Catherine et la petite lumière courut sur les couvertures doublées de fourrure, faisant scintiller les broderies d'or, les fines arabesques exécutées au fil de soie.

– Recevez cette lumière ardente...

Catherine avait fermé les yeux. La petite flamme l'appelait, lui faisait signe de la suivre. Elle était prête.

Deux heures sonnèrent à l'horloge. Depuis qu'on lui avait administré l'extrême-onction, la reine n'avait pas rouvert les yeux. Enfin, un rayon de soleil perça timidement les nuages.

Maria sommeillait. Pourquoi prier pour la reine ? Aussitôt libre, son âme irait au paradis.

La voix de son amie, faible mais claire, la tira de son assoupissement :

– *Domine in manus tuas commendo spiritum meum.*

Elle se leva vivement, se pencha vers la reine, la prit dans ses bras.

– Mary, chuchota Catherine, ma chère enfant !

Le souffle léger s'était éteint.

Chapuys se dirigea vers les appartements du roi. L'ambassadeur ne se faisait guère d'illusions. En apprenant le décès de son épouse, Henry ne pourrait cacher son soulagement. Aux yeux de toute la chrétienté, il était désormais veuf. Anne avait-elle fait empoisonner sa rivale, comme beaucoup le prétendaient ? Chapuys en doutait. Paradoxalement, la reine la sauvegardait. « Elle est ma mort, avait-elle un jour affirmé, et je suis la sienne. »

24

29 janvier 1536

La longue procession avait atteint l'église abbatiale de Petersborough où Catherine d'Aragon, princesse douairière de Galles, allait être inhumée. À celle à qui on refusait, même dans la mort, le titre de reine, Chapuys comme Maria Willoughby avaient voulu prouver leur allégeance en n'assistant point aux obsèques. La comtesse de Cumberland, deuxième fille de feu Mary Tudor, reine douairière de France, et son père le duc de Suffolk menaient le deuil. Recouvert d'un étendard où étaient brodées les armes du pays de Galles et celles de la princesse défunte, le cercueil brinquebalait sur les chemins gelés le long desquels de nombreux paysans, chapeau bas en dépit du froid, rendaient à leur reine un dernier hommage. Sur le seuil de l'église, sa chasuble noire soulevée par le vent, se tenait l'évêque de Rochester, John Hilsey, un homme entièrement dévoué au roi qui avait pris la place de l'indéfectible ami de la morte, John Fisher.

Dans la nef glacée, chacun attendait avec hâte la fin du service funèbre. Avec étonnement, l'assistance avait entendu l'évêque affirmer en chaire que la princesse de Galles avait reconnu sur son lit de mort n'être point reine d'Angleterre et ne l'avoir jamais été, affirmation péremptoire qui avait arraché quelques sourires. On devinait que la rage de plaire à son souverain avait poussé le prélat à livrer cette étrange confession, contredite en tous points par le chapelain de Catherine et la comtesse Willoughby qui l'avaient assistée dans ses derniers moments.

Le cercueil déposé dans la crypte d'une chapelle latérale, l'assistance se dispersa et la porte de l'église abbatiale se referma sur le silence et le froid.

Laissant Henry porter le deuil, Anne avait choisi une robe de velours jaune rebrodée de fleurs pourpres pour assister à la messe de requiem célébrée à l'abbaye de Westminster. Jouer la femme chagrinée lui avait paru absurde et elle ne voulait pas donner aux courtisans la joie de la tourner en ridicule. Son quatrième mois allait s'achever et elle s'inquiétait d'être aussi lasse. L'enfant bougeait cependant et elle refusait de douter du bon déroulement de sa grossesse.

George, qui avait repris un peu de son allant, lui avait reproché la veille de se montrer cruelle envers la fille de Catherine. Si toutefois Mary consentait à la traiter en reine d'Angleterre, à nouveau elle allait lui tendre la main. À l'annonce du décès de sa mère, la jeune fille n'avait pas bronché. Les dents serrées, elle avait écouté Madge Shelton. « Une mule espagnole comme lady Catherine, avait écrit la gouvernante. Rien ni personne ne peut en venir à bout et j'avoue être parfois tentée de la souffleter. »

Après la messe, durant laquelle il n'avait guère montré d'affliction, Henry s'était retiré dans ses appartements en ordonnant qu'on ne le dérangeât point. Anne détestait son demi-sourire, ses petits secrets qui cachaient la plupart du temps des manigances d'adolescent voulant se donner du bon temps. Quant à elle, de sérieuses occupations l'attendaient : elle devait recevoir des professeurs de Cambridge et un savant clerc, tout juste arrivé d'Allemagne, écouter des musiciens italiens. Elle avait besoin de se changer les idées. Un mois après sa mort, son chien Purkoy, jeté par une main inconnue à travers une fenêtre, lui manquait toujours. Elle avait adopté une levrette, mais sans cesse revoyait le petit corps sans vie gisant sur un parterre.

La vie à la Cour était cruelle, dérisoire : Henry courtisait Jane Seymour, son oncle Norfolk pérorait, Suffolk avec son gros ventre jouait le joli cœur auprès de sa trop jeune épouse, Cromwell était devenu comme par magie digne et sévère depuis qu'il était l'intime du roi, les dames jacassaient comme des oies et les gentilshommes ne se départissaient point de leur sourire carnassier. Tout était comédie, faux semblants, inconséquences. Mais elle goûtait intensément le luxe qui l'environnait, la beauté des étoffes, la senteur des parfums, l'éclat des bijoux, de la vaisselle d'or et d'argent, les livres reliés de cuir souple, la gaîté des fous, la grâce des pages. Comment Catherine avait-elle pu supporter si longtemps les mornes châteaux, les chambres austères, une vie dépourvue de tout bonheur ? Croyait-elle que ce qu'elle appelait son « sacrifice » avait été utile à quiconque ? Certes, à présent, elle-même avait perdu son influence sur le roi, mais lui restait sa petite Elisabeth qu'elle aimait tendrement et l'enfant qu'elle portait.

L'avant-veille, le roi avait fait une chute de cheval qui l'avait laissé inconscient. Aussitôt, elle avait envisagé pour elle une régence, l'exercice du pouvoir, ambition vite évanouie lorsque, deux heures plus tard, le souverain avait repris connaissance.

Anne avait tenu à faire quelques pas dans le parc de Greenwich en compagnie de ses dames. Son extrême lassitude, la tension née de l'absence fugitive du roi, la tristesse d'un jour sans soleil l'avaient incitée à faire demi-tour pour regagner ses appartements.

Des haies de charmes soigneusement taillées séparaient les longues allées qui durant la belle saison serpentaient entre des murs de verdure coupés de place en place par des parterres de fleurs, des mosaïques de buis. Mais, en ce mois de janvier, tout était terne et morne.

Anne résolut d'aller voir sa fille dès le lendemain. Quand elle tenait entre ses bras le corps potelé d'Elisabeth, ses angoisses s'apaisaient.

Soudain, elle remarqua l'absence de Jane Seymour. Personne ne l'avait vue depuis le matin, on la croyait malade.

– La garce ! murmura-t-elle.

Suivie par ses dames, elle courut vers le château, gravit les escaliers, fila dans le couloir menant aux appartements d'Henry. Lorsque deux yeomen voulurent lui barrer l'accès à la porte, elle les repoussa sans ménagement.

Près du feu, Jane était assise sur les genoux du roi qui la caressait. Bien qu'entièrement vêtue, elle avait ôté sa coiffe et ses cheveux d'un blond un peu jaune coulaient jusqu'à sa taille. À la vue de la reine, la jeune fille sauta sur ses pieds, esquissa une révérence. Elle était écarlate.

– Sortez ! hurla Anne.

Immobile, les sourcils froncés, le roi regardait sa femme. Échevelée, blafarde, elle semblait sur le point de s'évanouir.

– Calmez-vous, Milady, dit-il d'une voix impassible. N'oubliez pas que vous portez un enfant.

Jane s'était éclipsée sans qu'Henry ait fait un geste pour la retenir. Pétrifié, le roi attendait des vociférations, des menaces, mais Anne ne soufflait mot. Son regard l'accusait, le mettait au pilori, tandis que l'esquisse d'un sourire le raillait.

– Reprenez votre sang-froid, mon cœur, insista-t-il d'un ton amène, et regagnez vos appartements. Je viendrai vous visiter avant le souper.

Anne sortit à reculons. Il lui semblait que le visage qu'elle ne quittait pas des yeux était celui d'un bouffon.

La régularité des contractions ne laissait aucun doute aux deux sages-femmes, la reine était en train de faire une nouvelle fausse couche et, à quatre mois pleins, celle-ci risquait d'être périlleuse.

On avait activé le feu, fermé les rideaux. Sur son lit d'apparat, la reine pleurait et même celles qui ne l'aimaient guère la prenaient à cet instant en pitié. Avec la perte de cet enfant, sa position devenait fort précaire et la mort de Catherine, l'ambition des Seymour la mettaient le dos au mur. Veuf aux yeux du monde, le roi pouvait agir comme bon lui semblait.

Anne maintenant gémissait doucement et nul ne savait si ses plaintes exprimaient son désespoir ou sa souffrance. Le temps s'allongeait. Un moment le médecin du roi convoqué de toute urgence eut peur qu'il fallût chercher le fœtus dans la matrice, manœuvre qui pouvait mettre la reine en danger de mort, mais, la dilatation ayant commencé, chacun reprenait espoir.

– Reposez-vous, Milady, les matrones s'occupent de tout et vous n'avez point à vous tourmenter, rassura le médecin.

Atterrées, les sages-femmes et les quelques dames d'honneur présentes dans la chambre se regardaient.

– Ne disons rien à Sa Majesté, suggéra Madge Shelton.

Mère d'une maîtresse éphémère du roi, la cousine d'Anne avait rendu à celle-ci une loyauté fortifiée par les intérêts qui liaient les uns aux autres les membres menacés de la famille Boleyn.

Rassemblées près d'une fenêtre, les femmes s'interrogeaient à voix basse. Le roi allait s'enquérir d'un instant à l'autre de l'état de la reine et il n'était pas impossible qu'il posât une question sur l'enfant avorté.

– Nous dirons seulement qu'il s'agissait d'un mâle, ajouta Madge.

– Ce serait déloyal, objecta Meg.

La nièce du roi était épouvantée. Rien ne l'avait préparée à une situation aussi dramatique.

– Mais dire la vérité provoquerait la ruine de notre reine. Est-ce ce que vous souhaitez, milady ?

Madge Shelton avait peur. Ce jour, elle n'en doutait pas, déterminerait l'avenir des Howard et des Boleyn.

– Sa Majesté doit savoir, s'entêta Meg.

Elle songeait à sa cousine. Si la reine perdait de son influence, Mary reviendrait peut-être à la Cour. Déjà son père avait recommencé à lui écrire et en présent de Noël lui avait fait envoyer un bracelet.

– Les Howard à terre, qu'en sera-t-il de votre mariage avec Thomas ? souffla Madge Shelton. Ne vous êtes-vous pas promis l'un à l'autre ?

Meg baissa la tête. Madge avait raison. Dans son propre intérêt, mieux valait rester discrète.

Soudain, un hurlement parvint du lit. Assise, la poitrine à moitié nue, échevelée, Anne se griffait le visage avec ses ongles.

– Je veux le voir, exigea le roi d'une voix sèche.

Son médecin avait parlé d'un garçon. Avant d'enterrer le fœtus, il voulait pouvoir contempler la ruine de son plus cher espoir : avoir un fils qui lui succéderait sur le trône d'Angleterre.

– Les sages-femmes l'ont déjà enveloppé dans un linceul, Milord.

– Faites ce que j'ordonne !

Terrifié, le médecin fit signe à l'une des matrones.

– Sire, déclara la femme en regardant le roi droit dans les yeux, je ne vous le montrerai pas.

Comme le roi allait laisser exploser sa colère, elle ajouta d'une voix calme :

– L'enfant est un monstre, Milord.

– Qu'en pensez-vous, Cranmer ?

L'archevêque de Canterbury prit son temps pour répondre au roi. Sorti de l'ombre grâce aux Boleyn, il ne pouvait cependant plaider en faveur de la reine sans ruiner son propre avenir. Puisque le vaisseau coulait, il n'avait point d'autre choix que de quitter son bord.

– Pour être abominable, ce cas d'anormalité n'est pas exceptionnel, Milord.

Aussitôt, l'archevêque de Canterbury vit se durcir un peu plus encore le visage du roi. Henry ne cherchait pas d'explication, mais une approbation.

– La malformation d'un fœtus, tonna le roi, porte la marque du diable, Cranmer ! Le nierez-vous ?

Les portes du cabinet de travail d'Henry soigneusement closes étaient gardées par des yoemen armés. Après une affreuse nuit d'insomnie, le roi avait décidé de frapper fort. Anne était maudite et lui faisait désormais horreur. Il devait se débarrasser d'elle, épouser Jane Seymour qui, elle, lui donnerait un fils.

– La main du diable est sur les pécheurs, Milord.

– La reine a donc péché, opina Henry d'une voix grave, et nous devons débusquer ses crimes.

Pour l'archevêque, la situation était fort claire. Que cela lui plaise ou non, il devait trouver des prétextes pour accabler Anne. Par ailleurs, sa terrible fausse couche n'était pas le seul motif qui exigeât sa disgrâce : le roi cherchait à se réconcilier avec l'empereur et la rivale de Catherine sur le trône d'Angleterre rendait ce rapprochement impossible. Dans l'intérêt de la politique anglaise, Anne devait être éliminée. Sans trêve, Chapuys travaillait dans ce sens. L'ambassadeur d'Espagne s'était fait en outre le champion de Jane Seymour qui proclamait son intérêt pour la princesse Mary. Face à tant d'ennemis, le poids d'Anne était léger.

– Je ferai mener une enquête par Cromwell, Milord. Vous savez avec quelle diligence votre secrétaire vous servira.

– Dans la plus grande discrétion, Cranmer. Rien ne doit être ébruité.

Tandis que le roi semblait perdu dans ses pensées, le prélat se réjouissait de confier l'affaire à Cromwell, puis de s'en laver les mains. L'hallali qui allait être déclenché lui inspirait une certaine répugnance.

Une lueur grise entrait par les deux fenêtres. La brume réduisait l'activité des mariniers et peu de barges montaient ou descendaient la Tamise. Dans la lueur dansante des feux allumés sur les berges, quelques passants allaient et venaient, la plupart des matelots regagnant leurs vaisseaux à l'ancre, des déchargeurs sans ouvrage qui venaient se réchauffer.

– Henry oubliera. Et tu seras bientôt enceinte à nouveau.

Chaque jour depuis la fausse couche de sa sœur, George passait un long moment avec elle. Tout d'abord atterré, il avait constaté avec soulagement que l'attitude du roi à son égard n'avait pas changé et il reprenait confiance. Mais Anne l'inquiétait. Aucune de ses paroles de réconfort, aucun menu cadeau, nulle prévenance ne parvenaient à la faire sortir de sa prostration. Après la terrible crise de nerfs qui l'avait terrassée à peine accouchée, tout semblait lui être devenu indifférent.

– Sa Majesté m'a fait savoir que ma présence était souhaitée lors de la prochaine tenue du Parlement et je l'ai assurée de ma fidélité. Notre père va obtenir la jouissance du château de Raleigh dans l'Essex. Quelle preuve de sa bienveillance te faut-il de plus ?

George prit dans la sienne la main diaphane de sa sœur. Maigre, sans maquillage, les cheveux épars, elle avait l'air d'une vieille femme.

– Retrouve ton allant, redeviens la piquante, l'irrésistible

Anne Boleyn, insista-t-il. Si tu renonces, comment pourras-tu à nouveau plaire au roi ?

– Voilà des années que je ne l'aime plus, murmura Anne. Nous sommes mari et femme, cela suffit.

– Tu sais fort bien que non.

– Tu penses à Catherine d'Aragon ? Eh bien, je comprends aujourd'hui ce qu'elle a souffert en mettant au monde des enfants qui n'ont pas vécu. Mais elle n'était pas une épouse légitime alors que je le suis.

George baissa la tête. Leur clan entier s'était provisoirement soudé face à l'adversité mais, sans la participation d'Anne, le duc de Norfolk lui-même était impuissant. Le jeune homme devinait qu'en cas de nécessité, le chef de leur famille changerait de camp sans hésiter.

– Après tes relevailles, reprends ta place à la Cour. Agis comme tu l'as toujours fait, avec grâce et autorité. Compte tes amis et emploie-toi à leur obtenir des faveurs. Sois gaie et sereine en face du roi, oublie la présence de Jane Seymour.

Soudain, Anne éclata en sanglots. Elle n'avait plus de forces pour se battre à nouveau, écraser sa rivale avec majesté, recommencer une grossesse avec son cortège d'angoisses. En trois années, elle avait été quatre fois enceinte, elle n'en pouvait plus.

Bercée, embrassée par son frère sous le regard défiant d'une de ses femmes de chambre, la reine parvint à se ressaisir. Elle allait écrire à François Ier pour l'assurer de son amitié et se garantir sa protection, faire la paix avec son oncle, convoquer Cranmer qui la conseillerait, placer Madge en espionne auprès de Jane Seymour. Même à bout de forces, elle devait aller de l'avant. Avec maintes précautions, une de ses sages-femmes lui avait appris l'anomalie du fœtus, assurant que les difformités étaient choses fréquentes dans les fausses couches, surtout chez les femmes ayant dépassé les trente ans. Le ton trop confiant avait alerté la reine.

– Dis-moi la vérité, demanda-t-elle à son frère. Va-t-on me reprocher d'avoir avorté d'un enfant mal formé ?

Sur ce point, George ne pouvait la tranquilliser entièrement. Quoique tout le monde fût au courant, nul n'en parlait à la Cour et ce silence était inquiétant. Thomas Wyatt avait cherché à en savoir plus mais, interrogés, ni le premier médecin du roi ni les matrones n'avaient voulu souffler mot sur ce qu'ils avaient vu ou entendu.

– Le roi est désespéré d'avoir perdu cet enfant mâle, mais je ne pense pas qu'il te condamne pour un échec dont tu n'es pas responsable.

– Tout est de la faute d'Henry, accusa Anne en détachant froidement les mots. Découvrir sa putain assise sur ses genoux m'a fait accoucher prématurément.

La situation lui échappait et le sentiment de frustration qu'elle éprouvait était insupportable. Tandis qu'impuissante elle gisait sur son lit, Jane devait minauder pour s'emparer du cœur du roi. Henry aimait être flatté, adulé, désiré. Anne se souvenait des comédies du plaisir jouées dans le lit conjugal. À cet amant parfois défaillant, elle avait donné l'impression d'être irrésistible, s'était évertuée à anticiper ses désirs, clamant des jouissances pas toujours éprouvées. L'attrait de ces plaisirs amoindri, il pouvait fort bien vouloir déniaiser la prude Jane, lui faire sentir dès la première étreinte sa supériorité de roi et de mâle.

– Après mes relevailles, organise une fête, George, un bal masqué où je pourrai surprendre Henry. Nos amis formeront une cour autour de moi. Je veux que Thomas Wyatt compose des poèmes, que Smeaton chante et joue de la viole, j'y ferai une apparition de reine.

Avril 1536

Thomas Cromwell assembla les papiers qu'il venait de rédiger. Page après page, les témoignages prenaient forme, tous accablants pour Anne. À Hever, des lingères l'avaient vue dans les bras de Thomas Wyatt, maintes servantes avaient juré sur le crucifix que dans ses propres appartements elle recevait fréquemment Weston, Brereton, Wyatt, Norris et même Smeaton le musicien. Tous prenaient des libertés scandaleuses. On avait vu George vautré sur le lit de sa sœur après sa récente fausse couche pour mieux la prendre dans ses bras. Avec stupeur, le secrétaire du roi constatait des haines demeurées intactes en dépit d'un mariage chrétien. Pour beaucoup, la reine demeurait « la Boleyn », une concubine, une femme qui avait volé la place de sa rivale, la véritable souveraine. La propre épouse de George, lady Jane Rochford, avait accablé son mari : il n'était qu'un menteur, un fornicateur entretenant avec sa sœur tout comme avec Francis Weston des relations perverses.

Puis était venu le tour des exorcistes, des religieux férus de sciences démoniaques. La naissance d'un enfant monstrueux, avaient affirmé sous serment beaucoup d'entre eux, témoignait de la puissance du diable sur la mère, soit qu'il ait eu des relations charnelles avec elle, soit qu'il ait été le complice d'un accouplement contre nature avec un père, un frère, un fils.

Les papiers soigneusement classés, Cromwell se redressa, croisa les mains.

– Faites entrer le témoin, demanda-t-il à son secrétaire.

Depuis le matin, une femme de chambre d'Anne patientait dans l'antichambre. Spontanément, elle avait demandé à être entendue.

Après quelques embarras, la fille consentit à vider son sac : à maintes reprises, elle avait entendu la reine se moquer du roi, le traiter de gros poussah, d'homme sans virilité.

Cromwell, qui avait gardé les yeux baissés, planta soudain son regard dans celui du témoin.

– Vous avez bien dit « homme sans virilité » ?

Au crime de lèse-majesté s'ajouterait donc celui d'adultère considéré comme haute trahison. L'accusation prenait sa forme définitive, et nul en Angleterre ne volerait au secours d'une femme qui bafouait son époux et tournait en dérision son roi. Henry serait certes scandalisé d'être reconnu cocu, mais sa joie d'épouser Jane atténuerait l'amertume de la potion qu'il lui faudrait avaler. Qu'il adhère ou non dans le fond de son cœur aux diffamations des ennemis de sa femme n'avait guère plus d'importance que ses propres convictions. Le roi et lui avaient un objectif commun et se comprenaient à demi-mot.

Depuis une semaine, Cromwell s'était retiré dans sa propriété de campagne à une heure de Londres pour travailler en paix. D'ici quelques jours, il pourrait regagner Greenwich, ayant accompli sa mission. Alors éclaterait un scandale devant lequel le roi feindrait la plus totale surprise, le chagrin, l'indignation. Norfolk, il en avait reçu l'assurance, renierait aussitôt sa nièce, et Suffolk, qui n'avait jamais aimé Anne, serait top heureux de se joindre à la meute. Anne Boleyn était une femme finie.

Des mots prononcés à voix basse, des regards défiants, les dérobades sans fin du roi qui n'avait plus avec elle aucune relation sexuelle avaient alerté Anne. À part le groupe de ses fidèles, chacun semblait vouloir prendre ses distances, y compris sa cousine Madge Shelton qui désormais n'avait pas de mots assez aimables envers la fille aînée du roi. Que complotait Henry ? Un divorce ? Alors elle ferait appel au Parlement. Les accusés avaient droit à des recours dont elle ferait usage. Mais une peur sourde, terrifiante la rongeait et, à maintes reprises, elle avait eu l'idée abjecte pour elle de s'humilier aux pieds du roi, d'implorer son pardon. Puis elle se reprenait, faisait le compte de ses amis.

François Ier n'avait pas répondu à sa lettre et l'ambassadeur de France semblait l'éviter. Chapuys en revanche lui montrait une inhabituelle politesse. Devait-elle se rapprocher de l'Espagne ? Par intérêt politique, Charles Quint pouvait fort bien surmonter la haine qu'il nourrissait à son égard. Un rapprochement avec Mary s'imposait, elle allait s'employer à la réconcilier avec son père.

Mais à l'optimisme succédait un noir abattement. Nul, pas même George, ne pouvait alors la réconforter. Après le lui avoir promis, le roi venait d'attribuer l'ordre de la Jarretière à Nicolas Carew, un homme attaché au clan des Seymour, qui avait cependant accepté de multiples services des Boleyn.

Peu auparavant, George avait averti sa sœur de la présence d'espions placés autour d'elle par le roi. Anne désormais se méfiait de tous. Par prudence, son cercle d'amis était banni de ses appartements et la solitude l'écrasait.

La nuit, elle avait d'affreux cauchemars qui la laissaient en sueur, les mains tremblantes. Catherine venait la chercher, s'agrippait à elle pour l'entraîner et nul ne venait à son secours.

Après le terrible hiver, le printemps était glorieux et Anne déplorait que le roi s'entête à demeurer à Greenwich pour y passer les fêtes de Pâques. Sous les fenêtres de ses appartements, les massifs descendaient en pente douce jusqu'à la Tamise, cernés de buis, de haies d'aubépine ou de charmilles où nichaient des volées d'oiseaux. Des œillets panachés surgissaient entre les pierres qui encadraient le grand bassin où évoluait un couple de cygnes. Mais partout des murs cernaient les perspectives, fragmentaient l'espace, alors qu'à Richmond, à Windsor, elle pouvait marcher droit devant elle, faire seller un cheval et galoper à travers les pâturages en dispersant les moutons, avoir l'illusion d'être libre.

À la mi-avril, elle réclama sa fille sans délai. Elle avait besoin de cette enfant rieuse, de son innocence. Sa jolie Elisabeth la protégerait. Henry l'adorait et ne tenterait rien qui puisse lui nuire. Ne l'avait-il pas déshabillée devant une délégation française venue à Londres deux mois plus tôt pour montrer combien son petit corps était parfait ?

– Prends garde à toi, Anne, avertit George. Le comportement du roi envers notre famille ne me dit rien qui vaille. Il a refusé ce matin de voir notre père et n'adresse plus la parole ni à Brereton ni à Weston.

Dans sa chambre, la reine allait et venait en proie à une extrême nervosité. Face à un ennemi perçu nettement, elle se serait battue avec acharnement, aurait rendu coup pour coup, mais en apparence nul ne la dénigrait, la routine de la vie quotidienne se poursuivait avec ses ambassades, réceptions, grands soupers, concerts auxquels le roi assistait sans lui adresser d'autres paroles que celles exigées par la nécessité. Un matin, à la chapelle, agenouillée à côté de lui, elle s'était penchée vers le roi. « Prions pour avoir un fils, Milord. » Sans même tourner la tête vers elle, il lui avait murmuré : « Vous n'en aurez point de moi, Madame. »

– Que dit notre oncle, George ?

– Rien, ma mie. Le loup se terre dans son antre. Mais notre mère va exiger de son frère une entrevue après les fêtes de Pâques.

Anne brusquement arrêta sa marche. La dureté qu'exprimait son regard effraya George.

– Qu'elle s'abstienne de quêter l'amitié d'un homme qui n'en éprouve pour personne ! Étant tous deux gentilshommes de la Chambre du roi, Brereton et Weston doivent entendre des confidences, être témoins de conversations.

– Depuis que Sa Majesté ne leur adresse plus la parole, chacun les tient pour des pestiférés. L'un comme l'autre pensent quitter la Cour pour retourner pendant un temps dans leurs familles.

– Et Wyatt ?

– Le roi l'a félicité pour ses sonnets et lui a demandé quelle femme lui inspirait de si ardents mots d'amour.

– Serait-il jaloux ? grinça Anne. Voilà une chose fort plaisante quand mistress Jane se vautre sur ses genoux !

– Jane Seymour est à Wulfhall.

Une sueur glacée perla sur le front et les mains de la reine.

On lui avait dit que sa dame d'honneur était indisposée alors qu'elle avait quitté Londres ! Ainsi Henry employait la stratégie usée avec elle lorsqu'il lui demandait de gagner Hever par décence morale tandis qu'il se défaisait de Catherine ! Écrivait-il à Jane les lettres passionnées qu'il lui adressait alors ? Envoyait-il des bijoux, des brassées de roses ? L'amour était absurde, le mariage une bouffonnerie, la souffrance une fatalité.

– Si le roi veut m'écarter, je ferai appel au Parlement.

– Le Parlement vient d'être dissous jusqu'à la fin de l'été.

La reine inspira profondément. Certes, elle avait déjà connu la peur dans sa vie, celle d'être empoisonnée, enfermée dans un couvent, la terreur de voir triompher Catherine, mais ce qu'elle éprouvait à présent ressemblait à de la panique.

Thomas Cromwell était satisfait. Bouclé, son dossier contenait tous les éléments nécessaires pour une condamnation expéditive de la reine. La chance l'avait aidé en permettant qu'aucune fuite ne vienne alerter Anne ou ses complices. Il allait maintenant, avec le consentement du roi, frapper vite et fort. Des racines à la tête, l'arbre serait bientôt foudroyé, permettant au baliveau de croître vers la lumière.

25

Fin avril-mai 1536

Après une matinée entre les mains de son bourreau, Mark Smeaton était à bout de résistance.

– J'ai été l'amant de la reine, souffla-t-il.

Le magistrat qui présidait à l'interrogatoire eut un sourire de satisfaction et fit signe de ne plus étirer davantage le corps du supplicié. Un tour de vis encore, et le jeune musicien aurait été incapable de marcher jusqu'au lieu de son exécution.

– Combien de fois avez-vous joui ensemble ?

La souffrance physique anéantissait Mark. D'abord, on l'avait suspendu par les pouces à un crochet fixé au mur de la salle de tortures avant de l'allonger sur ce cadre de fer où, par un système de rouleaux liés de cordes, on étirait les corps selon les exigences des juges.

– Trois fois.

Il avait prononcé ce chiffre au hasard, pour en finir. Bien qu'il n'eût été arrêté que la veille à Greenwich, il lui semblait que sa vie d'homme libre appartenait à un lointain passé. Avait-il été réellement ce beau jeune homme gâté par la vie, apprécié de la reine, qui était parvenu à s'immiscer dans l'intimité physique de George Boleyn et de Francis Weston ? Il avait été fou de se croire l'égal par son talent des gentilshommes et des dames de la Cour. Qui voulait son extermination ? George, Francis, le roi lui-même ?

– Comment et où retrouviez-vous Sa Majesté ?

À deux reprises, Mark avait vomi de la bile qui coulait le long de son menton. Il pensait aux jardins de Richmond quand il jouait du luth au bord des fontaines. La souffrance soudaine lui arracha un hurlement.

– Où, monsieur Smeaton ?

La voix du magistrat semblait venue d'un autre monde.

– Dans sa propre chambre.

La reine aimait les beaux objets d'ivoire, de vermeil, de bois précieux, les riches velours damassés, les fourrures. Être admis chez elle était un vrai bonheur pour l'esprit comme pour les sens.

À l'étage en dessous, Cromwell attendait la déposition du musicien dûment paraphée par les magistrats. De basse naissance, Smeaton était menu fretin et le faire parler ne serait pas trop ardu. Pour les gros poissons comme George Boleyn, Wyatt, Brereton, Norris, Weston, il lui faudrait jeter ses filets avec intelligence et précision.

Tout d'abord scandalisé de passer pour cocu, le roi avait peu à peu admis que ce moindre mal lui ouvrait les portes de la liberté. Jane Seymour voulait épouser un veuf, non un divorcé. Même si son mariage avec Anne Boleyn était déclaré nul, sa présence dans un lointain château l'empêcherait de jouir tout à fait de son bonheur. La reine exécutée, Jane avait promis au roi de s'occuper comme une mère de Mary et d'Elisabeth, de les réinstaller à la Cour pour qu'ensemble ils forment une vraie famille. Henry s'était attendri. Face à cet avenir plein de promesses, la vie d'Anne ne pesait plus rien. Norfolk lui-même s'était détourné de sa nièce et était prêt à présider le tribunal chargé de son accusation. Personne n'avait prononcé un mot en faveur de la reine.

Dans un instant, Cromwell classerait le dossier Smeaton. Rendus publics, les débordements de la reine avec un simple musicien soulèveraient l'indignation. La première sonnerie de l'hallali retentirait haute et claire. Qu'Anne soit coupable ou non ne tracassait pas le secrétaire du roi. Qui pouvait se prétendre juste ? Si la reine était trop intelligente pour s'adonner à l'adultère, elle ne l'avait pas été suffisamment pour comprendre qu'admettre des hommes jeunes et séduisants auprès d'elle était d'une folle imprudence. Une reine devait vivre dévotement au milieu de ses dames. Quelques jours plus tôt, Anne qui devait sentir le danger la menaçant avait pris sa fille dans ses bras et contraint le roi à l'écouter. Cromwell ne savait pas ce dont les souverains s'étaient entretenus mais on lui avait rapporté que le visage du roi était resté fermé, ses lèvres pincées, tandis que la reine pleurait.

Avec satisfaction, le secrétaire se cala contre le dossier de son fauteuil. La machine était en route et, satisfait du travail qu'il avait accompli, le roi pourrait fort bien lui confier le Grand Sceau. Il travaillerait alors à un rapprochement avec l'Autriche qu'Henry souhaitait ardemment. Lui-même penchait pour un changement d'alliance. La France que la reine avait toujours défendue était isolée. François Ier regrettait son entente contre nature avec les Turcs et se préparait à être attaqué par Charles Quint.

– Nous avons la déposition du sieur Smeaton, milord, visée par les trois magistrats présents.

– Donnez-la-moi.

Le juge avait l'air satisfait et, d'un œil attentif, Cromwell parcourut les deux pages. Il y avait certes quelques incohérences et contradictions dans ces aveux, des dates approximatives, mais le secrétaire était content. Exécuté, Smeaton ne pourrait plus se rétracter et, dans les quelques jours qui lui restaient à vivre, il serait tenu au secret à la Tour de Londres.

La célébration du 1er mai comportait habituellement des danses, concerts et mascarades, mais le roi cette année-là se contenterait de quelques tournois. Construite à l'extérieur du château de Greenwich, la lice avait été décorée, selon la coutume, de rubans et de fleurs et les assauts qui s'y livreraient feraient davantage appel à la dextérité des jouteurs qu'à leurs qualités guerrières. En l'absence des célébrités comme Suffolk, l'occasion était propice pour les jeunes gentilshommes de s'y illustrer.

Le temps était doux et ensoleillé. De grands pins, des hêtres, des charmes ombrageaient la lice où dès le matin s'activaient valets d'armures et d'écurie. George Boleyn comte de Rochford et Henry Norris devaient ouvrir les joutes, et Anne se réjouissait de pouvoir échapper quelques instants à l'anxiété qui la rongeait. Depuis deux jours, elle n'avait vu Mark Smeaton, parti, disait-on, visiter ses parents à la campagne. Sans qu'elle puisse se l'expliquer, cette absence anodine ajoutait à son trouble.

Henry la fuyait, quittant une pièce lorsqu'elle y pénétrait, n'assistait plus à la messe que seul, dans sa chapelle privée, dînait à une autre table sans lui adresser le moindre regard.

Abritées du soleil par un vaste dais festonné et décoré de glands dorés, les tribunes étaient pleines. Côte à côte étaient installés les fauteuils royaux tapissés de velours vert gaufré, de chaque côté desquels s'alignaient les chaises recouvertes de coussinets destinées aux dames et gentilshommes. La tension palpable entre le roi et la reine assombrissait les humeurs. Certains murmuraient que le musicien Smeaton avait été appréhendé. Mais nul ne savait ce qu'il était devenu ni pour quel motif on l'aurait arrêté. La mine glacée du roi, la nervosité de la reine, l'annulation des traditionnelles fêtes de mai, celle du voyage royal à Calais alarmaient. Déjà maints proches du roi se détournaient ouvertement des Boleyn pour faire leur cour aux Seymour.

George Boleyn et Henry Norris arrêtèrent leurs destriers devant la tribune royale. Le roi qui venait de s'asseoir parlait avec Edward Seymour si visiblement indifférent à leur présence que les deux jeunes gens se figèrent sur leur selle.

– Milady, nous nous battrons pour vous ! clama George pour rompre le malaise.

Anne tenta de sourire. Elle n'avait pas dormi de la nuit et avait à tout moment envie de pleurer.

– Qui sera votre chevalier ? interrogea George.

D'une manche de sa robe, Anne tira un mouchoir brodé et, afin de ne pas encourager les médisances courant sur son frère, le tendit à Norris. À peine celui-ci l'avait-il glissé sous la plaque d'acier couvrant sa poitrine qu'Henry se leva et, à la stupéfaction de l'assistance, quitta la tribune sans un mot.

– Je pars pour Whitehall. Qu'on prépare les chevaux et une escorte réduite, ordonna le roi à son premier valet.

– Dois-je prévenir Sa Majesté la reine ?

– Inutile... Mais faites dire à Norris que je veux le voir à l'instant.

– Milord Norris ne participe-t-il pas au tournoi ?

– Faites ce que je vous demande.

Le serviteur n'insista pas. La veille, parce qu'il avait pris du retard pour porter le verre de vin qu'Henry buvait avant de se coucher, il avait reçu de vertes remontrances.

Au plus vite, le roi voulait en finir. Il allait tenter de tirer des aveux de Norris avant de les abandonner, lui et ses comparses, à leur sort. Durant des années, il avait été amoureux fou d'Anne et à présent cette passion lui semblait étrange, anormale. Comment lui, Henry Tudor, roi d'Angleterre, avait-il pu ramper aux pieds de cette harpie ? Sans doute l'avait-elle envoûté par quelque pratique magique. Mais il était libéré d'elle. Ses humeurs, sa jalousie, son arrogance, son incapacité à lui donner un fils le mettaient hors de lui. Il les exécrait, elle et les siens.

Par les rues de Londres, les chevaux encadrés de deux rangs d'archers avançaient au pas. À côté d'Henry, Norris n'osait proférer mot. Quelle fantaisie poussait le roi à lui faire renoncer à son second tournoi pour l'escorter à Whitehall ?

La petite troupe contourna le Strand. Grinçant au vent, un gibet exhibait les restes d'un cadavre rongé par les corbeaux et les rapaces. La puanteur força Norris à sortir son mouchoir.

– Serait-ce celui de la reine, milord ?

L'ironie méchante du ton glaça le jeune homme.

– Comme le veut la bienséance, j'ai rendu son mouchoir à Sa Majesté après le tournoi, Sire.

– Vous avez assez obtenu d'elle pour ne pas vous attacher à des broutilles, n'est-ce pas ?

– Je ne comprends pas, Sire.

– Vous me comprenez fort bien. Avouez que vous êtes l'amant de la reine et je pourrais me montrer indulgent.

– Votre Grâce ne peut me demander de reconnaître un crime que je n'ai point commis.

– Smeaton a avoué.

Le jeune homme crut qu'on lui écrasait le cœur dans la poitrine. Dans quels sables mouvants le roi voulait-il l'entraîner ?

– Il a menti, Milord, car, même en pensée, jamais je n'ai convoité la reine. Me ferait-on subir mille morts que je ne pourrais reconnaître pour vraie une assertion inventée pour me perdre.

– Dommage, Norris, vous venez de gâcher la seule chance que je vous offrais de sauver votre vie.

Le roi éperonna son cheval qui partit au petit trot. Blême, les mains crispées sur ses rênes, le jeune gentilhomme le regarda s'éloigner.

– Milady, les membres du Conseil demandent à vous voir.

La matinée était ensoleillée et, pour tuer le temps, Anne avait accepté d'assister à une partie de tennis disputée par Thomas Audley et John Russel, tous deux proches du roi. Elle avait pu prendre un peu de repos la nuit précédente et se sentait mieux. L'été approchait, avec sa longue errance.

Alors, elle se réconcilierait avec le roi, serait à nouveau enceinte.

Devant la porte donnant sur la salle où se réunissait le Conseil privé, deux yeomen écartèrent leurs hallebardes et les chambellans s'effacèrent pour laisser entrer la reine.

– Approchez, Milady !

Avec stupeur, Anne découvrit son oncle Norfolk, sir William FitzWilliam et sir William Paulet, qui tous trois affichaient une mine patibulaire. Instinctivement, elle se retourna. La porte avait été refermée et deux gardes en défendaient l'accès.

– Asseyez-vous, Madame, je vous prie, prononça Norfolk d'une voix sèche.

Anne se laissa tomber dans le fauteuil qu'on lui désignait.

– Vous êtes ici, Milady, pour répondre à une accusation d'adultère.

– Milord !

La voix suraiguë d'Anne fit craindre au duc qu'elle ne s'abandonnât à une de ses familières crises de rage. Il fallait frapper vite et fort, couper dans le vif et en finir.

– Le musicien Mark Smeaton et sir Henry Norris ont avoué avoir commis ce crime avec vous.

– C'est faux, je le jure devant Dieu !

Livide, la reine tremblait des pieds à la tête et semblait prête à défaillir.

– Nous avons les aveux signés, Milady. Rien ne sert de vous empêtrer dans de faux serments. Smeaton et Norris ont livré les détails de vos rencontres clandestines. Nous savons tout.

Norfolk était tenté d'apprendre à la reine que George ainsi que Norris avaient été arrêtés le matin même et conduits à la Tour de Londres où se trouvait déjà Smeaton. Mais il préféra se taire. Une main sur la bouche, Anne restait pétrifiée. Un rayon de lumière faisait scintiller son collier d'or et de perles où était accrochée la lettre B des Boleyn, jouait sur la robe de soie bleue. Un souffle tiède passait par les fenêtres entrouvertes, apportant l'arôme sec des pins, l'odeur de terre mouillée des berges de la Tamise que la marée basse découvrait.

– Veuillez raccompagner la reine dans ses appartements, ordonna Norfolk. Qu'elle n'en sorte point jusqu'à nouvel ordre !

En hâte, Mary Stafford pénétra dans la chambre d'Anne. Venue à Londres pour quelques jours avec son jeune mari, elle demeurait chez ses parents et, aussitôt prévenue du drame qui se jouait, avait accouru à Greenwich.

– George est à la Tour, dit-elle aussitôt.

Longuement, la reine serra dans ses bras cette sœur qu'elle avait elle-même bannie de la Cour deux années plus tôt.

– Que va-t-il advenir de moi ? interrogea-t-elle comme pour elle-même.

Mary était décidée à parler franchement. Anne ne pouvait ignorer ce que toute sa famille savait.

– Le roi veut un divorce pour épouser mistress Seymour et cherche le moyen de se débarrasser des Boleyn.

– Par des mensonges !

Anne avait repoussé Mary et, le front collé à une fenêtre, regardait sans les voir les barges et voiliers qui se croisaient sur le fleuve. Un tombereau déchargeait sa cargaison de billes de bois que l'on transporterait à bord d'un chaland. Elle ne discernait que des silhouettes allant et venant devant le scintillement des eaux.

Mary s'était rapprochée de sa sœur qui pleurait en silence.

– Tu ne seras pas la première reine accusée d'adultère. On va te condamner au couvent ou à la réclusion.

– Mais les autres, George, Henry, Mark ? On va les torturer pour leur faire avouer n'importe quoi.

Sur le sort de Smeaton, Mary ne se faisait guère d'illusions. Issu du peuple, n'ayant aucune famille capable d'intervenir en sa faveur, son sort était réglé.

– George et Henry seront jugés et défendus. Crois-tu que nos parents restent inactifs ?

– Leur premier accusateur est notre oncle.

– Il n'a pas le choix, Anne. Ton erreur a été de ne pas avoir su t'en faire un allié.

La reine se tourna vers sa sœur. Un sourire sarcastique avait remplacé ses larmes. Mary sentit son cœur se serrer. Comment, fragile comme elle l'était, Anne supporterait-elle les épreuves qui l'attendaient ? Au mieux une réclusion dans ses appartements, au pire la Tour de Londres.

– La société est absurde, ricana la reine, et peuplée de sots qui se croient des grands hommes.

Qui allait la juger ? Des valets du roi, des êtres qui la cajolaient un mois plus tôt pour obtenir un titre, une faveur, une distinction, et qui, sans avoir interrogé un seul des présumés coupables, avaient déjà décidé du verdict.

Mary s'empara de la main de sa sœur qu'elle serra dans la sienne. Dans le couloir résonnaient des bruits de pas, le tintement de hallebardes frappant le sol. Toute grande, la porte s'ouvrit. Anne vit des archers, des gentilshommes, son oncle, Cromwell, le chancelier Audley et, tout au fond, quelques-unes de ses dames d'honneur qui, horrifiées, se serraient les unes contre les autres.

– Milady, déclara aussitôt Norfolk, par ordre de Sa Majesté, nous sommes venus vous arrêter et vous conduire à la Tour.

Très droite, Anne avança vers le groupe.

– J'obéirai aux ordres du roi, milords. Puis-je me changer et demander à mes femmes d'empaqueter quelques effets ?

Le regard de Norfolk fuyait celui de sa nièce.

– On pourvoira à vos besoins à la Tour. Une barge vous attend. Suivez-nous.

– Prends ma fille Katherine avec toi, chuchota Mary. Elle nous permettra de communiquer.

Une grimace qui se voulait sourire déforma les traits de la

reine. Devant les charognards venus se repaître de sa disgrâce, elle se refusait à pleurer.

Sir William Kingston, gouverneur de la Tour de Londres, ouvrit le carnet où chaque jour, sur ordre de Thomas Cromwell, il devait noter les faits et gestes de la reine, et ses conversations rapportées par des dames de compagnie placées auprès d'elle pour l'espionner. De son arrivée par le fleuve et de son installation dans les appartements préparés à son intention, il gardait des images navrantes mais, bien qu'il connût Anne assez bien pour avoir été souvent à la Cour où elle l'avait reçu gracieusement, il voulait demeurer un observateur impartial :

> À peine la porte de l'enceinte passée, Sa Majesté est tombée à genoux, invoquant l'aide du Seigneur, se lamentant sur l'injustice de son sort et versant beaucoup de larmes. Grâce à Dieu, mon appréhension de la voir perdre connaissance ne fut pas justifiée et la reine put être conduite par ses dames dans son appartement où un repas allait lui être servi.
>
> Quand, après la tombée de la nuit, Sa Majesté eut gagné son lit, mon épouse, placée par ordre de milord Cromwell dans sa suite, est venue me rapporter les dires et faits de la reine entre le moment où je l'ai quittée et son coucher. Sa Majesté s'est beaucoup plainte de l'iniquité de son arrestation et n'a cessé de clamer son innocence, tantôt pleurant, tantôt riant, comme si sa situation relevait d'une farce. Comme lady Shelton et mon épouse faisaient remarquer à la reine que Smeaton avait confessé sa culpabilité, elle s'est lamentée sur ces assertions contraires à la vérité. Un instant plus tard, elle plaignait son frère, Norris et Smeaton, eux aussi prisonniers à la Tour à quelques pas d'elle.
>
> Avant de se coucher, la reine se mit en prières avec deux de ses dames, sa vieille nourrice Mme Orchard et Margaret Lee, la sœur de Thomas Wyatt. Mon épouse l'a entendue dire à voix haute : « Seigneur Jésus, prenez pitié de ma pauvre mère qui va mourir de chagrin. » Puis elle a demandé son livre d'heures et

n'a plus proféré mot jusqu'à son coucher. Tout est prêt pour recevoir demain milords Francis Weston, William Brereton et Thomas Wyatt. La reine ignore leur prochaine arrestation.

Écrit à la Tour de Londres,
le 2 mai de l'année du Seigneur 1536.

Tandis que le roi lui exposait son désir de voir annuler promptement son mariage, Thomas Cranmer ne pouvait chasser le remords qui l'accablait. Dévoué depuis sa jeunesse à la famille Boleyn qui avait fait sa fortune, attaché à la personne de la reine pour le succès de laquelle il s'était battu avec acharnement, ce brutal dénouement l'atterrait. Mais, trop bon politicien pour laisser deviner ses sentiments, il avait admis son impuissance à secourir une famille déchue et il était prêt à travailler à la nouvelle union du roi comme il s'était dépensé pour la précédente. Avec hauteur, Northumberland avait réfuté des fiançailles secrètes avec la jeune Anne quand tous deux vivaient à la Cour, elle au service de la reine Catherine, lui du cardinal Wolsey. Il fallait trouver un autre motif, mais Cranmer n'était guère embarrassé. S'il le fallait et, en dépit de son grand déplaisir, il en viendrait faute de mieux à une accusation de sorcellerie. Le roi n'affirmait-il pas qu'Anne l'avait envoûté ? Et le fœtus, affirmaient maints dévots, n'avait pu être engendré que par Satan auquel elle s'était offerte contre la promesse d'avoir un fils. Mais le roi qui ne croyait guère en cette diablerie penchait pour un inceste. George avait engendré ce monstre, en plein accord avec sa sœur.

Avec sérénité, Henry envisageait l'exécution de celle qu'il avait si passionnément aimée. Seule Jane Seymour occupait désormais ses pensées. La jeune fille étant à Wulfhall depuis deux semaines, il se languissait d'elle et allait lui demander de revenir à Londres sans attendre son veuvage. L'archevêque de Canterbury n'ignorait point que Thomas Cromwell préparait un logis pour la future reine au bord de la Tamise, afin que le roi puisse la visiter en secret par barge.

– L'annulation est capitale, martela Henry. Les enfants

que j'aurai de lady Jane doivent être mes seuls héritiers. Vous me comprenez, n'est-ce pas ?

Comme Mary l'avait été avant elle, Elisabeth serait destituée de ses droits à la succession, déclarée bâtarde, tenue éloignée de la Cour. Un avenir incertain s'ouvrait devant la jolie fillette rousse dont son père avait été si fier peu de temps auparavant. Sa maison serait dispersée, l'argent se ferait rare et, si la nouvelle reine ne s'intéressait pas à la petite princesse, elle grandirait en orpheline dans un manoir campagnard.

Le roi soupira. À force d'accumuler des preuves sordides contre sa femme, il commençait à croire en la culpabilité de celle-ci et se lamentait d'être aussi peu favorisé par la chance. Par deux fois, il avait pris des épouses qui lui avaient fait traverser de terribles épreuves. Mais Jane, il n'en doutait pas, était celle que son cœur attendait.

– Nous allons bientôt pouvoir négocier une alliance avec l'empereur. Cromwell y travaille avec Chapuys.

Depuis l'arrestation d'Anne, l'ambassadeur d'Espagne ne dissimulait pas sa joie. La justice divine, clamait-il, enfin frappait cette femme qui avait tant fait souffrir la reine Catherine et la princesse Mary, et avait été, il en était persuadé, jusqu'à comploter leur mort par poison. Des écrits de Luther étaient passés entre ses mains, en fait tout dans cette femme était venin, hypocrisie, mauvaiseté. Il attendait le règne de Jane avec bonheur.

– Vous pouvez aller, déclara le roi. Je dois, quant à moi, commencer à préparer mon prochain mariage.

Les bougies fumaient et, avec contrariété, sir William Kingston se fit porter un nouveau flambeau. Il était plus de minuit et, durant la journée, il n'avait point joui d'un moment de repos. Enfermés dans des appartements, à l'exception de Smeaton confiné dans une cellule au niveau des douves, les cinq gentilshommes ne cessaient de protester, tandis que la reine passait de l'excitation au plus noir abattement, clamant sans cesse son innocence comme celle de ses soi-disant complices, des hommes d'honneur qui l'avaient servie avec un respect exemplaire.

Fidèlement, le gouverneur inscrivait dans son carnet ce qu'il savait de ses prisonniers. Leurs premières dépositions faites le jour même n'avaient guère convaincu les juges et, à l'exception de Thomas Wyatt qui serait libéré le lendemain sur ordre de Cromwell, tous recevraient leur verdict sous peu, une condamnation à mort, Kingston n'en doutait pas. Il avait entendu dire que l'accusation d'adultère pèserait principalement sur Anne, qui aurait attiré à elle ses complices par des manœuvres indécentes, son propre frère en particulier, crime qui ne pouvait que révolter ses juges.

La reine ayant appris l'arrestation de trois autres de ses cinq supposés complices a montré une stupeur proche de l'hébétude puis, comme cela lui arrive souvent, a éclaté d'un rire de folle. Elle a refusé de toucher à son premier repas et elle est demeurée dans sa chambre une partie de l'après-midi à marcher de long en large, tapant parfois contre les murs de ses poings. Sa nourrice lui fit absorber une tisane qui eut pour effet de calmer Sa Majesté. Elle accepta de dîner et se mit en prières.

Milord Boleyn est également très agité. Il exige d'être confronté aussitôt à ses juges, demande à écrire au roi. Après souper, il a posé sa tête entre ses mains et a pleuré.

Je suis passé voir Sa Majesté avant sa mise au lit. Elle m'a demandé si des témoins en sa faveur déposeraient lors de son procès car elle n'en manquait pas. Je n'ai pu donner de réponse à cette question. Sa Majesté m'a également pressé de lui parler de son frère. Se portait-il bien, parlait-il d'elle ? J'avoue avoir été troublé par l'intensité du regard qu'elle posait sur moi. Un long moment, elle a gardé le silence avant de me demander à brûle-pourpoint : « Va-t-il mourir, monsieur le gouverneur ? » La reine s'est mise alors à pleurer et je me suis retiré.

Kingston ficha la plume dans l'encrier. Une longue carrière de soldat avait tari le flot de ses émotions et il ne réagissait plus qu'en fonction de son devoir et des ordres reçus. Mais, au plus profond de lui-même, il avait de l'admiration pour sa prisonnière. Des femmes comme Anne Boleyn, il n'en avait point connu.

26

15 mai 1536

Trois jours auparavant, Brereton, Weston, Norris et Smeaton avaient été jugés et, en dépit d'ardentes plaidoiries, condamnés tous les quatre à mort. Tandis que les familles des trois gentilshommes remuaient ciel et terre pour que la sentence de mort de leur fils soit commuée en emprisonnement ou bannissement, on se préparait à la Tour blanche pour le procès de George Boleyn et celui de la reine qui, compte tenu du rang qu'ils occupaient, allaient comparaître devant leurs pairs.

Pour leur apprendre l'imminent procès d'Anne et sa probable condamnation à mort, Cromwell avait écrit la veille aux ambassadeurs anglais dans les différentes cours d'Europe.

À Greenwich, la maison de la reine avait été dispersée, ses objets personnels donnés. Déjà Jane Seymour choisissait celles qui seraient dans peu de jours ses dames d'honneur et Henry n'avait pas montré depuis fort longtemps une aussi joviale humeur. En dépit de l'ulcère qui rongeait sa jambe, il avait même dansé et joué du luth après un souper donné en l'honneur de Chapuys.

Autour de l'estrade centrale hâtivement montée dans la grande salle, on avait installé des bancs pouvant accueillir deux cents personnes, les fauteuils des vingt-six pairs du royaume et le trône du duc de Norfolk qui, sous un dais brodé aux armes d'Angleterre, représenterait le roi.

Au-dessus des murs de fortification, le ciel était clair et la masse carrée de la Tour se découpait avec ses quatre tourelles coiffées d'ardoise qui dominaient une pelouse entourée d'une multitude de maisonnettes où logeaient soldats, officiers et serviteurs.

Depuis le lever du soleil, une foule considérable allait et venait, faisant fuir les corbeaux, les pigeons et les tourterelles qui s'étaient réfugiés sur les toits.

D'une fenêtre de sa demeure, Kingston observait l'agitation qui dérangeait la quiétude de sa forteresse et, sans la présence du lieutenant de la Tour, Edmund Walshingham, il n'aurait guère eu le cœur d'aller seul chercher la reine pour l'amener devant ses juges.

En dépit de sa brillante plaidoirie, George Boleyn avait été condamné à mort. Avec chaleur, précision, intelligence, le jeune homme avait défendu sa peau, réfutant l'un après l'autre chacun des chefs d'accusation, mettant l'accent sur des incohérences, certaines contradictions des témoins. Au jeune homme frivole, sarcastique avait fait place un être à l'esprit clair, mordant, méthodique, qui plaidait âprement pour son honneur et celui de sa sœur. Accusé d'avoir procréé le fœtus défectueux que la reine avait mis au monde quatre mois plus tôt, il avait demandé d'une voix dure le nom de celui ou de celle qui avait pu avancer une telle abomination. Devant le silence de ses juges, il s'était écrié : « Serait-ce mon épouse lady Rochford ? » Puis il avait éclaté de rire.

Chargé enfin du crime de sodomie, il s'était tu et avait haussé les épaules en homme qui ne voulait plus se défendre face à des juges qu'il méprisait.

– Il faut aller, monsieur le gouverneur, insista Walshingham.

Plus jeune que Kingston, le lieutenant de la Tour était aise de faire partie des événements qui agitaient l'Angleterre. Ne partageant pas encore le mépris de son aîné pour l'espèce humaine, il les vivait en spectateur passionné.

Quand, précédés de la reine, les deux hommes pénétrèrent dans la salle où siégeait le tribunal, celle-ci était déjà comble et des hallebardiers repoussaient ceux qui prétendaient vouloir malgré tout s'y glisser. Des gardes leur ouvrirent un chemin et les conduisirent à des fauteuils qui faisaient face au trône où se tenait Norfolk. La poussière remuée par les pieds de la multitude voletait dans les rayons de soleil. Il faisait chaud, des dames s'éventaient, des gentilshommes déboutonnaient leur pourpoint. Certains avaient amené des friandises dans lesquelles ils mordaient ; des fiasques de vin ou de brandy circulaient de main en main.

Lorsque, pour ouvrir la séance, l'annonceur aboya les nom et titres de Norfolk, chacun, hormis la reine, se leva. Rien dans l'attitude de cet homme, qui allait juger sa propre nièce, n'exprimait le moindre désarroi.

Sur toute la longueur de la salle courait une galerie où les dames d'honneur d'Anne, sa nourrice, ses servantes se tenaient. Un vent tiède se levait qui balançait les feuillages des arbres plantés en bouquet à l'extrémité de la pelouse. La lumière se faisait plus claire, une brume légère montait de la Tamise.

La dignité de la reine fit le silence dans la salle. Vêtue avec sobriété, Anne portait une coiffe à l'ancienne mode dont l'austérité la vieillissait.

Le buste droit, ses mains aux doigts d'une extrême finesse posés sur les accoudoirs du fauteuil, elle ne regardait personne, seulement la tapisserie placée derrière ses juges où l'on voyait l'orée d'une forêt, un lac au milieu de fleurs où s'abreuvait une licorne, un monde paisible et beau.

L'acte d'accusation était interminable et les spectateurs s'étonnaient que l'on puisse reprocher à une seule personne autant de crimes. Adultère, sorcière, incestueuse, empoisonneuse, la reine aurait aussi comploté pour faire assassiner le roi qu'elle tournait par ailleurs en dérision devant ses complices. Son accoutrement, sa voix, ses échecs sexuels, rien n'avait échappé à sa verve iconoclaste.

Durant cette litanie, Anne n'avait pas bougé, aucune émotion ne se lisait sur son visage. Pas une fois, son regard n'avait croisé celui de son oncle. On aurait dit qu'elle assistait à une des innombrables cérémonies officielles qui avaient exigé sa présence mais laissé son esprit libre. Quand le procureur du roi eut terminé sa lecture, elle se leva.

– Je désire, dit-elle d'une voix claire, pouvoir répondre aux accusations portées contre moi et vous prie, milord, de bien vouloir me les répéter l'une après l'autre.

– La reine sera acquittée, murmura lady Exeter à l'oreille de la duchesse de Richmond, fille aînée de Norfolk. Comment s'entêter à l'accuser du crime d'adultère à une date où elle était sur le point d'accoucher ? Un faux témoignage jette le doute sur tous les autres.

– Il reste les charges d'empoisonnement et d'inceste, rétorqua sèchement la jeune femme.

Épouse de Henry Fitzroy, duc de Richmond [1], fils illégitime du roi, elle n'éprouvait pas d'indulgence pour sa cousine dont les intérêts dynastiques venaient à l'encontre des siens. Qu'Anne ait voulu supprimer la reine Catherine, la princesse Mary, le cardinal Fisher, et peut-être Fitzroy son époux, ne laissait aucun doute dans son esprit.

Sans lever la voix, sans montrer d'émotion, la reine poursuivait sa propre défense, démolissant une accusation d'une phrase, en ridiculisant une autre de quelques mots cinglants. Comment pourrait-elle avoir eu une relation sexuelle avec son frère le 5 novembre alors que, à cette date, celui-ci était avec le roi à Windsor ? Elle avait écrit à George Boleyn pour lui annoncer sa dernière grossesse ? Quelle femme n'agirait-elle pas ainsi avec un membre de sa famille ?

---

1. Cf. *Reines de cœur, op. cit.*

Quand la reine se tut, l'assistance ne put cacher une émotion qui contraria ses juges. Certes, Anne s'était défendue avec intelligence, mais elle était néanmoins coupable, les ordres d'un roi ne se discutaient pas.

Penchés les uns vers les autres, les vingt-six pairs se concertaient pour formuler leur sentence. Des rumeurs contradictoires couraient dans l'assistance. Ceux qui souhaitaient la condamnation parlaient du bûcher réservé aux sorcières. Allait-on voir la reine jetée vivante aux flammes ?

Fixement, Anne regardait la tapisserie, le lac verdâtre, les fleurs tissées en vives couleurs. Elle se souvenait de chasses au vol avec Henry au petit matin quand les eaux des étangs se teintaient de rose dans les rayons du soleil levant. Les rapaces encapuchonnés sautillaient sur le poing des fauconniers, parfaitement immobiles les chiens attendaient le claquement de langue du chef de meute qui les lancerait sur les poules d'eau et les canards encore inconscients du danger. Lorsqu'ils tenteraient de s'échapper, déjà il serait trop tard.

– La sentence est prononcée, Milady !

Les canards aux plumes vertes et bleues s'élançaient dans le ciel où tournoyait leur mort. Henry souriait. Il aimait l'instant où les rapaces s'abattaient sur leur proie, plantaient leurs serres dans les corps tièdes.

Avec stupéfaction, l'assistance entendit trembler la voix du duc de Norfolk et ceux qui étaient proches de lui virent couler des larmes sur ses joues.

– À l'unanimité, prononça-t-il, lady Anne, reine d'Angleterre et d'Irlande, est déclarée coupable des crimes dont elle est accusée. Sa Majesté le roi décidera de sa prochaine exécution par le fer ou par le feu.

Du haut de la galerie, on entendit un hurlement. Deux femmes soutenaient la vieille nourrice d'Anne en proie à une crise de nerfs. Les autres dames étaient livides et la petite Katherine Carey, nièce de la reine, sanglotait.

– Puisque le roi a décidé de ma mort, je m'y soumets et lui obéirai en fidèle épouse et légale servante, déclara Anne d'une voix ferme, mais je regrette que cinq hommes innocents périssent à cause de moi. Qu'on me laisse maintenant préparer mon âme à rejoindre son Créateur.

Milord Cromwell,

Sa Grâce l'archevêque de Canterbury sort de chez moi et la reine vient d'être reconduite dans les nouveaux appartements que vous lui avez assignés. Elle s'est plainte d'avoir à contempler de ses fenêtres le lieu de son exécution et la chapelle de Saint-Peter où son corps sera enseveli, épreuve que milord Cranmer lui a demandé d'accepter pour la rémission de ses fautes. Longuement il a entendu en confession Sa Majesté qui a paru soulagée par les propos qu'il lui a tenus. De cet entretien, je n'ai bien sûr nulle connaissance. Puis nous avons soupé. La reine était calme et n'a point réagi lorsque l'archevêque de Canterbury lui a appris que dès le lendemain il prononcerait l'annulation de son mariage. Mais elle a cessé de goûter davantage aux plats, refusant jusqu'au vin qu'on lui servait. « La princesse Elisabeth sera donc déclarée bâtarde ? » a-t-elle demandé à la fin du repas. Cranmer le lui a confirmé. À ce moment la reine a versé quelques larmes puis, se reprenant aussitôt, a affirmé que son mariage était valide et sa fille légitime.

Avant de quitter ma demeure, la reine a demandé la bénédiction de l'archevêque qui ne cachait pas son émotion en la lui donnant.

Comme vous l'avez requis, j'ai congédié l'ancienne nourrice de la reine dont les lamentations ne convenaient pas à la dignité qui doit accompagner les derniers moments d'un condamné.

Votre Grâce me permettra une question. Le roi a-t-il pris sa résolution quant à l'exécution de la reine ? Sera-t-elle brûlée ou décapitée ? Dans la seconde hypothèse, qui me semble la plus probable, il me faudra procéder à l'érection de l'échafaud dans les plus brefs délais, car je suppose que Sa Majesté désire une prompte application de la sentence.

Avec le retour de la chaleur, une odeur forte montait des douves. Chaque année, on promettait au gouverneur de les faire curer mais, cette dépense étant probablement jugée secondaire, on la remettait sans cesse à plus tard. Ces eaux stagnantes, verdâtres, ajoutaient à l'aspect lugubre de la forteresse et Kingston avait hâte d'être démis de ses fonctions pour rejoindre avec sa femme son manoir de l'Essex. La distance qu'il mettrait entre la Cour et lui-même générerait, il l'espérait, une paix intérieure qui lui devenait chaque jour plus nécessaire.

– Sa Majesté a fait preuve de bonté, constata lady Kingston, les condamnés ne seront point pendus, dépendus, étripés, noyés et coupés en morceaux, mais auront tous la tête tranchée, y compris Smeaton, bien qu'il ne soit point gentilhomme.

Le gouverneur écoutait sa femme en hochant la tête. Walshingham allait annoncer aux cinq hommes leur imminent trépas, tandis que lui-même devrait apprendre à la reine que, le bûcher lui étant épargné, elle allait être décapitée.

Avec les heures qui s'écoulaient, le courage de sa prisonnière s'émoussait et on lui rapportait de longs moments de prostration ou une extrême agitation. Une de ses suivantes ayant évoqué la promesse de Thomas Cranmer de commuer sa peine en bannissement si elle consentait à l'annulation de son mariage, elle avait signé l'acte.

Le 17 mai au matin, tout était prêt pour l'application de la sentence prononcée contre George Boleyn, sir Francis Weston, William Brereton, sir Henry Norris et le musicien Mark Smeaton. L'échafaud était drapé de noir et on avait répandu sur les planches force bottes de bonne paille dont une fine pluie avivait la fragrance. La marée haute gonflait la Tamise qui léchait le quai construit le long des remparts. Martinets et hirondelles rasaient la surface de l'eau avant de s'élever en poussant des piaillements aigus. Dans le cimetière adjacent à Saint-Peter ad Vincula, des fossoyeurs creusaient trois tombes tandis qu'à l'intérieur de la chapelle on descellait quelques dalles pour ménager l'espace où seraient inhumés les restes de George Boleyn, vicomte Rochford.

– Je prie Votre Grâce de bien vouloir me suivre.

Walshingham l'avait saluée en reine et Anne en éprouva un peu de réconfort.

– Où m'emmenez-vous ?

– Par ordre du roi, je conduis Votre Grâce à la Bell Tower afin qu'elle assiste à l'exécution des condamnés.

Longtemps George Boleyn s'adressa à la foule venue le voir mourir le premier.

– Ne croyez point, conclut-il, aux vanités de ce monde qui ne sont rien. Si je l'avais compris à temps, je serais en vie ce soir. Que Dieu bénisse Sa Majesté et lui accorde un long règne.

Anne ferma les yeux. Elle voulait laisser sa mémoire retrouver le brillant petit frère tant aimé, l'homme qui avait été son soutien, son meilleur ami, son rayon de soleil dans les ténèbres de la Cour. Les péchés seulement évoqués sur l'échafaud et qui lui valaient la peine de mort, elle ne les connaissait que trop bien. Ils étaient ceux de Francis et de Mark qui, plutôt que de déshonorer leurs familles, avaient préféré consentir à l'accusation d'adultère. La liberté d'esprit comme de conduite qu'elle avait acceptée chez ses proches était devenue une arme meurtrière suspendue au-dessus d'elle. Mieux valait, face à des juges, s'avouer l'amant de la reine qu'un sodomite tout juste bon à être coupé en morceaux jetés aux quatre coins de Londres. Mais pourquoi Brereton, pourquoi Norris ? Quel monstrueux hasard les avait-il désignés ?

Anne ne voyait rien, elle n'entendait que des voix lointaines parlant de Dieu et de miséricorde, le piaillement des oiseaux, une guêpe qui bourdonnait. Était-elle morte pour se sentir aussi légère, détachée de tout ? George était près d'elle, elle sentait sa présence comme celle de ses trois amis et du petit musicien qui l'avait enchantée. Ils étaient tous ensemble unis contre le reste du monde.

– La reine se trouve mal, s'inquiéta lady Shelton.

Des bras saisirent Anne par la taille. Elle se débattit. Pourquoi l'entraîner vers le billot ? Ne voyait-on pas qu'elle avait déjà quitté la vie ?

De sa fenêtre, la reine voyait les ouvriers travailler à monter l'échafaud. Dans une ultime faveur envers celle qu'il avait autrefois aimée, Henry avait fait venir de Saint-Omer en France un bourreau réputé pour être le plus habile d'Europe et qui officiait à l'épée. Anne avait désiré ce mode d'exécution, le seul accepté par la noblesse française. La hache lui répugnait.

– Est-ce pour demain matin ? demanda-t-elle à sa nièce la petite Katherine Carey.

– Je pense que oui, Madame.

Encore plongée dans le monde irréel de l'enfance, la fillette montrait plus de courage que les proches de la reine. Tous les jours, elle donnait à sa tante une lettre de Mary qui parlait de ses enfants, d'Hever, du printemps, des pièces que l'on venait de jouer, d'un portraitiste de talent tout juste arrivé à la Cour, jamais de deuil, de larmes, de pénitence, de mort imminente, et Anne en était reconnaissante à sa sœur. Elle imaginait ses parents vieillissant avec leur douleur et cette dernière fille devenue l'unique, mariée à un modeste provincial. Penser à eux lui brisait le cœur, mais elle n'avait pas la force de les faire venir pour un dernier et cruel adieu.

La nuit entière, la reine pria avec son confesseur. Elle était impatiente désormais de monter à l'échafaud, que tout soit terminé. Parfois, au milieu d'une oraison, pensant à sa fille, elle éclatait en sanglots. Qui prendrait soin d'elle ? Lui parlerait-on de sa mère comme d'une femme méprisable ?

L'aube promettait un jour radieux. Derrière la tour Beauchamp et les remparts, un soleil rouge, énorme, jetait des rayons obliques sur la pelouse où l'échafaud était achevé. Çà et là des coqs chantaient.

Anne quitta son prie-Dieu, accepta une tasse de lait chaud. Elle n'en pouvait plus.

– Le Français n'est point arrivé, Milady, il y a eu du gros temps sur la Manche.

À peine la reine entendait-elle les mots que Kingston prononçait. Que voulait-il dire ? Qu'elle n'allait pas mourir ?

– Nous l'attendons dans l'après-midi.

Les heures n'en finissaient pas. Le soleil avait passé au zénith. Le bouquet d'arbres vert tendre plantés sur la pelouse avait des reflets dorés. Des servantes allaient et venaient, quelques enfants jouaient au ballon devant la chapelle. Bientôt il ferait nuit. Le bourreau français n'était pas là. À l'horizon la lune se levait.

Le front collé à une vitre, Anne voyait des nuages pommelés filant vers la mer. Une clarté laiteuse donnait à la citadelle un aspect presque féerique.

– Tâchez de prendre un peu de repos, Milady.

Anne repoussa lady Shelton. Tout était ombre et mystère, y compris sa propre fin. Sous le clair de lune, l'échafaud lui-même semblait étrange. Tout près de la fenêtre, une hulotte poussa son cri monotone. Anne pensa aux greniers d'Hever où chouettes et chats-huants par dizaines avaient élu domicile. Leurs appels accompagnaient ses nuits de jeune fille quand elle entreprenait sa conquête du roi d'Angleterre, le plus excitant des défis.

Tout autour d'elle brillaient des candélabres et des bougies. Leur lumière blessait les yeux. Anne avait besoin de s'effacer dans l'ombre pour que seuls continuent à exister la lune, les arbres, la pelouse, immobiles, éternels.

– Je veux qu'on m'habille, demanda-t-elle. Allez chercher ma robe grise bordée de fourrure, celle qui met mon cou en valeur.

Elle eut un rire aigu qui terrifia ses dames de compagnie.

– Le bourreau n'aura guère de mal à faire son office, mon cou est long et si mince.

Elle voulait être prête pour communier à nouveau, se remettre entre les mains de Dieu.

« Toute cette foule pour me voir mourir ! » pensa Anne. Épuisé par deux nuits de veille, son corps était léger, immatériel. Elle n'avait plus peur.

Maintenant, il fallait parler, dire d'une voix claire, comme l'exigeait le rite, qu'elle avait mérité la mort, qu'elle acceptait la sentence de son seigneur le roi d'Angleterre et implorait le pardon de ses péchés. Puis elle demanderait que l'on priât pour elle avant de s'agenouiller, d'ôter sa coiffe, de recevoir le bandeau.

La paille était douce sous ses genoux, elle sentait bon. Anne pensa à une prairie où dansaient des fillettes. La ronde tournait, tournait, l'une sortait, une autre entrait, le cercle demeurait le même. Il fallait qu'une main soit remplacée aussitôt par une autre, c'était la règle du jeu, la règle de la vie

Le jour même, Jane Seymour prépara sa robe de mariée au milieu du pépiement de ses dames. Henry donna une fête où l'on s'amusa beaucoup. Le soir, des barges illuminées descendirent la Tamise sur lesquelles des musiciens donnaient concert.

Dès le lendemain, on effacerait toute trace de la présence d'Anne. Les faucons blancs seraient ôtés, et sa devise, « La plus heureuse », effacée pour toujours.

27

Juin 1536

Ma très chère cousine,

Celle qui nous a tant fait souffrir, ma mère et moi, n'est plus, mais je prie pour elle car Dieu pardonne aux plus grands pécheurs.

Hélas, mon existence n'a guère trouvé d'amélioration et le refus du roi mon père de me remettre les ultimes legs de ma mère, son collier d'or de jeune fille et ses fourrures, comme celui de me laisser parler à ceux qui l'ont entourée dans ses derniers moments, a ajouté à ma peine.

Je partirai dans moins d'une semaine rejoindre la Cour puisque tel est le désir de celle qui est désormais ma belle-mère et tâcherai de reprendre le cours d'une vie laissée derrière moi depuis fort longtemps. Le roi espère que je reconnaîtrai enfin sa suprématie et renierai la validité du mariage de ma mère. Jamais je n'y consentirai. Si ma conduite lui est insupportable, je m'éloignerai à nouveau. Peu m'importe en réalité.

Avec peine je vais me séparer de ma sœur Elisabeth dont la gaîté et la grâce ont gagné mon cœur. Bâtarde comme moi, elle ne dispose plus de maison mais d'une gouvernante et de quelques serviteurs. En dépit de son jeune âge, elle a fort bien remarqué qu'on ne l'appelait plus « princesse » mais « lady Elisabeth » et s'est enquise de la raison de ce changement. Nul n'a eu le cœur de lui dire qu'elle n'avait plus de mère. Dans sa bonté, Dieu lui a épargné d'avoir d'elle le moindre souvenir. Les miens me torturent...

Joyeusement, Meg plongea la plume dans l'encrier. Le bonheur qu'elle éprouvait la poussait à répondre aussitôt à la lettre de Mary afin de s'en faire une alliée. Droite, bonne, jamais sa cousine ne la trahirait.

La Cour, Milady, vous attend avec impatience. Depuis que Jane Seymour est devenue notre reine, tout a changé ici. Avec affection, j'essaie de la servir et elle me montre une bienveillance qu'elle est désireuse de vous témoigner. Aucun homme sur terre n'eut en quelques jours épouses plus différentes que mon oncle le roi. À la tempête a succédé un matin de printemps frais et ensoleillé, à une grande femme mince et brune, une créature de courte taille, blanche, blonde et potelée. Je dois avouer cependant que l'atmosphère brillante, un peu impertinente, dans laquelle se plaisait feu Anne Boleyn me manque. Notre nouvelle reine est posée, pieuse, peu intéressée par les choses de l'esprit, et nous, ses suivantes, avons dû reprendre nos aiguilles à broder et nos livres édifiants. Elle a chéri et admiré Sa Majesté la reine Catherine dont elle fut, vous vous en souvenez, une jeune demoiselle d'honneur. Elle vous aime, comme la petite Elisabeth qu'elle va prendre sous sa protection, afin de reformer une famille autour du roi.

Redevenue jeune marié, Sa Grâce est fringante. Elle se vêt de soie claire, de chapeaux à plumes, et recommence à danser au désespoir de ses médecins.

Je me réjouis d'autant plus de la bonne humeur du roi que je vais avoir bientôt à solliciter de lui la plus grande faveur qu'il puisse m'accorder, celle d'épouser l'homme que j'aime, Thomas Howard, le plus jeune frère du duc de Norfolk. Nous nous sommes promis l'un à l'autre au mois de mai et rassemblons notre courage pour aller devant Sa Majesté qui n'a plus pour les Howard la bienveillance d'autrefois. Priez pour moi et pour Thomas, ma chère cousine, nous avons tous deux vingt ans et sommes désireux de fonder une famille, moi en particulier, qui ai si peu joui de l'affection de la mienne...

À la reine, Meg n'avait rien voulu confier. Jane n'avait point de sympathie pour les Howard et, ne voulant prendre aucune décision aussi personnelle fût-elle sans l'accord de son époux, elle ne pouvait lui être du moindre secours. Face au chef de la famille Howard, le duc de Norfolk, les jeunes gens s'étaient également tus, effrayés qu'il leur ordonne d'ajourner un projet non agréé par le roi.

Un radieux début d'été permettait aux amoureux de se retrouver au détour d'un bosquet ou dans une des allées ombragées qui rejoignaient la Tamise et le long desquelles les courtisans ne s'aventuraient guère. Dès que sa présence n'était plus nécessaire auprès de la reine, Meg dévalait le grand escalier du château puis, par des chemins détournés, gagnait une porte donnant sur le verger qu'elle longeait pour retrouver l'abri du parc où Thomas l'attendait. La jeune fille aimait la finesse des traits de son amoureux, son apparente fragilité. Elle-même grande, carrée d'épaules, robuste, découvrait dans Thomas un type d'homme fort différent de son père, du roi, de Suffolk qui, avec leur haute stature, leur corps athlétique, leur vanité et leur arrogance, étaient hermétiques à la sensibilité des femmes, à la délicatesse de leurs sentiments. Avec Thomas, elle se sentait en totale harmonie.

Le retour de Mary à la Cour fit sensation. Chacun ne s'entretenait plus que des conversations qu'elle avait eues avec son père, des moments passés en compagnie de la reine, de son entêtement à ne point vouloir jurer l'acte de suprématie. Céderait-elle enfin ? Norfolk avait déclaré que, si Mary avait été sa fille, il lui aurait fracassé la tête contre un mur jusqu'à ce qu'elle soit aussi molle qu'une pomme cuite ; Suffolk, lui, penchait pour la patience, la bonne influence de la reine.

Elisabeth déclarée illégitime, Henry avait désormais trois bâtards, le plus crédible pour sa succession étant Henry Fitzroy, duc de Richmond, qui avait épousé la fille aînée du duc de Norfolk, mais dont la santé se détériorait de semaine en semaine. Chargé d'ouvrir le Parlement fin juin, à peine le jeune homme avait-il pu assister à l'intégralité de la séance. Certains voyaient dans son déclin une ultime malfaisance d'Anne Boleyn qui, souhaitant la disparition de Richmond, lui aurait fait administrer un poison à effet progressif.

De celle qu'il avait si passionnément aimée et qui reposait maintenant à côté de son frère devant l'autel de la chapelle Saint-Peter ad Vincula, le roi ne parlait jamais. Pour posséder cette femme, il avait mis dans la balance le salut de son âme, la paix intérieure de son royaume, il avait écrasé Wolsey, fait exécuter Fisher et More, avait bravé l'empereur, renié Mary, chassé la fille des rois d'Espagne avec laquelle il avait vécu vingt années en bonne entente. À la tempête, le silence succédait. La reine Jane trottinait dans les couloirs de Greenwich, toute blonde et rose, tandis que chacun faisait semblant d'avoir perdu la mémoire.

– Je quitte la Cour, annonça Mary à sa cousine au début du mois de juillet. On ne m'y a fait venir que pour obtenir de moi le reniement de ma mère. Le roi me laisse le château d'Hunsden pour l'été, je vais m'y réfugier.

– Sa Majesté la reine vous apprécie et vous souhaite à ses côtés.

– Soumise au roi, comme elle l'est elle-même.

– Il est votre père !

– Mais pas le maître de ma conscience.

Meg, qui avait espéré le soutien de sa cousine, était déçue de la voir partir. Thomas la pressait, il ne voulait plus de secret, de rencontres furtives, mais des accordailles au grand jour.

– Obéissez au roi, Mary, et reprenez la place qui est la vôtre. On dit que notre cousin Reginald Pole attend votre consentement pour vous épouser. Nul mieux que lui ne pourrait vous défendre. Sa mère la comtesse de Salisbury n'a-t-elle pas remplacé la vôtre ?

– Jamais le roi ne consentira à cette union, il hait Reginald qui de Rome n'a cessé de lui tenir tête.

Meg dormait encore quand, précédé par quelques-unes de ses servantes et suivi de quatre archers, l'émissaire de Cromwell fit irruption dans sa chambre. L'acte d'accusation était court, terrifiant : « Pour avoir comploté contre le roi en se promettant en mariage sans son consentement, lady Margaret Douglas, considérée comme traîtresse, sera incarcérée à la Tour de Londres. »

Meg, qui avait sauté sur ses pieds, dut se maintenir à l'une des colonnettes du lit pour ne point tomber.

– Et milord Howard ? interrogea-t-elle d'une voix blanche.

– Depuis hier soir, il est à la Tour, milady.

La jeune fille parvint à se ressaisir.

– Je veux voir Sa Majesté !

– Le roi n'est pas à Greenwich en ce moment.

– J'irai chez la reine, alors.

– Sa Grâce est avec le roi à Richmond en compagnie des ducs de Norfolk et de Suffolk.

En personne, sir Thomas Wriothesley, le bras droit de Cromwell, attendait Meg pour la conduire dans les deux chambres qu'on lui avait réservées dans la tour Wakefield.

Meg avait l'impression de vivre un cauchemar. Qui les avait dénoncés ? Une servante ayant découvert leurs rendez-vous ? Sa cousine Mary ? Le duc de Norfolk pour se rapprocher du roi ? Ou bien Cromwell en personne, devenu lord du Sceau privé et baron de Wimbledon, qui se glissait comme un serpent dans l'intimité du roi, accumulait richesses et terres sur les dépouilles de ceux qu'il avait trahis ou abandonnés ?

– Étant donné qu'aucun homme, quels que soient sa position, sa naissance, les honneurs dont il jouit, ne peut à aucun moment décider d'épouser un enfant du roi, qu'il soit légitime, illégitime ou même supposé être sien, aussi bien qu'une sœur, tante ou nièce du roi sans spéciale dérogation, consentement ou agrément de Sa Majesté, confirmés par décret écrit de sa main sous son Grand Sceau, le transgresseur sera considéré ainsi que sa complice comme traître au roi et à son royaume.

Pétrifiée, la jeune fille écoutait l'acte d'accusation. Était-il possible qu'elle n'ait pas le droit d'aimer, d'être aimée sans la permission du roi ? Lui appartenait-elle comme un animal domestique ?

Septembre 1536

Milord,

Après deux mois d'emprisonnement sans nouvelles de quiconque et en particulier de sir Thomas Howard dont j'ignore s'il est vivant ou non, et ne trouvant plus aucun intérêt à la vie, je m'en remets entre les mains de mon Créateur qui décidera de mon sort.

Votre nièce, humble et obéissante, Margaret Douglas.

Henry, qui revenait de la chasse, jeta la lettre sur sa table de travail. Après la mort de son fils illégitime, le duc de Richmond, l'été avait été morose et, en dépit de son amour pour elle, il en voulait à Jane de ne point être encore enceinte. Maintenant, Meg le menaçait. De quoi, au juste ?

– Faites venir milord Cromwell, ordonna-t-il.

Devant le feu, un serviteur ôta ses bottes en prenant grand soin de ne pas heurter la jambe malade, puis passa au roi des mules de velours fourrées de castor, tandis qu'un autre domestique lui portait une timbale remplie de vin chaud aux épices.

Six heures sonnèrent à l'horloge de vermeil et d'émail posée sur le manteau de la cheminée. Le jour tombait, de gros nuages annonciateurs de pluie couraient dans un ciel gris. Déjà Henry ne pensait plus à Meg mais au dauphin de France qui venait de mourir, empoisonné par un gentilhomme de sa Chambre payé par Charles Quint. Après le décès de son propre fils, cette nouvelle l'avait atterré. Pour quelques pièces d'or, tout un chacun pouvait se procurer les poisons les plus subtils, les uns foudroyants, les autres provoquant un lent trépas. La nouvelle dauphine Catherine de Médicis portait toujours sur elle, affirmait-on, un talisman afin de s'en protéger. Se pût-il qu'il y eût une poudre mortelle dans le vin qu'on lui tendait ? Il n'avait plus envie de le boire.

– Lisez ! ordonna-t-il à Cromwell qui se tenait debout devant lui.

Le chancelier s'empara de la lettre de Meg qu'il parcourut.

– Lady Margaret est une enfant. Son caprice ne durera pas.

Le regard froid, inquisiteur du roi impressionnait toujours Cromwell. Pendant un long moment, Henry pouvait observer sans mot dire un interlocuteur, jetant celui-ci dans une irrépressible angoisse.

– Quel caprice ?

– Elle refuse de s'alimenter, Milord.

Le poing du roi s'abattit sur la table.

– Et vous ne m'en avez rien dit ?

Le roi s'était levé, sa haute, massive stature dominait son chancelier.

– Meg est ma nièce, la fille de mon unique sœur survivante et de milord Angus qui toujours me fut dévoué. Qu'on la fasse sortir de la Tour aujourd'hui même pour l'enfermer au couvent des filles de Sion où elle doit être bien traitée. J'aviserai plus tard sur la durée de la punition que je désire lui infliger.

– Et milord Howard ?

– Qu'il reste où il est !

– Thomas Howard est de faible constitution, je crains qu'un hiver à la Tour...

– Vous pouvez vous retirer, mon ami.

Son chancelier sorti, le roi se laissa tomber dans un fauteuil.

– Que tous les Howard aillent au diable ! murmura-t-il.

Il allait faire venir Jane qui lui chanterait une romance. Sa totale soumission lui faisait oublier un moment ceux qui se rebellaient au sein de sa propre famille. Seule la petite Elisabeth lui faisait fête mais, comme il ne pouvait la voir sans penser à Anne, il ne supportait pas longtemps sa présence.

Édimbourg, septembre 1536

Mon enfant,

Les preuves de la bonté de mon cher frère viennent de me parvenir en Écosse. Vous voici installée chez de bonnes religieuses qui vont pouvoir prendre soin de votre corps comme de votre âme et je ne trouve pas de mots assez forts pour exprimer au roi d'Angleterre ma reconnaissance. Vous vous êtes conduite avec plus d'étourderie que de malignité et, du fond de mon cœur, je vous ai pardonné. Votre oncle a certainement pour vous de grandes ambitions. Avec joie, soumettez-vous à sa volonté.

Bien que l'Angleterre me manque toujours, ma santé est bonne. Votre frère est parti pour la France afin de se ramener une épouse. Il va voyager dans ce pays qu'il aime sans l'avoir jamais visité et sera bientôt à la Cour du roi François. Quant à moi, je ne cesse de déplorer que son cœur ne soit pas plus anglais. Son incompréhensible méfiance envers un oncle qu'il refuse de rencontrer me blesse cruellement.

Nous voici au seuil de l'hiver et je pense passer à Holyrood le début de la mauvaise saison avant d'accueillir celle qui sera ma belle-fille et votre sœur, la jeune reine d'Écosse. Ma propre arrivée dans ce pays, voici trente-trois années, me semble faire partie d'une autre vie. J'avais quatorze ans alors, venais de perdre ma mère et étais entièrement soumise à la volonté de mon père le roi Henry VII.

Profitez, ma fille, de votre retraite au couvent pour réfléchir sur votre inconduite et en demander pardon à Dieu comme au roi.

N'oubliez pas votre mère dans vos prières.

La reine douairière tendit le billet à son secrétaire qui le cacheta. La mésaventure de sa fille l'avait humiliée et dressée un peu plus encore contre Angus qui, après s'être enfui d'Écosse avec leur enfant, la laissait maintenant à l'abandon dans une Cour qui, en dépit du récent mariage du roi avec une pieuse personne, n'avait pas bonne réputation.

Les drames conjugaux de son frère l'avaient navrée. Ses trois maris l'ayant abondamment trompée, elle imaginait aisément le chagrin, le dépit, la rage éprouvés par Henry en se découvrant cocu. Mais au moins avait-il retrouvé le bonheur alors qu'elle-même en restait privée. Si son époux vivait à côté d'elle, comme James le lui avait ordonné, à peine lui adressait-il la parole. Ses longues parties de chasse, elle n'en était pas dupe, le conduisaient droit au domicile de sa maîtresse où il retrouvait son bâtard.

Doux quand il le voulait, James pouvait se montrer implacable. D'une enfance et d'une adolescence désolantes, il avait tiré un caractère secret, méfiant, une propension à la mélancolie. Presque avec désespoir, il cherchait dans de multiples relations amoureuses le secours qu'il ne sollicitait pas de sa mère.

Édimbourg était plongé dans le brouillard et, de l'artère de Canongate, Margaret ne distinguait qu'une lumière ouatée autour des fenêtres des habitations. Derrière le château de Holyrood, la campagne s'étendait coupée de murets de pierres, de bouquets d'arbrisseaux couchés par les vents. Année après année, elle s'était habituée à ce paysage qui, au-delà de son austérité, dévoilait une attachante beauté. À quarante-sept ans, elle se résignait à une vieillesse sans joies.

La nuit était tout à fait tombée. Tandis que, suivie de ses dames d'honneur, Margaret se dirigeait vers la salle où étaient servis les repas, elle songeait aux mois passés en Angleterre alors que Meg n'était qu'un nourrisson. Catherine venait de donner une fille à Henry et sa sœur Mary venait de mettre au monde son premier bébé, un gros garçon blond. L'été avait été radieux, le bonheur d'être réunis, de voir leurs enfants dormir dans des berceaux placés côte à côte dans la nursery, la beauté de la campagne anglaise où ils chassaient tous ensemble au petit matin, les repas sur l'herbe, les concerts sous les étoiles avaient précédé un morne retour à Londres sous la pluie d'automne, la gêne sinon la pauvreté à Scotland Yard, l'indifférence de son frère suivie d'une hostilité à peine dissimulée. La félicité affichée par Mary et Charles ne faisait qu'aviver le chagrin de sa propre solitude, le sentiment qu'elle n'appartenait plus à l'Angleterre, qu'elle n'était à la Cour qu'une étrangère à peine supportée. Ces souvenirs lui semblaient à présent à l'image de sa vie où tout bonheur n'avait été qu'illusion.

Se sentant mourir à Kimbolton, sa belle-sœur Catherine lui avait écrit une ultime lettre pour recommander Mary à son cœur de mère. Mais, craignant d'indisposer Henry davantage encore, jamais elle n'était intervenue en faveur de sa nièce, se contentant d'écrire à celle-ci de courts billets l'assurant de son affection. En apprenant que la jeune fille avait finalement cédé à son père et signé l'acte de suprématie, elle avait été stupéfaite. Quel désespoir profond avait-il fait capituler sa nièce après une si âpre lutte ? Margaret ne voulait pas y songer. Désormais gâtée par la reine, pardonnée par son père, Mary, bien que toujours bâtarde, avait repris sa position à la Cour.

En prenant place devant la longue table décorée de pièces d'argenterie et de flambeaux, Margaret soupira. James avait quatre enfants naturels, trois garçons et une fille, qu'elle s'interdisait de rencontrer. À l'aîné, James, qu'il avait eu de Margaret Erskine, il était fort attaché.

Le chapelain récitait le bénédicité et la reine douairière se signa. L'épouse française que James lui ramènerait lui donnerait-elle des fils ? L'Écosse était fragilisée par le pouvoir de ses nobles, leur fortune, souvent plus grande que celle de leur roi, leurs ambitions personnelles. Pour tenir ce pays en main, il fallait un roi fort. « Un homme comme Henry, pensa Margaret, dépourvu de la sensibilité des Stuart, de leur mélancolie, de leur sentimentalité. Un Tudor. »

28

Édimbourg, mai 1537

Avec effervescence, les Écossais attendaient l'arrivée de leur nouvelle reine, Madeleine de France, fille du roi François Ier et de la défunte reine Claude. À Chambord, les deux jeunes gens étaient aussitôt tombés amoureux l'un de l'autre et, après quelques réticences dues à la fragile santé de sa fille, François Ier avait non seulement accepté le projet de mariage, mais d'ores et déjà considérait James comme un fils. Enfin, le roi d'Écosse avait trouvé une famille. De taciturne, mélancolique, il était devenu confiant en l'avenir. Douce mais résolue, Madeleine l'avait écouté évoquer sa désastreuse enfance, la mésentente de sa mère avec le comte d'Angus son époux, les humiliations que celui-ci lui avait fait subir. Avec la présence d'une jeune reine, la Cour, avait-il promis à sa fiancée, retrouverait quelque gaîté. Il ne mettrait aucune restriction dans la suite qu'elle désirerait amener avec elle à Édimbourg. Mais James avait évité de lui dévoiler les rivalités entre nobles : leurs alliances et renversements d'alliances qui fragilisaient son pouvoir. Les Douglas éliminés, restaient les Hamilton, les Argyll, les Atholl, les Hepburn, les Gordon, une multitude de familles accrochées à leurs privilèges, avides de terres, jamais satisfaites. De plus, pesaient sur son petit pays le poids de l'Angleterre et l'autorité tyrannique de son oncle

Henry VIII qu'il refusait de rencontrer en dépit des supplications de sa mère.

La cour des Valois avait ébloui le jeune homme. Dans les divers châteaux des bords de Loire, la vie était enjouée, élégante, les femmes piquantes, les hommes braves et légers. Devenue dauphine, Catherine de Médicis se désolait de ne point avoir d'enfants. Discrète, intelligente, la jeune Italienne supportait sans mot dire la présence de Diane de Poitiers dont Henri était fou. La belle ayant vingt années de plus que le dauphin, le temps, pensait-elle, ferait son œuvre mieux que la rage ou la jalousie.

Le mariage de James et de Madeleine avait eu lieu en grande pompe à Notre-Dame de Paris le 1er janvier. Sur la Seine à moitié gelée, nul bateau ne s'aventurait plus et chacun dans la mesure du possible restait au coin de l'âtre.

Dans un flot de dentelles, de rubans et de soie brochée, portant sur les épaules un manteau doublé d'hermine, la mariée s'était avancée vers son royal époux dans la sonnerie des trompettes, le tonnerre de l'orgue, la volée des cloches. Frêle, presque diaphane, la jeune princesse gagnait tous les cœurs. Afin de ne pas ajouter la fatigue d'un long voyage par mer à celle des fêtes ayant suivi les noces, le jeune couple s'était retiré à Chambord pour attendre le printemps.

– Sa Majesté a débarqué avec la reine, milady !

Depuis deux jours, Margaret vivait dans l'attente de cette nouvelle qui pouvait bouleverser le reste de sa vie. Que sa bru soit autoritaire, capricieuse ou possessive, et elle serait privée du peu d'intimité qu'elle avait avec son fils.

– On dit, ajouta le chambellan, que notre jeune reine en mettant le pied sur la terre écossaise a recueilli un peu de sable du rivage dans sa main et l'a porté à ses lèvres.

La reine douairière savait les Français prompts à exhiber leurs émotions et la confidence de son chambellan ne lui rappela que trop les origines de sa bru. Néanmoins, elle allait l'accueillir avec tout le faste possible et n'était point mécontente d'étrenner un des nombreux atours qu'elle venait de se faire confectionner : robes de taffetas ornées d'argent, de satin et de passementerie d'or et de velours, avec des boutons d'or et de jais et des manches découpées, cornettes, tours de cou, collets et manchettes ; une dette vertigineuse qu'elle soumettrait, une fois encore, au bon vouloir de son frère. Margaret espérait que la grossesse de la nouvelle reine d'Angleterre mettait Henry de belle humeur. Que Jane accouche du fils tant espéré, et la famille Seymour atteindrait le zénith de la fortune. L'aîné des enfants, Edward, avait déjà été nommé vicomte de Beauchamp, chevalier du pays de Galles du Nord, chambellan du roi, tandis que Thomas, le cadet, avait été fait gentilhomme de la Chambre privée. La Cour avait repris toute sa gaîté, Anne Boleyn était oubliée.

D'un pas pesant, Margaret se dirigea vers sa garde-robe. Depuis que sur ordre de son fils, elle s'était résignée à accepter le ménage adultérin de son époux, désormais père de deux enfants, elle avait encore épaissi. La vie lui ayant été cruelle, elle trouvait de petits bonheurs dans le prosaïsme d'une existence désormais sans imprévus : les étoffes douces au toucher, les parfums, les mets délicats.

Deux chambrières présentaient les robes. Margaret en choisit une de damas violine avec un corsage et des manches de soie grise parementées d'argent. Sans doute, Madeleine serait-elle vêtue à la française et la reine douairière d'Écosse redoutait de découvrir une mode délicieuse qui lui donnât l'air suranné. De coffrets d'argent ciselé ou de bois précieux, elle fit extraire ses plus beaux bijoux, ceux offerts en dot par son père le roi Henry VII ou par son époux le roi James IV, ceux dont Angus l'avait parée durant le temps fort bref de leurs amours. De Methven, elle n'avait reçu que l'anneau de leur mariage qu'elle ne pouvait contempler sans mauvaise humeur.

Aux jeunes époux, Henry VIII avait fait parvenir un plat d'or sur lequel étaient ciselées les trois Grâces portant offrande à leur mère Aglaée, compagne de Zeus. Une longue lettre accompagnait le présent à laquelle Margaret n'était point sûre que son fils daignât répondre en personne. Henry s'irritait de la froideur de son neveu et son orgueil le poussait à des représailles dont souffraient les habitants des régions frontalières. Mais son frère avait repris son légendaire entrain. Libérée du couvent grâce aux innombrables pétitions dont elle avait accablé le roi depuis Édimbourg jointes aux intercessions de la reine Jane, Meg avait repris sa place de dame d'honneur. Thomas Howard restait prisonnier à la Tour, mais Meg avait la finesse de ne plus prononcer son nom. Que ressentait son enfant ? Margaret la savait de nature trop passionnée pour oublier, mais assez réaliste pour ne pas ruiner son crédit à défendre une cause perdue.

En face d'elle, Madeleine découvrit une forte femme qui lui offrait un sourire contraint. Surmontant une immense lassitude et sa timidité, la jeune femme plongea en une profonde révérence avant de tendre son front à baiser. Depuis son débarquement, tout la déroutait. La campagne écossaise était certes charmante, ses sujets chaleureux, son époux fort amoureux, mais déjà sa famille et le beau pays de Loire où elle avait été élevée lui manquaient.

Sur le front de sa bru, Margaret posa brièvement ses lèvres. Jamais cette fragile enfant ne pourrait donner de fils à James, assouvir l'ardent tempérament de son époux. Les maîtresses allaient reprendre leur place et les bâtards se multiplier au plus grand dommage de l'Écosse. Quelle folie avait poussé son fils à choisir cette princesse française ?

La jeune femme semblait cependant pleine de bonne volonté. Une heure durant, elle avait reçu les hommages des chefs des grandes familles écossaises, avant d'écouter l'aubade des habitants d'Édimbourg, une cacophonie de chants et de musique aigrelette, d'interminables élégies récitées dans une rude langue dont Madeleine ne devait pas saisir un mot. Avant la fin du banquet, la petite reine de seize ans avait dû quitter la table, et son époux l'avait suivie.

Durant deux semaines, Madeleine se reposa à Linligrowth, parcourut les jardins du château, s'aventura à cheval dans la campagne, la plupart du temps escortée par James. L'amour de son mari la touchait et cependant, quoiqu'elle le lui rendît de tout son cœur, les nuits sans sommeil, l'appétit qu'il avait d'elle l'affaiblissaient au point qu'elle devait garder la chambre jusqu'à une heure avancée de la matinée. Suppliée par son médecin français de faire lit à part au moins trois fois par semaine, elle n'avait pas voulu l'écouter. Son devoir était de donner un fils au roi. À cette obligation morale, la jeune femme refusait de se dérober.

Au début du mois de juin, James dut regagner Édimbourg et Madeleine s'installa à Holyrood, entourée des nombreux Français qui constituaient sa suite.

Avec ses deux rues parallèles qui coupaient la ville, Édimbourg ne pouvait se comparer à Paris, mais un charme indéniable se dégageait de cette grosse bourgade prolongée au-delà des murs d'enceinte par d'innombrables jardins, potagers et vergers, des hameaux dont les maisonnettes au toit de chaume se serraient autour de leur église. D'Holyrood, la reine pouvait apercevoir dans le lointain la forteresse dressée sur son rocher et défendue par une rangée de canons, les belles maisons de ville qu'occupaient les familles nobles. La jeune femme avait été surprise par la rudesse des aristocrates écossais, une fierté n'autorisant aucune offense, aussi bénigne fût-elle. Sans cesse, James avait à tenir compte de leurs inimitiés, brèves réconciliations ou haines ancestrales. Il était las, souvent morose, mais lui-même n'était point différent de ces nobles et vouait au clan des Douglas une implacable hostilité. La plupart s'étaient exilés en Angleterre ou en France, mais il demeurait encore en Écosse quelques membres de cette famille dont il souhaitait l'extermination. En vain, Madeleine incitait son époux au pardon.

– Je tiens enfin une preuve, ma mie !

Le visage du roi était tendu. Depuis quelques jours, il avait reçu différents rapports sur un possible complot d'une sœur d'Archibald Douglas.

– Lisez vous-même.

Madeleine prit le papier que lui tendait son époux. Les premières chaleurs de juin, pourtant clémentes, l'accablaient et la jeune femme avait dû renoncer aux promenades à cheval.

En phrases peu claires, l'auteur de la missive rapportait de nombreux contacts entre les Douglas et des familles connues pour leur hostilité à l'alliance française. Rien n'était précis, mais on suggérait l'existence d'un pacte signé pour détrôner James et rendre le pouvoir à Angus.

La reine soupira. Ces affirmations, probablement de simples dénonciations inspirées par la haine, allaient à nouveau entraîner un cycle de violences. Et sa belle-mère ne lui apportait que peu de réconfort. Froide, avare de sa tendresse, Margaret gardait une réserve un peu hautaine qui l'isolait davantage encore. À maintes reprises, Madeleine avait essayé de gagner son cœur, mais son inexpérience ou peut-être une mauvaise maîtrise de la langue anglaise avaient rendu vaines ses tentatives.

– Je ne vois pas ici de preuves irréfutables contre lady Douglas, hasarda-t-elle.

Fixement, James observait sa femme. Il se souciait de la voir dépérir. En l'épousant, il n'ignorait pas qu'elle était malade mais avait espéré que sa tendresse, le calme d'une vie mieux réglée qu'à la cour de France lui redonneraient la santé. Cet espoir à présent le fuyait, ajoutant une nouvelle raison d'anxiété à celles que lui donnait le gouvernement de son royaume.

– Je ne puis tolérer aucun complot, dit-il d'une voix désabusée. Déjà des familles hostiles au pape se regroupent et cherchent le soutien de l'Angleterre. Je suis, quant à moi, fidèle à la foi de mon enfance et place ma confiance en l'alliance française et l'affection de votre père. Mon oncle guette la moindre faiblesse de ma part pour intervenir dans les affaires écossaises et déjà fournit de l'or aux hérétiques de mon royaume. Angus est à sa Cour, ma sœur Meg au service de la reine d'Angleterre. Si, à la moindre alerte, je ne sévissais point, nous deviendrions peu à peu une nation vivant sous la dépendance de notre voisin.

– Agissez comme vous le jugez bon, dit la jeune femme de sa voix douce.

La sœur d'Angus, lady Glamis, recevrait un châtiment exemplaire. En ordonnant qu'elle soit publiquement brûlée vive à Castle Hill, il ferait comprendre une fois pour toutes à cette famille abhorrée qu'il ne pardonnait rien.

Dès les premiers jours de juillet, alors que les paysans commençaient la fenaison autour d'Édimbourg, que l'on cueillait pois, haricots et fraises dans les potagers, la reine d'Écosse n'eut plus la force de quitter son lit. Impuissants, médecins français et écossais préparaient le roi à sa mort prochaine. Sur la ville brillait un beau soleil qui faisait miroiter les vaguelettes dans les bras de mer, donnait aux barques des pêcheurs et vaisseaux commerciaux de pimpantes couleurs.

La douleur de devoir dire adieu à James, le regret lancinant de ne pouvoir mourir en France dans les bras de son père hantaient la malade. Elle revoyait le château de Chenonceaux, nouvellement acquis par la Couronne, se mirant dans les eaux du Cher, les jardins de Chambord, les feux d'artifice illuminant la façade du château de Blois, les fontaines d'Azay-le-Rideau bâti sur un îlot de l'Indre, les concerts au bord de l'eau, les retours de chasse à la lumière des torches colorant d'une couleur ardente les visages des statues de nymphes dans la sonnerie des trompes, l'aboiement furieux des chiens, l'aube sur les vignes roussies par l'automne.

Le 6 juillet, la jeune reine entra en agonie. Déjà son nez se pinçait, sa peau translucide prenait un ton de cire. Nuit et jour, James la veillait. La vie ne cessait de jeter des ronces en travers de son chemin. Et d'avoir à annoncer au roi de France la mort de sa fille le consternait. Son beau-père était en partance pour Aigues-Mortes afin de rencontrer l'empereur Charles Quint et de nouer avec lui une alliance destinée à le protéger de l'Angleterre. Le courrier mettrait deux semaines à parvenir dans le Gard. Madeleine reposerait alors dans la crypte royale à Édimbourg.

À l'aube du 7 juillet, l'évêque de Saint-Andrews administra à la jeune épousée l'extrême-onction. Les yeux clos, Madeleine semblait sans connaissance, à peine percevait-on son souffle.

À côté de son fils, Margaret priait. Une vive émotion qu'elle se refusait d'exhiber lui nouait la gorge. Une fois encore, James allait souffrir sans venir chercher de réconfort auprès d'elle. Certes, il la respectait, mais l'aimait-il ? Ils avaient si peu vécu ensemble, se connaissaient si mal ! Devinait-il qu'en dépit de ses multiples épreuves, elle avait gardé intacte sa foi en la puissance de l'amour ? Mais nul ne la sollicitait et elle vieillissait comme une branche morte encore attachée par miracle à l'arbre de vie.

Londres, octobre 1537

Le calvaire de la reine d'Angleterre avait duré deux interminables semaines, trois jours pour accoucher dans d'atroces souffrances et douze jours d'agonie. Mais elle avait donné au roi le fils tant attendu, un enfant vigoureux qui avait toutes les chances de vivre.

Partagé entre la liesse et le chagrin, le roi avait penché finalement en faveur des réjouissances et il n'y avait point de village en Angleterre qui n'eût bénéficié de ses largesses. Les jeunes mariés avaient reçu une pièce d'or, les bébés nés le même jour que le prince Edward une layette, les pères un tonnelet de bière.

Mary avait conduit le deuil de Jane, et Suffolk, le parrain du nouveau-né, les cérémonies de baptême.

Dans la beauté de l'automne finissant, la Cour se transporta à Hampton Court où était né le prince de Galles avant de procéder aux funérailles officielles de la reine prévues le 12 novembre au château de Windsor. Le deuil interdisant bal, mascarades et comédies, le roi se réfugiait dans le plaisir de la musique et la compagnie de ses meilleurs amis, de ses filles et de sa nièce. La vue de Mary et de Meg lui rappelait le devoir qu'il avait de les marier.

Son épouse étant morte de chagrin après l'exécution d'Anne et de George, Thomas Boleyn, son ancien beau-père, avait sollicité la main de Meg, projet qui avait fait horreur à Margaret. D'Écosse, elle l'avait une fois encore submergé de lettres et il avait dû se résoudre à répondre à sa sœur que cette alliance ridicule n'avait pas la moindre chance d'aboutir. Au lieu de se préoccuper de Meg, elle ferait mieux de remarier James à une princesse anglaise.

Plusieurs fois par jour, le roi allait contempler son fils. Faudrait-il qu'il prenne à nouveau une épouse pour lui donner des frères ? Cromwell l'y poussait en insinuant qu'une alliance avec l'Allemagne profiterait à l'Angleterre. Les différents États du Saint Empire ne manquaient pas de princesses à marier. Mais Henry désirait attendre. Son fils était beau, blond, clair de teint, comme lui-même. Avec une vigilance pointilleuse, il avait donné ordre sur ordre pour s'assurer de la propreté de la nursery et contraindre les deux nourrices à prendre un bain par semaine. Tout rideau, courtine et tapis avaient été bannis de la chambre du bébé afin de ne point permettre aux insectes ou aux larves d'y loger. Edward devait être changé toutes les heures, son corps nettoyé avec un linge propre imbibé d'huile d'amande.

– Accompagnez-moi dans le parc, ma cousine, car j'ai à vous parler.

Le visage de Mary, plus sérieux encore que de coutume, alarma Meg.

Pourpres, ocre, vermillon, les feuillages ombrageaient des allées bordées de roses, d'œillets rouges, de gerbes de glaïeuls violacés. Le long de l'escalier de pierre menant au verger, les jardiniers avaient disposé des pots de terre italiens garnis de giroflées que le soleil roussissait. Pommiers et poiriers croulaient sous les fruits, les vignes montraient de lourdes grappes noires ou blondes autour desquelles bourdonnaient des guêpes.

– Asseyons-nous ici, pria Mary.

Elle avait pris sa cousine par la main. Un moment, la jeune princesse resta silencieuse, les yeux perdus dans les herbes qui longeaient un mince ruisseau.

– Votre père, lord Angus, dit-elle enfin, souffre d'attaques injustes menées par ses ennemis. Les chagrins qui nous ont liées l'une à l'autre m'autorisent à vous apprendre les rumeurs qui courent sur son mariage avec la reine votre mère.

Meg se redressa.

– Que peut-on dire contre deux personnes divorcées depuis tant d'années !

– Que leur union n'était point valide, lord Angus ayant donné sa parole à Jane de Traquair avant d'épouser la reine douairière. Cette promesse n'aurait été rompue que sur l'ordre du comte d'Angus, votre arrière-grand-père [1].

Meg serra les dents. Jane de Traquair avait gâché le mariage de sa mère et donné à son amant une fille qu'il semblait chérir plus qu'elle, son enfant légitime.

– Ces bruits ne sont que malveillance, je ne désire point en parler.

– Il le faut cependant, car si le mariage de vos parents était déclaré nul, vous seriez considérée comme une bâtarde.

La voix de Mary tremblait et Meg n'osa pas rejeter avec

1. Cf. *Reines de cœur*, *op. cit.*

mépris une dénomination que sa cousine devait accepter pour elle-même.

– Je n'en crois rien. Si ces bruits étaient fondés, mon père s'en serait expliqué.

Mais la jeune fille savait que, préoccupé par ses intrigues contre James V, celui-ci ne se souciait guère d'elle. Réunis pour le baptême du petit Edward, à peine avaient-ils échangé quelques mots. De la complicité qui les avait liés l'un à l'autre lorsqu'ils avaient fui ensemble la cour d'Édimbourg, il ne restait rien.

– Ce n'est pas tout, ajouta Mary.

Meg s'impatientait. Sa cousine semblait éprouver une certaine jubilation aux malheurs de toutes sortes. Sa nature à elle la poussait à croire au bonheur, à l'amour, à se battre pour les obtenir et les garder, même si elle avait déjà chèrement payé le prix de son insoumission.

– Thomas Howard vient de mourir à la Tour de Londres.

29

Printemps 1538

– Je suis ton fiancé, tu es ma promise. Jure-le.

Katherine Howard entoura de ses bras le cou de Francis Dereham. Elle l'aimait et attendrait son retour aussi longtemps qu'il le faudrait. De famille noble mais trop pauvre pour prétendre à la main d'une Howard, le jeune homme avait décidé de partir pour l'Irlande où il tenterait de faire fortune.

– Dieu est mon témoin, affirma-t-elle.

Dans le verger, pommiers et poiriers en espalier nouaient leurs branches aux pierres moussues du mur. La jeune fille était transportée. À seize ans, elle vivait comme une héroïne des romans de chevalerie. Comment avait-elle pu aimer Manox, être sur le point de se donner à lui ? L'amour, qui était source de joie exaltante, pouvait aussi être trompeur. Mais de ses sentiments pour Francis, elle ne doutait pas un instant. De l'aumônière qui pendait à sa taille, elle sortit un anneau d'or émaillé.

– Porte-le pour ne pas m'oublier, chuchota-t-elle.

Les lèvres de son amoureux prirent les siennes, descendirent le long de son cou. Il était prêt à remuer ciel et terre, à offrir son âme au diable s'il le fallait pour posséder Katherine. Sa beauté, sa gaîté, sa sensualité l'avaient conquis à jamais.

Avertie de ses amours, la famille du jeune homme par ailleurs le soutenait. Une alliance avec les Howard était flatteuse. Une place à la Cour serait attribuée à l'époux de Katherine et passer du service du duc de Norfolk à celui du roi était une promotion pouvant octroyer à leur fils des revenus appréciables.

Son amoureux loin d'elle, la vie quotidienne parut à Katherine terriblement monotone. Rien ne se passait à Horsham. Le climat de peur entretenu par le grand chancelier, Thomas Cromwell, soulevait çà et là des mécontentements populaires qui avaient conduit lady Howard à interdire aux jeunes filles de quitter l'enceinte du parc. Désormais, les nouvelles de l'extérieur ne parvenaient que par les servantes. On disait le jeune roi d'Écosse sur le point de se remarier à Marie de Guise Lorraine, une puissante famille française dont le soutien permettrait à James V de tenir tête à l'Angleterre. La fiancée, affirmait-on, était majestueuse, belle, et ces amours royales occupaient beaucoup l'esprit des jeunes filles.

De Francis, Katherine recevait de nombreuses lettres dans lesquelles il se plaignait de leur séparation, décrivait l'intensité de sa souffrance. Après avoir versé beaucoup de larmes lors de son départ, elle s'étonnait de ne pas être déchirée davantage par son absence. L'ennui prédominait toute autre sensation.

Avec le printemps, jeunes gens et demoiselles reprirent leurs activités de plein air et les jeux de croquet, de quintaine, de volant permirent quelques libertés aux amoureux surveillés de près par lady Dorothy.

La nuit, dans son grand lit, Katherine tentait de se persuader que l'absence de Francis lui était insupportable. À la lueur d'une bougie, elle écrivait laborieusement de courtes lettres où elle affirmait son amour, décrivait ses peines, et les mots qu'elle trouvait lui faisaient monter les larmes aux yeux.

Un matin d'avril, la duchesse douairière la fit venir auprès d'elle. Les Culpeper avaient répondu favorablement à son invitation et elle attendait ses cousins accompagnés de leur fils aîné pour les fêtes de Pâques. Thomas, insista la duchesse, était un jeune homme accompli. Il avait par ailleurs de la fortune, un beau nom, de l'avenir.

– Notre famille, mon enfant, ne pourrait que bien considérer une telle alliance. Songez-y.

Puis, sans ambages, la vieille dame avait posé quelques questions. Katherine aimerait-elle aller à Londres ? Se sentait-elle digne d'une place de demoiselle d'honneur de la reine au milieu des jeunes personnes les plus nobles du royaume ?

Interloquée, la jeune fille ne savait que répondre : Thomas Culpeper, Londres, le roi, ces noms l'étourdissaient. À la Cour, la vie devait être un quotidien enchantement. Elle s'imaginait vêtue d'atours de princesse, portant bagues et colliers, tenant à la main un éventail. Mais dansait-elle avec assez de grâce, conversait-elle avec l'esprit nécessaire ? Et quelle serait la place de Francis Dereham dans cet avenir tentateur ? Il l'avait si souvent embrassée dans le salon de musique, caressée à l'abri des bosquets du parc ! Mais l'amour, comme les êtres, avait besoin de nourriture. Le sien était en train de dépérir.

Tout d'abord, Thomas Culpeper n'avait pas semblé lui porter la moindre attention et Katherine en avait été dépitée. Grand, mince, son cousin n'avait pas la beauté de Francis Dereham, mais de lui se dégageaient une aisance, un charme, une autorité qui l'impressionnaient et dont son soupirant était dépourvu. Souvent, en la compagnie des gentilshommes et des dames qui formaient la suite de la duchesse douairière, il semblait considérer de haut le groupe de jeunes gens dont sa cousine Howard faisait partie. « Je me moque de Thomas Culpeper, avait pensé Katherine, j'aime Francis et l'aimerai toute ma vie. » Mais le désir de rejoindre la Cour s'amplifiait avec le temps.

Depuis l'exécution d'Anne qu'elle chérissait, sa grand-mère, cruellement frappée, était devenue une très vieille dame. Nul n'osait évoquer la reine morte, mais son souvenir gâchait des moments qui auraient dû être heureux à Horsham. Et lady Dorothy devenait un dragon ne tolérant pas même que les jeunes gens échangent de simples regards.

– Ces voiles déployées vous font rêver, ma cousine ?

Sur les berges de la Tamise, Katherine observait les barques et barges qui descendaient le courant vers Greenwich où se tenait la Cour.

La surprise fit rougir la jeune fille.

– Seriez-vous timide, milady ?

Thomas affichait un sourire ironique qui eut pour effet d'empourprer davantage encore les joues de Katherine.

– Seulement étonnée par votre présence.

Le jeune homme s'était approché. De petite taille, la jeune fille ne dépassait pas son épaule. Elle s'obligea à lever la tête.

– J'aime moi-même naviguer, dit-il en changeant de ton, surtout pour de longs voyages. À plusieurs reprises, je me suis rendu en France.

Le regard incrédule de sa cousine le fit sourire à nouveau.

– Un pays qui fait rêver les femmes, n'est-ce pas ?

Katherine fit volte-face. Derrière elle, des vaguelettes levées par la proue des embarcations venaient mourir sur la rive.

– Je dois rentrer, déclara-t-elle.

Mais Thomas avait attrapé son poignet.

– Vous me fuyez ?

Elle se dégagea et, retroussant ses jupes, partit en courant.

Durant deux jours, Culpeper ne se montra pas et Katherine en éprouva un grand dépit. Bientôt, il allait quitter Horsham et elle ne le reverrait peut-être plus.

– J'ai pensé à vous, ma petite cousine.

Quand, durant un concert nocturne précédant son proche départ, Thomas s'était penché vers elle, elle était restée impassible, sachant qu'à deux pas lady Dorothy l'observait, les sourcils froncés. Mais Katherine avait si souvent rusé pour rejoindre Manox ou Francis Dereham qu'elle ne craignait plus la gouvernante. Le soir même, elle s'arrangerait pour avoir un court moment de tête-à-tête avec Thomas.

– Je rejoindrai bientôt la Cour de Sa Majesté qui me prend comme gentilhomme de sa Chambre, annonça Thomas.

– J'y serai, moi aussi, avant la fin de l'année ! lança Katherine.

Les deux jeunes gens s'étaient retrouvés dans l'antichambre de lady Howard. Si quelqu'un survenait, Katherine avait toute prête l'excuse d'être venue visiter sa grand-mère et Thomas celle de vouloir prendre congé de celle-ci. Il partait le lendemain.

– Voilà une bonne nouvelle, convint le jeune homme. Je vous y attendrai et, si vous le voulez bien, je serai votre guide dans un lieu bien différent de ce calme domaine.

– Pourrais-je m'y faire une place ? s'inquiéta Katherine.

– Certes oui, ma jolie cousine, mais sachez que je veillerai de près sur vous. Notre souverain est veuf et fort amateur de jeunes beautés.

La jeune fille ne put s'empêcher d'éclater de rire. Le roi la courtisant !

– Ma grand-mère affirme que lord Cromwell négocie un mariage allemand. J'arriverai à la Cour pour servir notre nouvelle reine.

Thomas s'interrogeait sur Katherine. Était-elle aussi naïve que ses propos le faisaient supposer ? Son regard caressant, ses formes épanouies, sa bouche pulpeuse donnaient à penser que des jeunes gens avaient déjà tenté de lui enseigner les prémices de l'amour. Tout d'abord, elle lui avait semblé légère et, à présent, il pensait que Katherine n'était qu'une petite provinciale qui avait lu trop de romans d'amour. Quelle qu'elle fût, elle lui plaisait.

– Le roi marié, je pourrai songer à mon propre établissement, ma cousine.

Thomas s'inclina, prit la main de Katherine et, sans s'attarder, y posa ses lèvres.

– Nous nous reverrons à Londres.

– Que pensez-vous de Thomas Culpeper, mon enfant ?

Comme chaque matin, la duchesse douairière s'attardait au lit où elle recevait la visite de ses proches.

– À peine nous sommes-nous vus, milady.

Agnes Howard sourit.

– Assez cependant pour savoir s'il pourrait vous plaire. Les jeunes filles sont promptes à se faire une opinion sur cette matière.

Une sensation de bonheur submergea la jeune fille. Se pût-il que sa grand-mère songeât sérieusement à l'unir à Thomas ?

– Mon cousin est agréable et je n'ai rien à lui reprocher.

– Fort bien. Nous allons donc pouvoir faire avancer ce projet.

De tout le jour, Katherine ne put penser à autre chose qu'aux paroles de sa grand-mère. Incapable de se concentrer sur ses leçons, elle avait écourté la soirée pour se coucher de bonne heure et mieux songer à Thomas Culpeper. Qui aimait-elle, Francis ou son cousin ? Devait-elle prendre une décision ou attendre tout simplement que le temps travaille pour elle ? Les conseils d'une sœur, d'un ami lui faisaient cruellement défaut. Jamais elle ne s'était sentie aussi seule. Du fond de sa mémoire, la jeune fille tentait d'extraire le souvenir des mots exacts que Francis et elle-même avaient échangés. Exprimaient-ils une réelle promesse de mariage ? Était-elle engagée pour la vie ? L'angoisse l'envahissait. Comment avait-elle pu se montrer aussi légère ? Avec le temps et l'éloignement, l'attrait physique que Francis avait exercé sur elle avait cessé. Elle se sentait libre, mais l'était-elle vraiment ?

Le mois de mai s'écoula sans que Katherine entendît sa grand-mère évoquer à nouveau son projet. Francis n'écrivait plus et elle priait pour que ce silence durât.

Dans les sous-bois du parc poussait à profusion le muguet. Les lilas embaumaient. Les eaux de la Tamise avaient pris une teinte vert moiré et le long de ses berges nichaient hérons, canards sauvages et petites gelinottes qui bruissaient dans les joncs.

Un soir, la tombée de la nuit était si belle que, faussant compagnie aux autres jeunes filles, Katherine s'attarda le long du fleuve. Là, quelques mois plus tôt, Francis lui avait annoncé son départ et elle lui avait juré de l'attendre.

Une voix la fit violemment sursauter. Elle se retourna. Francis Dereham était devant elle.

La nuit allait tomber. Longuement, le jeune homme évoqua son séjour en Irlande, des projets qui n'avaient pas encore abouti mais qui restaient pleins de promesses. Mais il se languissait tant de sa promise qu'il n'avait pu résister à la tentation de prendre un bateau en partance pour Londres afin de la serrer dans ses bras.

Katherine l'avait écouté sans trouver un mot pour l'interrompre.

– Vous n'auriez pas dû revenir, dit-elle enfin. Que vont penser ma grand-mère et mon oncle le duc de Norfolk, dont vous avez quitté le service pour vivre en Irlande ?

Interdit, Francis observait la jeune fille. Il avait fait cet interminable voyage pour la revoir et elle le lui reprochait ?

– M'aimez-vous encore ? interrogea-t-il d'une voix blanche.

– Je suis si jeune, balbutia Katherine. Nous n'aurions pas dû échanger des promesses. Il faut que nous réfléchissions l'un et l'autre.

– Vous ne m'aimez plus !

L'expression de Francis était devenue dure. La jeune fille

eut l'impression d'avoir devant elle un être hostile qui voulait lui faire du mal. Instinctivement, elle recula.

– Auriez-vous peur de moi, lady Katherine ? siffla-t-il. Craignez-vous que je vous punisse pour votre inconstance, vos mensonges, vos trahisons ? Je vous méprise trop pour lever la main sur vous ou aller dévoiler notre engagement à votre aïeule. Vous n'êtes qu'une fille qui cherche à exciter les hommes.

– C'est faux ! se révolta Katherine, car je vous ai aimé de tout mon cœur.

– Croyez-vous que j'ignore votre relation avec le musicien Manox ? Jusqu'alors je pensais que c'était cet homme de rien qui vous avait poursuivi de ses assiduités. Lui auriez-vous donné aussi votre parole ? Peut-être a-t-il obtenu de vous ce que vous m'avez refusé ?

Katherine pleurait. Pourquoi fallait-il payer si cher les moments de bonheur ? Elle avait aimé Francis, elle ne l'aimait plus. Était-ce un péché, une monstruosité ?

Les pêcheurs avaient allumé les lanternes suspendues à la proue et à la poupe de leurs barques. Une tristesse infinie l'oppressait. Elle voulut prendre la main de Francis qui se dégagea.

– Je ne veux aucune pitié, ma mie.

D'un geste plein de mépris, il ôta de son doigt l'anneau d'or émaillé offert par la jeune fille et le jeta dans le fleuve.

Katherine demeura muette, ses grands yeux noisette pleins de larmes.

– Je dois rentrer, dit-elle simplement. On va me chercher pour le souper.

– Partez. Mais ne croyez pas pour autant être débarrassée de moi. Je ne suis pas un chien que l'on cajole avant de l'exiler dans sa niche.

Juin 1538, Édimbourg

À l'instant où la reine douairière aperçut sa nouvelle bru, Marie de Guise Lorraine, elle sut qu'une fille lui était donnée. À la française, Marie l'avait serrée dans ses bras avec une tendresse qui l'avait bouleversée. Grande, belle, la future reine d'Écosse ne pouvait se comparer à la pauvre Madeleine arrivée à bout de forces un an plus tôt dans son nouveau pays. Et James semblait transformé.

Veuve du duc de Longeville, mère d'un garçonnet qu'elle avait laissé en France, la future reine allait mettre au monde une grande famille qui assurerait la lignée des Stuart.

Avec un soupçon de moquerie, Margaret pensait à son frère qui se débattait toujours dans ses problèmes matrimoniaux. Tombé tout à fait sous l'influence de Cromwell, il considérait une union avec une sœur du duc de Clèves et venait de dépêcher son peintre favori, Holbein, afin qu'il réalisât au plus vite un portrait de la jeune prétendante. La reine douairière s'était divertie d'une lettre de sa fille Meg racontant comment son oncle avait été remis à sa place par le roi de France pour avoir suggéré de rassembler à Calais une douzaine de princesses parmi lesquelles il puisse choisir une épouse. « Nos filles, avait répondu sèchement François Ier, ne sont pas des juments amenées dans une foire. » Contrairement à ses promesses, son frère ne mariait pas Meg, ne traitait point sa fille Mary avec la bonté d'un père, s'entêtait à se venger de ceux qu'il soupçonnait être de potentiels ennemis, comme leurs cousins Pole, fils de la comtesse de Salisbury. L'aîné, Reginald, ne pouvait quitter Rome, Geoffroy était réfugié en France et Henry, lord Montagu, enfermé à la Tour de Londres où la vieille duchesse, cousine germaine de leur mère Elisabeth d'York, ne tarderait pas, affirmait-on, à le rejoindre.

Mais Margaret ne devait pas rompre les ponts avec Londres. Si elle se regimbait, Henry pouvait nuire à James et garder pour lui les sommes parcimonieuses qu'il consentait encore à lui expédier de temps à autre. Le trésor écossais était maigre et le riche mariage de James venait à point. François Ier, d'autre part, en signe d'affection envers celui qui avait été brièvement son gendre, lui avait laissé l'intégralité de la dot de Madeleine. Mais de cette manne, Margaret ne bénéficiait pas.

Le jour des noces de James et de Marie à Saint-Andrews, la reine douairière pleura d'émotion. En arrivant en Écosse des années plus tôt, elle avait souhaité ardemment fonder une famille. Mais, l'un après l'autre, elle avait enterré ses enfants, ne gardant que James. Puis le roi son époux était mort à Flodden, massacré avec l'élite de ses nobles par les Anglais [1]. De famille, elle n'avait jamais eu. James avait été élevé loin d'elle, Angus lui avait volé Meg. Mais, dans le beau soleil de juin, Margaret comprit que cette jeune Française allait réaliser son rêve. La présence de lord Methven, son époux, à son côté ne l'exaspérait plus. Il pouvait à sa guise aller retrouver sa maîtresse et leurs fils ; hormis le bonheur de ses enfants, tout lui était indifférent.

Peu à peu, James rétablissait dans son pays une certaine harmonie, rendait justice lui-même aussi souvent qu'il le pouvait. Les régions frontalières, les Hautes-Terres étaient pacifiées, les lords rebelles comme le comte de Bothwell ou celui d'Argyll exilés après saisie de leurs terres. Le roi se méfiait de l'aristocratie et s'appuyait sur une Église catholique durement attaquée qui lui fournissait d'appréciables subsides. Avec cet argent, ajouté à celui des dots de ses épouses françaises, James modernisait Holyrood, Stirling, Falkland et Linlithgrow pour en faire des sites agréables à Marie de Guise. Rien n'était trop beau pour la jeune reine, mais Margaret n'éprouvait aucune jalousie. Peu à peu, les cadres qui avaient été témoins de sa jeunesse se modifiaient. On faisait entrer le soleil dans les demeures, on logeait dans des pièces moins vastes, on donnait aux jardins

1. Cf. *Reines de cœur*, *ibid.*

une ordonnance apprise des Français et des Italiens. Des tableaux pendaient aux murs des appartements privés, on dormait dans des draps de fine toile sous des édredons de soie surpiquée. À la table royale, des mets dont autrefois chacun se régalait, comme la tête de mouton, les pieds de bœuf ou les potages à l'orge et aux oignons, étaient bannis au profit de délicatesses françaises dont l'importation coûtait fort cher. Cuisiniers et pâtissiers venaient de France et la jeune Marie de Guise avait amené auprès d'elle tant de ses compatriotes qu'à peine se croyait-on en Écosse dans les couloirs de Holyrood ou de Stirling.

Meg avait dépêché une lettre à son demi-frère à l'occasion de son second mariage. À Londres, dans une Cour sans reine, elle bénéficiait de tout son temps pour étudier et perfectionner latin, grec et français. Abusant de leur statut privilégié, les deux frères de Jane Seymour ne cessaient d'intriguer. Le petit Edward, leur neveu, se portait bien et à neuf mois commençait à se tenir sur ses jambes. « Je suis sûre, concluait la jeune fille, que la récente décision des juges de considérer ma naissance comme légitime vous a satisfait pour l'honneur de Sa Majesté la reine douairière, notre mère. Je ne suis pas autorisée à la visiter mais garde espoir de retrouver un jour mon pays, dont je parle la langue aussi souvent que possible... »

Margaret n'avait pas revu sa fille depuis si longtemps qu'en dépit de la miniature reçue des années plus tôt, elle ne pouvait imaginer sa silhouette, les détails de son visage. On disait ses traits accusés mais réguliers, son regard volontaire, son humeur enjouée. Pourquoi Henry ne la mariait-il pas ? À vingt-quatre ans, il était grand temps de lui trouver un époux. La princesse Mary, colportait-on, se ratatinait et devenait une vieille fille sévère au regard dur, aux lèvres pincées. Un si triste sort ne pouvait convenir à sa Meg. Mais, Angus ne s'occupant point de sa fille, celle-ci était tout entière entre les mains d'un oncle devenu atrabilaire, égotiste et acerbe. La reine douairière d'Écosse craignait que la jeune fille, avide d'aimer et d'être aimée, se précipitât à nouveau dans la situation qui lui avait valu un long emprisonnement. Si Henry se remariait, comme on l'affirmait, elle n'hésiterait pas à parler haut et fort en faveur de sérieux projets de fiançailles.

30

Hiver 1540

– Je ne l'aime pas, je n'en veux pas !

À peine sa fiancée était-elle arrivée sur le sol anglais que le roi la rejetait. Le chancelier sentit un frisson lui parcourir l'échine. Que signifiaient les paroles d'Henry, qu'il n'épouserait pas Anne de Clèves ? L'affront serait immense, irréparable. Cromwell ne voulait point l'envisager.

– Lady Anne, Sire, vient de faire un long et fatigant voyage. Demain, elle sera reposée, fraîche et attrayante.

En réalité, Cromwell était fort déçu. Régulière de traits, souriante, la sœur du duc de Clèves avait la peau grêlée par la petite vérole et une stature de matrone. Mise à part la modestie du regard, elle ne ressemblait guère à la pimpante jeune fille peinte par Hans Holbein.

Un instant, il eut peur que le roi ne s'en aille sans un autre regard pour sa promise, mais, faisant visiblement un effort sur lui-même, Henry tendit la main.

– Vous êtes la bienvenue dans mon royaume, Milady.

Pourquoi diable Cromwell lui avait-il fourgué cette jument ? Aussitôt seul avec son ministre, il lui ferait part de son mécontentement. Ignorait-il qu'il aimait les femmes délicates et féminines au regard prometteur ? Celle-ci ressemblait à une nonne. Jamais de sa vie, elle n'avait dû être courtisée et l'idée d'être obligé de partager le lit d'une nigaude qui ressemblait à un débardeur l'accablait. Mais le mariage était prévu six jours plus tard et le supprimer purement et simplement occasionnerait des complications sans fin.

Épuisée, déroutée, la jeune Allemande avait été déçue par son futur mari. Ainsi elle allait devoir épouser ce gros homme au teint couperosé, aux lèvres minces, au regard glacé ? Mais les seigneurs et dames qui l'un après l'autre l'avaient saluée étaient avenants, somptueusement vêtus, et devenir leur reine était une heureuse perspective. Ignorante des réalités physiques de l'amour, Anne se persuadait déjà qu'elle s'accoutumerait à son époux.

De sa litière, la sœur du duc de Clèves examinait avec étonnement les rues de Londres et ses habitants rassemblés en grand nombre pour l'accueillir. En tête du cortège, Suffolk savait que le peuple observait sa future souveraine avec plus de curiosité que de respect. Une quatrième reine allait être couronnée et nul ne s'attacherait à une figure étrangère, peut-être de passage. On entendait cependant quelques exclamations et souhaits de bienvenue. Afin de profiter des festivités et distributions de pain, soupe, lard, vin et bière offertes par le roi, les marchands avaient fermé boutique et les mendiants des alentours avaient accouru, ainsi que les inévitables voleurs, prostituées, charlatans et diseuses de bonne aventure. Çà et là des bourgeois avaient décoré leurs maisons de pièces d'étoffe colorées. L'immuable cérémonial allait conduire la future reine à l'Hôtel de Ville, puis à Westminster et enfin à Greenwich, où elle pourrait prendre du repos.

Pour ne point incommoder Anne de Clèves, on avait ôté les gibets où pourrissaient les corps des condamnés, nettoyé les rues des amoncellements d'ordures, chassé les estropiés trop hideux à regarder, les chiens galeux et les chats errants.

Devant un feu de joie allumé à un carrefour, Anne aperçut des enfants bien vêtus qui lui envoyaient des baisers et pria qu'on leur donnât à chacun une pièce d'argent. De tout son cœur, elle espérait être bientôt mère, avoir une grande famille à laquelle se joindraient naturellement Mary, Elisabeth et le petit Edward. L'aînée du roi n'avait que quelques mois de moins qu'elle et Anne espérait s'en faire une amie capable de la familiariser avec les coutumes de la cour d'Angleterre.

Précédé de joueurs de trompette et de fifres, le cortège maintenant longeait la Tamise. Sur le fameux pont d'où les têtes des décapités plantées sur des piques avaient été retirées, flottaient des oriflammes, des bannières, les drapeaux d'Angleterre et du duché de Clèves. La marée était basse, et des berges boueuses montait l'odeur forte de la vase. On allait arriver à l'Hôtel de Ville, les cloches de Westminster sonnaient à toute volée.

– Je l'épouserai, tonna le roi, mais vous subirez les conséquences de ce choix désastreux !

Cromwell gardait la tête basse. La colère d'Henry allait peu à peu s'apaiser et, dans quelques jours, le souverain ne verrait plus que les bénéfices de cette union. Anne était grande, bien en chair, et aussitôt qu'elle porterait un enfant, le roi s'en satisferait. Quant à lui, il était aise de pouvoir saborder définitivement l'influence des Howard qui, en dépit de l'exécution d'Anne, restaient proches du roi. Mais peu à peu le ministre était parvenu à éliminer les Pole qui intriguaient avec Mary. La comtesse de Salisbury, la gouvernante bien-aimée de la jeune fille, était à la Tour et il veillerait à ce qu'elle n'en sorte point. À soixante-treize ans, la vieille dame ne résisterait probablement pas longtemps à la solitude, la frugalité et l'humidité qui minaient les plus déterminés.

Les derniers York de la lignée mâle éliminés, les Howard écartés, il serait débarrassé de ses plus puissants ennemis et pourrait asseoir sa propre influence. Par ailleurs, il avait vu juste en misant sur l'alliance allemande, car Charles Quint venait tout juste de faire son entrée solennelle à Paris.

En habits de noces, Henry était d'une humeur massacrante. Comment supporterait-il une telle épouse ? La simple perspective de partager le soir même son lit le rebutait. Sa taille, sa peau, son odeur même, tout en elle lui déplaisait.

Selon le cérémonial, la mariée avait été couchée par ses dames d'honneur et, effarouchée, Anne attendait son nouvel époux derrière les courtines tirées du vaste lit conjugual. Sur la table le jouxtant, on avait déposé une carafe de vermeil contenant du vin de Grèce et deux gobelets en or ciselé.

La jeune femme ne comprenait pas pourquoi sa vieille gouvernante semblait bouleversée en la couchant. Elle avait murmuré quelques mots embarrassés dont elle n'avait saisi que « chair » et « soumission » Qui allait vouloir l'assujettir ? Son mari ? Mais déjà elle lui montrait une totale obéissance. Et la chair ? L'embrasserait-il comme elle avait vu des jeunes gens le faire dans le palais de son enfance ? Et s'il la serrait dans ses bras, quelle attitude devrait-elle adopter ? La religion luthérienne qu'elle pratiquait se montrait fort sévère envers toutes les formes de licence et elle espérait de tout son cœur qu'Henry ne la contraindrait pas à pécher.

La vue de cette grande fille à la peau grêlée et au sourire bonasse ôta à Henry le peu de désir qu'il avait d'elle.

– Bonsoir, ma mie, se contenta-t-il de dire. Dormez bien sous la protection de Notre-Seigneur.

Anne inclina la tête, heureuse de s'être souciée pour rien. Le mariage n'était point une épreuve difficile, après tout. Avec les deux cent soixante-trois compatriotes qui formaient sa suite et assuraient son service, sa vie changerait peu et elle s'en réjouissait.

La jeune femme dormit profondément. Au matin, Henry déjà vêtu lui souhaita le bonjour et sortit.

Depuis le début du mois de février, Cromwell se tourmentait. Non seulement le roi ne prenait pas goût à sa femme mais, après trois semaines de mariage, l'odeur que le corps d'Anne dégageait lui étant, prétendait-il, insupportable, il ne partageait plus que rarement sa couche. Les conséquences du dégoût royal pouvaient être lourdes. D'un côté, il avait contre lui un maître irascible ; de l'autre, le duc de Clèves et avec lui d'autres souverains allemands pouvaient exiger des comptes sur le rejet de la princesse.

Après quelques jours, Anne avait été avertie par ses dames que le déroulement de ses nuits conjugales n'était point légitime et qu'un mari ensommeillé n'engendrait point d'enfant à une femme endormie. Avec stupeur, elle avait écouté les francs propos qu'on lui tenait : « Pour éveiller l'intérêt de son mari, elle devait... » Les mots l'avaient terriblement embarrassée. Comment pouvait-elle ôter sa chemise, caresser un mari qui lui tournait le dos à peine couché ? Dieu ne pouvait exiger d'elle un tel sacrifice et, quand Henry avait franchi moins fréquemment le seuil de sa chambre, elle en avait été soulagée.

La vue du crachin qui noyait Londres accentuait chez Cromwell le sentiment aigu de l'imminence d'un danger le menaçant. Si le roi exigeait une annulation de son mariage, il devrait, étant celui qui avait négocié l'union, assumer la responsabilité de son échec. Le roi était d'une humeur qui lui laissait présager le pire, et les quolibets, facéties et remarques cruelles qui égayaient la Cour sur la débâcle matrimoniale du couple royal dégradaient un peu plus l'atmosphère. Pour se justifier, le roi avait expliqué à ses médecins qu'il ne faisait nullement preuve d'impotence en négligeant sa femme mais que celle-ci le dégoûtait. Qu'on lui présente une fraîche jouvencelle à son goût et il ne la laisserait fermer l'œil de la nuit.

Quelques jours plus tôt, la petite Elisabeth avait envoyé d'Hatford une lettre de félicitations à sa nouvelle belle-mère. À six ans, la fille d'Anne Boleyn montrait une intelligence et une personnalité hors du commun. Touchée par la gentillesse exprimée dans les jolies tournures de ses phrases, la reine avait donné la lettre à Henry en souhaitant que l'enfant puisse les rejoindre à la Cour. Mais, le lendemain, le billet était arrivé entre les mains du chancelier accompagné d'une note : « Dites à ma fille Elisabeth que sa mère était si supérieure à Anne de Clèves qu'elle n'a aucun intérêt à faire sa connaissance. »

– Sa Majesté demande à vous voir à l'instant, milord.

Cromwell sursauta. Perdu dans ses pensées, il n'avait pas entendu approcher son secrétaire.

Désormais, chaque convocation l'alarmait. Dans quelle humeur allait-il trouver le roi ? Puiserait-il assez de patience et d'ingéniosité en lui-même pour l'apaiser une fois encore ?

– Vous avez lu les dépêches, Cromwell ?

Entouré de deux gentilshommes de sa Chambre, le roi se tenait debout près de la cheminée. Au premier coup d'œil, le ministre perçut dans le regard d'Henry une lueur hostile.

– Parfaitement, Sire.

– Voici le roi de France et l'Empereur devenus les meilleurs amis du monde. Qu'en dites-vous ?

– Que cette alliance renforce notre influence, Sire, dans la mesure où, se méfiant l'un de l'autre, les deux souverains vont chercher à s'entendre avec Votre Grâce.

– Je pense ainsi, Cromwell, et en éprouve beaucoup de satisfaction, car l'alliance allemande perd de son importance pour l'Angleterre.

Cromwell vit aussitôt où le roi voulait en venir et se raidit.

– En outre, les lords anglais encore attachés à Rome comme Norfolk et l'évêque Gardiner sont hostiles à toute attitude amicale envers les pays luthériens auxquels vous m'avez malencontreusement attaché en me mariant à lady Anne.

– Comment pourrais-je ignorer que Votre Majesté n'est point satisfaite de son mariage ? répondit Cromwell d'un ton contrôlé. Je m'emploierai donc à le défaire aussitôt que nous aurons l'assurance des bonnes dispositions de l'empereur à notre égard. Sa Grâce à nos côtés, le duc de Clèves ne pourra protester que pour la forme.

Les petits yeux gris du roi scrutaient son chancelier. Cromwell avait commis une grave erreur qui amoindrirait pour longtemps la confiance qu'il avait mise en lui.

– Je ne veux plus avoir ces Allemands dans mes jambes, Cromwell. Renvoyez-les. La reine s'adapte bien à nos mœurs et n'a nul besoin d'eux. Offrez-leur un banquet d'adieu, faites-leur remettre des cadeaux et embarquez-les au plus vite.

Avec chagrin, Anne avait vu partir la quasi-totalité de ses suivantes comme de ses serviteurs mais, de nature calme et obéissante, elle s'était soumise à la volonté de son mari. Assez vite, elle apprenait l'anglais et était capable de comprendre ce dont ses dames s'entretenaient. Ce début de communication rendait sa vie quotidienne plus facile et elle s'estimait une épouse heureuse. Le roi s'adressait à elle avec bonté, lui laissait beaucoup de liberté. De temps à autre, il venait la rejoindre dans son lit où il s'endormait profondément.

En février, tous deux avaient descendu la Tamise en barge et, à leur passage, les canons de la Tour avaient tonné. Les bals masqués et défilés l'amusaient et, deux mois à peine après son mariage, la reine ne regrettait plus la cour de son frère, rigide et ennuyeuse.

Une nouvelle demoiselle d'honneur venait de se joindre à sa suite. Petite, ronde sans être grosse, Katherine Howard, nièce du duc de Norfolk, était pleine de vivacité, de joie de vivre. Toutes deux avaient été élevées à la campagne et partageaient le même goût des bonheurs simples. Anne l'appréciait.

Depuis plusieurs semaines, la reine avait dû répondre à des allusions de moins en moins discrètes sur ses rapports avec le roi. Qu'avaient-ils de si étranges pour soulever tant d'interrogations ? Fugitivement, la jeune femme avait même éprouvé le sentiment que l'on se moquait d'elle. Ces mystères l'agaçaient et elle était prête à demander des explications.

– Votre Grâce désire-t-elle un enfant ?

En lui répondant par une interrogation, sa première dame

d'honneur, lady Edgecombe, éludait la question qu'elle venait de lui poser. Mais, de bonne grâce, Anne consentit à acquiescer. Elle aimait les enfants et désirait fonder une grande famille. Mi-narquoise, mi-embarrassée, lady Edgecombe l'observait.

– Que Votre Majesté pardonne ma franchise, mais je pense qu'elle est toujours pucelle.

– Comment le serais-je alors que je dors parfois avec le roi ?

– Dormir n'est point suffisant, Milady.

Le cœur de lady Edgecombe battait un peu trop fort, mais elle était décidée à aller jusqu'au bout. Le roi n'avait pas le droit d'abuser ainsi de la naïveté de sa femme.

– Comment cela ?

La reine avait pâli. Elle pressentait que de cette conversation lui adviendraient des malheurs.

– Un mari doit montrer d'autres attentions à sa femme : des caresses, des baisers...

– Sa Majesté me donne un baiser de bonne nuit, coupa la reine. Cela suffit sur ce sujet.

Durant toute la soirée, Anne roula dans sa tête les mots prononcés par lady Edgecombe, tentant de débusquer leur véritable signification. Se pût-il qu'elle déméritât auprès du roi ? Que celui-ci ne l'aimât point comme il aurait dû ? Ses soupçons l'abattaient d'autant plus qu'elle était dans l'impossibilité de les formuler. Si son époux la rejetait, allait-elle subir le sort de la reine Catherine ou, pire encore, celui de la reine Anne ? De la nuit, elle ne put fermer l'œil. Devait-elle parler au roi ? Mais que lui dire ? Si elle l'interrogeait sur son amour pour elle et qu'il lui avouât n'en avoir point, les jours heureux qu'elle vivait depuis son arrivée en Angleterre s'achèveraient, ne laissant derrière eux que larmes et humiliation. Mieux valait chasser toute curiosité.

En quelques mois, l'existence de Katherine Howard avait changé du tout au tout et le jour du début d'automne où sa grand-mère lui avait annoncé son prochain départ pour Londres lui semblait déjà lointain. Tout d'abord, la vie à la Cour l'avait déroutée. Privée de ses amies et de ses servantes, elle se sentait isolée, perdue. Mais son oncle Norfolk l'avait convoquée et, après l'avoir examinée des pieds à la tête, avait consenti à lui sourire, à lui offrir sa protection et à lui donner comme chaperon Jane Rochford, sa cousine, qui la familiariserait avec les us et coutumes de la Cour.

Jane, la veuve de George Boleyn, lui avait aussitôt témoigné une grande amitié. Son âge, son expérience, ses épreuves lui donnaient un prestige qui impressionnait Katherine et très vite son nouveau mentor avait eu sur elle une grande influence. Jane savait tout ! Intrigues, inimitiés, intérêts partagés, ambitions, haines, rien ne lui échappait. On chuchotait, certes, que son témoignage avait perdu son époux, mais Katherine n'en avait cure.

Entre sa cousine et Thomas Culpeper, l'avenir lui souriait. Son galant n'était pas autorisé à lui faire ouvertement sa cour, mais Jane parvenait à leur ménager quelques moments de solitude. Apprécié par le roi, le jeune homme n'avait pas son pareil pour changer le bandage qui pansait sa jambe malade. L'ulcère, confiait-il à Katherine, était affreux à voir et le roi en souffrait beaucoup.

À deux reprises seulement, la jeune fille avait pu apercevoir Henry VIII. Sa stature, sa majesté l'avaient impressionnée. Souvent elle posait quelques questions à Thomas : était-il aussi cruel qu'on le disait, aussi vaniteux ? Le jeune homme l'avait détrompée. Le roi était sensible et généreux, mais la vie ne l'avait pas épargné et son cœur avait dû s'endurcir. De son côté, il interrogeait la jeune fille sur la reine. À sa maîtresse, elle n'avait rien à reprocher, sinon une lourdeur qu'elle tenait autant de sa nature que de son éducation.

Après une lettre exprimant en termes cinglants son mépris, Francis Dereham ne se manifestait plus et Katherine en était soulagée. Certes, elle s'était comportée avec étourderie, mais lui-même avait réagi en époux trompé alors que leur idylle n'était qu'enfantines amours. Jane l'avait tout à fait rassurée. Les hommes ne s'encombrant pas des femmes qu'ils n'aimaient plus, celles-ci devaient se conduire de la même façon. Dans le jeu des amours, le plus malin ou le plus tricheur emportait la mise. « Culpeper, avait-elle insinué, était un beau parti, mais un meilleur encore pouvait se présenter... »

En dépit de violentes giboulées, on devinait l'arrivée du printemps. Les rues de Londres semblaient plus actives, plus gaies, et dans les villages alentour, les paysans s'activaient aux champs, semant l'orge, taillant les haies, surveillant les brebis prêtes à agneler, tandis que leurs femmes plantaient légumes et herbes, barattaient du beurre, confectionnaient des fromages.

La Couronne s'était emparée des dernières abbayes comme Canterbury, Christchurch, Rochester et Waltham. Désormais, il n'y avait plus de monastères en Angleterre et le roi arborait au doigt un rubis qui depuis le XIIe siècle ornait le sanctuaire de Thomas Becket à Canterbury. Mais, à la Cour, les tribulations conjugales du roi l'emportaient sur toute autre préoccupation.

– Sa Majesté convoque les dames de la suite de la reine, annonça un après-midi Jane Rochford. Elle veut nous offrir à chacune un présent de Pâques.

La jeune femme semblait très excitée. Souvent le roi les retenait pour plaisanter, leur faire un brin de cour. On le disait ce jour-là de bonne humeur...

En hâte, Katherine passa la robe en velours cerise qui lui allait le mieux. Elle avait un corsage ajusté brodé de losanges en fils d'or, une jupe de taffetas d'un ton légèrement plus foncé, une ceinture de passementerie de soie où était accrochée son aumônière de tapisserie décorée de petites perles.

Comme coiffe, elle avait opté pour le croissant français, plus seyant que le chaperon encadrant le visage et cachant les cheveux. Seules les vieilles femmes et quelques bigotes le portaient encore. Anne Boleyn l'avait toujours boudé et, en dépit de l'opprobre qui accablait sa mémoire, son élégance raffinée restait un modèle à la Cour.

Tout en jetant un rapide coup d'œil sur sa silhouette, Katherine songea à Thomas Culpeper qui ferait sans doute partie de la suite du roi. Depuis deux semaines, elle n'avait pas vu son cousin et se languissait de lui. Avec le printemps, espérait-elle, la duchesse douairière, sa grand-mère, lui annoncerait la nouvelle d'un accord entre les deux familles suivi de promptes noces.

Avec surprise, la jeune fille découvrit son oncle auprès du roi. Quelques gentilshommes l'accompagnaient, mais elle ne vit pas Culpeper.

– Approchez, Katherine.

La voix du duc de Norfolk était onctueuse. Jusqu'alors, le roi ne s'était entretenu qu'avec la duchesse de Richmond, veuve de son bâtard Fitzroy, avec la duchesse de Suffolk et sa nièce Meg. Aux autres dames, il s'était contenté d'adresser un signe de tête.

Avec embarras, Katherine quitta le groupe. Le roi l'observait et ce regard perçant ajoutait à son trouble.

– Ma nièce, Katherine Howard, Sire, annonça le duc de Norfolk.

Katherine fit la plus belle de ses révérences. Elle avait le feu aux joues. Lorsqu'elle se releva, ses yeux rencontrèrent ceux du roi. Une étrange confusion mêlée de fierté la submergea.

– Ainsi vous êtes demoiselle d'honneur de la reine, dit Henry. Vous avais-je vue auparavant ?

– Oui, Sire.

– Alors je devais être distrait car il semble impossible d'oublier un aussi joli visage. Vous plaisez-vous à la Cour, lady Katherine ?

– Dites-moi tout ! supplia Jane Rochford.

Encore étourdie, Katherine s'était laissée tomber dans un fauteuil. Elle avait la sensation que soudainement la porte d'un autre univers s'ouvrait devant elle, fascinant mais inexploré, peut-être dangereux, peut-être source de bonheurs exquis.

– Sa Majesté m'a interrogée durant un long moment.

Avec minutie, Katherine rendit compte de son entretien. Henry ne s'était intéressé qu'à elle et lui avait posé de nombreuses questions sur ses activités, ses goûts. De ses réponses naïves, le roi avait souri. Puis il lui avait pris la main.

« Nous nous reverrons, lady Katherine, soyez-en sûre. Vous êtes jeune, exquise, et j'ai grand besoin de soleil dans ma vie. »

Debout, à deux pas de leur souverain, son oncle le duc de Norfolk ressemblait à un général à qui l'on venait d'annoncer la victoire.

– Que Dieu vous protège, ma petite cousine, murmura lady Rochford, car vous voici entre les mains du roi.

31

Printemps-été 1540

Sa récente élévation au titre de comte d'Essex alarmait plus Cromwell qu'elle ne le réjouissait, car l'attitude du roi à son égard restait ambiguë. Parfois attentif, favorable à ses opinions, il pouvait aussi lui couper la parole ou le congédier sans préambule.

Déjà médiocres, les relations d'Henry avec la reine s'étaient détériorées un peu plus depuis qu'il s'était entiché de Katherine Howard. Sans en parler au roi, Cromwell travaillait activement à une annulation. L'union n'ayant pas été consommée, celle-ci ne poserait pas de difficultés majeures si la reine se montrait conciliante. Dans le cas contraire, la terrifiante procédure utilisée contre Catherine d'Aragon devrait à nouveau être engagée.

Dans son cabinet de travail, le chancelier marchait de long en large. Pourquoi cet engouement du roi pour les filles Howard ? Certes, Katherine était jolie, petite, féminine, critères qui avaient toujours touché le cœur du roi, mais elle n'avait guère d'intelligence. Une délicieuse tête de linotte, de trente et un ans la cadette d'Henry, jouissant du soutien du clan Howard qui le détestait, lui le fils d'un maréchal-ferrant parvenu au sommet du pouvoir. Après avoir abattu Wolsey, la même famille allait s'acharner sur lui, faisant fi des immenses services qu'il avait rendus à son pays et à son roi.

Il se méfiait aussi de son protégé Thomas Wriothesley qui, instruit de tous ses secrets, pouvait le perdre s'il décidait de faire cavalier seul. Certains indices lui laissaient prévoir sa trahison, en particulier sa sympathie pour un renouvellement d'alliance avec François Ier qui ne dissimulait pas les préventions qu'il avait contre lui.

Épuisé, anxieux, le chancelier s'appuya contre le chambranle d'une fenêtre. Quand aurait-il le temps de prendre du repos dans son manoir campagnard ? Mais le pourrait-il, ses ennemis profiteraient de son absence pour l'abattre.

– Le roi est décidé à faire annuler son mariage pour vous épouser, mon doux cœur, dévoila Jane Rochford à Katherine abasourdie.

Tout allait trop vite. Son oncle depuis quelque temps lui montrait des attentions touchantes, une indéfectible bienveillance, ses amies la traitaient avec respect, son aïeule lui écrivait des lettres dans lesquelles elle exprimait son affection en des termes jamais employés lorsqu'elle vivait sous sa protection. À la joie qu'éprouvait Katherine de se savoir aimée par son souverain succédaient des moments de profonde angoisse. Tristement, Thomas Culpeper lui avait annoncé que leur relation avait pris fin mais qu'il resterait pour toujours épris d'elle. Nulle main venue du passé ne tentait de la retenir, il semblait que la terre entière fût liguée pour la pousser dans ce mariage. Que signifiait-il, qu'elle allait être couronnée, devenir la maîtresse des innombrables palais royaux, porter les somptueux bijoux de la Couronne, se pavaner dans des robes de drap d'or et d'argent ?

Les attentions du roi la touchaient et la perspective de partager son lit ne lui déplaisait pas. Elle aimait le pouvoir de cet homme, la force qui se dégageait de lui, son autorité devenant douceur et vulnérabilité lorsque, sur ses genoux, elle le laissait lui prodiguer des caresses que de plus en plus souvent elle osait rendre.

L'embarras que lui causait sa trahison envers la reine avait été de courte durée. Ses yeux enfin décillés sur la réalité physique du mariage, Anne de Clèves avait accepté de s'effacer. En contrepartie Henry lui offrait un confortable douaire et la jouissance, sa vie durant, des châteaux de Richmond, Bletchingley et Hever. Après quelques mois passés en Angleterre, Anne ne souhaitait nullement retourner à Clèves où elle retomberait sous l'autorité de son frère. Vivre célibataire, indépendante et riche lui convenait.

Le consentement étant réciproque, l'annulation ne pouvait tarder, mais, comme s'il craignait de subir les terribles conséquences de ce mariage avorté, Cromwell ne se hâtait pas. À la Cour, chacun devinait proche la chute du chancelier.

Une chaleur inhabituelle en ce début de mois de juin accabla les Londoniens qui eurent peur d'une soudaine épidémie de suette. L'ordre fut donné de jeter de l'eau dans les rues pour en éliminer les immondices, d'enterrer les morts le jour suivant leur décès, une prime fut accordée aux chasseurs de rats, de chiens et de chats errants.

Accrochées aux portails, aux murs des maisons et des jardins, des gerbes de chèvrefeuille embaumaient et leur parfum, poussé par une bouffée de vent, arrêta un instant le roi tandis qu'en compagnie de Suffolk et Norfolk, il parcourait à grands pas le parc de Greenwich. Le lendemain, après la réunion du Conseil, Cromwell serait arrêté pour haute trahison, conduit à la Tour et, par convenance, Katherine escortée chez son aïeule en attendant les noces.

Depuis longtemps Henry n'avait été aussi heureux. Une existence nouvelle allait commencer pour lui avec la très jeune fille dont il était fou amoureux. Débarrassé de Cromwell, Katherine devenue sa reine, la vie redeviendrait comme autrefois, lorsqu'il était jeune, beau, sportif, irrésistible et aimé.

– La soirée est délicieuse, dit-il d'un ton entendu, et j'irai par barge visiter votre belle-mère, milord Norfolk.

Le duc était radieux. À nouveau la chance favorisait sa

famille et ce renversement inespéré du sort redonnait vigueur à ses ambitions.

Le roi arrêta sa marche pour humer l'air du soir.

– Les jeunes personnes ont du bon, n'est-ce pas, Suffolk ? Vous voilà père de deux beaux garçons. Souhaitez-moi votre chance !

Le retour dans le domaine de son aïeule avait soulevé en Katherine des émotions qu'elle maîtrisait avec difficulté. Là, elle avait embrassé Manox, ici Francis Dereham l'avait serrée dans ses bras, près de la Tamise Thomas Culpeper lui avait pour la première fois dévoilé sa tendresse. Et à présent, c'était le roi d'Angleterre qui venait la courtiser.

Après le départ d'Henry, longuement elle avait suivi la trace laissée sur l'eau par sa barge. Le ciel gris moucheté de rose s'étirait au-dessus du fleuve et les collines se déroulaient jusqu'à l'horizon. Les hirondelles et martinets passaient comme des traits, rasant la surface de l'eau. Sur l'autre rive, des paysans avaient allumé un feu de bois dont Katherine humait l'odeur rabattue par la brise.

Quelques jours plus tôt, le roi était tombé à ses pieds et, ne pouvant supporter de le voir ainsi, Katherine s'était elle-même agenouillée. Dans les bras l'un de l'autre, ils s'étaient embrassés encore et encore. Elle avait eu envie de lui et l'avait avoué. Il avait souri. « Que savez-vous du désir, ma mie ? » Avec hardiesse, elle avait décrit ce qu'elle ressentait et, plus fort encore, il l'avait serrée contre lui.

À regret, la jeune fille fit demi-tour. Sans la crainte que lui inspirait sa famille, peut-être aurait-elle alors avoué qu'elle n'était plus vraiment pucelle. Sans évoquer les trois hommes qui avaient joui de ses privautés, elle se serait contentée de parler d'un amoureux un peu hardi, d'une faiblesse de très jeune fille, et Henry aurait pardonné. Alors elle l'aurait épousé le cœur léger, débarrassée des remords qui la rongeaient quand il la traitait en innocente. Pourrait-elle se racheter en le rendant heureux ?

Disposant à Horsham de son propre appartement et de nombreuses servantes, elle ne couchait plus désormais dans la grande chambre. La duchesse douairière avait catégoriquement refusé que Jane Rochford, dont le témoignage avait conduit son petit-fils George à l'échafaud, l'accompagnât. Mille fois, Jane s'était défendue de cette vilenie. Face à son Créateur, elle devait dire la vérité et, par ailleurs, était-elle l'épouse de George ? À peine durant leur mariage avait-il partagé son lit. « Nul n'ignorait, ma mie, lui avait-elle un jour confié, qu'à part sa sœur, George n'aimait pas les femmes. » Katherine s'interdisait de juger sa cousine. Qui pouvait percer les secrets d'un cœur ? Elle-même ne pourrait-elle pas être condamnée comme débauchée, alors que seule une spontanéité toujours sincère l'avait poussée dans les bras de ses amoureux ? Loin de vouloir faire le mal, elle avait obéi à ce qu'il y avait de plus joyeux en elle.

Aimée du roi, elle avait dû se détacher de Thomas, mais souvent elle pensait à lui. Si les choses n'avaient pas tourné d'une aussi extraordinaire façon, ils seraient sur le point de se marier. Serait-elle plus heureuse ? À cette question, la jeune fille refusait de trouver une réponse. Elle allait épouser le roi d'Angleterre et cette union abolirait son passé.

Après un procès où il se défendit bec et ongles, Thomas Cromwell reçut, abasourdi, une sentence de mort. Le jour même, Henry signa l'ordre de son exécution prévue dès le lendemain. Thomas Wriothesley prendrait aussitôt la place laissée vacante par son ancien maître et protecteur.

Au château d'Oatland dans le Surrey, chacun s'affairait aux préparatifs du mariage royal et on ne déplorait guère le sort de celui qui s'était tant dépensé pour son roi, ni ne cherchait à expliquer sa dramatique chute. Même si la bénédiction nuptiale devait avoir lieu en privé et sans déploiement de faste exceptionnel, des banquets, des feux d'artifice et des danses étaient prévus après la cérémonie ; des comédies seraient jouées dans le parc.

Affable, rieuse, pleine d'allant, la future reine donnait déjà à la Cour un ton de jeunesse et de franche gaîté qu'on trouvait bienvenu après la mort de trois souveraines et la répudiation de la quatrième.

Le 28 juillet, veille des noces, la nouvelle de l'exécution de Cromwell sous la hache d'un bourreau malhabile qui avait dû s'y reprendre à trois fois pour le décoller ne souleva que peu d'émotion. Aussi intelligent fût-il, l'homme s'était fait maints ennemis. Ses amis, quant à eux, étaient devenus muets.

Éveillée de bonne heure, Katherine se laissa vêtir, habiller, coiffer, parer de somptueux bijoux. Elle avait l'impression de rêver. Allait-elle être vraiment l'épouse du roi d'Angleterre ? Sept mois plus tôt, elle préparait chez son aïeule les fêtes de Noël, courait dans le parc avec ses compagnes en robe de lainage pour couper du houx, briser les branchettes de sapin qu'elles décoreraient ensemble de rubans. De retour au château, le vin chaud aux épices réchauffait les jeunes filles, leur mettait le rouge aux joues. Regroupés dans un coin du hall, les garçons les reluquaient en chuchotant, les chiens aboyaient, les servantes allaient et venaient, les bras chargés de victuailles achetées au marché du village : gâteaux aux épices, pommes caramélisées, noix dorées qui seraient disposées devant l'âtre. Les fêtes à Horsham étaient simples et joyeuses. On allumait des feux de joie dans la cour, on chantait de vieux cantiques, s'offrait de menus cadeaux. Pour sa grand-mère, Katherine avait brodé une aumônière ; pour lady Dorothy, elle avait confectionné un bouquet de roses en soie blonde..

– Si Milady veut bien se regarder !

Devant le haut miroir, Katherine ne put retenir une exclamation étonnée. Était-elle vraiment cette jeune femme éblouissante vêtue de drap d'or et de damas crème ? Ses abondants cheveux auburn flottaient dans son dos, retenus par un cercle piqué d'innombrables diamants. À ses oreilles pendaient des boucles offertes la veille par le roi, une cascade de diamants enserrant des rubis gros comme des noisettes.

Du bout d'un doigt, Katherine caressa ses joues, ses lèvres carminées par la cochenille. Elle avait envie de rire et de pleurer, elle avait peur, elle était heureuse.

Henry l'attendait au pied de l'autel. La fine dentelle de sa chemise couvrait l'encolure de son pourpoint où brillait l'ordre de la Jarretière. Loin de le rajeunir, la couleur claire de ses vêtements accentuait la couperose du teint, les fils blancs qui déjà parsemaient sa courte barbe roussâtre. Mais le regard resplendissait de bonheur et les quelques proches admis à la cérémonie étaient touchés par cet aveu presque enfantin de son amour pour Katherine.

L'archevêque Bonner tendit la main à l'épousée. Parée comme une statue précieuse, elle semblait plus jeune encore, un peu perdue. En souriant, il plaça les doigts fins ornés de bagues sur ceux du roi. À la question rituelle : « Henry Tudor, roi d'Angleterre, voulez-vous prendre pour épouse Katherine Howard ici présente ? », le roi répondit affirmativement d'une voix forte et réjouie. La main de sa petite épousée tremblait dans la sienne. La simplicité avec laquelle Katherine, sa Kate, lui avait rendu ses caresses, lui laissait entendre qu'elle aimerait l'amour et se donnerait avec joie. Chaste depuis son fâcheux mariage avec Anne de Clèves, il se sentait apte aux plus juvéniles prouesses. Toute petite, face à son imposante stature, Katherine avait prononcé à son tour le « Je le veux » la liant à lui. Son trouble l'attendrissait. Après quatre mariages dont trois malheureux, le roi avait la certitude de toucher enfin au bonheur.

Alors que ses femmes la déshabillaient pour lui passer la chemise nuptiale, Katherine ne cessait de se demander si elle était bien vierge, comme elle s'en était jusqu'alors persuadée. « Lorsque vous aurez mal, demandez à votre galant de se retirer », chuchotaient ses amies. Elle avait agi ainsi et Manox comme Francis lui avaient obéi. Mais gardait-elle cependant des traces de ces brèves pénétrations ? Henry pourrait-il les déceler ? Il fallait hâter les choses, exciter sa passion afin que l'entendement le quittât. Ensuite elle pourrait cesser de se tourmenter.

Comme toujours en cette occasion, ses dames d'honneur arboraient des sourires pleins de sous-entendus qui accentuaient le malaise de la jeune mariée. Jusqu'alors elle ne connaissait de l'amour que des élans spontanés, un plaisir partagé dans la plus complète harmonie. Ses amoureux avaient été jeunes et beaux, prêts aux amusements de leur âge. Allait-elle pouvoir conserver cette spontanéité avec le roi d'Angleterre ?

Les dames et les servantes s'étaient retirées de la chambre nuptiale. Seule dans le vaste lit, Katherine guettait les pas du roi. Tout se passerait bien, elle allait faire la petite chatte, se lover contre son époux, oser de petits baisers, les effleurements de langue dont Francis était fou. Durant cette première nuit, elle devait garder la tête froide.

Sur le dos, les yeux ouverts, Henry savourait sa félicité. Kate lui avait permis tous les plaisirs et sa sensuelle timidité les avait intensifiés. Il était toqué de cette femme-enfant, de son corps rond et ferme, de sa bouche, de sa douceur, de ses hésitantes mais prometteuses audaces. Certes, elle avait un peu pleuré quand il l'avait déflorée, mais, contrairement à Jane Seymour qui avait fait mille embarras, elle avait été prête aussitôt à poursuivre leurs jeux amoureux.

L'aube se levait. Il allait se faire vêtir et aux premiers rayons du jour partir chasser, comme au temps de sa jeunesse. À côté de lui, sa Kate dormait paisiblement. Un souffle léger passait ses lèvres entrouvertes, ses cheveux couvraient l'oreiller de leurs boucles noisette. Le soir même, il serait à nouveau le maître de cette délicieuse enfant.

Jane Rochford serra la reine dans ses bras.

– Tout va bien, chuchota-t-elle, le roi est parti chasser avec un visage ne pouvant dissimuler le bonheur que vous lui avez offert.

Katherine riait et pleurait tout à la fois. Elle se sentait légère, radieuse. À partir de maintenant, elle allait pouvoir jouir une par une de toutes les félicités que son nouvel état lui offrait, et tout d'abord du bal préparé en son honneur.

Intime, le petit château d'Oatland se prêtait aux fêtes simples, mais le roi avait voulu que la soirée fût somptueuse. Mille bougies, cinq cents flambeaux avaient été plantés dans les jardins. La nuit venue, les allées, les contours des buissons, les parterres de fleurs prendraient un aspect féerique qu'accentueraient les feux de Bengale allumés à minuit.

Le temps étant chaud, le bal aurait lieu sur la terrasse décorée depuis la veille de pots d'orangers et de jasmins étoilés. Grimpés à des échelles, penchés aux fenêtres, des valets accrochaient des tapisseries dont les couleurs vives tranchaient sur les murs de pierre grise. Sur le sol en briques, on jetterait dans l'après-midi des brassées de fleurs coupées, des feuillages odorants. Les douves avaient été curées, remplies d'eau fraîche, les modestes ponts de bois qui les franchissaient passés à la feuille d'or. Bordures, berceaux et cabinets de verdure étaient décorés de rubans de soie rose, assortie à la robe que la reine porterait, une robe de brocart gaufré fort serrée à la taille, et au buste orné d'un admirable travail de broderie au fil d'or. Déjà maintes jeunes filles de la Cour copiaient la façon dont Katherine nouait sa ceinture, la couleur des chaussures qu'elle avait pour ses noces, celle de son aumônière. Le matin même, lors de la célébration de la messe, on l'avait vue portant sur le dos de la tête un petit bonnet rond de soie écarlate clouté de perles qui avait fait sensation.

– Imposez-vous, ma mie, insista Jane. Si vous ne vous comportez pas en reine, votre jeune âge pourrait vous nuire. N'avais-je pas raison ce matin en insistant pour cette toque rouge ? Tous les chapeliers de Londres vont promptement en recevoir commande.

Katherine écoutait en souriant le bavardage de sa cousine. Certes, elle adorait les vêtements et les parures, mais ceux-ci étaient-ils son seul moyen d'imposer le respect ? Souvent, son aïeule évoquait l'intelligence de son autre petite-fille, Anne Boleyn, son goût pour les arts, sa curiosité intellectuelle. Hélas, à peine savait-elle elle-même écrire une lettre. Pourquoi n'avait-elle pas étudié avec plus d'ardeur ? Mais, dès l'âge de dix ans, elle n'avait pensé qu'à l'amour. Les conversations politiques ou philosophiques l'ennuyaient. Elle ne savait que rire, danser, jouer de la musique et caresser le corps d'un homme.

Sur le lit était étalée la somptueuse robe de bal qu'on allait l'aider à revêtir. Déjà la cime des arbres les plus élevés cachait le soleil. Il faisait doux, dans la lumière dorée dansaient des moucherons.

Après une joute poétique gagnée par le cousin de la reine, fils aîné du duc de Norfolk et héritier du titre, l'orchestre avait entamé une volte.

La nuit était claire, criblée d'étoiles. Le jasmin répandait une odeur de miel et, dans la lueur des torches et des bougies, l'eau des bassins semblait légère, transparente comme de la mousseline.

Fringant, tout sourire, le roi arborait des chausses collantes en fil d'un rouge orangé, une ample soubreveste rousse galonnée de soie mordorée, serrée aux hanches par une ceinture ornée de diamants et de malachite. Depuis des années, en raison de sa mauvaise jambe, on ne l'avait vu danser une volte mais ce soir-là, le poing sur la hanche, il tendit la main à sa reine.

Passant d'un danseur à l'autre, Katherine était ivre de joie. La musique, les fleurs, les flambeaux, les tapisseries, tout avait été choisi pour la célébrer. Elle prenait conscience de sa puissance, se savait le point de mire, non seulement de la Cour mais de tout un pays, et cette brusque révélation lui donnait envie de rire et de chanter. À la volte avait fait place un branle plus solennel où chacun se tenait la main avant qu'un couple ne se détachât du centre pour exécuter une figure répétée par les autres dames et leurs cavaliers. Katherine sentit des doigts serrer fortement les siens, Thomas Culpeper l'entraînait au rythme des luths, hautbois, cornets et flûtes.

– Votre bonheur me tue, chuchota-t-il.

La jeune fille sentit toute joie refluer d'elle.

– Je ne vous oublie pas, Thomas, chuchota-t-elle, soyez-en sûr.

Comme toujours, elle avait parlé spontanément et se demanda aussitôt si elle n'était pas en train de commettre une grosse faute. Mais le contact de la peau de celui qu'elle avait tant aimé lui procurait le même plaisir sensuel.

Pour toute réponse, Culpeper accentua la pression de sa main.

32

Été-automne 1540

– Puis-je vous parler, Milady ?

Un peu embarrassée, Meg se tenait devant la reine. Bien qu'elle fût de six ans sa cadette, celle-ci lui apparaissait comme la seule alliée possible.

Katherine qui jouait du luth posa son instrument. Elle avait d'emblée éprouvé de la sympathie pour la nièce du roi dont l'involontaire célibat la peinait.

Depuis que la Cour s'était installée à Hampton Court, une certaine forme de cérémonial avait repris ses droits, mais les plaisirs de la chasse, les joies champêtres assouplissaient l'emploi du temps, et Katherine se laissait emporter par le tourbillon des jours. Le roi ayant fait écrire à toutes les cours européennes pour annoncer son mariage, personne n'ignorait plus sa dignité de reine.

– Je suis venue à vous persuadée que nul mieux que Votre Grâce pouvait me comprendre et m'assister.

Le sourire de Katherine montrait une désarmante bienveillance.

– Seriez-vous prête à protéger deux amoureux ?

La reine soupira. Tout ce qui touchait à l'amour l'émouvait.

– Certes, répondit-elle. Qui sont-ils ?

– Votre frère Charles et moi-même, Milady.

Depuis deux mois, ils étaient épris l'un de l'autre mais, par peur du roi, Meg avait gardé leur relation secrète.

Katherine était dans le ravissement. Ainsi son grand frère et la nièce du roi s'aimaient ! Comment aurait-elle pu deviner ?

– J'en parlerai à Sa Majesté dès ce soir.

– Certes non, Madame ! s'alarma Meg. Il faut la préparer avec ménagement à une union qu'elle pourrait tout d'abord réprouver.

– Charles est mon frère !

– Mon oncle veut être l'arbitre de la vie des siens. J'ai payé assez cher pour avoir tiré des leçons de mon erreur passée et désire aujourd'hui que Sa Majesté arrive à considérer ce projet comme venant d'elle.

Katherine laissait le soleil jouer sur son visage. Certes, elle allait aider Meg et Charles.

– Ne confiez surtout pas mon secret à lady Mary, pria Meg, elle y serait hostile.

– Lady Mary m'évite. N'a-t-elle pas toujours haï ma défunte cousine ? Elle devrait enfin lui pardonner. Le ressentiment et l'amertume gâchent la vie.

Le ton léger de Katherine interdisait toute argumentation. Meg aimait et plaignait Mary. Tant d'années vécues dans la détresse l'avaient rendue inapte au bonheur. Après deux tentatives avortées d'évasion en Flandres, elle s'était résignée à l'insécurité, au dédain, à un morne avenir. Au moins son père avait-il renoncé à la marier et, à vingt-cinq ans, elle vivait entre dévotions et études. Pensait-elle toujours à son cousin Reginald Pole exilé à Rome ? Rien ne le laissait deviner. Mary était si murée en elle-même que, lors de l'arrestation de la comtesse de Salisbury qu'elle aimait comme une mère, Meg n'avait pas réussi à lui tirer trois mots.

– Si Charles pouvait obtenir un poste lucratif à la Cour, hasarda la jeune fille, le roi ne pourrait lui reprocher sa pauvreté.

Katherine éclata de rire.

– Le roi m'a bien épousée sans le sou ! Ma famille est pauvre, certes, mais les Howard sont les Howard.

La fierté que la reine tirait de ses origines était récente. Lorsque, enfant, elle courait en galoches les prés et les bois en compagnie de la ribambelle de ses frères et sœurs, jamais elle n'en avait éprouvé. Son père toujours absent, sa belle-mère débordée n'évoquaient pas la grandeur de leur nom et il lui avait fallu l'intérêt témoigné par sa grand-mère pour qu'elle prît conscience que son oncle était le premier duc du royaume. Maintenant, face aux plus nobles familles qui enviaient sa position, elle pouvait garder la tête haute.

– Je vais protéger Charles tout particulièrement, promit-elle. Lorsque Sa Majesté sera accoutumée à le voir, elle le prendra en amitié. Mon oncle et moi-même ferons le reste.

Pour la première fois depuis le début de l'été, Meg trouvait un soulagement à ses angoisses. Chaque rendez-vous avec Charles Howard la plongeait dans la terreur d'être dénoncée, puis convoquée par son oncle. Sous la protection de la reine, peut-être avait-elle une chance de pouvoir mener à bien cette nouvelle histoire d'amour.

L'été avait vu une suite de fêtes. Rien ne semblait trop beau au roi pour célébrer une jeune épouse qu'il nommait « ma rose sans épines ». Pour lui plaire, il avait renouvelé sa garde-robe, se vêtant de soie cramoisie, de taffetas incarnat enrichi d'argent, de pourpoints mouchetés d'or, de soie tailladée doublée de satin, portait des toques en peau de daim souples comme du velours, ornées de perles, de plumes, de cordelettes d'or. Sa stature imposante, sa corpulence, sa superbe le faisaient ressembler à un héros antique acceptant l'adoration de ses amis, foulant aux pieds ses ennemis. Il avait tiré son royaume des griffes de Rome, engendré un fils et à présent partageait le lit d'une toute jeune femme. L'avenir ne lui faisait plus peur.

Lorsqu'il regardait dormir Katherine à son côté, il était

attendri par ce visage encore marqué par l'enfance. La bouche pulpeuse, les joues arrondies, la délicatesse du menton, les longs cils, tout en elle évoquait une fleur en bouton à l'aube de son épanouissement. Très vite, elle avait pris goût aux jeux de l'amour, acceptait volontiers la soumission qu'il appréciait chez une partenaire, une sujétion savante pleine d'équivoques et d'audaces verbales qui allumaient ses fantasmes.

Sensuelle, Anne avait été trop dominatrice au lit. Il l'avait remise à sa place avant de lui assigner un rôle qu'elle n'avait guère apprécié. Il sentait son dédain qui souvent lui ôtait tout désir. De temps à autre, il pensait à elle, à sa force morale, à sa fragilité physique, revoyait le feu de son regard, essayait de l'imaginer sur l'échafaud, droite, fière, hautaine comme à l'accoutumée. Une seule fois il l'avait vue traquée, affolée, c'était le jour où, se sachant perdue, elle l'avait imploré, leur petite Elisabeth entre les bras. Alors il avait joui de son rabaissement et pris plaisir à ne pas même lui adresser un mot.

Dans le parc d'Hampton Court, Henry voyait les feuilles déjà jaunies, les fleurs fanées. L'automne poussait la nature vers la décrépitude et la mort. Deux mois encore, et rien des couleurs éclatantes, de la fraîcheur, de la vitalité de la végétation ne survivrait. Si son mariage avec Katherine l'avait rajeuni, il lui rappelait aussi la brièveté de cette jeunesse et l'inéluctabilité de son propre trépas. Des voix lui parlaient qu'il ne voulait point entendre, des murmures du passé qu'il croyait à jamais étouffés.

Aussi vite qu'elle le pouvait, Meg courait le long des interminables couloirs, passait des portes, traversait des salles sans regarder autour d'elle. Charles Howard devait être dans l'antichambre du roi et, au plus vite, elle devait le mettre en garde. Qu'il puisse subir le même sort que Thomas, son premier amour, lui chavirait le cœur.

– Où est lord Howard ? interrogea-t-elle, hors d'haleine, alors qu'elle faisait irruption dans la salle des pages.

Les très jeunes gens la regardaient avec étonnement. Le feu aux joues, la coiffe de travers, la nièce du roi semblait avoir perdu ses esprits.

– Chez Sa Majesté, milady.

Meg ne put contrôler son émotion et des larmes lui montèrent aux yeux. « Mon Dieu, pria-t-elle, faites qu'il ne soit pas trop tard ! »

Elle patientait depuis quelques minutes lorsque Charles surgit. La vue de Meg en larmes le laissa interdit.

– Suivez-moi, balbutia-t-elle.

La pièce était déserte. Soigneusement, Meg ferma la porte derrière eux.

– On me dit que le roi va être mis incessamment au courant de nos projets. Je crains son emportement.

– Mais, ma sœur..., tenta de protester le jeune homme.

– La reine a fait ce qu'elle a pu pour nous protéger, mais elle sera impuissante à raisonner mon oncle. Lorsque Sa Majesté est hors d'elle, elle ne tolère aucune intervention.

– Je peux me justifier, ma mie.

– Fuyez, Charles ! ordonna Meg d'un ton sans appel. Je ne pourrais supporter d'avoir votre mort sur la conscience. Un de vos serviteurs a empaqueté quelques effets et vous attend devant les écuries avec deux bons chevaux.

Charles se mordait les lèvres. Certes, il n'ignorait pas le sort du malheureux Thomas, son jeune oncle, qui avant lui avait été amoureux de Meg. Être jeté à la Tour de Londres le terrifiait, mais s'enfuir comme un voleur le révoltait.

– Je vous en prie !

Des larmes ruisselaient sur les joues de Meg. Il la serra dans ses bras.

– Quel sort Sa Majesté vous destine-t-elle ? s'inquiéta-t-il.

– On m'enfermera pour quelque temps, je suppose, mais ne craignez rien. Votre valet vous remettra un sauf-conduit. Prenez la mer, allez en Flandres, en France, où vous voulez.

– Sacrebleu, gronda le roi, ma nièce a encore osé me désobéir !

– Lord Howard est le frère de la reine, hasarda Wriothesley.

– Faites-moi chercher à l'instant lady Margaret ! intima Henry sans paraître avoir entendu son ministre.

Un peu en retrait, Edward Seymour affichait un visage réjoui. Toute déconfiture des Howard le mettait fort aise.

Quelques instants plus tard, Meg entrait, les yeux rivés au sol.

– Vous serez conduite au couvent de Sion où vous resterez aussi longtemps qu'il me plaira, déclara aussitôt le roi.

Meg gardait la tête baissée.

– Lord Charles Howard a été bien avisé de disparaître, poursuivit-il d'un ton retors, car il aurait trouvé bon logement à la Tour jusqu'à la fin de ses jours !

« Il parle de son beau-frère », pensa la jeune fille. Peut-être Henry VIII impressionnait-il ses sujets et l'Europe entière, mais ce soir-là, elle le méprisait.

Pour la première fois, Katherine vit une expression sévère à son encontre dans le regard du roi, mais, sachant la cause de sa colère, elle avait, avec l'aide de Jane, préparé sa défense. Après seulement quatre mois de mariage, les contraintes de son état commençaient à se dévoiler une à une. Les plaisirs, les toilettes, les danses fardaient une existence rigide et monotone où chacun de ses gestes, chacune de ses paroles étaient épiés. Faire l'amour avec le roi ne l'excitait plus guère. En son époux, elle ne voyait qu'un homme vieux, obèse, dont la jambe putréfiée exhalait une odeur nauséabonde. Et même en s'acharnant sur elle, il lui arrivait d'être impuissant, échec dont elle prenait aussitôt la responsabilité afin de ne pas l'humilier. En mettant en doute la vigueur sexuelle du roi, sa défunte cousine avait commis une grande erreur, lui avait expliqué Jane, elle ne devait à aucun prix suivre son exemple.

À plusieurs reprises, Katherine avait revu Thomas Culpeper. Les regards qu'ils se contentaient d'échanger la faisaient souffrir. Cet amour, désormais interdit, reprenait toute sa force. Comment avait-elle pu se laisser aussi facilement griser par le désir du roi ? Si elle avait réfléchi, elle aurait quitté la Cour et à présent serait la femme de son cousin.

– Vous m'avez offensé, Madame, et j'ai du mal à y croire.

Avec candeur, Katherine leva les yeux vers le roi et lui sourit.

– En quoi ai-je eu le malheur de vous déplaire, Milord ?

Déjà la colère du roi était un peu retombée. Comment sa rose sans épines aurait-elle pu songer à mal agir ? Seule l'étourderie l'avait poussée à protéger Meg et son frère, cet attrait pour les histoires d'amour qui la faisait pleurer en lisant des romans. Katherine n'avait point trop de cervelle et il aimait ce manque de goût pour les choses de l'esprit. Une femme douce, pieuse, toujours prête pour la volupté était un joyau.

– On me rapporte que vous avez favorisé des rencontres entre ma nièce Margaret et votre frère.

Le ton adouci fit comprendre à Katherine qu'elle n'avait point trop à s'alarmer.

– J'éprouve beaucoup d'affection pour Meg comme pour Charles, Milord. Quel mal y a-t-il à vouloir jouir de leurs présences ?

– Ignorez-vous qu'ils défiaient mon autorité ?

Katherine déplorait l'absence de Jane. Seule, elle craignait de commettre quelque maladresse qui fâcherait à nouveau le roi.

– Je savais qu'ils avaient plaisir à être ensemble, Milord. Était-ce une faute ?

Henry soupira. Plus âgée et plus rusée que Katherine, Meg l'avait sans doute abusée.

– C'est un délit pour une princesse de vouloir prendre époux sans mon consentement.

– Mon frère était-il indigne de lady Margaret ? hasarda-t-elle.

À nouveau, le visage du roi s'était assombri.

– Je vous prie, Madame, de ne point me donner d'avis quand je n'en sollicite pas.

Fin octobre, la Cour regagna Londres alors que Meg se désespérait au couvent. À nouveau, la reine douairière d'Écosse accablait Henry de missives implorant sa clémence. Elle était grand-mère désormais d'un beau petit garçon et aimait sa bru Marie de Guise comme une fille. Après avoir été si souvent accablée par le malheur, l'aînée des Tudor atteignait enfin à la sérénité.

Avec bonheur, Katherine trouva dans les préparatifs des fêtes de Noël une distraction à l'inquiétude qui la tourmentait. Thomas et elle avaient d'anodines conversations menées devant les dames d'honneur, mais il savait mettre assez de sous-entendus dans ses mots pour la jeter dans un grand trouble. Et, pour parachever son malaise, une servante de Horsham, Joan, qui n'ignorait rien de son inconduite, avait demandé avec insistance à rejoindre son service. Sans en parler à Jane, elle l'avait engagée. Omniprésente, active, mielleuse, Joan était sans cesse devant sa vue, lui rappelant son ancienne vie, Henry Manox, Francis Dereham, leurs étreintes dans son lit de jeune fille. Qu'était devenu Francis ? Elle n'en avait aucune nouvelle.

33

Printemps-été 1541

Katherine était décidée à intervenir. On venait de lui rapporter qu'enfermée dans une pièce humide, démunie de tout vêtement chaud, nourrie de mets grossiers, lady Salisbury dépérissait. Depuis toujours, la fille du duc de Clarence, frère des rois Edward IV et Richard III, cousine germaine de sa grand-mère Bessie, avait veillé sur Mary. Puis, lorsque le roi avait décidé de séparer à jamais Catherine de sa fille, celle-ci avait trouvé une seconde mère en sa gouvernante. Accusée de complot, lady Salisbury risquait de s'éteindre seule dans sa cellule.

Toute souffrance meurtrissait la reine, elle souhaitait un monde où la tendresse divine se manifestât plus clairement, où l'ordre des choses fût moins rude. Femme la plus puissante et la plus riche d'Angleterre, elle discernait mal la volonté de Dieu. Pourquoi l'avoir choisie, elle, amoureuse d'un jeune homme de son âge, rêvant de vivre dans un château campagnard au milieu d'une grande famille ? Quelle était sa mission ? Donner un fils au roi ? Mais Henry n'était sans doute plus capable d'être père.

– Agissez selon votre cœur, ma mie. Je n'ai pour but que de vous plaire.

Katherine prit la main baguée du roi qu'elle porta à ses

lèvres. Le soir même à la Tour, la comtesse de Salisbury dormirait sous de chaudes couvertures et verrait sur sa table une nourriture appropriée à son âge et à sa condition. Cette minuscule victoire donna un instant à la reine l'illusion d'être heureuse, légère. Sa vie était plaisante, après tout.

– Jane, chuchota Katherine à l'oreille de sa cousine, Thomas Culpeper demande à me revoir.

– Il n'y a point de honte à recevoir un cousin publiquement. Et Culpeper est un gentilhomme de la Chambre de Sa Majesté, une position tout à fait suffisante pour avoir à sa guise ses entrées chez vous.

– Nous avions lui et moi un accord, Jane.

– Le temps passe. Vous étiez des amoureux autrefois, vous restez des cousins. La parenté donne des privilèges, n'est-ce pas ?

– En effet, convint Katherine.

Elle était ridicule de craindre Thomas. Pourquoi bouder un si grand bonheur ? Ceux-ci n'étaient pas si nombreux à la Cour.

– J'ai reçu une lettre vous concernant, Milady, continua Jane Rochford, dont j'hésitais à vous entretenir. Joan, la servante qui vous a suivie d'Horsham, m'en a touché un mot. J'ignore pour quelle raison Francis Dereham lui a demandé d'intervenir en sa faveur auprès de moi.

– Francis ?

Stupéfaite d'avoir parlé si haut, Katherine mit une main devant sa bouche. Que lui voulait-il ? Pourquoi resurgissait-il dans sa vie en même temps que Thomas ? Était-ce un hasard, une épreuve ?

– Master Dereham désire entrer à votre service, Milady. Il insiste.

Katherine remarqua le regard narquois de Jane. Sa cousine mourait d'envie qu'elle lui fasse des confidences. Mais le danger était trop grand.

– Je ne veux pas de lui à la Cour !

– Ce jeune homme dit que vous ne pouvez refuser sa requête. La présence auprès de vous d'un homme discret et fidèle vous serait nécessaire.

– Quelle position pourrais-je lui offrir ?

Katherine était sur le point de pleurer. Elle était prise au piège. Si elle repoussait Francis, il insinuerait partout qu'ils avaient été fort intimes autrefois, et le roi en aurait connaissance.

– Un secrétaire qui sait garder les secrets est un homme fort utile pour une souveraine. Votre ancienne amitié vous autorisera à vous appuyer sur lui pour vos affaires personnelles.

Un long moment, la jeune femme observa sa cousine. Que voulait insinuer Jane, qu'elle puisse agir en se cachant du roi ? Quoique effrayée, tendue, Katherine entrevoyait la possibilité de retrouver un monde qu'elle croyait avoir laissé derrière elle à jamais. Pouvait-elle innocemment passer de bons moments en compagnie de jeunes gens ? Protégée par Jane et Francis, elle ne courrait guère de danger. Et le printemps glorieux avivait son désir de jeux, de plaisanteries, d'amusements de son âge. Les vergers étaient en fleurs, l'air embaumait le thym nouveau, la menthe sauvage. Avec paresse, le soleil se couchait dans une lumière sensuelle qui caressait les vieilles pierres, faisait frissonner l'eau de la Tamise, se lovait dans les branches moussues des arbres où s'épanouissaient les bourgeons.

– Pourquoi pas, finalement ? prononça Katherine d'une voix gaie. Écrivez donc à master Dereham que je le prendrai comme secrétaire. Ajoutez que la confiance que j'ai en lui me fait espérer une fidélité exemplaire.

Un long voyage vers le nord de l'Angleterre mettait une partie de la Cour en effervescence. Henry avait décidé de rencontrer à York son neveu le roi d'Écosse qui serait accompagné de la reine douairière Margaret et de la reine, Mary de Guise. L'ulcère du roi s'était rouvert et l'humeur de celui-ci s'en ressentait : il s'isolait, tenant Katherine elle-même à distance. Mais la jeune femme n'en éprouvait guère de déplaisir. L'organisation de ses journées lui offrait des moments plaisants. Thomas était devenu un visiteur assidu et Francis Dereham, tout en gardant une attitude discrète, la couvait du regard. Rendue forte par son propre bonheur, Katherine avait pu faire libérer Thomas Wyatt prisonnier à la Tour pour une légèreté qui avait offensé le roi. Son intervention avait été fort populaire et on commençait à la nommer « la bonne reine Katherine ». Elle était comblée. Sa seule déception, ravivée chaque mois, était son incapacité à concevoir. Mais la faute de cette stérilité, elle en était presque sûre, venait du roi.

Fin mai, sans lui en parler, le roi avait ordonné l'exécution de la comtesse de Salisbury. L'influence que Katherine croyait avoir sur son mari était en réalité inexistante. Elle était sa proie au lit, une épouse qu'il comblait de cadeaux comme une enfant, rien de plus. Désormais, il lui inspirait une animosité à laquelle était inextricablement mêlée la fascination érotique créée par son pouvoir. Ces émotions troubles, compliquées lui rendaient de plus en plus nécessaire la présence de Thomas. Jane était parvenue à leur ménager un court entretien en tête-à-tête au cours duquel il l'avait prise dans ses bras. Retrouver le goût de ses lèvres, l'odeur de sa peau l'avait ravie et profondément perturbée.

Francis, quant à lui, l'enveloppait de son omniprésence déférente et complice. Elle ne pouvait rien lui reprocher, mais leurs face-à-face redonnaient vie à un embarrassant passé.

Retardée par les chariots à bagages, le train des mules lourdement chargées, la suite royale progressait lentement vers le nord. Après Dunstable, Hampthill, Northampton, Stanford, le roi, la reine et leur escorte firent halte quelques jours dans le palais épiscopal de Lincoln au bord de la Witham dont les eaux grises gonflées par les pluies noyaient les berges. À chaque étape se déroulait le même rituel : accueil par les notables, messe, parade, banquet. Katherine n'en avait cure. Depuis qu'elle revoyait chaque jour Thomas Culpeper, le monde extérieur, ses contraintes, son ennui avaient cessé d'exister. À tout moment, elle guettait sa présence, se réjouissait d'un sourire, espérait un improbable moment d'intimité. Comment avait-elle pu se laisser aveugler par l'éclat du pouvoir ? Thomas était son grand amour.

La demeure de l'évêque était austère, démodée, pourvue d'un rudimentaire confort, l'humeur du roi sombre. De cette région était venu le soulèvement catholique qui avait cru pouvoir le menacer quelques mois plus tôt, et bien que cette rébellion eût été écrasée, il redoutait une opinion publique hostile. Comme pour intensifier son mécontentement, il ne pouvait se déplacer qu'avec une canne ou appuyé sur l'épaule d'un gentilhomme, témoignage d'une vulnérabilité qui l'humiliait considérablement. Ininterrompue, violente, la pluie tombait, interdisant la progression du voyage. Confiné dans le château, chacun se morfondait.

Un soir, alors qu'elle tentait de trouver le sommeil, un léger grattement à sa porte fit sursauter Katherine. Au pied de son lit sur une banquette sanglée, sa petite servante dormait profondément. Le cœur battant, la reine se leva.

– C'est moi, Milady ! chuchota Jane.

Katherine tourna la clef. Derrière Jane se tenait Thomas Culpeper.

Laissant la jeune chambrière endormie, lady Rochford avait entraîné la reine dans la garde-robe adjacente. Thomas ne disait mot.

– Vous disposez de quelques minutes, souffla Jane. Si la servante s'éveillait, je lui dirais que vous êtes incommodée.

La soudaineté de la situation laissait Katherine étourdie. Mais déjà sa cousine s'était éclipsée et Thomas la prenait dans ses bras.

– Depuis si longtemps j'attendais ce moment !

Sa bouche cherchait la sienne. La jeune femme sentit ses jambes défaillir. Un violent désir mêlé à une peur extrême la faisait trembler.

– Ne craignez rien, rassura doucement Thomas.

Katherine pleurait. Une émotion incontrôlable la submergeait. Enfin elle retrouvait le fiancé jamais oublié, mais au prix d'un danger dont elle pressentait l'énormité. Si, à l'instant même, elle ne lui ordonnait pas de sortir et de ne jamais tenter de la revoir en privé, sa vie ne connaîtrait plus de paix.

Les mains de Thomas caressaient sa poitrine, soulevaient la chemise de nuit. Elle ferma les yeux. Renoncer à cet amour lui était impossible.

Sous un ciel gris, la Cour reprit enfin la route vers le nord. L'été était avancé et le roi voulait gagner York avant la mi-septembre. Sa première entrevue avec son neveu le roi d'Écosse lui tenait fort à cœur. La raideur, l'orgueil de James l'insupportaient et il voulait lui dire bien haut qu'il ne gagnerait rien à s'opposer à l'Angleterre. Père de deux fils, son neveu avait adopté une politique profrançaise inacceptable. Qu'il fasse un seul faux pas et l'armée anglaise passerait ses frontières. Margaret, quant à elle, ne nourrissait aucun doute sur la future bonne entente de l'oncle et du neveu. Sa santé déclinant, elle se réjouissait de retrouver son frère, sans doute pour la dernière fois. Ce flot d'émotions exprimé en lettres interminables assommait Henry. Avec les années, son aînée lui était devenue une étrangère et à peine se remémorait-il le temps où, à Eltham, ils étaient d'inséparables partenaires de jeu, s'enthousiasmaient ensemble pour la musique et la danse. Hormis Katherine et quelques proches amis, il n'aimait plus personne. Sa petite reine l'enchantait. Docile, caressante, rieuse, Kate ne l'importunait jamais, n'avait selon sa devise « autre volonté que la sienne ». Avec bonheur, il lui offrait de somptueux cadeaux : bijoux, fourrures, œuvres d'art. Cette femme-là ne lui apporterait que des satisfactions et, peut-être, si Dieu le voulait, lui donnerait un autre fils.

À la mi-septembre, espérant d'un jour à l'autre l'arrivée du roi d'Écosse, la Cour s'installa à York. Après les cérémonies habituelles, le roi se sentit assez bien pour chasser. Katherine semblait euphorique. Se pût-il qu'elle eût bientôt une bonne nouvelle à lui annoncer ? La reine cependant ne semblait nullement fatiguée, dansait chaque soir, galopait sur la jument espagnole qu'il venait de lui offrir en compagnie de Thomas Culpeper ou de son secrétaire, un jeune homme qui lui déplaisait par ses manières trop libres. Mais Katherine avait insisté pour le prendre à son service. Proche des Howard, sans fortune, elle avait à cœur de le secourir.

Une semaine s'était écoulée et l'absence de James commençait à rendre le roi irascible. Son neveu le prenait-il pour un laquais ? Le 25, il reçut enfin un message d'Écosse. Craignant pour sa sécurité et persuadé par son clergé de ne point quitter Édimbourg, James renonçait à cette entrevue.

Deux jours plus tard, la longue procession de chevaux, de mules et de carrioles se remettait en route vers le sud.

– Pas chez moi ! se défendit Katherine.

Sans trêve, Thomas la pressait de le recevoir dans ses appartements, mais le défi était pure folie et, en dépit de leur passion, elle n'était pas prête à le relever.

– Lady Jane, poursuivit-elle, nous réunira dans sa propre chambre pour un moment. Vous ne pouvez exiger de moi davantage.

Depuis qu'elle retrouvait Thomas, Katherine était sur le qui-vive. Un bruit insolite, la présence de la servante d'Horsham, jusqu'au sourire entendu de Dereham, tout l'inquiétait. Mais la mauvaise humeur du roi était une occasion trop favorable pour la laisser échapper. La vie à Londres allait la reprendre, imposant à nouveau mille contraintes.

Thomas avait pris ses mains qu'il couvrait de baisers. Dans quelques instants, ils seraient totalement l'un à l'autre.

Jane Rochford allait s'éclipser, laissant seuls la reine et son amant. Avec un soin pervers, elle avait préparé sa chambre, déposé sur une table des chandelles odorantes, une assiette de friandises, un bouteille de vin doux. Les deux jeunes gens disposaient de deux heures tout au plus durant lesquelles elle resterait dans l'antichambre afin que personne ne puisse entrer. Katherine avait annoncé à ses dames et servantes qu'elle avait à s'entretenir en privé avec sa cousine et qu'afin de n'être point importunée, elle allait la rejoindre dans ses appartements.

Aux conséquences de sa participation au délit d'adultère commis par la reine, Jane ne voulait penser. Une sorte de malédiction la liait aux Howard qui l'attiraient et qu'elle méprisait. Elle avait aimé George avant de le haïr et de contribuer à sa perte, et avait pour Katherine un attachement mêlé de jalousie et de dédain. Qu'une délicieuse petite écervelée puisse devenir reine d'Angleterre était ridicule. Mais celle-ci bafouait le roi dont la cruauté l'écœurait.

À reculons, Jane quitta la chambre. Déjà Katherine était dans les bras de son amant.

La beauté du corps de Thomas, sa fougue amoureuse l'entraînaient enfin dans le monde qui la comblait. D'abord sur la réserve, elle s'était vite donnée tout entière, rendant caresse pour caresse, baiser pour baiser. Cent fois les jouissances qu'elle éprouvait valaient celles d'être reine. Pour fuir avec son amant, elle était prête à rendre sa couronne.

Allongé auprès de Katherine, Thomas ne pouvait quitter des yeux sa maîtresse. Ses formes douces, la rondeur de ses seins avec leur aréole d'un rose clair, la masse de ses cheveux auburn répandus sur les draps lui donnaient l'impératif désir d'être le possesseur exclusif de cette femme faite pour l'amour. Cependant, elle appartenait au vieux roi dont le corps répugnant était son maître absolu. Les bougies exhalaient un parfum de cannelle mêlée à la girofle et les rideaux tirés ne laissaient pénétrer qu'un rayon de lune. À côté du lit, caressé par les flammes, un bouquet de roses carminées s'épanouissait.

– Tu vas devoir me quitter, murmura-t-il.

Déjà Jane avait gratté à la porte. La jeune femme se redressa. Sans un mot, elle quitta le lit, passa hâtivement une chemise et alla ouvrir à Jane afin qu'elle l'aidât à se réajuster. Elle avait encore faim de Thomas. À l'euphorie succédait la tristesse. Désormais, elle allait vivre entravée, guettant les moments trop rares où il la libérerait. Ce qui l'avait enchantée jusqu'alors, la somptuosité des toilettes et des bijoux, le raffinement de sa vie, la beauté de ses palais, avait perdu toute importance. Elle retiendrait son souffle, attendrait, se languirait. Sa vie s'organiserait autour de leurs brèves rencontres, d'un lit, de deux corps, du feu qui les habitait et qu'ils partageaient l'espace de trop courts instants, un temps si long, si bref, un temps comme une arche qui s'envolait vers le ciel pour mieux s'abîmer dans les ténèbres. Mais elle était née pour ce temps-là.

34

Octobre 1541

À peine de retour à Hampton Court, le roi apprit la mort de sa sœur aînée. Margaret avait été emportée par une attaque d'apoplexie à Methven et était ensevelie dans l'abbaye des Cartusiens à Perth. Seuls les vieux courtisans se souvenaient de la jeune fille vive et gaie, partie à quatorze ans pour épouser le roi d'Écosse. Lors de son bref séjour en Angleterre vingt-cinq années plus tôt, on avait revu une femme replète, inquiète, à la fois autoritaire et passive, que nul n'avait cherché à comprendre. Avec sa disparition, le roi restait le seul survivant de sa famille.

La Cour prit le deuil et Henry, le visage affligé, assista à la messe de requiem. À son côté, la reine ressemblait davantage à une fille qu'à une épouse et chacun s'interrogeait sur l'avenir de ce couple mal assorti. Certains insinuaient que Katherine était légère, inconséquente, qu'elle s'entourait, comme l'avait fait sa cousine, de jeunes gens trop ambitieux, son secrétaire Dereham par exemple, dont la morgue insupportait. Sa qualité de plus vieil ami de la reine, prétendait-il, lui donnait droit à une place dans son entourage immédiat et il traitait sa souveraine avec une inacceptable familiarité.

L'archevêque Cranmer qui célébrait l'office funèbre évoqua en chaire la rectitude de la reine douairière qui s'était montrée fidèle à l'Écosse tout en restant attachée à son pays natal. S'il plaisait à Dieu que son fils le roi James tirât des leçons de ce loyalisme exemplaire, les relations anglo-écossaises redeviendraient celles de deux pays frères.

Isolée, malheureuse, Meg qui venait de quitter Sion pleurait à chaudes larmes. Charles Howard était certes en sécurité en France, mais il devait avoir désormais de l'aversion pour elle, tenter de rayer de sa mémoire celle qui était la cause de son exil. Il ne lui restait comme famille que Mary, incapable de surmonter les malheurs de sa jeunesse, les petits Elisabeth et Edward, un père qui attendait de plus en plus impatiemment l'occasion de regagner l'Écosse pour reprendre son influence perdue et un oncle qui s'ingéniait à la faire souffrir. Son demi-frère James n'avait pas de contact avec elle. Anéanti par la mort de ses deux fils qui avait précédé de quelques mois celle de sa mère, il semblait se complaire dans un état de profonde tristesse, d'absolu pessimisme.

Cranmer évoquait maintenant la grandeur des Tudor, leur magnificence, leur courage, paroles sans doute prononcées davantage pour la gloire de son roi que pour celle de la malheureuse reine douairière d'Écosse qui jamais n'avait pu ni su s'imposer.

Katherine n'écoutait plus. Elle songeait à Thomas Culpeper qu'elle n'avait pu revoir en privé depuis qu'ils avaient regagné Londres. Sur le chemin du retour, ils ne s'étaient retrouvés qu'une seule et trop brève fois. Puis Henry avait exercé à nouveau ses droits conjugaux et elle l'avait vu avec dégoût se glisser dans son lit.

Le grand deuil de la Cour allait rendre moroses les jours et soirées jusqu'aux fêtes de Noël. Mais si elle pouvait, ne serait-ce qu'exceptionnellement, retrouver son amant, elle serait heureuse. Elle pouvait compter sur Jane toujours zélée à la servir mais se méfiait de Francis.

Alors qu'aux côtés du roi, elle franchissait le porche de la chapelle d'Hampton Court, un gentilhomme descendit en hâte de cheval, plia le genou devant le roi : on l'attendait à Londres en toute hâte, le prince de Galles était malade.

– Je sollicite de toute urgence de Votre Grâce une conversation confidentielle.

Cranmer fronça les sourcils. John Lassells lui était à peine connu et, bien qu'il l'admirât pour le courage qu'il témoignait dans sa foi luthérienne, aucune relation privilégiée ne les liait.

D'un geste, l'archevêque de Canterbury congédia ceux qui l'entouraient. Dehors il crachinait. Tout, par ailleurs, s'accordait à la grisaille ambiante : la maladie du prince de Galles, une fièvre quarte dangereuse à ce jeune âge, l'anxiété du roi qui le faisait réagir sans mesure à chaque contrariété, l'obstination du roi d'Écosse à braver l'Angleterre alors qu'une partie de sa noblesse œuvrait pour une solide alliance, l'hypocrisie du roi de France qui intriguait sournoisement avec Soliman le Magnifique, traîtrise que l'empereur avait sanctionnée en faisant assassiner deux ambassadeurs de François en route pour Constantinople.

Wriothesley, aussi astucieux fût-il, ne valait point Thomas Cromwell, et Cranmer se sentait parfois bien isolé en face de ses écrasantes responsabilités.

– Je vous écoute, dit-il, une fois la porte fermée.

Lassells prenait son temps, si embarrassé que l'archevêque voyait ses mains agitées de mouvements convulsifs.

– Parlez, répéta-t-il avec autorité.

D'un trait alors son interlocuteur avoua le motif de sa présence : il était venu trouver l'archevêque de Canterbury pour l'avertir de rumeurs circulant sur la reine. On insinuait, et sa propre sœur Mary avait confirmé ces allusions, qu'aussitôt à Horsham chez sa grand-mère, la duchesse de Norfolk, Katherine aurait mené une vie dévergondée en compagnie de divers jeunes gens, certains de la plus basse extraction. Il connaissait des détails, des noms qu'il était prêt à livrer.

Pétrifié, Cranmer écoutait. Était-il possible que le cauchemar vécu avec Anne Boleyn puisse recommencer ?

– Des calomnies, sans doute, suggéra-t-il.

– Hélas, milord, les rumeurs sont trop nombreuses pour qu'il s'agisse de simples médisances. Outre ma sœur qui fut fort liée à la reine à Horsham, une des servantes de Sa Majesté, alors chambrière chez lady Howard, a évoqué devant d'autres domestiques des visites nocturnes dans le dortoir des demoiselles...

– Cela me suffit pour l'instant, coupa Cranmer. Je vais réfléchir. Sa Majesté est très amoureuse de la reine, elle est affligée par le décès de lady Margaret et la maladie du prince de Galles. Je n'interviendrai auprès de notre souverain qu'en cas de preuves indiscutables.

Dès le lendemain, il entreprendrait des recherches méthodiques sur le passé de Katherine.

Son visiteur sorti, l'archevêque mit son visage entre ses mains. D'une épouse à l'autre, le roi perdait un peu plus de prestige auprès des souverains européens. À la veille d'une ferme prise de position pour ou contre la France, un nouveau scandale matrimonial serait du plus mauvais effet. Jamais il n'avait approuvé cette hâtive union avec une si jeune fille. Henry qui avait besoin d'une femme mûre capable de l'assister, de le soigner, de le conseiller, s'était jeté à corps perdu dans une illusoire impression de jeunesse et de gaîté. Le seul point qu'il dût accorder à Katherine était le rétablissement de liens affectueux entre le roi et sa fille Elisabeth désormais souvent invitée à la Cour, dînant à la table royale comme une princesse, et non comme une bâtarde.

Cranmer releva la tête et soupira. Il commençait à avoir des cheveux blancs, utilisait une loupe pour lire les dossiers. Mais la vie lui avait offert honneurs et pouvoirs au-delà de ses espérances. Et il laisserait derrière lui une Angleterre séparée de Rome, affranchie d'un papisme sclérosé, tournée vers le futur. Le prince de Galles qui, Dieu merci, se portait mieux, recevrait une éducation susceptible de faire de lui le plus grand souverain protestant d'Europe. Dans cette réussite extraordinaire, le destin de la petite Katherine Howard ne devait pas peser plus que nécessaire.

– Faites entrer cette femme, demanda l'archevêque.

Un dossier consacré à la reine était posé sur son bureau. Après dix jours seulement d'enquête, Thomas Cranmer devait se rendre à l'évidence : les rumeurs étaient, hélas, fondées.

Joan entra sur la pointe des pieds. Quand elle avait pris conscience que les confidences faites à d'autres domestiques avaient été répétées, l'affolement s'était emparé d'elle. Puis, lorsqu'on lui avait fait savoir que tout au contraire sa franchise serait récompensée, elle avait repris confiance. Que lui importaient les Howard ! Domestique depuis l'âge de dix ans, elle rêvait d'une maison bien à elle avec quelques moutons, des porcs, des volailles, un beau potager. Si elle disait la vérité, lui avait-on promis, elle verrait aboutir ses ambitions.

Aussitôt la jeune femme déplut à Cranmer qui garda néanmoins son bienveillant sourire.

– Savez-vous signer votre nom ?

Joan agita la tête en signe de négation.

– Eh bien, mettez une croix ici.

Le prélat était abasourdi. En longues phrases à la fois ampoulées et crues, la servante avait raconté la vie quotidienne à Horsham, les jeunes gens se glissant chaque nuit dans la chambre des filles, la liaison ayant existé durant plusieurs mois entre un simple professeur de musique, Henry Manox, et la future reine, l'arrivée de Francis Dereham dans la suite du duc de Norfolk, son long séjour à Horsham durant lequel il avait séduit la jeune Katherine, son départ en Irlande dans le but de réunir une fortune qui lui permettrait de l'épouser.

« Nous tenons un motif d'annulation, s'était réjoui Cranmer, il y a bien eu promesse de mariage. » Le roi serait dévasté, mais il possédait trop de fierté pour garder à ses côtés une épouse au passé aussi peu vertueux.

– Le sieur Manox accepte de parler contre milord Dereham, ajouta Joan. Si Votre Grâce veut bien le convoquer...

Cranmer ne répondit point. À cette soupe peu ragoûtante, il ne voulait goûter que du bout des lèvres. Mais le dossier était solide, les faits, tous confirmés, irréfutables. Il allait se rendre à Hampton Court, et là, aviser sur la meilleure façon d'agir.

– Je veux une messe solennelle d'action de grâces, dit le roi avec douceur, chacun doit savoir à ma Cour combien je remercie Dieu de vous avoir donnée à moi.

Dans la chambre royale, le lit semblait démesuré. Sculpté de lions et de léopards, de feuilles d'acanthe, il était fermé par des rideaux de damas cramoisi délicatement brodés de fleurs au fil d'or. D'ordinaire, c'était Henry qui rejoignait sa femme dans ses appartements, mais ce jour-là, le roi avait désiré une nuit exceptionnelle. Son fils était tout à fait rétabli, les fêtes de Noël approchaient. Il se sentait à nouveau plein d'énergie et de joie de vivre. S'il devait faire un enfant à Katherine, ce serait ici, dans le lit royal.

Katherine noua ses bras autour du cou d'Henry. Avec son indéfectible amour, ses attentions, il l'attendrissait. Et même si elle ne l'aimait plus, si le contact de son corps lui faisait monter les larmes aux yeux tant elle regrettait celui de Thomas, elle parvenait à jouir de ses caresses et à l'exciter avec les siennes.

– Je rendrai, moi aussi, mille grâces à Dieu d'être à vous, assura-t-elle.

Les mots venaient facilement à ses lèvres. Le roi les goûtait, elle le savait, et le bonheur qu'elle lui offrait la déculpabilisait.

– Mon cœur, mon âme, chuchota Henry.

Pour ne plus craindre de défaillance, il voulait conclure

rapidement l'acte sexuel. Ensuite, ils auraient le temps de se caresser.

Katherine tira sur elle la couverture de lynx. À côté d'elle, le roi ronflait. Elle avait appris à se résigner, à attendre. Thomas lui avait promis de la rejoindre durant la première semaine du mois de novembre. Au matin, aussitôt de retour dans ses appartements, elle écrirait un poème pour lui dire encore et encore son amour. Elle parlerait de leurs corps, du plaisir qu'ils partageaient, de sa violence, de sa douceur, de leurs mains liées, de leurs cheveux emmêlés, de leurs lèvres imprégnées de leur mutuelle saveur.

Il était tard. Les bougies n'offraient plus qu'une courte flamme, de dehors ne venait aucun bruit. Quelque part dans ce palais, Thomas dormait. Ils vivaient dans le même espace, voyaient derrière leurs fenêtres le même ciel, le même paysage. Elle ne devait pas être triste ou préoccupée, même quand ils ne pouvaient pas se rejoindre, elle le voyait, il la voyait, ils étaient ensemble. Dans un simple regard, ils faisaient l'amour, chaque geste était signe de connivence. Quand ils buvaient, ils étanchaient la soif qu'ils avaient l'un de l'autre ; quand ils mangeaient, ils apaisaient leur faim de caresses.

Henry ouvrit les yeux, tendit une main qu'il posa sur les seins épanouis de sa femme. Savait-elle combien elle l'émouvait ? Pour elle, l'amour était simple, gai. Elle riait en le caressant, son regard était comme le printemps, lumineux, tendre et plein de promesses. Elle le faisait revivre.

– Après-demain, avant le souper, chuchota Katherine à Thomas.

Précédant les courtisans, le couple royal pénétrait dans la chapelle d'Hampton Court pour assister au *Te Deum* demandé par le roi. Avec surprise, la jeune femme avait aperçu Thomas Cranmer. Pourquoi cette soudaine visite ? Il n'était point attendu à Hampton Court mais à Londres quelques jours plus tard.

Ordonné autour de la reine, l'office tout entier l'avait célébrée. La musique, les chants, la décoration florale évoquaient l'amour du roi pour une femme dont il glorifiait la jeunesse, la beauté.

– Nulle en ce pays n'est aimée plus que vous, chuchota le roi, alors que l'officiant achevait le service.

À ce moment, Katherine aperçut Thomas Cranmer qui venait vers eux. À la main, l'archevêque de Canterbury tenait un pli que, sans mot dire, il posa à côté du roi avant de se retirer. La jeune femme vit Henry s'en saisir, le glisser dans son pourpoint. L'assistance murmura « Amen » et les souverains se levèrent.

– Nous nous rejoindrons pour le déjeuner, ma mie.

Katherine sourit et esquissa une révérence.

– Avec bonheur, Milord.

Tout bien considéré, c'était bon d'être reine. Elle se sentait sûre d'elle, la plus heureuse des femmes.

– Je veux voir à l'instant l'archevêque de Canterbury.

La voix dure du roi fit se hâter le page. Un moment plus tôt, son maître plaisantait et riait.

Cranmer ne tarda guère à pénétrer dans le bureau de travail d'Henry. Le moment tant redouté était arrivé mais, en dépit de son embarras extrême, il devait conserver son sang-froid.

– Tout cela n'est que mensonges et calomnies ! tonna le roi.

L'archevêque s'inclina.

– Les faits sont irréfutables, Milord, mais le cœur m'a manqué de vous les révéler face à face.

Le roi avait envie de malmener son vieil ami pour lui faire avouer qu'il n'était sûr de rien, que les terribles accusations faites par écrit n'étaient que suppositions ou racontars.

– Katherine est vertueuse et pure, déclara-t-il.

La voix terne, presque inaudible, était celle d'un vieil homme. Cranmer garda le silence.

– Poursuivez l'enquête en personne, exigea Henry sans regarder le prélat, et venez me donner un rapport aussitôt que possible. En attendant, la reine restera confinée dans ses appartements avec lady Jane Rochford comme seule dame de compagnie.

Le parc de Hampton Court déroulait ses allées bordées de hêtres et de tilleuls aux feuilles mordorées. Le ciel était gris et bleu, soleil et pluie. Quelques corneilles déambulaient sur la terrasse. Cranmer souffrait de la détresse du roi. Une fois encore pour lui tout se délitait. Il avait voulu être amoureux une dernière fois, comme il l'avait été d'Anne Boleyn. Revivre ces moments d'euphorie, de doutes, de désir. À présent, il entrait dans la vieillesse pour cheminer inexorablement vers l'extrémité du temps.

Katherine dut interrompre la danse pour mieux rire à son aise. Avec ses plus jeunes demoiselles d'honneur, elle répétait un nouveau pas de volte qui faisait tourbillonner les partenaires dans les bras l'une de l'autre quand une de ses cousines Howard était tombée sur le tapis, entraînant sa cavalière dans sa chute. Le salon de la reine était douillet, parfumé. Katherine, qui adorait la mode française, avait fait acheter à grand prix par le roi des baguiers en argent ciselé, des tapisseries de soie, des flambeaux de vermeil représentant des nymphes enlacées. Elle avait acquis des porcelaines de Chine, un coffre de laque où étaient peints des oiseaux aux couleurs enchanteresses.

Les coups répétés contre la porte figèrent les rires. Vivement, les deux jeunes filles se relevèrent, rajustèrent leur toilette.

– Un message pour Sa Majesté, clama le porteur d'un pli cacheté.

Derrière lui se tenaient quatre hommes armés.

Jane Rochford s'empara du papier plié en quatre et scellé par le cachet du roi. Elle avait assez traversé de temps difficiles pour pressentir une mauvaise nouvelle.

Étonnée mais toujours rieuse, la reine s'empara de la lettre et brisa la cire. Quelle fantaisie poussait Henry à lui écrire alors qu'ils s'étaient quittés une heure plus tôt et allaient se revoir pour le repas de la mi-journée ?

Jane s'était approchée, les autres dames gardaient le silence. Les petits chiens de compagnie eux-mêmes restaient tranquilles, le museau sur leurs pattes.

Soudain, Katherine poussa un cri et chercha du regard sa cousine Rochford.

– Sortez toutes, demanda-t-elle aux autres dames.

Rabattue par le vent, un peu de fumée tourbillonnait autour de la cheminée. Des brûle-parfum montait une odeur sucrée de cannelle.

– Lisez, pria la reine en tendant la lettre à Jane.

Jusqu'à la tombée de la nuit, Katherine ne cessa de pleurer. Enfermée dans ses appartements jusqu'à nouvel ordre ? Que se passait-il, qu'avait-on dit au roi ? Elle voulait courir chez lui, se défendre, tomber à genoux.

Affreusement inquiète, elle aussi, Jane essayait de la consoler. Dereham ? C'était impossible, il risquait trop gros à ce jeu-là. La servante Joan ? Mais pour quelle raison ? Elle devait sa place à la reine.

On avait servi aux deux femmes un repas auquel ni l'une ni l'autre n'avaient touché. Le crépuscule venait. Une lumière douce noyait l'horizon, de petits nuages glissaient dans le ciel, annonciateurs de beau temps.

Effondrée dans un fauteuil, Katherine ne pleurait plus. Jane voyait la masse des cheveux châtains, la frange épaisse des cils, le relief de ses lèvres encore gonflées d'enfance. Se pût-il que cette jolie créature fût morte avant Noël ? Le sort ne se montrait guère tendre envers les Howard. Tant d'arrogance et d'inconscience ! George s'était toujours moqué de son humiliation, de ses souffrances. Deux fois, il l'avait possédée, la première pour la déflorer et faire taire les chambrières, la seconde parce qu'il était ivre. Mais elle avait de l'affection pour la délicieuse Katherine. Quelle menace pesait sur sa tête ? Si elle avait accepté de perdre George, elle ne voulait aucun mal à sa cousine. Et la chute de la jeune femme n'entraînerait-elle pas la sienne ?

– Nous nous battrons, chuchota-t-elle à l'oreille de Katherine. Personne ne pourra présenter à Sa Majesté de preuves tangibles.

La reine sursauta.

– Je n'ai causé de tort à personne !

Jane ne put réprimer un sourire amer. La pauvre enfant n'avait pas idée du précipice qui s'ouvrait devant elle.

– Vous êtes la femme du roi d'Angleterre et vous avez un amant.

Katherine fut surprise par l'ironie de la voix. Lentement, elle tourna la tête, observa sa cousine.

– Vais-je mourir, Jane ?

Des mèches de cheveux collaient à ses joues trempées par les larmes.

– Vous me resterez fidèle, n'est-ce pas ? insista-t-elle.

La présence du danger aiguisait son intelligence. D'une façon terrible, implacable, s'imposait à la jeune reine la certitude que désormais elle devait se méfier de tous.

35

Novembre 1541

– Henry Manox et Francis Dereham..., prononça à mi-voix Cranmer. Et ce dernier remplit en ce moment même l'office de secrétaire de la reine. Si le roi n'est pas cocu, il a bel et bien été trompé sur la vertu de sa femme.

Le rapport venait de sources diverses et avait été vérifié à plusieurs reprises par des interrogatoires de plus en plus serrés. D'un jour à l'autre, le dossier serait bouclé et il le mettrait aussitôt sous les yeux du roi en présence de son Conseil privé. La duchesse douairière de Norfolk allait être avertie de l'inconduite de sa petite-fille et interrogée. La procédure de divorce ou d'annulation, au cas où Dereham avouerait l'existence d'une promesse de mariage entre Katherine et lui, irait alors bon train et le roi rejoindrait le clan des célibataires hautement convoités.

– Vous pouvez disposer, dit-il au secrétaire qui attendait ses ordres.

Il voulait être seul, réfléchir à l'ambiguïté de la situation dans laquelle on l'avait jeté. Certes, il ne souhaitait pas la perte de sa souveraine, mais la découverte de ses débauches de jeunesse lui faisait craindre qu'une nature aussi libertine fût inconciliable avec la dignité, la réserve, la pudeur qui seyaient aux reines. Elle pouvait à tout moment prendre un amant et déshonorer le roi. La présence à ses côtés de Dereham n'était-elle pas hautement suspecte ?

Thomas Cranmer passa une main sur son visage. Il devait agir avec doigté car Henry était encore très amoureux et pouvait fort bien décider de pardonner. À tout prix, il devait empêcher que les époux se revoient.

Katherine courait à perdre haleine. Profitant de l'entrée de trois serviteurs portant un repas, elle s'était glissée dans le couloir pour aller se jeter aux pieds du roi. S'il l'entendait, ne serait-ce qu'un court moment, elle était sûre qu'Henry l'absoudrait.

Soudain, la jeune fille comprit qu'on la poursuivait. Une énergie désespérée la fit forcer l'allure. Son cœur battait à tout rompre, sa poitrine était en feu. La porte fermant les appartements du roi était toute proche mais elle n'avait plus de souffle pour appeler. Des bras la saisirent par la taille, la traînèrent en arrière. Elle se débattit, tenta de griffer, de mordre, son corps entier était devenu une arme pour la défendre. Tout était confus, violent, terrifiant, elle était emportée, une main plaquée sur sa bouche l'empêchait d'implorer du secours, elle étouffait. Elle vit la porte de sa propre chambre s'ouvrir, on la déposait sur son lit. Jane approchait...

Longtemps Katherine resta hébétée, incapable de se relever. On voulut la faire boire, elle recracha le liquide tiède et sucré. Quel mal allait-on lui faire ? Elle se recroquevilla contre le mur. Nul ne pouvait l'arracher à ce lit, jamais elle ne le quitterait.

Jane lui parlait. Elle entendait : « Calmez-vous, tout ira pour le mieux... » Mais sa cousine mentait. Allait-on torturer Thomas ? Francis ?

Durant deux jours, la reine ne mangea ni ne but, puis elle ouvrit les yeux et regarda enfin lady Rochford qui lui tenait la main. Il faisait beau, le ciel semblait lissé par un vent d'est qui sentait le sel et les algues. Elle avait faim et soif.

– Milord Cranmer est rusé, avertit Jane, soyez sur vos gardes. Il va vous poser des questions retorses, réfléchissez bien avant de répondre. Si vous restez maîtresse de vous, il ne pourra vous prendre en tort et vous serez sauve. N'oubliez jamais qu'au-delà des suspicions qui pèsent sur vous, l'archevêque défend le parti protestant contre les catholiques auxquels les Howard restent fidèles. Les Seymour sont puissants et ne vous veulent pas du bien. Vous devez comprendre ces choses, Katherine.

La voix de Jane était devenue sèche comme celle d'un professeur répétant une leçon à un élève récalcitrant. Katherine hocha la tête. Ce qui se tramait autour d'elle la terrifiait. À nouveau, elle éclata en sanglots.

– Où est Thomas ? demanda-t-elle d'une petite voix.

Lady Rochford eut du mal à contenir son irritation. Dans cette bataille où leurs vies étaient en jeu, cette sotte n'avait que son amant en tête ! Culpeper se portait bien, aucun soupçon ne pesait sur lui.

– Pensez plutôt à votre entretien avec milord Cranmer ! jeta-t-elle sans douceur.

Tout d'abord terrorisée, Katherine se détendait peu à peu. Cranmer ne semblait pas vouloir la malmener, bien au contraire. Il l'avait bénie puis s'était assis à côté d'elle et lui avait pris la main.

– Je suis venu en ami, Milady, avait-il déclaré d'emblée, n'ayez nulle crainte.

On leur avait apporté du vin de Malaga, des biscuits aux amandes, des dragées. Un bon feu pétillait dans l'âtre. Après tous ces jours d'angoisses et de larmes, Katherine se sentait mieux.

– Sa Majesté, commença Cranmer d'une voix douce, ne vous veut pas de mal mais exige la vérité. Vous devez m'avouer quel genre de relations vous entreteniez avec le musicien Manox et sir Dereham. Parlez-moi comme à un ami et à un père spirituel.

L'absence de sommeil, l'épuisement nerveux rendaient la jeune femme avide de bienveillance, de rapports calmes et confiants, mais elle n'oubliait pas les recommandations de Jane. Elle devait réfléchir avant de parler, ne point céder à sa nature obligeante et spontanée.

Derrière la fenêtre, les nuages dessinaient des volutes. Enfant, elle aimait les contempler, leur trouver des formes familières ou fantastiques. Cranmer avait gardé sa main dans la sienne et la caressait doucement.

– Si Sa Majesté connaît toute la vérité sur votre passé, elle sera encline à l'indulgence. Parlez-moi avec confiance.

– Je veux voir le roi, murmura Katherine.

Cranmer réprima un mouvement d'impatience.

– Sa Majesté a quitté Hampton Court. Elle se trouve à Oatland.

À la déconvenue de l'archevêque, la reine se mit à pleurer. C'était à Oatland qu'Henry et elle s'étaient mariés. Qu'il aille se réfugier dans ce château adossé à la forêt était peut-être le signe qu'il l'aimait encore.

Un secrétaire était arrivé avec un pupitre, une plume, de l'encre, du papier.

– Nous ferons parvenir le compte rendu de cet entretien à Sa Majesté, expliqua Cranmer. Parlez-moi comme si vous vous adressiez à elle.

Il avait abandonné la main de la reine et reculé un peu son siège. Le moment des puérilités était achevé.

– J'aime mon mari, déclara Katherine d'une voix hachée, j'implore son pardon.

– Pardon d'avoir abusé de sa confiance ?

Aussitôt, la jeune femme se raidit.

– Les fautes d'une très jeune fille ne peuvent lui être imputées durant toute son existence. Si j'ai agi autrefois avec étourderie, je le regrette aujourd'hui.

– Chez votre grand-mère, vous aviez pour maître de musique Henry Manox, n'est-ce pas ?

Bribe après bribe, Katherine livra ce qu'elle devait avouer de son passé. Avec Manox, elle avait fleureté avec la légèreté d'une fille de douze ans. Jamais elle ne s'était donnée à lui. Puis elle avait cédé aux avances pressantes de Francis Dereham, alors au service de son oncle le duc de Norfolk.

– L'avez-vous connu charnellement ?

Tandis que la plume du secrétaire grinçait sur le papier, la voix de l'archevêque de Canterbury gardait toute sa douceur. Le sang battait dans les tempes de la jeune femme. Que devait-elle avouer exactement ?

– Nous savons déjà beaucoup de choses, Milady, chuchota Cranmer, vos anciennes servantes et une de vos amies d'alors ont parlé. Sir Dereham ne vous rejoignait-il pas souvent la nuit dans votre lit avec une bouteille de vin, des fraises, des friandises ?

Katherine revoyait le corps mince et souple couché sur le sien, réentendait les mots d'amour que Francis chuchotait à son oreille, des mots crus, précis, qui l'excitaient.

– Sir Francis venait me rejoindre parfois, nous nous caressions, nous disions des mots tendres.

– Avez-vous échangé une promesse de mariage ?

Katherine hésita. Confirmer leur intention de se marier permettrait au roi de demander un divorce.

– Non, milord, dit-elle en regardant Cranmer droit dans les yeux.

« La pauvre petite se perd », pensa l'archevêque. Aurait-elle répondu sincèrement, son mariage avec le roi serait devenu nul et elle n'aurait été que bannie de la Cour. La reine était une proie trop facile et il n'éprouvait aucune joie à la traquer.

– L'avez-vous connu charnellement ? répéta-t-il.

– Non, milord.

Cranmer sourit. La jeune femme manipulait habilement la vérité ! Mais se doutait-elle de son peu de foi en elle ? Une vertu prétendument régénérée par le mariage, assurait-elle. Mais Katherine était légère, sensuelle, telle était sa nature. Elle ne changerait point.

– Francis Dereham, poursuivit la reine d'une petite voix, venait effectivement dans mon lit, mais il restait presque toujours habillé et moi aussi.

La jeune femme se mordit les lèvres, pourquoi avoir dit « presque toujours » ? Les yeux baissés, indifférent, le secrétaire prenait copie.

– Puis, reprit-elle aussitôt pour effacer son impair, Francis Dereham est parti pour l'Irlande. Une ou deux fois, il m'a écrit, mais jamais je ne lui ai répondu. Je me suis même plainte de son insistance auprès de mon cousin Thomas Culpeper.

– Thomas Culpeper, répéta Cranmer.

Voilà qui était intéressant. Ainsi ce gentilhomme de la Chambre du roi avait été, lui aussi, un proche de Katherine Howard ! L'instinct de l'archevêque lui disait qu'il tenait là un indice important.

Katherine continuait de parler. Elle n'avait pris Dereham à son service que pour l'obliger. Il se comportait avec elle avec respect et elle ne lui adressait la parole que lorsque sa fonction l'y obligeait. Quant à Manox, depuis qu'elle lui avait fait quitter le service de sa grand-mère, elle ne l'avait pas revu.

Enfin la jeune femme se tut. Elle était épuisée et faisait un effort immense pour ne pas pleurer à nouveau.

– Voulez-vous signer ce rapport, Milady ?

Cranmer lui tendit trois feuilles couvertes d'une fine écriture et une plume. Elle hésita. Que lui conseillerait Jane ?

– Sa Majesté approuvera votre franchise, assura Cranmer. Elle sait que pour rien au monde vous ne voudriez tromper sa confiance.

Dès qu'elle eut signé, Katherine le regretta. Quel genre de piège allait se refermer sur elle ? Elle avait l'impression qu'on lâchait des chiens féroces prêts à la déchirer.

– Rattrapez milord Cranmer ! ordonna Jane Rochford à un serviteur, quand l'archevêque fut sorti, et remettez-lui ce billet.

Elle était atterrée. Avoir avoué que Dereham venait dans son lit et qu'ils se caressaient ! En hâte elle avait fait écrire à Katherine :

> Je reviens sur ce que j'ai dit précédemment, milord, Francis Dereham venait bien me rejoindre dans mon lit à Horsham mais contre mon gré. Ce qu'il exigeait de moi n'était obtenu que par la force.

Cranmer jeta un coup d'œil distrait sur la courte missive. Aussitôt à son bureau, il allait ordonner l'arrestation de Manox, de Dereham et de Culpeper. Les cartes une par une tombaient sous sa main. Bientôt le passé et le présent de la reine n'auraient plus aucun secret pour lui.

– Les lords du Conseil privé m'autorisent à écrire au roi, insista Katherine. Pourquoi vous alarmer et me faire peur ? Certains d'entre eux m'ont prise en pitié et veulent intervenir en ma faveur.

– Plutôt contre Thomas Cranmer. Quelle importance pensez-vous avoir à leurs yeux ? répliqua Jane.

Mais elles n'avaient pas le choix, tous les prétextes étaient bons. Si elles voulaient sauver leur peau, il fallait se glisser dans ce règlement de comptes entre catholiques et protestants, les Seymour contre les Howard.

– Nous rédigerons ensemble cette lettre en en pesant chaque mot. Le roi et Cranmer ignorent votre affection pour Thomas Culpeper. Pour qu'ils ne soupçonnent rien, mieux vaut finalement charger Dereham.

Katherine s'assit docilement devant sa table de travail. Elle ne pensait plus à ses prérogatives de reine, avait abandonné toute superbe.

Milord,

En sujette humble et éplorée, je me jette à vos pieds pour vous avouer mes fautes. Quoique me sachant indigne de votre amour, j'espère au moins votre clémence, une pitié due à l'insouciance d'une jeune fille. Sensible aux paroles flatteuses de mon maître de musique, j'en ai conçu une fatuité qui m'a fait apprécier plus que je n'aurais dû celui qui les prononçait et l'ai autorisé à des caresses dont je ne réalisais pas vraiment l'indécence. Francis Dereham vint ensuite qui me proposa une relation contraire à la pureté. Par faiblesse, je lui cédai et nous eûmes lui et moi des rapports intimes dans le lit où je couchais. Cette relation dura au plus quatre ou cinq mois, puis Dereham partit pour l'Irlande.

Voici, Milord, toute la vérité. J'ai été pusillanime, lâche, libertine, je l'avoue mille fois, mais Votre Grâce doit considérer l'âge que j'avais alors et l'absence d'une mère pour me conseiller. J'aurais dû, il est vrai, lorsque Votre Grâce m'a fait l'honneur de jeter les yeux sur moi, lui avouer mes fautes avec franchise. Le courage m'a manqué car, vous aimant de tout mon cœur, je ne voulais pas vous causer la moindre peine.

Aujourd'hui et pour toujours, vous êtes, Milord, mon seigneur, mon maître et, je le souhaite plus que tout, mon époux.

Le roi guettait les expressions du visage de Thomas Cranmer auquel il avait donné à lire le message de Katherine. Quoique hautement répréhensible, la fornication avant le mariage n'était point considérée comme un crime et Katherine pouvait être épargnée. Comme un adolescent, il avait pleuré en face de son Conseil privé qui, médusé, avait respecté la douleur de cet homme vieillissant anéanti par un chagrin d'amour. Déjà des projets se reformaient et les partisans d'une alliance autrichienne envisageaient la réconciliation d'Henry avec sa précédente épouse Anne de Clèves, tandis que le clan profrançais regardait du côté de la cour des Valois.

– Une annulation sera aisée, Milord. Je lis entre ces lignes qu'il y a bien existé un précontrat de mariage entre Francis Dereham et Sa Majesté la reine.

Une espérance incertaine faisait se sentir moins malheureux le roi. Il pourrait éloigner Katherine pour un moment, le temps d'une simple sanction, retrouver son corps souple si doué pour l'amour, son rire, les exquises fossettes qui creusaient le coin de ses lèvres. Déjà elle lui manquait.

– Je vais regagner Hampton Court, décida-t-il, tenter de me distraire au milieu de mes amis.

L'archevêque de Canterbury ne répondit point. Katherine était solidement gardée dans ses appartements et il conseillerait au roi de l'expédier promptement à l'ancienne abbaye de Sion aussi longtemps que Manox, Dereham et Culpeper n'auraient pas été questionnés.

– Sa Majesté m'a envoyé en ami vous prévenir de votre prochain départ pour Sion, Milady. Une barge vous attendra demain pour vous y amener avec trois de vos dames.

– En prisonnière ? demanda Katherine.

– En reine, Madame, soumise à la volonté de Sa Majesté, le roi votre époux.

La jeune femme lança à Cranmer un regard méfiant. Cet homme, assurait Jane, voulait sa perte. Mais pour quelle raison ? Jamais elle ne lui avait causé le moindre tort.

Dans ses longs moments de solitude, Katherine passait du désespoir à la rancune. Pourquoi se jetait-on sur elle avec tant de haine ? Puisqu'elle avait donné beaucoup de bonheur au vieil homme qu'était son mari, n'avait-elle pas le droit d'en prendre un peu elle-même ? La terreur parfois la clouait sur place. Qu'allait-on faire subir à Manox et à Dereham ? Elle avait entendu parler des horribles instruments utilisés pour faire avouer les présumés coupables et imaginait le gentil Francis étiré, écartelé, marqué au fer. La nuit, il lui arrivait de se lever silencieusement, de s'agenouiller sur son prie-Dieu ou de coller son front aux carreaux d'une des fenêtres de sa chambre pour observer le ciel, les nuages frôlant la lune. Le froid pénétrait ses bras, ses jambes, elle imaginait son amant si fort qu'elle sentait sa présence. Comme il devait se soucier pour elle !

Elle avait voulu lui faire passer un billet, mais Jane s'y était formellement opposée. Le temps des enfantillages était achevé, disait-elle. Si elle voulait s'extirper de la terrible situation où elle était, il fallait qu'elle évite de commettre la moindre faute. Katherine guettait les bruits familiers de la nuit, l'appel d'une chouette, un aboiement, les pleurs des chats qui se courtisaient. L'eau cascadait dans les bassins de la fontaine, des gardes s'interpellaient. Glacée, elle regagnait son lit, s'endormait à l'aube quand les bougies étaient consumées. À son lever, elle entendait la messe. Les mots incompréhensibles, familiers et monotones la rassuraient un moment. Dieu qui était amour ne pouvait l'abandonner.

Le matin de son départ pour Sion, il tombait une pluie fine, le ciel était d'un gris uniforme. Jane Rochford était prête, déjà Katherine lui avait pris le bras.

– Lady Rochford ne peut vous suivre, Milady, intervint d'une voix neutre Thomas Wriothesley. Les ordres de Sa Majesté sont formels.

Le secrétaire ne mentionna pas qu'Henry avait également limité considérablement les bagages préparés pour la reine. Seuls quelques coffres contenant des robes sans ornements ni parures, de simples coiffes partiraient pour Sion. Tous les bijoux allaient être confiés à Thomas Seymour qui les remettrait au roi.

– Alors, je ne partirai point ! hurla Katherine.

À nouveau, elle fondit en larmes.

– Refuseriez-vous d'obéir au roi, Milady ?

Wriothesley était mal à l'aise. Les cris de femme, les sanglots l'agaçaient. Ce monde-là n'était pas le sien.

– La reine va vous suivre, intervint calmement Jane Rochford.

Une terreur irrépressible s'était cependant emparée d'elle. Pourquoi les séparait-on ? Cranmer était-il sur la piste de Thomas Culpeper ?

– Où dois-je me rendre ? interrogea-t-elle.

– On va vous conduire à la Tour de Londres, milady.

Jour après jour, l'enquête se poursuivait. Dès les premiers interrogatoires, le musicien Manox avait livré ce qui semblait être la vérité : il avait éprouvé pour Katherine Howard, alors son élève, une attirance à laquelle celle-ci avait répondu mais jamais ils n'avaient été amants et, lorsque Francis Dereham était arrivé à Horsham, elle ne lui avait plus adressé la parole. Quoique jaloux, il s'était incliné. La reine et lui-même ne s'étaient plus revus depuis.

Les plumes des deux greffiers couraient sur le papier. Comme il pleuvait et qu'une chiche lumière parvenait par les étroites fenêtres, on avait allumé des chandelles qui fumaient. Très pâle, Manox avait cependant une voix assurée. À plusieurs reprises, le regard dans celui de son juge, il avait insisté sur son innocence.

Chaque soir, Cranmer lisait le rapport d'interrogatoire. Manox était menu fretin, on allait le rejeter à la rivière. Quant aux gros poissons, Dereham et Culpeper, il était peu probable qu'ils pourraient sauver leur peau. Ensuite viendrait le tour de Jane Rochford.

À Sion, la reine qui venait d'apprendre l'arrestation de Culpeper était tombée dans une sorte de stupeur dont elle ne sortait que pour sangloter. Parfois elle clamait qu'elle était innocente, exigeait d'une voix perçante de voir le roi, puis, soudain calme, elle chantonnait ou se balançait dans un fauteuil. Que ruminait-elle ? Ses péchés, sa trahison envers le roi ? Regrettait-elle ses amours, le cercle de beaux jeunes gens tous avides de ses lèvres, de son corps ? Imaginait-elle les souffrances qu'ils allaient endurer ?

Cranmer la plaignait. Katherine avait tout juste vingt ans, sa beauté l'avait perdue. S'il souhaitait son élimination, c'était simplement dans l'intérêt politique de l'Angleterre. Si le roi se remariait avec Anne de Clèves, l'influence protestante l'emporterait à nouveau. Il avait consacré une partie de sa propre existence à imposer la Réforme, à vivre selon les exigences de son esprit. Les Howard exerçaient une influence nuisible sur le roi et, s'il ne frappait pas vite, ce serait lui qui serait abattu.

Avant Francis Dereham, l'archevêque de Canterbury avait décidé d'interroger quelques servantes de la reine. Silencieuses mais omniprésentes, elles observaient les allées et venues, entendaient des bribes de conversation. Par elles, il saurait si Katherine restait parfois seule avec son secrétaire, s'ils échangeaient des regards de complicité ou prononçaient des paroles équivoques. Les domestiques, il l'avait constaté à maintes reprises, parlaient plus volontiers que les maîtres. Enfin considérés, écoutés, ils déballaient facilement leur sac, compromettant des personnes qu'ils avaient cependant fidèlement servies. Ce qu'il y avait de plus trouble dans l'homme, la jalousie, la rancune, la vanité, se dévoilait alors en pleine lumière.

– Est-il arrivé à Sa Majesté de quitter sa chambre sans motif durant vos services de nuit ?

Kat Tylney n'attendit guère pour répondre. Oui, la reine s'était absentée à deux reprises durant le voyage à York. Elle s'était rendue chez lady Rochford et y était demeurée un temps assez long.

– Soyez plus précise, insista le juge.

Kat Tylney ne demandait qu'à parler. La première fois, la reine était restée deux heures à peu près, la seconde de onze heures du soir à quatre heures du matin.

Thomas Wriothesley qui assistait à l'entretien fronça les sourcils.

– Supposez-vous que Sa Majesté recevait une tierce personne chez lady Rochford ? demanda-t-il.

– Je le pense, Milord. J'ajoute que la reine faisait remettre de temps à autre des billets à lady Rochford dont elle attendait la réponse avec grande impatience. Lady Morton, une des dames d'honneur, a remarqué un jour qu'elle ne comprenait rien à ce galimatias secret entre la reine et sa cousine.

– Nous allons entendre lady Morton, dit le juge en se penchant vers le conseiller. Cette dame attend dans l'antichambre.

L'angoisse de la convocation avait empêché Margaret Morton de fermer l'œil la nuit précédente mais elle était décidée à dire ce qu'elle savait. L'honneur du roi comme son propre intérêt l'exigeaient.

Avec dignité, sans détails inutiles, elle confirma les dires de Kat Tylney : la reine avait même eu trois rendez-vous avec sa cousine, toujours la nuit. Il arrivait aussi à lady Rochford de glisser des lettres de la reine dans son corsage, sans doute pour les remettre en secret à leur destinataire.

– Francis Dereham ? interrogea Wriothesley.

– Je pencherais plutôt pour milord Culpeper.

Lady Morton continua sa déposition. Un soir où le roi était venu rejoindre sa femme, il avait trouvé la porte fermée à clé. Elle était à ce moment elle-même dans l'antichambre et attestait que lady Rochford n'avait ouvert qu'après un moment assez long. Elle paraissait très agitée. Un autre jour, elle avait surpris un regard échangé entre la reine et Thomas Culpeper. Leur intimité était évidente. Enfin, elle devait apprendre aux juges que sa maîtresse s'était enfermée à Hever avec Culpeper dans la garde-robe. Qu'ils aient eu un rapport sexuel ne faisait pour elle aucun doute.

« La reine est stupide », pensa Wriothesley avec pitié. Tant d'impudence, d'indécence n'étaient pas pardonnables. Elle méritait son sort.

On allait le soir même fouiller de fond en comble ses cassettes, ses tiroirs à Hampton Court. Inconsciente comme elle l'était, la jeune femme avait peut-être gardé des lettres. Les possessions de Culpeper seraient également explorées. La tenaille se refermait sur les amants.

Le lendemain même, un billet adressé par Katherine à Thomas était lu devant la Cour. Le conseiller triomphait.

> Je me rappelle à vous et vous prie de me donner très vite de vos nouvelles. On m'a dit que vous étiez malade et je me languis de vous, désespérée de ne pouvoir vous rendre visite. Mon cœur saigne quand je réalise que je ne vivrai jamais avec vous. Venez me voir quand lady Rochford sera là. Je pourrais alors être toute à vous.
>
> Je vous quitte en espérant vous revoir bientôt. J'aurais voulu que vous soyez ici pour constater combien je peine à vous écrire.
>
> Votre Katherine aussi longtemps que je vivrai.

Les juges ne souriaient point. La reine leur semblait soudain pitoyable, une jeune femme simple et frivole qu'une structure sociale et politique, incompréhensible pour elle, s'apprêtait à écraser.

36

Fin 1541

La veille de sa comparution, Jane Rochford prit sa décision : elle allait livrer Katherine aux loups dans l'espoir de bénéficier de l'indulgence des juges et de sauver sa propre peau. Les charges pesant contre la reine étaient trop fortes désormais pour qu'elle puisse tenter de la défendre. Katherine s'était perdue par ses imprudences, sa sottise, elle n'avait aucune raison maintenant de lui rester loyale.

Depuis sa captivité à la Tour, Jane était passée du délire à l'abattement. Lors de ses crises, on avait dû l'attacher sur son lit afin qu'elle ne se fracasse point la tête contre les murs ou ne cherche à se trancher les veines.

Fin novembre, la jeune femme reprit ses esprits, accepta de se nourrir, de se vêtir normalement. Plongée dans ses pensées, elle demeurait longtemps derrière la fenêtre donnant sur le jardin du gouverneur, observant les jeux de lumière sur les touffes nues des buissons ou le vol libre des mouettes portées par le vent à travers un ciel changeant. Fixement, elle observait les soldats à la manœuvre, les carrioles des maraîchers et des bouchers venus livrer leurs denrées. Dans l'étroite cheminée derrière elle, les flammes dansaient mais elle ne s'en approchait pas. Le feu était en elle qui la dévorait, lui donnait la fièvre. George Boleyn puis Katherine Howard avaient gan grené sa vie. De victime, elle s'était faite complice pour se retrouver dénonciatrice. Des émotions contraires l'envahissaient : une haine de toute autorité tyrannique, qu'elle émane d'un époux ou du roi. Qui abhorrait-elle le plus, George avec sa morgue, ses dépravations, ou le roi qui l'avait fait exécuter ? Elle avait livré George à Henry. Était-ce cette abominable connivence qui l'avait décidée à favoriser les amours adultères de Katherine afin de meurtrir cet homme exécré ?

Pour paraître devant les juges, Jane demanda à ses chambrières une robe de velours mordoré bordée d'écureuil roux, une coiffe à l'arrondi souligné d'une simple tresse de fils d'or, et passa une courte cape nouée autour du cou. Une lumière déjà claire promettait une belle journée de fin d'automne. Elle aurait pu se croire dans n'importe quel vieux château de province où la vie doucement s'écoulait. Mais de la Tour de Londres, peu sortaient vivants.

– J'ai obéi à Sa Majesté qui dès le printemps a commencé à me demander de favoriser ses entrevues avec Thomas Culpeper.

– Pourquoi avoir accepté ?

– Par peur d'être renvoyée de son service, réduite à me retirer à la campagne. Vous n'ignorez point que George Boleyn, lord Rochford, mon défunt époux, a été dépouillé de tous ses biens. Ma charge de première dame d'honneur dc la reine est pour moi une nécessité.

– La liaison adultère de Sa Majesté a donc commencé au printemps dernier.

– Le roi alors était morose et s'enfermait dans ses appartements. Sa Majesté la reine se sentait seule, elle s'ennuyait. J'ai, à sa demande, fait venir auprès d'elle son cousin. Tout d'abord, elle a semblé offensée par sa familiarité. Ils avaient été très proches autrefois, et master Culpeper oubliait qu'il n'avait plus devant lui la petite Katherine Howard mais la reine d'Angleterre.

Le regard de Thomas Wriothesley perçait Jane à nu. Cet homme comprenait tout, savait tout. Plus qu'entre celles du roi, son sort était entre ses mains.

– La réserve montrée par Sa Majesté n'a pas duré ?

– La reine n'a pas atteint l'âge mûr, sa vie ne peut se dissocier du plaisir, du rire, du fleuretage, de l'amour. Je ne la crois pas capable de résister à ses penchants.

Le premier juge avait les yeux mi-clos, comme ceux d'un félin guettant sa proie.

– Vous n'avez guère tenté de l'aider à repousser les avances de master Culpeper, lady Rochford... Sa Majesté la reine, dit-on, a confiance en vous, vous porte une grande affection qu'en apparence vous lui rendiez. Sans doute aurait-elle pris vos conseils en considération.

– Comment pourrais-je aimer la cousine d'Anne Boleyn qui a toujours dressé son frère contre moi ?

« Nous y voici, pensa Wriothesley, lady Jane montre enfin au grand jour son vrai visage. »

– Je comprends bien, dit-il d'une voix feutrée, mais ignoriez-vous qu'en favorisant l'adultère de la reine, vous vous rendiez coupable d'un crime de haute trahison ?

– Je n'ai fait qu'obéir. Mon intention n'a jamais été de trahir le roi.

À nouveau, Jane sentit qu'elle allait céder à la panique. La vision d'un nœud coulant lui enserrant le cou était si vive, si répugnante, qu'elle blêmit et se cramponna aux bras de son fauteuil.

Comme s'ils captaient sa peur, les juges la harcelaient l'un après l'autre de questions. Elle voyait des chiens jetés sur elle. Le regard de Thomas Wriothesley ne la quittait pas. « Combien d'amis, de protecteurs, a-t-il lui-même trahis ? pensa-t-elle. Et cependant avec Cranmer, il est l'homme le plus puissant du royaume. » Son expression inquisitrice et lointaine, détachée, perçante, la terrorisait. Nul ne pouvait duper cet homme-là.

Quand on la reconduisit dans sa chambre, Jane sentit

qu'elle n'en sortirait plus que pour monter à l'échafaud. À nouveau, l'abominable réalité de la hache, des chairs tranchées, du sang fondait sur elle. Des mois durant après l'exécution de George et de ses amis, elle avait eu de terribles cauchemars. Pourquoi n'avait-elle pas eu la sagesse de se retirer de la Cour, quelle force maléfique l'avait-elle poussée à devenir la confidente de la reine, sa fausse amie ?

Sans cesse son esprit remontait le temps, tentait de désembrouiller la succession des événements qui à présent la menaient à la mort. Accroupie à même le sol, la tête sur les genoux, Jane tremblait puis se mordait au sang les lèvres ou les poings. Tout doucement il semblait que la jeune femme sombrait dans la folie.

– Je n'ai point été l'amant de Sa Majesté.

La stature, la beauté, le courage de Thomas Culpeper en imposaient à ses juges. Il n'avait pas nié avoir rencontré la reine, sa cousine, admettait avoir été amoureux d'elle mais, durant leurs entrevues, ils ne s'étaient pas livrés à l'acte charnel. La reine avait trop conscience de son rang et de ses devoirs d'épouse. Ils étaient simplement heureux d'être ensemble, loin des yeux et des oreilles qui toujours épiaient la moindre parole, le plus petit geste pour mieux médire. Tandis qu'il parlait d'une voix claire, persuasive, Wriothesley contenait difficilement son impatience et son dépit. N'étant pas de nature cruelle, il avait pensé pouvoir épargner la torture à ce gentilhomme tant apprécié du roi mais, s'il s'entêtait à mentir, il devrait donner l'ordre de le livrer aux bourreaux.

– Pourquoi fermer à clé la porte de la chambre où vous vous retrouviez, insinua-t-il, pourquoi tirer le verrou si vous ne faisiez que converser ?

La courte hésitation de Culpeper tira un léger sourire au conseiller.

– Si quelqu'un avait pénétré dans la chambre, nous n'aurions pu éviter les pires médisances, celles-là mêmes qui veulent aujourd'hui nous perdre, la reine et moi.

– Votre volonté, milord, d'attirer Sa Majesté dans un endroit clos et interdit au reste du monde constitue en soi un acte de haute trahison.

La voix glaciale de lord Hertford, le premier juge, frappa Thomas. Il devait coûte que coûte rester impassible. Personne ne les avait vus faire l'amour, Katherine et lui. Ce manque de preuve absolue était sa seule chance.

Depuis son emprisonnement, il ne cessait de penser à la reine. Que lui réservait-on, un bannissement, la mort ? Il ne pouvait imaginer ce délicieux corps dans un tombeau glacé. Katherine était faite pour la volupté, la passion. Elle n'avait aucune des fausses pudeurs, des coquetteries des jeunes femmes de son éducation. Jamais elle n'avait mauvaise conscience après l'amour physique. Avoir été son amant était un délice que rien ne lui ferait regretter.

Culpeper sorti, Thomas Wriothesley abattit son poing sur la table.

– Il ment !

Les juges, tous membres du Conseil privé du roi, se consultèrent. On devait réinterroger la reine, la mettre en confiance. L'archevêque de Canterbury et Thomas Wriothesley rempliraient à merveille cette mission. Katherine était le défaut d'une cuirasse sur laquelle ses complices essayaient de leur faire se casser les dents. Séparée des autres, sans nouvelles, elle était certainement assez désemparée pour être manipulée. Des mots affectueux, des promesses auraient définitivement raison d'elle. Une fois signé l'aveu de son infidélité, l'affaire serait expédiée en quelques semaines. Bien qu'innocent du crime d'adultère, Dereham qui avait profité de son intimité passée avec la reine pour se faire attribuer un poste le mettant chaque jour en sa présence, et sans doute obtenir de nouvelles faveurs, serait également châtié. Afin que le roi puisse retrouver sa sérénité et penser à nouveau à l'avenir, Wriothesley avait bon espoir que les exécutions puissent avoir lieu avant les fêtes de Noël.

Dans la vie monotone de Sion, Katherine passait d'une certaine sérénité à la plus grande agitation. Un rayon de soleil, un vol de canards sauvages, les chansons des paysans rentrant des labours parvenaient à la distraire un moment. Il lui arrivait même d'accepter une partie de cartes avec les deux dames qui l'avaient accompagnée, de courir dans le jardin avec ses petits chiens. Puis, sans raison apparente, elle refusait de quitter son lit, ne se nourrissait plus, pleurait en silence. Souvent elle s'éveillait au milieu de la nuit. Des images qu'elle ne pouvait contrôler investissaient son esprit, les jolies mains de Manox posées sur un luth dans la lumière du matin à Horsham, le regard grave et inquiet de Francis Dereham lorsqu'il lui avait annoncé sur les berges de la Tamise son départ pour l'Irlande, qu'il l'avait suppliée de l'attendre... Ils s'étaient embrassés, il la serrait contre lui pour l'attacher à son propre corps, l'emporter avec lui au-delà de la mer.

Lorsque son imagination faisait surgir Thomas, elle se cachait la tête entre les mains. L'avait-on torturé ? Avait-il parlé ? Elle en doutait. Jamais, même au prix de sa vie, il ne voudrait la perdre. Qui les avait dénoncés ? Ils avaient cependant été prudents, ne s'étaient retrouvés que quatre fois. Sans cesse la jeune femme remontait le temps, repassait les événements dans sa mémoire. Elle n'avait pas été assez méfiante, mais comment résister au bonheur d'être dans les bras de Thomas, de jouir d'un amant jeune qu'elle adorait ? Elle brûlait ses lettres, ne prononçait jamais son nom en public. Mais elle était espionnée, traquée bien plus qu'elle ne l'imaginait.

Les courtines tirées du lit enfermaient la jeune femme dans ses obsessions, ses cauchemars, ses bouffées de folles espérances, son angoisse de mourir, l'amour qu'elle vouait toujours à Thomas dont l'absence de nouvelles la torturait.

– Milords Cranmer et Wriothesley sont ici, annonça un

matin une de ses dames, et sollicitent un entretien de Votre Majesté.

Katherine sentit ses jambes se dérober sous elle. On allait encore l'interroger ! Que savaient l'archevêque et le conseiller ? Elle devait être digne de Thomas, de Jane, tenter de flairer les pièges, garder le silence plutôt que de fournir une réponse compromettante.

Il pleuvait. Les pavés de la cour luisaient, le jardin était sinistre. Dans la salle où autrefois les religieuses recevaient les visiteurs, Cranmer et Wriothesley patientaient. Katherine fit une courte révérence à laquelle ils répondirent par un profond salut. La jeune femme leur apparut fort changée, pâle, amaigrie. Ses yeux bruns paraissaient immenses, leur expression plus dure.

– Ne désespérez pas, Milady, la rassura aussitôt Wriothesley. Le roi, comme je vous l'ai toujours dit, n'exige que la vérité. Donnez-la-lui.

– Sa Majesté a-t-elle parlé de m'accorder sa grâce ?

Le conseiller d'Henry VIII n'osa l'affirmer.

– Le roi apprécie la franchise, Milady, je peux vous assurer cela. Voulez-vous des noms de coupables qu'il a graciés parce qu'ils avaient avoué leurs fautes ?

– C'est inutile, Milord, car je pourrais moi-même vous citer les noms de ceux qu'il a fait injustement exécuter comme la comtesse de Salisbury.

À soixante-quinze ans, la mère de Reginald Pole, fille du duc de Clarence, avait été traînée à l'échafaud. Le bourreau avait manqué son premier coup et la condamnée avait tenté de fuir. On avait dû la rattraper, poser à nouveau la tête ensanglantée sur le billot. Non, Katherine ne croyait pas à la bonté d'Henry. Les êtres lui appartenaient, il en disposait à sa guise.

Wriothesley hocha la tête. Cette petite femme que l'on disait sotte avait quand même du répondant.

– Il ne s'agit que d'éclairer ceux qui ont la responsabilité de vous juger, Milady, expliqua Cranmer d'une voix bienveillante. Certaines circonstances, vous le savez, peuvent atténuer la malignité d'un crime. Vous êtes jeune. Il est des hommes qui ont sur les femmes un pouvoir dont ils abusent afin de les asservir à leurs désirs. Auriez-vous cédé à Thomas Culpeper parce que vous n'étiez plus en situation de vous refuser à lui, vous aurait-il fait violence ?

Alternativement, Katherine dévisageait Wriothesley et Cranmer. En voulant pénétrer ce qu'il y avait de plus secret dans sa vie, c'étaient eux qui la violaient.

– Je n'ai point eu de relation charnelle avec Thomas Culpeper.

– Pourquoi alors vous être enfermée avec lui ?

– Il est mon cousin, il n'y a point de déshonneur pour une femme à parler avec quelqu'un de sa famille.

– Entre onze heures du soir et quatre heures du matin ?

Katherine faillit perdre contenance. S'ils savaient tout, pourquoi la torturer ?

– Je ne disposais pas de mon temps durant la journée.

Wriothesley et Cranmer se consultèrent du regard. En étant sûrs d'obtenir sans peine une confession dûment signée de Katherine, ils l'avaient sous-estimée. Pour elle, comme pour beaucoup, l'instinct de survie suppléait à la réflexion dans l'identification des pièges. Toute violence pour obtenir les aveux de celle qui restait la reine d'Angleterre étant inconcevable, ils allaient sans tarder en faire usage contre Dereham et Culpeper.

Dans la chambre qu'avait occupée Francis Dereham à Horsham, il ne restait plus un papier, plus un effet personnel. Affolée par les bruits qui couraient sur les relations de celui-ci avec la reine et sur sa prochaine mise à la torture, la duchesse douairière de Norfolk avait ordonné que tout fût brûlé. Le feu avait dévoré lettres et notes, et même les mémoires des fournisseurs, les bérets de velours, les manchettes, les mouchoirs brodés et mules de soie, tous de potentiels cadeaux d'une femme amoureuse.

Les événements tragiques qu'elle vivait secouaient la duchesse au point qu'elle en avait perdu le sommeil et l'appétit. Que sa petite-fille fût une jeune personne légère, elle ne l'ignorait point, mais était-ce possible qu'elle se fût livrée à la débauche sous son propre toit ? La fillette avait été placée par son père auprès d'elle pour jouir d'une bonne éducation, acquérir des principes moraux, et elle avait failli à ses devoirs. Sûre que les jeunes filles grandissaient dans les règles strictes qui avaient accompagné sa propre enfance, peu intéressée par leurs activités quotidiennes, elle avait fait preuve d'aveuglement. Bien sûr, l'attirance du maître de musique Henry Manox pour son élève ne lui avait pas échappé, mais il était inconcevable qu'une Howard puisse s'abaisser à fleureter avec un homme de rien. Quand Dereham était venu à Horsham, elle avait à plusieurs reprises sermonné la jeune fille. De petite noblesse, sans le sou, il n'était pas pour elle, elle devait l'oublier. Cette amitié peu souhaitable l'avait poussée à inviter les Culpeper. Thomas avait devant lui un brillant avenir, les deux familles étaient déjà alliées par la défunte mère de Katherine, le jeune homme était avenant, d'âge assorti, et elle s'était réjouie de les voir aussitôt s'apprécier. Dereham avait été alors bel et bien oublié. Mais à présent on insinuait que Katherine et lui avaient été amants à Horsham même, qu'ils avaient trompé sa confiance avec la complicité des servantes et des autres jeunes personnes censées acquérir sous sa supervision les vertus chrétiennes seyant aux dames de condition.

Au terme d'une vie où n'avaient pas abondé les bonheurs personnels, la duchesse s'était adonnée au culte de la beauté. De toute l'Angleterre, et parfois d'Italie ou de France, elle avait fait venir musiciens et poètes. En leur compagnie, elle avait oublié l'ennui d'éduquer de jeunes personnes ne prenant intérêt qu'à des frivolités. Leurs conversations, leurs préoccupations lui étaient étrangères. Elle les voyait bien vêtues, bien nourries, et cela lui suffisait pour avoir bonne conscience et jouir paisiblement des dernières années qui lui restaient à vivre. À présent, le sol se dérobait sous elle. Son nom était prononcé avec mépris, on la jugeait à la Cour. Le duc, son beau-fils, lui avait écrit une longue lettre pour la conseiller. Dans cette nouvelle épreuve, les Howard devaient se serrer les coudes. Cranmer était déterminé à les détruire mais, en dépit du drame qu'ils vivaient, c'était les mésestimer que de les croire à terre. L'archevêque de Canterbury rendrait sans doute gorge avant eux. Ils avaient aidé, protégé cet homme issu de hobereaux qui ne possédaient que peu de terres dans le Nottinghamshire et celui-ci se retournait contre eux pour les mordre. Mais ils écraseraient la vipère. En sa qualité de premier duc du royaume, Norfolk se tenait comme un roc auprès du roi et, pour le moment, Henry ne semblait vouloir lui ôter ni sa confiance ni son amitié. Katherine était perdue, rien ne servait de la défendre. Il fallait l'abandonner pour sauver la famille.

La lettre suivante terrifia la duchesse douairière : son beau-fils lui annonçait l'imminente arrivée d'enquêteurs chargés de la questionner et de fouiller sa demeure.

– Milady Howard, déclara aux enquêteurs William Ashby, le préposé aux comptes des dépenses charitables de la duchesse, s'est enfermée dans l'appartement de master Dereham avec deux de ses dames. Elles ont brûlé des effets et des papiers durant toute une matinée. Comme je voulais prendre mon service, ma maîtresse est venue vers moi et m'a dit que « certaines choses ne devaient point être révélées ». Sur le moment, je n'ai pas compris ce à quoi lady Howard voulait faire allusion.

Au château, chacun paniquait à la perspective de pouvoir être expédié à la Tour de Londres et torturé. Mieux valait parler librement que suspendu à un mur par les pouces. Déjà le meilleur ami de Francis Dereham, William Damport, avait pris le chemin de Londres sous solide escorte.

Le secrétaire de la duchesse douairière se montra tout aussi prolixe face aux enquêteurs. Lady Howard avait récemment écrit à son fils lord William Howard qu'elle avait bien remarqué une familiarité déplacée entre sa petite-fille et Francis Dereham, mais qu'elle y avait mis bon ordre. Dans cette même lettre, la duchesse s'interrogeait sur les décisions du roi : pardonnerait-il ou non au reste de la famille Howard ? En dictant sa lettre, sa maîtresse avait semblé extrêmement inquiète.

Appelé à nouveau, Ashby ajouta que, aussitôt Damport arrêté, ses papiers avaient été également brûlés.

Les enquêteurs étaient satisfaits. La complicité de la duchesse douairière dans les crimes dont était accusée sa petite-fille était probable et elle devait être questionnée. Aussitôt l'ordre d'arrestation signé, la vieille dame serait escortée à la Tour de Londres.

37

Fin 1541-début 1542

À la Tour de Londres, les interrogatoires se succédaient sans trêve. La duchesse douairière de Norfolk avait été longuement entendue dans sa chambre, car, malade, profondément affligée, elle ne pouvait quitter son lit. La vieille dame avait admis qu'elle n'ignorait point l'attirance qu'éprouvaient l'un pour l'autre Katherine et Francis Dereham, et qu'elle avait même souffleté Francis pour l'avoir vu un jour embrasser sa petite-fille. Mais cette amourette lui avait semblé inconséquente. Après le départ de Dereham en Irlande, Katherine n'avait point paru désolée et elle croyait l'affaire oubliée.

Dans la lumière ténue des bougies, Agnès Howard ressemblait à un fantôme. En chemise, ses cheveux gris émergeant d'un simple bonnet, elle tordait ses mains parsemées de taches brunes et pleurait. Sa pire faute, avait-elle avoué, avait été de ne point prévenir le roi, lorsqu'il avait jeté les yeux sur sa petite-fille, des sentiments passagers que Katherine avait éprouvés pour un autre homme.

Wriothesley était décidé à ne point harceler davantage cette femme âgée, manifestement désespérée. Sans détour, elle avait répondu aux questions. Lors du dernier interrogatoire, elle était sortie péniblement de son lit pour se mettre à genoux et supplier le roi de pardonner son manque de vigilance, son incapacité à avoir pu préserver l'honneur de sa petite-fille. Wriothesley lui-même l'avait relevée.

L'attention du Conseil se portait désormais sur les deux principaux accusés. Bien qu'on lui eût arraché une par une les dents, William Damport n'avait rien appris de nouveau à ses juges, il avait seulement confirmé l'intention qu'avait eue son ami d'épouser Katherine. « Dereham devait donc souhaiter la mort de Sa Majesté le roi, avait susurré un juge qui supervisait la torture, afin de pouvoir enfin mener à bien son dessein. Est-ce la raison pour laquelle il a voulu s'introduire dans le cercle privé de la reine ? » La bouche transformée en bouillie sanglante, Damport avait juré sur son salut éternel qu'il n'en savait rien.

Les dossiers maintenant étaient complets et le procès allait pouvoir avoir lieu. Face au désespoir du roi, Cranmer hâtait les choses. Il arrivait à Henry d'éclater en sanglots comme un enfant, de se lamenter d'avoir aussi peu de chance avec ses femmes. La pitié que ce vieil homme éprouvait pour sa propre personne suscitait chez l'archevêque un certain mépris, soigneusement dissimulé.

Le 1er décembre, les membres du Conseil privé lurent à Henry les chefs d'accusation.

Dereham était accusé du crime de « trahison par intention ». Nourrissant l'arrière-pensée d'avoir avec la reine des relations coupables, il s'était fait octroyer le poste de secrétaire privé afin de côtoyer chaque jour une femme qu'il savait par expérience personnelle peu vertueuse. Le rapport ôtait tout titre à la reine qui n'était citée que par son nom, « Katherine Howard », ou « la méprisable femme ».

Culpeper quant à lui était inculpé de haute trahison « pour avoir commis avec Katherine Howard à maintes reprises le crime d'adultère, crime qu'il avait incité cette femme à accomplir avec lui ».

Jane Rochford était reconnue comme ayant joué l'intermédiaire entre les amants, se rendant par cette action odieuse complice de leur forfait.

Sans mot dire, le roi avait écouté Wriothesley. Il n'avait que mépris et haine pour cette bande de criminels qui l'avaient tant fait souffrir, et en particulier pour Katherine et Thomas Culpeper, un jeune homme qu'il avait affectionné et protégé.

– Remettra-t-on Culpeper et Dereham à la question ? demanda le conseiller.

Le roi le dévisageait. L'expression de ses petits yeux gris était implacable.

– Absolument.

– Vous êtes accusé, master Dereham, d'avoir rejoint le service de Katherine Howard, alors reine d'Angleterre, afin de poursuivre avec elle la relation contraire à la pudeur et aux lois morales que vous aviez eue chez la duchesse douairière de Norfolk. Vous avez de plus caché volontairement au roi qu'un précontrat de mariage vous unissait à ladite Katherine, interdisant une nouvelle union.

Depuis longtemps, Francis avait préparé sa défense. Il n'existait contre lui d'autres preuves qu'un fleuretage poussé avec Katherine Howard avant son mariage. Devenu son secrétaire, nul ne pouvait témoigner qu'il s'était mal conduit.

Dans la solitude de sa prison, mille fois le jeune homme avait regretté l'ambition qui l'avait poussé à reprendre contact avec Katherine. Trompé, oublié par elle, il avait souffert et s'était finalement résigné. Pourquoi avoir pris cette décision insensée ? Certes, il désirait fortune et honneurs mais, au-delà de ces satisfactions, demeurait en lui le désir de ne point laisser le champ libre à Thomas Culpeper. Et à présent, son ennemi l'entraînait dans sa chute !

– Je suis innocent de ces charges, protesta-t-il d'une voix ferme. Certes, un sentiment amoureux nous a rapprochés, Katherine Howard et moi-même, voici des années à Horsham, mais je n'ai jamais été son amant, aucun contrat ne nous liait et je n'ai obtenu d'elle que la vague promesse de sa fidélité au moment de mon départ pour l'Irlande. Je ne l'ai revue qu'en devenant son secrétaire et l'ai toujours respectée.

– De nombreux témoins vous ont vu dans son lit à Horsham.

– J'ai rejoint en effet Katherine Howard dans la chambre qu'elle partageait avec d'autres jeunes filles. Nous avions plaisir à nous trouver ensemble et exprimions ce plaisir à la manière de tous les amoureux. Mais elle n'a pas été ma maîtresse.

– Vous jouez sur les mots, master Dereham.

– Les faits sont les faits, milord.

– Sa Majesté en décidera.

À côté de Dereham, Thomas Culpeper avait la gorge nouée par l'angoisse. À présent dans la même charrette que lui, son ancien rival se défendait avec aplomb. Il ne se faisait quant à lui aucune illusion sur son sort et n'espérait que la clémence du roi qui seul pouvait commuer en décollation l'horrible mort par pendaison, noyade, éviscération et découpage en quartiers. Ayant connu Katherine libre, joyeuse, délurée et amoureuse à Horsham, il ne l'avait pas considérée comme la reine d'Angleterre, devenue un symbole national, choisie par le roi et par Dieu. Elle était toujours sa Kathy et, devenue sa maîtresse, elle lui avait procuré de délicieuses jouissances. Elle n'aimait plus partager le lit d'Henry, usé, souvent incapable d'accomplir l'acte sexuel. Si elle l'avait pu, lui avait-elle maintes fois répété, elle aurait demandé un divorce pour l'épouser. Ensemble ils auraient été heureux jusqu'à la fin de leurs jours. Mais les reines étaient prisonnières. Seule la mort d'Henry aurait pu la délivrer. Quatre fois, ils s'étaient retrouvés et, pour ces quelques instants de bonheur, ils allaient périr l'un et l'autre.

– Thomas Culpeper, dit le duc de Norfolk, vous êtes accusé d'avoir le 29 août 1541 à Pontefarct commis pour la première fois avec celle qui fut notre reine le crime d'adultère et d'avoir récidivé à plusieurs reprises par la suite. Des témoins ont vu Katherine Howard s'enfermer chez lady Rochford qui patientait dans l'antichambre, vous laissant seuls durant de nombreuses heures. Nous possédons également des dépositions certifiant que vous vous êtes isolé avec elle dans sa garde-robe et deux autres fois chez Jane Rochford. Des dames d'honneur, des servantes ont attesté que la reine semblait très amoureuse de vous et ne pensait qu'à vous rejoindre.

– J'étais également amoureux d'elle, dit Culpeper d'une voix calme.

Un courant de réprobation parcourut la salle. Non seulement l'accusé avait trahi le roi, mais il osait publiquement le braver !

– Je ne veux offenser personne, poursuivit le jeune homme, car nul n'est maître de ses sentiments. Aujourd'hui, je suis prêt à mourir puisque j'ai offensé mon Créateur et mon souverain.

Une légère averse de neige tombait quand, au petit matin, on vint chercher Francis Dereham pour le mener à la chambre des tortures.

Le roi n'avait pas été satisfait par ses aveux. Sans doute mentait-il en niant avoir possédé Katherine. Par la force, il fallait lui faire admettre son crime. Henry désormais éprouvait une joie amère à supputer le nombre d'amants qu'avait eus sa femme. Sa « rose sans épines » était devenue une créature méprisable qu'il se plaisait à voir couverte de boue. Il avait été bafoué, trompé, comme l'avaient été avant lui les hommes assez niais pour avoir cédé à ses charmes. Comment ne s'était-il pas douté que sa science de l'amour, loin de venir de l'attrait qu'elle avait pour lui, était la conséquence d'une carrière de putain ? Mais, seul dans son lit, le roi repensait aux caresses de Katherine, à la joliesse de son corps, à l'éclat de son sourire, à la douceur de sa voix, et la tristesse à nouveau le submergeait. Elle morte, il n'avait aucune femme pour la remplacer, il n'était amoureux de personne. Seul, comment pourrait-il goûter aux plaisirs de la vie ?

Avec horreur, Dereham regarda la machine à étirer les membres sur laquelle on allait l'allonger. Le cauchemar qu'il vivait n'aurait-il donc point de fin ? Il n'avait cependant rien caché à ses juges, il était innocent du crime d'adultère qu'on allait chercher à lui faire avouer en disloquant les jointures de ses épaules et de ses cuisses. Dût-on le brûler sur un gril ou lui arracher les yeux, il ne pourrait avouer avoir été l'amant de Katherine après son mariage. Avant celui-ci, ses interrogateurs l'avaient compris, tout était une affaire de mots. Ils avaient été nus l'un contre l'autre et s'étaient intimement caressés. Mais, par crainte d'une grossesse, elle avait toujours refusé d'être vraiment pénétrée. Si le roi ne l'avait pas eue vierge, c'est qu'elle avait été déflorée par Thomas Culpeper.

Il neigeait dru maintenant, le ciel était cotonneux. À plusieurs reprises, Dereham avait vomi. Maintenant, il crachait du sang. Chaque fois qu'il niait une accusation, on tendait un peu plus les cordes. Il avait l'impression que du plomb fondu coulait dans ses veines.

– Avez-vous échangé, Katherine et vous, une promesse de mariage ?

– Oui, balbutia-t-il.

N'avait-elle pas juré avant son départ en Irlande qu'elle l'attendrait, qu'elle l'aimait pour la vie ?

Le juge fit un signe au bourreau qui relâcha légèrement les cordes.

– Pensiez-vous que cette promesse vous liait, même après le mariage de Katherine Howard avec le roi ?

– Non.

Les cordes qui à nouveau se tendaient lui arrachèrent un hurlement.

– Espériez-vous la mort de Sa Majesté pour épouser Katherine Howard ?

– Non, non ! protesta Francis.

La fermeté de la voix du supplicié impressionna les juges. On ne tirerait rien de plus de cet homme. Il allait signer une déposition et regagnerait sa cellule jusqu'au moment de son exécution.

Allongé sur une civière, Francis sentit la neige tomber sur son visage. Il avait envie d'être enseveli dans les flocons, de disparaître, effacé de la terre comme s'il n'avait jamais été né.

À genoux, la tête cachée dans les mains et secouée de sanglots, Katherine avait écouté le récit de la mort de Francis Dereham et de Thomas Culpeper rapportée par un proche du roi. En lui infligeant tous les détails de leur dernier supplice, Henry s'était montré inutilement cruel. À présent, elle le haïssait.

Son rang et l'influence de sa famille avaient permis à Thomas de mourir d'un seul coup de hache, mais Francis avait subi l'horreur d'une exécution barbare. Dans sa clémence, Dieu avait permis qu'il perde conscience avant qu'on lui ouvre le ventre pour en arracher les entrailles. « Les têtes des coupables ont été empalées sur des piques et sont aujourd'hui exposées au mépris du peuple sur le pont de Londres », avait conclu l'émissaire du roi d'une voix imperturbable.

Afin de créer un simulacre de joie, les dames d'honneur qui restaient auprès de Katherine avaient décoré les murs de branches de houx et tressé du buis sur lequel elles avaient accroché des pommes reluisantes. Parfois, avec un pauvre visage, Katherine les rejoignait, prête à faire des nœuds de ruban, à disposer dans des coupes des copeaux de bois odorant. Quelques biches venues de la proche forêt se hasardaient jusqu'à la prairie cernant l'ancien couvent. Des vols de canards sauvages, de corneilles, de passereaux traversaient le ciel gris. Katherine savait qu'elle ne serait pas exécutée avant la réouverture du Parlement prévue pour le mois de janvier. Elle avait hâte de mourir, de rejoindre le monde heureux que Francis et Thomas avaient emporté avec eux. C'était le diable qui avait fait se diriger le regard d'Henry sur elle et donné au roi le désir de l'épouser. Pourquoi ne s'était-elle pas unie à Thomas avant de devenir demoiselle d'honneur d'Anne de Clèves ? Sa grand-mère les avait retenus. Pensait-elle déjà à Henry ? Les Howard qui jusqu'alors l'avaient ignorée s'étaient soudain intéressés à elle. Son oncle l'avait cajolée, ses cousins lui avaient écrit des lettres pleines d'affection. À présent, à l'exception du duc de Norfolk, on disait qu'une grande partie de sa famille était enfermée à la Tour où sa grand-mère dépérissait. Qui était coupable ? Eux, qui avaient voulu profiter de son apothéose, ou elle-même, qui les avait perdus ?

Le jour de Noël, Katherine partagea avec ses dames et ses servantes de menus cadeaux. Elle avait donné ses manchettes de dentelle, ses mouchoirs, ses bas de soie, ses pantoufles de velours. À quoi lui serviraient ces parures puisqu'elle allait mourir ? D'elles, elle avait reçu des fruits confits, une coiffe brodée, un livre de prières, une partition de musique italienne que, pour leur faire plaisir, elle avait déchiffré sur sa viole.

La plupart du temps, Katherine restait devant sa fenêtre à regarder le ciel, la fuite des nuages, la mouvance des ombres sur la prairie, le chemin menant vers Londres qu'empruntaient de rares carrioles, des tombereaux livrant du bois de chauffage, le changement de la lumière selon les heures du jour. Ne reverrait-elle plus le printemps, les lourdes pluies d'été, ne sentirait-elle plus la fragrance des roses ?

Le 16 janvier, le Parlement se réunit à nouveau et le grand chancelier pressa le roi d'en finir avec Katherine Howard et sa complice Jane Rochford. Nul besoin n'était de leur faire un procès. L'accusation de haute trahison suffisait à légitimer leur exécution. Mais Henry, dont l'abattement faisait toujours peine à voir, exigea qu'une chance fût donnée à Katherine de s'exprimer, décision que Wriothesley s'empressa d'approuver. Lui-même se rendrait à Sion pour demander à l'ancienne reine de défendre sa cause.

Il tombait une pluie glacée quand le chancelier passa la porte de l'ancien couvent. Tout lui sembla sinistre.

D'un geste bref, Katherine Howard lui indiqua un siège.

– Madame...

Wriothesley ne savait trop comment la nommer. Quoique tout titre lui eût été ôté, les mots « mistress Howard » ne passaient pas ses lèvres.

– Si vous venez m'annoncer mon prochain trépas, murmura Katherine d'une voix à peine audible, dites-le vite et laissez-moi.

Des gouttes de pluie fouettaient les vitres verdâtres. Au loin, on entendait le meuglement des bestiaux restés aux pâturages. Toute agressivité avait quitté Thomas Wriothesley. Cette très jeune femme au regard perdu, désespérément triste, l'affligeait. Il se souvenait de ses éclats de rire, de son entrain quand elle dansait, de ses charmants enfantillages qui attendrissaient le roi.

– Venez devant le Parlement défendre votre vie, Madame. Telle est la volonté du roi et mon propre conseil.

Sans paraître le voir, Katherine le regardait.

– Je désire mourir.

– Pas sans vous expliquer, Madame.

– J'ai trahi le roi, je suis coupable. Mon souhait est de mourir avec dignité et épargnée de la curiosité publique.

– Vous avez des amis, Madame, l'ambassadeur Chapuys, des théologiens qui pensent que l'adultère doit être puni par un divorce, non par une exécution.

Soudain, la jeune femme sembla s'animer. Un peu de couleur revint sur ses joues. « Comme la vie est forte, pensa Wriothesley, un souffle d'espoir suffit à faire renaître la Katherine d'autrefois. »

– Que pense le roi, milord ?

– L'insistance de Sa Majesté à vous faire comparaître

devant le Parlement témoigne de l'intérêt qu'elle garde pour vous.

Le chancelier soupira. Tout était hypocrisie et mensonge à la cour d'Angleterre. Lui-même, venu le sourire aux lèvres devant cette femme demeurée une enfant, était déterminé à voir son sort réglé au plus vite. Souhaitant son exécution, le Conseil privé du roi rejetait la possibilité d'une comparution devant des parlementaires qui, pour beaucoup pères de filles de l'âge de Katherine, seraient enclins à la clémence. Mais il devait jouer le jeu, obéir au roi pour se rendre ensuite à la Chambre des lords et à la Chambre des communes, les presser de signer l'acte d'exécution. La brève émotion ressentie par la jeune femme déjà s'était effacée.

– Je désire mourir, répéta-t-elle.

Ceux qu'elle aimait n'étaient plus, sa grand-mère et Jane étaient prisonnières à la Tour. Plantée sur une pique sur le pont de Londres, la tête de Thomas pourrissait.

– Puisque je ne peux être l'épouse de Thomas Culpeper, la vie ne m'importe plus, murmura-t-elle.

La volonté de mourir qu'avait exprimée Katherine soulagea le roi. Tout écervelée qu'elle fût, sa petite épouse avait de la sagesse, l'ambiguïté amoureuse était néfaste. En effet, il allait être libre, pouvoir partir à la découverte d'une autre belle. Déjà il avait remarqué Elisabeth Brooks, l'épouse divorcée de Thomas Wyatt, et Anne Basset, une délicieuse créature potelée à souhait. Fin janvier, il avait demandé que l'on donnât un banquet suivi d'un bal. Aussitôt le beau temps revenu, il reprendrait ses longues parties de chasse. Déjà le souvenir de Katherine sombrait dans le passé. On devait d'un jour à l'autre la conduire à la Tour. Norfolk s'était rendu à Sion afin d'avertir sa nièce que l'arrêt de mort avait été signé. Elle avait pris bravement la nouvelle et s'était contentée d'intercéder pour que ses frères et sœurs ne subissent pas les conséquences de fautes que, seule, elle avait commises. « Qu'elle souffre maintenant, avait pensé Henry, comme elle m'a fait souffrir. »

– Par ordre du roi, Madame, nous venons vous escorter à la Tour de Londres !

Les trois membres du Conseil privé chargés de mener à bien cette pénible mission avaient décidé de n'introduire aucun cérémonial dans son accomplissement. Katherine n'était plus la reine d'Angleterre, mais une condamnée ordinaire.

La jeune femme lâcha la tapisserie sur laquelle elle travaillait et, debout, le dos au mur, blafarde, fit face à la petite délégation. Ainsi le moment à la fois attendu et horriblement redouté était arrivé ! Une révolte brutale venue du fond de son ventre l'étouffait. Instinctivement, elle fixait la porte, guettant un instant propice pour fuir, courir droit devant elle, découvrir un trou de bête où se terrer.

– Vos femmes rassemblent quelques effets et suivront votre barge. Il est temps, Madame...

Le cri aigu que poussa la jeune femme cloua sur place les trois hommes. Ce n'était plus un être humain qu'ils avaient devant eux, mais une bête exsangue, acculée, qui hurlait sa détresse avant la mise à mort.

– Reprenez-vous, Madame, hasarda William FitzWilliam, comte de Southampton.

Le gardien du Sceau privé était désorienté, horriblement mal à l'aise. Jamais il n'avait eu affaire à une femme hystérique.

– Passez une cape chaude à votre maîtresse, ordonna-t-il à l'une des servantes interdites.

Il fallait en finir au plus vite. Deux barges les attendaient, amarrées à la rive. Un vent glacial soufflait vers l'est qui aiderait les rameurs. En moins d'une heure, ils seraient à la Tour où le gouverneur les attendait pour conduire Katherine dans les appartements occupés quelques années plus tôt par sa cousine Anne Boleyn.

D'un geste brutal, la jeune femme repoussa la dame venue lui déposer sur les épaules un manteau doublé de fourrure. Son expression effarée laissait à penser qu'elle allait s'évanouir.

Quand lord Bedford voulut lui prendre le bras, Katherine se débattit. Une panique atroce empêchait en elle tout raisonnement, abolissait la moindre expression de civilité.

À voix basse, les lords se consultèrent. Face à cette femme devenue sauvage, il fallait agir avec rapidité et conviction. Un jeune gentilhomme de leur suite allait saisir la reine déchue à bras-le-corps et la porter jusqu'à la barge.

Le hurlement de Katherine quand elle se vit arrachée à sa chambre fit se signer les servantes et les dames de compagnie. Toutes avaient l'impression qu'on menait leur maîtresse au supplice comme une brebis à l'abattoir.

38

Février 1542

L'appartement était composé de trois pièces. Deux d'entre elles fort sombres, suintantes d'humidité, donnaient sur une courette intérieure, la dernière plus claire s'ouvrait sur le jardin du gouverneur. Là avaient attendu la mort Anne Boleyn et la vieille lady Salisbury, fille du duc de Clarence.

Brisée, Katherine s'était laissé coucher. Toute révolte l'avait quittée, laissant place à une vertigineuse lassitude qui happait ses émotions, sa peur. Les yeux clos, elle voyait dériver des images de sa petite enfance, le visage de sa mère, ceux de sa belle-mère, de ses frères et sœurs, un monde protecteur auquel on l'avait arrachée pour la détruire. Peut-être allait-elle s'éveiller d'un mauvais rêve, se retrouver au milieu de sa famille, y reprendre sa place. En dépit des couvertures de petit-gris, elle grelottait. Pour retrouver un peu de chaleur, elle se recroquevillait, se lovait sur elle-même comme un enfant avant de naître. Alors elle était bien.

La jeune femme dormit dix heures. Quand elle rouvrit les yeux, il faisait grand jour. Un pâle soleil éclairait d'une lumière douce les meubles de bois ciré, les hauts chandeliers d'étain, jouait sur les murs couverts d'une boiserie de chêne sculptée de caissons. Ses dames entouraient le lit. On lui proposa du lait chaud, un petit pain blanc à la mie légère.

Mais elle n'avait ni faim ni soif, elle ne voulait pas se lever. À quoi bon parcourir de long en large cet appartement dont elle ne sortirait que pour mourir ?

Dans l'après-midi, on lui annonça la visite de John Longland, évêque de Lincoln. Katherine accepta de quitter son lit. Le désir de se confesser, de libérer sa conscience lui mettait un peu de baume au cœur. Elle avouerait son amour pour Thomas qui n'avait rien ôté au respect, à la tendresse qu'elle éprouvait pour le roi. Après s'être donnée à Thomas, elle ne se refusait pas à Henry. Elle était sa femme, il pouvait disposer d'elle à sa guise. À cause d'une nuit et de trois trop courts moments partagés avec l'homme qu'elle aimait, on exigeait sa mort. Elle mourrait sans pouvoir les regretter. Dieu la jugerait.

En silence, l'évêque écoutait le long monologue de la jeune femme, étonné par la simplicité de ses sentiments, sa candeur. Katherine était un être qui ne rusait point. À dix-huit ans, on l'avait mariée au roi d'Angleterre et elle avait accepté avec joie cet honneur sublime. Un an plus tard, elle cédait à la passion qui la poussait vers son ancien fiancé sans éprouver de remords. Le petit discours édifiant qu'il avait préparé lui sembla soudain incongru.

– Avez-vous pensé au bâtard que vous auriez pu placer sur le trône d'Angleterre ? se contenta-t-il de demander.

Katherine secoua la tête. Puisqu'elle partageait la couche du roi, pourquoi l'enfant n'aurait-il pas été d'Henry ?

À genoux sur le tapis qui recouvrait le sol pavé, la jeune femme se sentait plus sereine. D'avoir ainsi livré sans détour les moindres fautes de sa courte vie lui donnait la certitude de n'avoir commis aucun acte malveillant ou cruel. Elle avait éprouvé des émotions tendres, bouleversantes, qui lui avaient procuré du bonheur. À présent, on la traitait de criminelle et elle allait être exécutée. L'évêque esquissa le signe de croix l'absolvant de ses fautes. Ainsi elle était pure à nouveau, comme au temps de sa prime jeunesse, avant que sa grand-mère ne vienne la chercher pour l'amener à Horsham.

– Voulez-vous me revoir, mon enfant ? interrogea John Longland. Nous pourrions parler du sens de la vie et de celui de la mort. Nous prierions ensemble.

– Quand vais-je mourir, le savez-vous, mon père ?

Le dimanche régnait dans l'enceinte de la Tour la même activité qu'à l'ordinaire. Tant de nobles prisonniers y étaient incarcérés qu'il fallait sans cesse transporter du bois de chauffage, des denrées, des tonneaux de bière et de vin.

Après avoir entendu la messe à la chapelle Saint-Peter ad Vincula où, dès la fin du jour, on descellerait quelques dalles du chœur afin d'inhumer les restes de Katherine Howard, le gouverneur de la Tour, sir John Gage, se dirigea vers les appartements de l'ancienne reine. Sa mission n'était point aisée mais, au fil du temps, il avait appris à délivrer avec doigté à ses hôtes la pire des nouvelles, celle de leur prochain trépas.

Les bottes, la cape, le chapeau du gouverneur étaient trempés de pluie. Avec consternation, il regarda le ciel qui s'éclaircissait. Il suffirait d'un coup de froid nocturne pour que le gel rendît la tâche de chacun plus difficile encore, le ravitaillement incertain.

À travers les fenêtres de l'appartement occupé par Katherine Howard, John Gage vit briller de la lumière. L'évêque de Lincoln avait célébré une messe privée pour la prisonnière et devait s'attarder auprès d'elle. Il était bien aise de sa présence, car on disait Katherine sujette à des crises de nerfs qu'il redoutait. Le sort de celle qui avait été une rayonnante jeune personne navrait le soldat qu'il était. Mais l'inconséquence des femmes, leur penchant à céder à leurs émotions les faisaient se précipiter dans de fâcheuses situations. Que le roi ne fût plus un gracieux jouvenceau était certain, cependant les avantages qu'il offrait à son épouse valaient mille fois le petit sacrifice de partager sa couche.

Avec irritation, le gouverneur vit que les chiens errants se multipliaient. Entrés dans l'enceinte derrière les fournisseurs, nourris par les valets et servantes, ils gênaient la circulation, perturbaient le sommeil par leurs aboiements, se battaient avec les chiens de compagnie des habitants de la Tour. Il allait devoir mettre bon ordre à cet abus.

L'escalier était raide et le gouverneur souffla à mi-chemin. L'échafaud était déjà dressé et la condamnée n'aurait pas à entendre, comme sa cousine Anne Boleyn, les coups de marteaux des menuisiers au cours de son ultime nuit. À l'aube, on y jetterait une pièce de velours noir qui serait recouverte d'une épaisse couche de paille. Immédiatement après sa maîtresse, lady Rochford serait exécutée. Folle de terreur, la veuve de George Boleyn faisait peur à voir. Allant de crise de nerfs en crise de larmes, la prisonnière ne s'alimentait plus depuis plusieurs jours et poussait parfois des hurlements que l'on entendait depuis la cour. Sans doute faudrait-il la traîner à l'échafaud et cette éventualité était fort désagréable.

Le calme de Katherine le soulagea. Assise à table avec l'évêque de Lincoln et ses deux dames, la jeune femme prenait son repas de onze heures.

– Vous joindrez-vous à nous, monsieur le gouverneur ? demanda-t-elle d'une voix douce.

Gage accepta un verre de vin, un peu d'entremets. Il ne délivrerait sa triste nouvelle qu'à la fin du déjeuner. Nul n'était besoin de gâcher les derniers moments sereins de la jeune femme.

Dans la lumière ténue, Katherine lui parut fragile, enfantine. Elle avait maigri et, sans ses joues rondes, les traits s'étaient affinés, lui donnant une joliesse de madone. Les serviteurs s'activaient, un petit chien guettait les reliefs du dessert, le feu ronflait dans la cheminée. Le gouverneur dut faire un effort pour ne pas céder au bien-être, mettre de la gaîté dans ses propos. On parlait des négociations d'un nouveau projet de mariage entre la fille aînée du roi, Mary, et Charles, duc d'Orléans, le plus jeune fils de François Ier. Tout ce qui avait trait aux histoires d'amour semblait encore intéresser la reine déchue, même si elle n'avait entretenu que de distantes relations avec cette belle-fille âgée de vingt-six ans qui détestait les Howard. Confinée dans ses propriétés, Mary rêvait cependant de trouver un époux, de mettre au monde des enfants. Son célibat forcé l'aigrissait davantage encore. Les candidats s'étaient récemment succédé pour être rejetés les uns après les autres. On avait avancé les noms du duc de Clèves, de Philippe de Bavière, dont elle avait reçu une croix en diamants, et à présent on songeait à un prince français qui n'obtiendrait sans doute pas plus de succès que ses prédécesseurs. Wriothesley était certain qu'Henry désirait un Anglais pour sa fille aînée, mais lui-même pensait que l'avenir de Mary était celui d'une célibataire vivant dans l'ombre de son père, puis à sa mort, dans celle de son jeune frère Edward.

John Longland, qui avait saisi le motif de la visite du gouverneur, trouva dès le repas achevé un prétexte pour entraîner les dames dans la pièce voisine, laissant Gage en tête-à-tête avec sa prisonnière. Avant la messe, il avait entendu à nouveau la confession de la jeune femme. Dieu, il en était sûr, pardonnerait à cette créature trop soumise à ses sens mais dénuée de malice. Elle était prête à mourir, résignée, docile dans la violence qu'on lui faisait, comme elle l'avait été face au désir des hommes.

– Je sais, dit Katherine.

Elle avait écouté sans broncher son geôlier lui annoncer qu'elle serait exécutée le lendemain après l'aube. Par pitié envers la jeune femme, le gouverneur avait précisé que, le bourreau étant fort habile, elle ne souffrirait pas et que par ce prompt trépas Dieu lui épargnait la longue et douloureuse agonie endurée par maints chrétiens.

Katherine semblait l'écouter, mais John Gage était sûr qu'elle ne suivait pas vraiment ses paroles, que son esprit était ailleurs. Comme il n'obtenait point de réponse, il se leva.

– J'ai une requête à solliciter de votre bienveillance, dit soudain la jeune femme. Désireuse de mourir avec dignité, je voudrais m'habituer au billot. Pourriez-vous le faire monter dans ma chambre ?

Comme l'avait craint le gouverneur de la Tour de Londres, il avait gelé durant la nuit et une mince couche de glace recouvrait les pavés, givrait les arbustes et l'herbe jaunie. Dès sept heures du matin, emmitouflés dans leurs capes fourrées, les membres du Conseil s'étaient rassemblés autour de l'échafaud, à l'exception du duc de Norfolk, dont le roi avait compris la réticence à assister au supplice de sa nièce, et du duc de Suffolk cloué au lit par un accès de goutte. Les accompagnaient quelques gentilshommes, parmi lesquels le comte de Surrey, fils aîné de Norfolk et cousin germain de Katherine.

– Il faut aller, Madame.

John Gage était suivi d'un groupe de yeomen vêtus de rouge, d'or et de noir. À peine le gouverneur avait-il fermé l'œil de la nuit tant l'image pathétique de cette jolie femme vouée à la mort le hantait. Katherine était prête. Elle avait un peu sommeillé, puis, dès trois heures du matin, avait demandé à ses dames de la vêtir de blanc avant de s'asseoir près de la fenêtre de sa chambre, les yeux perdus dans la nuit. Elle avait hâte maintenant de laisser derrière elle ces murs qui suintaient les larmes et le sang, elle allait à ses noces avec Thomas duquel nul ne pourrait plus la séparer. À plusieurs reprises, elle s'était imaginée remontant à pas lents le chœur d'une église tout illuminée de bougies. Une chorale chantait, des roses blanches décoraient l'autel devant lequel un billot était posé. Au-delà du bloc de bois poli, son amant l'attendait.

Ses dames durent la soutenir pour descendre l'escalier, elle avait le vertige, la sensation de tomber au fond d'un trou. Dehors, le froid la saisit. Avec effarement, elle découvrit le groupe qui patientait, l'échafaud où déjà le bourreau attendait. Elle eut une nausée, ferma les yeux, se laissa guider.

Combien de marches avait-elle à gravir ? Son cœur battait à tout rompre, elle se serait affaissée si ses deux dames ne l'avaient presque portée.

Le silence était terrifiant. La jeune femme aurait préféré des insultes qui l'auraient forcée à réagir à ce calme, ce mutisme si contraire à sa nature. Soudain, le visage de sa mère lui revint si clairement en mémoire qu'elle eut la sensation de l'avoir en face d'elle. Elle était morte avant de pouvoir la guider, lui apprendre les limites à ne point franchir.

La paille crissait sous les pieds de la jeune femme qui promena son regard autour d'elle. L'usage voulait qu'un condamné prononce quelques mots avant de poser la tête sur le billot. Que pouvait-elle dire à ces lords qui quelques semaines plus tôt la saluaient bien bas et à présent la toisaient avec mépris ? Qu'elle avait péché et que Dieu exigeait son supplice ? Elle était prête à reconnaître une fois encore ses fautes, à en demander pardon au roi, cet homme récemment si aimant et qui n'avait pas daigné lui écrire trois lignes d'adieu. Elle voulait bien s'humilier devant le Seigneur et devant les hommes, avouer qu'elle était indigne de leurs faveurs. Tout lui était indifférent, sauf le désir ardent d'en finir, de revoir ceux qu'elle avait aimés et qui déjà étaient morts.

– Les sens portent les hommes au mal dès leur jeunesse, dit-elle d'une voix calme, et en me détournant de la grâce divine, je les ai laissés guider ma vie. Mais je regrette mes fautes et prie le roi de me pardonner. Je meurs en obéissante sujette et demande à chacun de vous de prier pour notre souverain.

Devant le bloc qui lui était devenu familier, elle posa la tête, la masse de ses cheveux auburn rejetée vers le visage de façon à découvrir son cou gracile. Thomas aimait les caresser, y plonger les mains. « Embrasse-moi fort », pensa-t-elle.

Les hurlements de Jane Rochford irritèrent les lords qui avaient hâte de retourner chez eux pour se réchauffer au coin de leur cheminée. Cette femme n'était sympathique à personne et nul n'éprouvait la moindre émotion. Le sang de Katherine s'infiltrait dans la couche de paille, tachait le velours noir. Déjà le corps avait été enroulé dans un drap neuf par ses dames aidées de deux servantes et déposé sur un brancard, avant d'être inhumé dans le chœur de Saint-Peter ad Vincula.

Jane fixa le billot d'où le sang de Katherine ruisselait et soudainement reprit son calme. Sa cousine était morte, tout était fini. Elle n'avait plus qu'à s'endormir, elle aussi. Chacun attendait ses dernières paroles. Elle n'avait plus de force. Autour d'elle, quelques arbres dénudés semblaient la menacer. Tout l'effrayait, tout lui était indifférent.

À sa gauche, la Tour blanche découpait sa masse carrée sur le ciel plombé, de la fumée s'échappait des maisonnettes regroupées autour de la demeure du gouverneur. Au pied de l'échafaud, quelques chiens errants rôdaient, attirés par l'odeur du sang.

– Dieu m'a pardonné mes péchés, prononça Jane d'une voix blanche. Tout entière, je me donne à Lui et demande au roi de m'absoudre des fautes que j'ai commises envers lui. Ma mort est peu de chose et je vous implore tous de prier pour moi. Que Dieu me prenne en pitié et me donne la vie éternelle.

Elle tomba à genoux devant le billot, n'esquissa pas un geste quand on lui banda les yeux. Un vent glacé frôlait son cou, au loin des cloches sonnaient joyeusement comme un ultime appel de la vie.

Avec effroi, la petite Elisabeth écoutait le récit que lui faisait Kate Ashleys, sa gouvernante. Comme sa mère, celle qu'elle nommait « ma belle tante » avait été décapitée sur ordre du roi, son père. À huit ans passés, elle comprenait le danger d'être reine, celui d'être la femme d'un homme tout-puissant. À l'image de Dieu, son père avait le pouvoir de vie et de mort, celui de l'aimer ou de la rejeter à sa guise dans le néant. Entre lui et elle, Katherine avait joué le rôle d'une bonne fée. Souvent elle l'avait invitée à la Cour, elle la choyait, se plaisait à l'habiller de neuf, à la parer. Plus qu'une belle-mère, elle avait été une grande sœur, une amie. Et aujourd'hui, elle était morte.

39

Écosse, printemps-été 1542

Marie de Guise brodait un lion dressé sur ses pattes arrière qui complétait un ensemble de coussins destiné au lit du roi. Elle se savait enceinte, mais cette promesse d'une vie nouvelle ne parvenait pas à la tirer de l'affliction causée par la mort de ses deux petits garçons emportés à une semaine d'intervalle. Loin de pouvoir s'appuyer sur son mari, c'était elle qui devait sans cesse le réconforter, lui insuffler un peu d'espoir. Impuissante, elle voyait James s'enfoncer dans une mélancolie qui le détournait des affaires d'un royaume en pleine effervescence.

L'éducation rigide donnée par les Guise à leurs enfants, ses propres expériences avaient trempé le caractère de la jeune femme mais, en ce printemps tardif d'Édimbourg, seule, il lui arrivait de céder au découragement. Derrière elle, en France, elle avait laissé un fils né d'une première union avec le duc de Longeville, des parents qu'elle vénérait, des frères et sœurs auxquels la liait la plus tendre affection, mais elle se devait de ne point regarder en arrière.

À l'Écosse, elle s'était adaptée, avait appris la langue rocailleuse de ses habitants, pris en charge sa belle-mère en dépit de ses préjugés contre les Français. Magaret Tudor, Marie l'avait deviné aussitôt, était une femme malheureuse, peu aimée et accablée de cruels souvenirs. Son affection avait abattu les réticences de la reine douairière. La marâtre s'était transformée en mère. Sans jamais se dérober à une constante quête d'affection, Marie lui avait offert le bonheur durant les derniers mois de sa vie. Toutes deux séparées d'un enfant, Margaret de sa fille Meg, elle de son fils, elles parlaient longuement des absents. Quel serait l'avenir de Meg ? D'amour interdit en amour avorté, elle épuisait l'énergie héritée de son père, le comte d'Angus. Ambitieux, insensible à l'affection de son ancienne épouse, cet homme, malgré tout, avait été le grand amour de sa vie. Une attaque d'apoplexie avait emporté la reine douairière à Methven. Dieu l'avait reprise sans lui imposer de longues souffrances. Ses derniers mots avaient été pour Angus.

Marie jeta un coup d'œil sur son ouvrage presque achevé. Quelques jours encore et l'ensemble de coussins garnirait la couche royale. Mais James les verrait-il seulement ? La mort de leurs deux fils, sa vieille haine contre les Douglas, l'active infiltration protestante dans la noblesse écossaise, la menace anglaise le raidissaient dans une attitude négative, hostile à toute critique. Un jour à Linlithgrow, un autre à Falkland, il croyait pouvoir oublier sa mélancolie et ses appréhensions en fuyant droit devant lui. Son père, le roi James IV, lui avait confié sa belle-mère, avait été ainsi : charmeur, têtu, morose... et infidèle.

Marie n'ignorait nullement l'existence des maîtresses de son mari. Elle ne l'avait pas épousé par amour mais se souciait pour les nombreux bâtards qu'il avait engendrés. Après la mort de leur père, quelles seraient leurs ambitions face à un héritier légitime ? James, le fils qu'il avait eu de Margaret Erskine, montrait déjà les signes d'une précoce intelligence et d'une forte personnalité. Bien volontiers, elle l'invitait à la Cour avec ses deux demi-frères et sa demi-sœur nés de trois mères différentes. Elle n'était pas aux côtés de James pour le sermonner mais pour lui apporter son soutien, une indéfectible affection, tenir son rôle de reine, mettre au monde des enfants, tenter de dissuader le roi d'entraîner l'Écosse dans une guerre contre l'Angleterre.

Offusqué par la dérobade de son neveu à York, Henry cherchait tous les prétextes pour pousser James à se battre. Ce dernier s'y disait prêt, même si la quasi-totalité de sa noblesse s'avouait pro-anglaise. Seuls lui restaient inconditionnellement fidèles le comte d'Argyll, Oliver Sinclair et le cardinal Beaton, auquel elle vouait elle-même une grande amitié.

Marie de Guise replia sa tapisserie. Avec sa Cour française, elle tentait de recréer en Écosse l'atmosphère raffinée, cultivée qu'elle avait connue au château de Joinville aux confins de la Lorraine comme dans les palais royaux. Quelques poètes, des musiciens amenés dans sa suite célébraient l'amour, la beauté du printemps. Elle se laissait bercer par les notes, par les mots, bref voyage dans un passé à jamais aboli. Certes, beaucoup de nobles écossais étaient chaleureux, cultivés, mais pourquoi fallait-il qu'ils attachent une si grande importance à leurs droits féodaux, une stricte hiérarchie qu'aucun mérite personnel ne pouvait ébranler ? À la moindre offense, une fierté exacerbée les poussait au meurtre. Dans le Nord, le comte d'Huntly disposait d'un pouvoir égal à celui de James, il pouvait porter la bannière royale, rédiger ordonnances et décrets, envahir les terres des voisins rebelles. Il avait le droit de justice, de vie comme de mort. Et il n'était pas le seul noble à disposer de ces exorbitantes prérogatives. Le roi d'Écosse aurait dû pouvoir compter sur une armée de mercenaires, prête à imposer sa suprématie par la force. Mais James s'y refusait. Une telle décision aurait été prise par les clans comme une provocation. En réalité, comme alliée indéfectible, le roi ne comptait que l'Église catholique.

La journée allait s'achever et, après la traditionnelle prière à la chapelle pour la bonne santé du roi et la prospérité de l'Écosse, la reine et ses dames iraient souper. À Édimbourg, sauf en cas de fête ou de réception, on ne changeait pas d'atours pour la soirée. Marie s'était accoutumée à se vêtir avec simplicité. Les casaques étaient portées serrées, les jupes évasées avec une courte traîne. Une chemise de fine toile déployait un col brodé ou tuyauté. Sur la tête, les dames portaient un petit béret brodé, galonné et, pour les grandes occasions, garni de pierres précieuses. L'hiver, hommes et femmes se drapaient volontiers dans de grandes pièces de lainage aux couleurs de leurs clans. Comme les gentilshommes et les dames françaises, les Écossais raffolaient des bijoux, lourdes chaînes d'or, sautoirs de perles, bagues, boucles d'oreilles, broches, épingles de béret. Marie avait été émerveillée par les joyaux de la Couronne qu'elle ne portait cependant qu'en de rares occasions, les parures et les pierres des Guise lui suffisaient.

La tension monta en Écosse durant l'été et les rumeurs d'une guerre contre l'Angleterre s'amplifièrent. James était résolu à crever une fois pour toutes l'abcès qui infectait ses relations avec son oncle. Jamais celui-ci ne mettrait la main sur l'Écosse. Aucune parole mielleuse ne l'abusait, nulle menace ne l'intimidait. Certes, l'Angleterre disposait d'une force armée bien supérieure à la sienne, mais son espoir reposait sur l'orgueil de la noblesse écossaise.

Son oncle avait empoisonné sa vie. Toujours il l'avait senti sournois, ambitieux, tapi à ses frontières. Et, toujours Tudor au plus profond de son cœur, sa propre mère n'avait jamais su tenir tête à son frère.

James avait chargé Huntly d'assurer les défenses des frontières, mais le comte peinait à rassembler un nombre suffisant de soldats. En pleine moisson de l'orge et de l'avoine, il semblait que nul ne voulait se battre. Hanté par la possibilité d'une soudaine dégradation du temps, chacun s'activait qui aux champs, qui au potager, qui aux pâturages. Et le roi savait que les nobles n'usaient guère de leur pouvoir de persuasion. Ces vues à court terme l'enrageaient. Si les Anglais passaient les frontières, ce seraient les pauvres qui souffriraient, les paysans, les éleveurs, ceux-là mêmes qui se montraient réticents à prendre les armes.

Jour après jour, James recevait des dépêches annonçant la progression vers le nord de l'armée conduite par le duc de Norfolk. La colère en lui succédait à la détresse. De plus en plus souvent, il avait l'impression de communiquer avec son père mort en se battant contre les Anglais. Immobile durant de longues minutes, les yeux clos, il tentait de capter son message d'outre-vie. Là où James IV avait échoué, il devait réussir, relever l'honneur de l'Écosse face à l'Angleterre qui avait massacré tant des leurs à Flodden [1].

– Les Anglais sont à nos frontières, Milord !

Beaton était affolé. On parlait de plusieurs milliers d'hommes conduits par un Norfolk qui, après l'exécution de ses deux nièces, était prêt à tout pour garder les faveurs de son maître. L'apparente apathie du roi le désespérait. Jeune, puissant, successeur de son oncle à l'archevêché de Saint-Andrews, David Beaton était prêt à prendre l'épée en dépit de sa robe ecclésiastique. Sa nature le portait à l'action et il était fermement décidé non seulement à tenir les Anglais hors d'Écosse mais à éradiquer l'héréticité que ceux-ci favorisaient. Henry VIII, il ne l'ignorait point, désirait le faire assassiner, mais il se tenait sur ses gardes.

– Si Votre Grâce m'autorise à lui donner un conseil, il faut ordonner à lord Huntly de se mettre aussitôt en campagne.

James inclina la tête. Il aurait dû lui-même passer son armure et chevaucher à la tête de ses troupes, mais il n'en avait pas la force. En lui les pensées rationnelles se brouillaient. Il craignait de ne plus pouvoir assumer la responsabilité de chef de guerre.

Avec consternation, l'évêque observait son souverain. Une

1. Cf. *Reines de cœur, ibid.*

maladie de langueur minait cet homme intelligent, autrefois volontaire et courageux. De la colère, il passait à une excitation fiévreuse, puis de celle-ci à l'abattement. Et nul médecin ne pouvait le guérir.

– Dites à Huntly de marcher vers les frontières, ordonna enfin James. Que nos paysans cachent leurs troupeaux dans les bois et que Dieu les assiste.

La violente attaque anglaise n'avait pu être parée. Partout brûlaient granges, étables et maisons, les potagers avaient été piétinés, les arbres de maints vergers abattus. L'armée écossaise ayant subi de lourdes pertes, Norfolk progressait sans rencontrer d'opposition vers Édimbourg.

Une fois l'ennemi sur le sol écossais, le roi sembla sortir enfin de son apathie. Fin août, les Anglais furent arrêtés dans leur avance et se replièrent vers le sud, laissant derrière eux la désolation.

– Je n'ai pas confiance en Huntly et donne le commandement de l'armée à Oliver Sinclair.

Le cardinal Beaton et la reine retenaient leur souffle. Lequel des deux interviendrait le premier pour rappeler au roi que Sinclair comptait d'innombrables ennemis ?

La campagne déployait derrière les fenêtres de Holyrood un charme doré plein de douceur. Les nuits s'allongeaient, des embruns qui sentaient le varech et le goémon déposaient sur le rivage jusque dans les prés leurs copeaux d'écume. Le long des murets de pierre, les moutons cherchaient leur pitance dans les herbages rasés jusqu'à la terre. L'été ayant été sec, le maïs était peu abondant, le fourrage de qualité médiocre. Marie voyait venir l'hiver avec inquiétude : la menace d'autres affrontements, son prochain accouchement l'oppressaient. De France, elle venait d'apprendre qu'après l'assassinat de deux de ses ambassadeurs à Venise sur ordre de l'empereur, le roi avait rompu tout accord avec Charles Quint. Au mois d'août, Charles d'Orléans, fils de François Ier avait pris Luxembourg avant de rejoindre son frère, le dauphin, aux portes de Perpignan tenu par les Espagnols. Une pluie diluvienne les avait contraints à battre en retraite, tandis que Luxembourg était repris par les Flamands. Était-il écrit que nul prince en Europe ne réussirait à maintenir une paix durable au plus grand bénéfice des peuples ?

– Lord Sinclair est-il bien le chef de guerre qui pourra le mieux emporter l'adhésion de notre noblesse, Sire ? remarqua Beaton d'une voix contrôlée.

– Il est celui en qui j'ai confiance. Les autres sont prêts à me trahir à la moindre occasion.

– Le comte d'Argyll et lord Erskine ont souci de l'honneur de l'Écosse, Milord !

– L'honneur de l'Écosse ?

La voix de James était amère, coupante. Il eut un rire bref.

– Plaisantez-vous, milord archevêque ? Combien s'achète ou se vend l'honneur sur le marché des ambitions personnelles ? Fort peu cher, en vérité. L'appât des écus d'or anglais rend fort accommodantes les consciences.

Marie se décida enfin à poser la question qui lui brûlait les lèvres :

– Commanderez-vous votre armée, Milord ?

Elle souhaitait et craignait tout à la fois de voir son mari partir en guerre. Et les hostilités pouvaient fort bien reprendre avant ses couches, la laissant seule dans quelque château fortifié. Mais elle y était prête.

À nouveau, James semblait avoir perdu le fil de la conversation. À quoi pensait-il durant ses longs silences ?

– Si Dieu le permet, ma mie, répondit-il enfin.

Il se sentait dénué de forces. À peine avait-il celle de se lever le matin. La réalité extérieure se dissipait de plus en plus souvent au profit de souvenirs, d'obsessions qu'il ne pouvait communiquer à quiconque.

Qu'adviendrait-il de la longue lignée des Stuart si l'enfant que Marie allait mettre au monde mourait lui aussi ? L'avenir était destruction, catastrophes, luttes incessantes. De tous côtés on le guettait pour l'anéantir.

Chaque jour, Marie attendait avec impatience un messager porteur de nouvelles. Le 21 novembre, James avait quitté Édimbourg avec Beaton et Moray à la tête d'une armée de seize mille hommes. Déjà Beaton et Moray occupaient la région ouest d'Haddington, tandis que James s'était installé avec une grande partie des troupes à Lochmaben sur la route de l'est. Jusqu'alors, on ne connaissait pas avec précision les plans des Anglais.

À la veille de son accouchement, Marie tentait de feindre sérénité et confiance, s'imposait une routine qui occupait son esprit comme son corps. Un vent âcre dépouillait les arbres de leurs dernières feuilles et le gris des collines se perdait dans celui du ciel. À peine sortait-elle quelques instants, soutenue par ses dames, pour s'obliger à marcher autour de la forteresse, puis elle regagnait ses appartements et, pour tromper l'attente, écoutait sa lectrice, son chapelain, brodait, recevait des prieurs d'abbaye venus la solliciter pour des pauvres, des malades, des orphelins. Derrière ses fenêtres, des oiseaux tournoyaient. Venaient-ils des lieux où campait l'armée ? La jeune femme tendait l'oreille : peut-être entendrait-elle bientôt le galop d'un cheval, les aboiements des chiens ?

Ce fut un messager qui un soir lui apporta la terrible nouvelle :

– Tout est perdu, Madame.

Sans mot dire, Marie de Guise écouta le récit de la défaite. À Solway Moss, Oliver Sinclair avait reçu de plein fouet l'attaque anglaise conduite par sir Wharton. Mais les Écossais ne s'étaient point défendus : incapables d'accepter d'obéir aux ordres d'un homme dont ils jugeaient la noblesse au-dessous de la leur, ils avaient préféré être faits prisonniers. Mille deux cents Écossais étaient aux mains des Anglais.

– Nous en sommes arrivés là ! murmura Marie.

Le messager observa un court instant de silence. Dehors, la pluie crépitait sur le toit et les murs du vieux château de Linlithgrow. Dans la chambre, le hâtif crépuscule jetait ses ombres que pénétrait la lueur du feu.

– Et Sa Majesté ? interrogea-t-elle.

– Le roi est en route pour Édimbourg, Milady.

Rien ne semblait pouvoir tirer James de son abattement. Aussi souvent qu'elle le pouvait, Marie le rejoignait, lui prenait la main, lui parlait de l'enfant à naître, des espoirs nouveaux qu'il leur apporterait.

Quelques jours plus tôt, tenant à peine sur sa monture, le roi était arrivé à Linlithgrow. En phrases hachées, souvent incohérentes, il avait raconté à sa femme la trahison des nobles, leur reddition aux Anglais. Pourquoi n'avait-il pas été aux côtés de Sinclair ? Parfois il pleurait en silence. Navrée, Marie respectait son désespoir. Mais il fallait que James se reprenne, s'impose à son peuple et à ses nobles comme leur souverain. La France l'aiderait. Comment le roi François pourrait-il les abandonner aux mains de leur ennemi ? Dès que des troupes françaises auraient débarqué, ils reprendraient l'offensive, contraindraient Henry à signer un traité de paix.

Jour après jour, James s'enfonçait dans son propre monde, remâchant les souvenirs accablants de son enfance, sa haine des Douglas, son mépris des grands aristocrates. Partout il voyait des ennemis, des complots, des êtres maléfiques. Puis il sombrait dans une apathie silencieuse, le visage figé dans une expression de grande souffrance.

Le 1er décembre, Marie dut prendre la chambre pour ses prochaines couches. James semblait indifférent à tout. On ne lui présentait plus de papiers à signer, ses secrétaires avaient quitté leur poste.

Un matin du début de décembre, le roi décida de quitter Linlithgrow. Quelque chose, quelqu'un l'appelait. Et il voulait répondre à ce signe. Étaient-ce ses parents morts, ses fils ? Il devait aller explorer ses châteaux, débusquer d'où venait cette voix à la fois menaçante et douce. Rien ne l'arrêterait.

Mais partout, il n'avait rencontré que le silence, des ombres immobiles, des souvenirs évanouis. C'était à Falkland, son château préféré, qu'il trouverait la réponse qu'il cherchait. Falkland et sa solitude, sa beauté, son harmonie avec la nature environnante, l'inextricable enchevêtrement des taillis où il avait tant aimé traquer daims et renards, la légèreté des nuages au-dessus des vallons que le petit matin couvrait d'une brume nacrée. Survivantes de temps anciens, les présences invisibles y étaient douces, amicales. Là, il pourrait se reposer.

– La reine est heureusement délivrée d'une petite fille, Milord.

Le roi leva la tête pour observer le messager. Il ne quittait plus son lit, cherchait désespérément dans sa mémoire le moment où il s'était découvert seul, vulnérable, mal aimé. Une fille ? Il avait envie de rire. Tout était achevé.

– Les Stuart ont pris ce royaume avec une fille, ils disparaîtront donc avec une fille !

La mort le cernait, l'appelait. C'était d'elle que venait cette voix qui l'avait longtemps poursuivi. Elle était là dans la forêt, le parc de Falkland, elle rôdait dans les allées boueuses, entre les arbres ruisselant de pluie. Elle était ombre, reflet, odeur... Pour l'exilé, le dépossédé qu'il était, elle était un abri, un refuge. Il ferma les yeux, se tourna vers le mur. Dans cet univers minuscule, il n'y avait plus d'ennemis, plus de chimères, plus de secrets.

Devant le berceau, l'archevêque Beaton plia le genou. En cette minuscule fillette reposait l'avenir de la dynastie des Stuart, celui de l'Écosse.

– Longue vie à la reine Marie Stuart, dit-il d'une voix ferme.

Une belle lumière de décembre pénétrait dans la chambre, jouait sur la couverture de renard de l'accouchée qui prenait des reflets de miel et d'ambre.

40

Janvier 1547

Le roi se mourait. De Whitehall à Greenwich, de Hampton Court à Windsor, la stupéfiante nouvelle figeait la vie quotidienne, libérant les ambitions des uns, plongeant les autres dans la consternation. Jusque dans les rues, la vie avait perdu son rythme coutumier. Sous un ciel bas qui baignait les venelles d'une lumière grise, les Londoniens semblaient baisser la voix, mesurer leurs gestes. Les derniers mois cependant n'avaient apporté que tension et craintes de l'avenir. Avec au nord une Écosse ennemie et la poursuite de l'interminable partie d'échecs entre Henry VIII, François Ier et Charles Quint, la prospérité des précédentes années périclitait, les coffres de l'État s'asséchaient et tout prétexte était devenu bon pour lever taxes et capitations. Des commissaires s'abattaient sur les villes et les campagnes afin d'obtenir par la force emprunts et dons. La monnaie ne cessait de se dévaluer. Seul le prestige du vieux monarque craint et admiré maintenait une paix civile que les agents secrets de Wriothesley infiltrés dans toutes les couches de la société contribuaient à assurer. Pour avoir comploté contre le roi, le comte de Surrey, fils aîné du duc de Norfolk, un poète fort apprécié, avait été appréhendé, mené à la Tour et décapité le 13 janvier, tandis que son père attendait sa propre exécution.

L'arrestation du vieux duc avait frappé l'Angleterre. Cet homme qui, en dépit du sort lamentable de deux de ses nièces, n'avait cessé de jouir de la confiance de son souverain était soudain jeté à terre. Avec lui, c'était tout un mur du passé qui s'effondrait, une époque révolue où Henry flamboyait, tombait amoureux, dominait sa Cour et se jouait de tous. Mais à présent le vieux lion était exténué. L'obésité, la gangrène avaient eu raison de lui. Suffolk, son ami d'enfance et beau-frère, avait disparu, Norfolk attendait la mort derrière les murs de la Tour et Catherine Parr, la nouvelle reine, une femme posée, pieuse et obstinée, deux fois veuve, se consacrait avec ardeur aux enfants d'Henry, fuyait toute extravagance et se gardait de la moindre médisance.

Mary, Elisabeth et Edward enfin réunis autour de leur père avaient repris leur souffle, mais pour Mary cette harmonie venait trop tard. Douce mais renfermée, bonne mais orgueilleuse et butée, incapable de tourner la page de son désastreux passé, la princesse avait fêté ses trente et un ans et à côté de son visage déjà flétri, de sa morosité et de sa pruderie, la beauté de sa demi-sœur Elisabeth semblait plus éclatante encore. La toute jeune fille avait hérité les yeux noirs de sa mère mais tenait des Tudor une somptueuse chevelure flamboyante. Fine, brillante, elle était devenue à treize ans le point de mire d'une Cour vieillissante secouée épisodiquement par des séismes qui l'avaient toujours ébranlée. Accusée soudain d'hérésie luthérienne, Catherine Parr avait échappé de peu à un internement à la Tour et à un procès qui l'aurait fort probablement menée à l'échafaud. Sa promptitude d'esprit, son sens de la diplomatie avaient sauvé in extremis la reine qui avait juré à son époux de ne plus jamais s'intéresser à d'autre religion que la sienne, à ne porter désormais intérêt qu'à sa royale personne. Henry avait pardonné.

Dans la vaste chambre régnait une odeur de pus, d'urine, que les copeaux de bois odorants ne pouvaient masquer.

L'ancien palais du cardinal Wolsey qui avait abrité tant de fêtes semblait figé dans le temps et l'espace. Près des appartements du roi, nul ne parlait à voix haute et les serviteurs se déplaçaient en chaussons pour ne point faire de bruit. À côté de leur patient, médecins et chirurgiens demeuraient silencieux. Il était évident que nulle science humaine ne pouvait sauver le roi dont la jambe se putréfiait. Des caillots de sang avaient dû remonter aux poumons car Henry étouffait.

Catherine Parr avait fait ses adieux en sanglotant à un époux qu'elle s'était prise à aimer et, seule de la famille royale, Mary demeurait au chevet du mourant.

– Ne me laissez pas, père, supplia-t-elle.

Henry tourna la tête vers son aînée. Il avait été injuste, cruel envers elle. Lui avait-elle pardonné ? Parfois, fugitivement, en dépit de sa soumission, il avait l'impression qu'elle le détestait.

– Vous avez votre frère et votre sœur, ma fille, je vous les confie. Aimez-les comme une mère.

Les yeux clos, Mary se souvenait des humiliations subies à la naissance d'Elisabeth, de sa révolte, de ses combats désespérés. Rétablie à présent dans ses droits à la succession de son père, elle gardait cependant à la bouche une amertume qu'aucun des honneurs retrouvés ne pouvait ôter.

Henry respirait par saccades. Bientôt, il lui faudrait se confesser puis remettre son âme entre les mains de son Créateur. Cranmer seul pouvait le secourir, son vieil ami qui l'avait assisté durant son long combat pour épouser Anne Boleyn, et l'avait débarrassé de la domination de Rome, soudant l'Angleterre corps et âme autour de son souverain.

– Vous pouvez aller, ma fille.

Il désirait être seul, ne plus voir de larmes, entendre de soupirs, oublier la pitié qu'il inspirait, son état de faiblesse qui le remettait tout entier aux mains d'autrui comme un enfant, la pestilence que son corps dégageait et le dégoût qu'il inspirait, même si chacun faisait de son mieux pour le dissimuler.

Son existence qu'il avait crue hors du temps était cependant arrivée à son terme et la notion de sa propre mort l'étonnait. Si souvent il avait ordonné celle des autres que la brutale réalité de sa fin n'avait guère de sens. Ses ennemis, ceux qui le gênaient, les femmes qui l'avaient déçu avaient les uns après les autres été éliminés. Nul ne les évoquait. Une simple signature en bas d'un décret effaçait leur présence physique. Seules demeuraient leurs ombres. Celles de Catherine d'Aragon, de Wolsey, de More, d'Anne, de Katherine Howard longtemps l'avaient hanté. Muettes, immatérielles, elles se glissaient dans son esprit, forçaient les verrous de sa mémoire, prenaient possession de lui. Mais jamais il n'avait agi par fantasme ou par passion. Son devoir de roi, la certitude de ses responsabilités dynastiques, de complexes manœuvres politiques l'avaient forcé à agir. Et son peuple qui le vénérait l'avait bien compris.

L'avant-veille, se sachant perdu, il avait dicté une lettre pour son cousin et excellent frère le roi de France. Certes, il allait mourir, mais François le suivrait bientôt dans la tombe et il l'exhortait à songer à sa propre fin. Henry n'ignorait pas que, malade, exténué, celui qui avait été son partenaire, son ami mais aussi son pire ennemi allait prochainement trépasser et il avait joui de le lui rappeler.

Henry respirait par saccades. La douleur atroce de sa jambe gagnait le bas-ventre, semblait s'emparer pouce après pouce de son corps tout entier. Les yeux mi-clos, le roi voyait les rideaux de son lit, la silhouette des meubles, la tache de couleur des tableaux et des tapisseries, le flamboiement du feu qui ronflait dans la cheminée de marbre. Il allait mourir dans la chambre de Thomas Wolsey, l'homme qui l'avait instruit de toutes les ruses de la diplomatie, son père en politique. Il l'avait admiré, jalousé, jamais haï ou méprisé. Certes, il avait signé l'acte de son arrestation, mais de quelle liberté disposaient les rois ? Au-delà de leur volonté propre, toujours s'imposaient l'intérêt du pays, des vues à long terme qui niaient les émotions éphémères. Aurait-il été le seul maître de ses décisions, il aurait épargné Wolsey, More, Cromwell et sa Kate.

Pour Anne, il ne regrettait rien. Maîtresse de sa volonté, de ses pensées, son emprise qui l'avait d'abord subjugué lui était devenue insupportable avec le temps. Leur passion avait atteint son point culminant, son but et son explication le jour où elle s'était donnée à lui, puis inexorablement s'était éteinte. Au désir avaient fait place l'hostilité puis la haine, une aversion pour son caractère dominateur, ses cyniques amis. La hache les avait tous abattus.

En dépit de la fraîcheur de la chambre, une sueur visqueuse dégoulinait du front du roi. Il avait soif mais aucun breuvage ne pouvait le rafraîchir. Tout était asséché en lui. Hormis pour son fils, il n'éprouvait plus d'amour. Les compagnons de sa vie s'étaient effacés, Suffolk qu'il avait aimé comme un frère, Norfolk qui poserait dans quelques heures sa tête sur le billot. De sa jeunesse, il ne restait rien.

– Je suis là, Milord.

La main de Thomas Cranmer serrait la sienne. Henry tourna la tête vers l'archevêque de Canterbury, mais aucun son ne pouvait plus sortir de sa bouche. À cet homme admirable, il aurait cependant voulu se confier, avouer ses doutes, évoquer ses faiblesses. Il avait aimé furieusement le pouvoir, le luxe, les femmes, la subtilité de la politique, la chasse, la musique, les palais, et cependant durant toute sa vie l'avaient hanté sa solitude d'enfant puîné, l'incompréhension de son père, la mort prématurée de sa mère et de son frère Arthur. Sans pouvoir le tuer tout à fait, l'homme avait étouffé le jeune garçon et maintenant sur son lit de mort le petit Henry revivait avec son dernier souffle.

– Faites-moi savoir, Milord, murmura Cranmer, que vous mourez confiant en la grâce de Dieu à travers son fils Jésus-Christ.

Fortement, Henry serra la main du prélat. Même si l'Angleterre penchait irréversiblement vers la Réforme qu'il avait combattue d'une main et encouragée de l'autre, il mourait fidèle à sa foi catholique. Le péché du schisme tombait sur Clément VII qui avait préféré sacrifier un troupeau pour protéger une seule brebis.

À genoux à côté du lit, Cranmer priait mais, quoique lucide, le roi ne pouvait se joindre à lui. La mort était à quelques pas et il n'avait pas la force de détourner la tête pour ne plus contempler son étrange visage. Derrière sa silhouette mouvante, il revoyait les trépassés, ceux qu'il avait aimés, ceux qui devaient le haïr. Mais que savaient-ils exactement ? Accaparés par leurs propres passions, leurs ambitions et émotions, les hommes n'étaient point capables de saisir celles d'autrui. Catherine s'était toujours considérée comme une femme irréprochable, un pilier de justice, inapte à comprendre la nécessité dynastique d'un héritier mâle. Dans l'incendie qui avait ravagé leur couple, c'était sa réputation, sa gloire qu'elle avait voulu sauver. L'histoire en laquelle elle croyait était celle d'une sainte femme accablée par les caprices et la légèreté d'un époux devenu son pire ennemi. Mais se serait-elle écartée volontairement, il l'aurait chérie jusqu'à sa mort. Quant à Wolsey, il s'était vu le maître de l'Angleterre, plus riche, plus puissant que son roi, un paon qui se pavanait. Le divorce avait scellé son destin. Incapable de prendre une position définitive, de parler avec clarté et fermeté, il s'était perdu. Suffolk, Norfolk, qui éprouvaient par ailleurs peu d'amitié l'un pour l'autre, avaient conduit la meute et Anne l'avait achevée. Wolsey qui se posait en prince de l'Église n'avait pas compris l'anticléricalisme montant en Angleterre. Issu du petit peuple, il n'avait reçu aucun secours des siens.

Une douleur intense et soudaine fit se crisper le visage du roi. Verrait-il seulement l'aube se lever sur Londres ? La veille, chacun prédisait des chutes de neige mais il ne serait peut-être plus là pour les contempler. Tout était achevé. Son Créateur le jugerait. En Angleterre, certains le considéraient comme un tyran, un homme sanguinaire, d'autres comme un héros antique, un demi-dieu. Qu'était-il en réalité ? Un homme obstiné sans doute, orgueilleux peut-être, dupe jamais. Anne Boleyn l'avait désiré parce qu'il était roi et qu'il pouvait l'élever au sommet de ses ambitions. Elle l'avait défié, persécuté, excité, l'avait fait pleurer et trembler de désir, mais du jour où il avait réalisé qu'elle aspirait à le dominer, il s'était détaché d'elle et l'avait jugée telle qu'elle était : une femme subversive, indépendante, habile qui s'estimait l'égale des hommes. Avec le passage du temps, il lui semblait intolérable qu'une Boleyn ait pu écraser une Trastamare, la fille des rois catholiques, une infante espagnole, et qu'elle ait fait de lui, le roi d'Angleterre, son complice.

Avec difficulté, Henry put entrouvrir les yeux. Cranmer priait toujours. La lumière tremblante des bougies jouait sur son visage énergique, caressait les mains aristocratiques. Sans le courage, la volonté indomptable de cet homme, aurait-il pu détacher l'Angleterre de Rome ? Les caisses du Trésor étaient peut-être vides, mais l'image de son pays s'imposait en Europe comme une incontournable puissance.

Un soudain coup de vent coucha les hautes flammes de la cheminée. Avec intensité le mourant les observait. L'hiver 1540 avait été venteux. Il était à Hampton Court et, outre les douleurs occasionnées par son ulcère, il souffrait d'un accès de fièvre quarte. La délicieuse Kate, sa rose sans épines, elle-même ne parvenait plus à l'égayer et il s'était réfugié dans une solitude peuplée d'idées noires. Cromwell lui manquait. Pourquoi avoir cédé à ses ennemis, à Norfolk en particulier, en le faisant exécuter ? Certes, il avait agi avec une grande maladresse en négociant son piteux mariage avec Anne de Clèves, mais cette faute n'était point mortelle. Trahisons, intrigues, cabales foisonnaient dans son entourage. Lui qui se jugeait au-dessus de ces misérables complots n'avait point su sauvegarder sa liberté de jugement. L'exécution de Cromwell avait été une faute.

L'aube tardait. Henry voulait revoir le jour. Il semblait au mourant que sortir enfin des ténèbres lui redonnerait un souffle d'espoir. Mais les pensées se faisaient floues dans son esprit. Il revoyait Kate, son corps délicieux, son irrésistible sourire et soudain sa tête se détachait de son corps. Elle l'avait trompé, rendu malheureux. Trahir le roi était un crime. Qui croyait-elle avoir épousé, un bourgeois complaisant ?

Loin de s'éclaircir, la nuit semblait devenir plus épaisse, elle l'étouffait et, même les yeux ouverts, Henry ne distinguait plus aucune lumière. Tout était englouti, effacé, jusqu'au visage de ses enfants, Mary et ses rancœurs, sa rigidité, la délicieuse Elisabeth, son fils Edward. Il ne se souvenait plus de leurs traits, tout s'estompait, se disloquait, se désintégrait comme sous l'effet d'un puissant acide. Sa propre vie tombait en lambeaux.

Au milieu de ce marécage repoussant, seule demeurait intacte une couronne, celle qu'il avait reçue de son père et transmettrait à son fils. Le symbole de l'Angleterre.

Épilogue

Henry VIII mourut à Wesminster dans la nuit du 27 au 28 janvier 1547 à l'âge de cinquante-cinq ans et trois mois, laissant veuve sa sixième femme, Catherine Parr. Le roi avait été précédé dans la tombe par Charles Brandon, duc de Suffolk, son ami d'enfance qui s'était éteint le 22 août 1545.

François Ier décéda le 31 mars 1547 à Rambouillet et Charles Quint, à Yuste en Espagne en 1558.

Après le décès d'Henry VIII, son fils Edward, alors âgé de neuf ans, lui succéda, la régence étant exercée par l'aîné de ses oncles, Edward Seymour.

Edward VI mourut le 6 juillet 1553 à l'âge de seize ans. Afin qu'une reine catholique ne puisse accéder au trône d'Angleterre, une conspiration menée par Seymour donna la couronne à Jane Grey, quinze ans, petite-fille de Mary de Suffolk. Celle-ci ne régna que dix jours et Mary Tudor, la fille de Catherine d'Aragon, soutenue par son peuple, devint reine. Mary épousa Philippe II d'Espagne, fils de son cousin germain Charles Quint, et mourut à l'âge de quarante-quatre ans et neuf mois, très impopulaire, sans enfant, laissant le trône à sa demi-sœur Elisabeth.

Le 6 juillet 1544, Meg épousa Matthew Stuart, comte de Lennox, un noble écossais proche parent des Stuart qui avait vécu exilé en France avant de regagner l'Écosse où il avait tenté de conquérir le cœur de Marie de Guise, puis s'était rallié à Henry VIII. Elle en eut six enfants. Deux fils survécurent. L'aîné, Henry, lord Darnley, épousa sa cousine Marie Stuart, veuve du roi de France François II. Il en eut un fils, James, qui régna en Écosse sous le nom de James VI. Celui-ci devint l'héritier d'Elisabeth, et fut couronné roi d'Angleterre sous le nom de James Ier. Les deux royaumes étaient désormais réunis.

Darnley fut assassiné à Édimbourg le 10 février 1567, laissant sa veuve Marie Stuart compromise dans le complot. Quelques mois plus tard, Marie épousa James Hepburn, comte de Bothwell, lui-même soupçonné d'avoir participé à l'assassinat de Darnley. Elle perdit son royaume, se réfugia en Angleterre chez sa cousine Élisabeth qui, après un long emprisonnement, la fit exécuter en 1587 pour complot contre sa personne.

Meg s'éteignit le 7 mars 1578, âgée de soixante-trois ans. Elle avait enterré son mari et ses deux fils.

Le comte d'Angus, son père, regagna l'Écosse dès la mort de James V et reprit possession de ses terres. Il s'installa dans son fief à Tantallon où il mourut en 1556.

Thomas Cranmer, archevêque de Canterbury, fut brûlé vif le 21 mars 1556 sur l'ordre de Mary Tudor devenue reine d'Angleterre. Reginald Pole le remplaça à l'archevêché de Canterbury.

Thomas Wriothesley fut fait comte de Southampton et devint grand chancelier. Il mourut dans son lit en 1550.

Après le Crépuscule des Rois va se lever en Europe le Matin des Reines, avec Marie Tudor puis sa demi-sœur Élisabeth, régnant sur l'Angleterre, Marie Stuart sur l'Écosse et Catherine de Médicis dirigeant la France.

Dynastie des Tudor

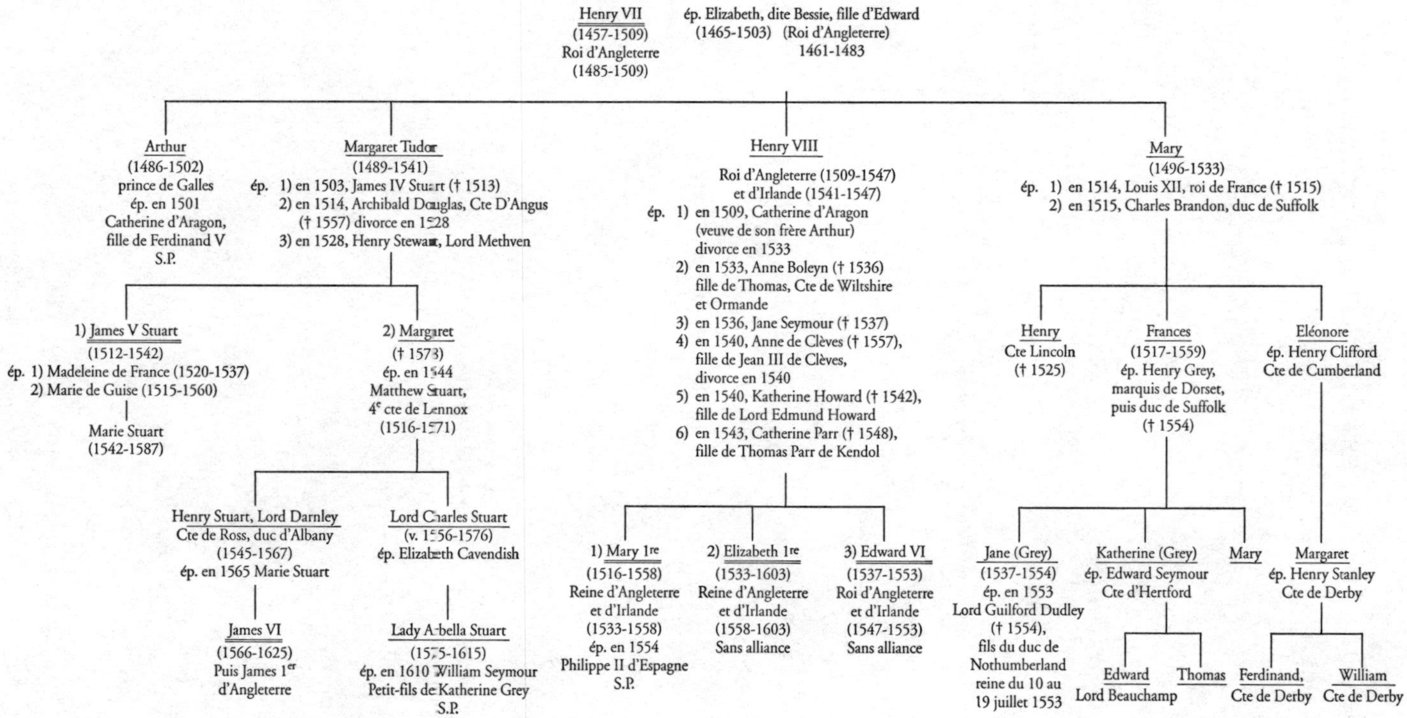

DU MÊME AUTEUR

Aux Éditions Albin Michel

LES DAMES DE BRIÈRES (t. 1) :
L'ÉTANG DU DIABLE (t. 2).
LA FILLE DU FEU (t. 3).

LA BOURBONNAISE.

LE CRÉPUSCULE DES ROIS :
LA ROSE D'ANJOU (t. 1).
REINES DE CŒUR (t. 2).

Chez d'autres éditeurs

LE GRAND VIZIR DE LA NUIT, Prix Femina 1981, Gallimard.

L'ÉPIPHANIE DES DIEUX, Prix Ulysse 1983, Gallimard.

L'INFIDÈLE, Prix RTL 1987, Gallimard.

LE JARDIN DES HENDERSON, Gallimard.

LA MARQUISE DES OMBRES, Olivier Orban.

UN AMOUR FOU, Prix des Maisons de la Presse 1991, Olivier Orban.

ROMY, Olivier Orban.

LA PISTE DES TURQUOISES, Flammarion.

LA POINTE AUX TORTUES, Flammarion.

LOLA, Plon.

L'INITIÉ, Plon.

L'ANGE NOIR, Plon.

LE RIVAGE DES ADIEUX, Pygmalion.

Composition Nord Compo
Impression : Bussière en octobre 2004
Editions Albin Michel
22, rue Huyghens, 75014 Paris
www.albin-michel.fr
ISBN 2-226-15511-2
N° d'édition : 22797. – N° d'impression : 044166/4.
Dépôt légal : novembre 2004.
Imprimé en France.